Zu diesem Buch

Laura, Nicolas, Myrte und zwei weitere Völkerkundler wollen die archaisch-mythische Welt des Eingeborenenstammes der Mara auf der philippinischen Insel Emelle erforschen. Bereits in der exotischen Atmosphäre Manilas, dem Ausgangspunkt der Expedition, finden die aufgeschlossenen und experimentierfreudigen Männer und Frauen rasch zueinander. Erotische Freiheit und Drang nach «höheren» Erkenntnissen bestimmen ihre Reise in das irdische Paradies der Mara. Doch nur eine ist gewillt, die Herausforderung eines intensiven Lebens jenseits der Zivilisation anzunehmen: Laura bleibt bei einer schönen jungen Eingeborenen, die sie in die letzten Geheimnisse der Liebe einweiht: Ziel ist die totale Verschmelzung mit der Natur, eine Art Schlüssel zur Unsterblichkeit, der den Menschen selten zuteil wird...

Über die Autorin

Inter dem Pseudonym Emmanuelle Arsan verbirgt sich die thailändische Ehefrau des französischen Botschafters Louis-Jacques Rollet, der nach Bekanntwerden der Autorin aus Thailand abberufen wurde und den diplomatischen Dienst quittierte. «Emmanuelle oder Die Schule der Lust» (rororo Nr. 11825) wurde sofort nach seinem Erscheinen ein internationaler Bestseller. Die Verfilmung durch Just Jaeckin erregte weltweites Aufsehen. In einigen Teilen der Bundesrepublik wurde jedwede Werbung für den Film, auch die Titelnennung, von der Staatsanwaltschaft verboten. Um so größer und anhaltender wurde der Erfolg. Auch die weiteren Bände der erotischen Erfahrungen Emmanuelles wurden inzwischen verfilmt und erfreuen sich großer Popularität.

Von Emmanuelle Arsan liegen im Rowohlt Taschenbuch Verlag ferner vor: «Emmanuelle oder Der Garten der Liebe» (rororo Nr. 11951), «Emmanuelle oder Die Liebe zur Kunst» (rororo 12608), «Yin Yang und Jade» (rororo 12822), «Römische Nächte» (rororo 13191), «Aurélie» (rororo Nr. 13617), «Emmanuelle oder Die Kinder der Lust» (rororo Nr. 14014), «Von Kopf bis Fuß Emmanuelle» (rororo 15094) und «Vanna» (rororo Nr. 15145).

Emmanuelle Arsan

Laura

Ein erotischer Roman

Deutsch von
Sara Pitti

rororo

Rowohlt

Die französische Originalausgabe
erschien 1976 unter dem Titel «Laura»
im Verlag Pierre Belfond, Paris

Umschlaggestaltung Susanne Müller
(Foto oben: Tony Stone Images / Elke Selzle;
Foto unten: Bilderberg / Mark Lyon)

173.–175. Tausend März 2000

Veröffentlicht im Rowohlt Taschenbuch Verlag GmbH,
Reinbek bei Hamburg, Oktober 1979

Gesamtherstellung Clausen & Bosse, Leck
Printed in Germany
ISBN 3 499 22214 0

Jedermann hat das Recht
auf seinen eigenen Tod.

MAURICE DUVERGER
Erklärung in der Nationalversammlung
(Sonderausschuß für die Gesetzesvorschläge
zu den staatsbürgerlichen Grundrechten,
19. Mai 1976)

für Giorgio Carlo,
für Ovidio,
für Philippe,
für Luca,
für Anne,
für Sylvie,
die mir keine Wahl gelassen haben.

Marawao marong nạ andao tam
Imara ang mạ-ang oṛmêasena ram
Kinon nu arawang oṛankaṇu kaṃ
Orama orêo maror.

Sieh die Tage
Mit den Augen des Menschen,
Den du liebst.
Nie wird die Sonne zweimal
Mit demselben Licht scheinen.

SPRICHWORT DER MARA

PROLOG

MARA

Die Neue Sonne wird mich gebären!

Ich werde andere Berge kennenlernen.

Der Dschungel wird meinen früheren Namen essen.

Mein Volk wird nicht mit meiner Zunge reden.

Die Pfauen werden mein altes Blut trinken.

Mit einem Hieb seines Steinmessers zerteilte der Mara das Dornendickicht. Er sprang durch die entstandene Bresche; Hautfetzen blieben an den Stacheln hängen.

Der Schlag der Klinge auf die Lianen nahm seinen Traum von der Zukunft wieder auf:

Mensch der Ferne, mögest du zum Leben erwachen!

Eine Felsspalte unter dem grün-roten Geflecht aus Zuckerrohr und Hibiskuszweigen: der Wanderer fiel mit angezogenen Knien auf die Wurzeln eines umgestürzten Tamarindenbaums. Er lief am Stamm entlang und hielt das Gleichgewicht, indem er mit dem kleinen, schwarzborstigen Schwein balancierte, das grunzend auf seinen ockerfarbenen Schultern saß.

Frauen mit neugeborenen Brüsten werden sich in den Wasserfällen spiegeln.

Ich werde sie in einer anderen Sprache zur Liebe auffordern.

Ich werde ihnen meinen Namen sagen, den ich noch nicht kenne.

Wenn die Pfauen mich wecken, werde ich die Erwählte der Sonne suchen, die das Leben eines Jahres mit mir teilen soll.

Meine unbekannten Kinder werden sich in ihrem Schoß bewegen.

An der Baumkrone angekommen, sprang der nackte Mann hinunter und verschwand zwischen den Dornensträuchern.

Dumpfe Laute stiegen zum Blättergewölbe auf, das die Sonne trotz der Mittagsstunde fernhielt: Rufe von Vögeln, Zischen von Reptilien, Zirptöne verschlungener Insekten, Gebell und pfeifende Klagen, Glucksen, Röcheln und Knurren, Geräusche, die sich auf dem schwammigen Teppich der kriechenden Pflanzen vermischen.

Einen Augenblick lang verstummte alles, als seien Raum oder Zeit plötzlich unterbrochen worden. Erst jetzt hörte der Mann seinen Atem: der einzige Ton des Urwalds, stellte er fest, als sei er, der Mara, als einziges Lebewesen imstande, sich etwas vorzustellen.

Er lachte aus vollem Halse, stolz darauf, daß er ein Bewußtsein hatte.

Er betrat eine Lichtung, senkte geblendet die Lider.

Isé. Ich bin Isé . . .

Als er sie vorsichtig wieder hob, sah er, wie das gleißende Sommerlicht sich orange, stahlblau, schwarz und grün fiederte. Eine Wand aus schillernden Pfauenrädern versperrte ihm den Weg.

Ich werde nicht den Tod wählen!

Er blieb stehen und umfaßte den Griff seiner Waffe, aber weder zum Angriff noch zur Verteidigung: er huldigte. Wilde Pfauen, zu Dutzenden unbeweglich auf der Erde oder auf niedrigen, orchideenbeladenen Zweigen stehend, hielten ihren eisigen Blick auf ihn gerichtet.

Wer außer ihm hatte je eine solche Chance gehabt? Der Mann ergriff sie furchtlos, suchte leidenschaftlich in diesen Augen, in denen sein Schicksal geschrieben stand. Doch er fand nichts.

ERSTER TEIL

Myrte

Ich bin Myrte. Ich werde 30 Jahre alt sein, wenn die Neue Sonne aufgeht. Vorausgesetzt, sie geht auf! Wenn nicht, werde ich trotzdem 30 Jahre alt sein, denn meine Wirklichkeit hängt nicht von meinem Glauben ab. Und noch weniger von dem der anderen.

Ich bin Ethnologin geworden, weil ich Siamesin bin, wie jene Rothaut aus dem Märchen, die eines Tages begann, die Bleichgesichter zu studieren, wobei sie deren Werkzeuge und Wissen benutzte, statt sich immer nur von ihnen beobachten zu lassen.

Doch ich bin nicht auf der Suche nach einer ungewöhnlichen Legende über Europa, heute, am 11. Juni, zehn Tage vor Beginn des tropischen Sommers, die Haare vom Pazifik gesalzen, der Rücken vom Teakholz und Hanf eines Bootes zerkratzt, das den Dschunken der Piraten meiner Heimat wie ein Ei dem andern gleicht. Diejenigen, deren seltsames Wesen mich zu meiner Fahrt bewog, sind doch denaturierter als meine abendländischen Freunde und ich: die Mara.

Wenn es nur auf mich ankäme, würde ich sie, offen gesagt, in Ruhe lassen: die vorgefaßten Meinungen und die schnell wechselnden Eigenheiten dieses Volkes sind zu weit von meiner Liebe für das Einfache entfernt. Aber ich liebe eine Frau und den Mann dieser Frau. Ich folge meinem Geliebten ins Abenteuer, um meiner Geliebten zu gefallen.

Das Wort Mara evoziert für mich also weder einen indischen Dämon noch eine Claudelsche Dämonin, sondern nur den Mann, in den ich verliebt bin und der jetzt neben mir in der Sonne liegt: Gualtier.

Gualtier ist ein englischer Wissenschaftler. Seine Frau ist Natalie, eine Französin, die zwanzig Jahre alt ist: zwanzig Jahre jünger als er.

Ich habe sie vor zwei Monaten kennengelernt, kurz nach ihrer Ankunft in Manila. Ich fand sie beide ungewöhnlich schön. Und ungewöhnlich füreinander bestimmt. Der Mann: sehr groß, sehr kräftig, sehr braune Haare und Haut, Jüngling geblieben, weil seine Augen für sein Alter zu blau sind. Er richtete scherzende Worte an mich, in die er allen Spott und alle Zärtlichkeit legte, deren seine schüchterne Zunge fähig ist. Er benutzte seine Macht, um zu befreien und zu beglücken, nicht um zu besitzen.

Natalie, strahlend, geschmeidig, schlank, hat langes blondes Haar und ähnelt Gualtier in der Farbe der Iris, der Süße der Lippen, dem unbeschwerten Blick. Als ich sie sah, dachte ich: Sie bringt die Lebensfreude, sie ist die Lebensfreude, die lebende Freude, die gelebte Freude! Ich habe sie sofort geliebt, wie ich das Leben liebe.

Auch sie haben mich ohne zu überlegen geliebt – zweifellos weil ich ihnen genau das bot, was sie brauchten: die Logik. Oder weil ich ein ausgeprägteres Bewußtsein, einfacher gesagt, einen ausgeprägten Sinn für das Mögliche habe als sie. Fanatismus, Magie, all das ist nicht meine starke Seite. Ich ziehe einen Kurs vor, der mich nicht in die Irre führt, mich nicht um meine eigene Achse drehen läßt, mich nicht hypnotisiert oder pervertiert. Ich wähle die Zeit, die mich nicht altern läßt.

Altern heißt getäuscht werden. Ich lasse mich nicht leicht täuschen, weil ich mich nur für die Narrheiten interessiere, die praktikabel sind.

Die Geliebte von Natalie und Gualtier zu werden war nur möglich, weil meine Partner miteinander harmonierten, sich verstanden. Die Liebe, die sie für mich fühlen, bereichert die Liebe, die sie bereits für sich fühlten: Sie steht ihr nicht im Weg.

Eine Frau und einen Mann zu lieben, sich zu dritt zu lieben, ist nichts Ungewöhnliches: seltener ist es, sich glücklich zu lieben. Gualtier, Natalie und ich schaffen es sicher deshalb, weil wir nicht glauben, drei sei eine Grenze, sei es eher als zwei oder eins. Jeder von uns hat, hatte und wird andere Geliebte haben. Die Liebe schafft nur dann Probleme, wenn sie ausschließlich ist.

Manchmal überraschen Gualtier und Natalie mich allerdings, weil sie soviel Wert auf Freiheit legen. Ich verstehe nicht, warum man die Freiheit erhoffen sollte. Wenn man sie nicht hier und heute ergreift, wird sie nie kommen. Vor allem dann nicht, wenn man sie so sehr in der Ferne glaubt, daß man sie nicht mehr dort sieht, wo sie wirklich ist: in uns. Man ist nicht wirklich frei, wenn man frei ist, ohne es zu wissen.

Ich glaube, ich gefiel ihnen, weil ich bei ihnen genauso wenig auf Sicherheit oder Pflicht sah wie bei mir selbst. Ich habe sie sofort bei mir untergebracht, obgleich ich nur ein Schlafzimmer und ein Bett habe. Ich habe sie nicht mehr alleingelassen. Ich habe sie die ganze Zeit in den Armen gehalten.

Damit habe ich sie – und auch mich – in Gefahr gebracht, vom Institut zu fliegen. Es ist jedoch nichts passiert. Die anderen haben uns mit offenem Mund oder vielmehr mit geschlossenem Mund bestaunt. Wenn sie schlecht von uns reden, dann nicht in unserer Gegenwart. Wenn wir etwas nicht sehen oder hören, ziehen wir also keinesfalls den Schluß, daß es nicht existiert.

Die Gesellschaft wagt sich nur selten an Menschen heran, die den Mut haben, zu ihren Ideen und Wünschen zu stehen. Man darf natürlich nicht auf ihre Großzügigkeit und Toleranz bauen, aber man kann von ihrer Scham oder Verlegenheit profitieren. Wenn Gualtier, Natalie und ich unsere Liebe versteckten, würde man uns hinauswerfen oder hereinlegen. Aber wir sind stolz auf die Wahl, die wir getroffen haben, und deshalb läßt man uns machen, was wir wollen, wo wir es wollen.

Gewiß, wir sind selbst nicht ganz sicher, ob wir das Gute oder das Böse wählen. Wir wissen nur, daß es keine Wahl ohne Risiko gibt. Ich habe seit meiner Kindheit nach dem Besten gestrebt, was mir das Abendland bieten konnte: nach dem materiellen Widerschein des griechischen Himmels in den Augen ionischer Denker. Dabei bin ich das Risiko eingegangen, auch die Gemeinheiten und Ängste dieser Welt anzunehmen, mich mit ihrer Janusnatur und Unmenschlichkeit, mit ihrer Ungerechtigkeit zu verbünden. Hätte ich etwa das Märchenhafte, die Leichtgläubigkeit, die Wiederholung, den konservativen Fatalismus wählen sollen? Ich wollte lieber ein Kind von Zufall und Notwendigkeit als ein Ableger des Karma sein.

Ich suche nicht die Weisheit. Ich wähle mein Leben. Ich habe Gualtier gewählt, weil ich seine Begeisterung, sein Bemühen um Objektivität, seine Loyalität, seine Freundschaft liebe. Und Natalie habe ich gewählt, obgleich sie nicht die Vernunft ist und trotzdem keine Zweifel wecken kann.

Gualtier wäre ohne Natalie und mich immer noch Gualtier. Natalie wird dagegen nie ohne uns auskommen können. Sie glaubt an das Glück, doch ohne jemanden, der ihren Glauben teilt, kann sie nicht glücklich sein. Wir, Gualtier und ich, die wir keine Frömmigkeit kannten und uns ohne Bindungen wähnten, wir sind auf diese Weise ihre Jünger geworden – in einer Religion, die keine Götter und Jungfrauen braucht, aber nicht auf Heilige verzichten kann.

Die Heiligen haben zweifellos keine vernunftbegabten Seelen, aber ihr Herz ist zufrieden, ihr Körper beglückt.

Auch für uns drei sind die Freundschaft, die Kunst, die Liebe, die physische Ekstase, die trunkene Intelligenz, das gute Gewissen und die zärtlichen Liebkosungen, der Spott und die Wissenschaft ein und dasselbe: Quellen der Lust, nicht der Entbehrung. Wir werden wahrscheinlich oft widerlegt, aber wohl kaum getäuscht werden. Selbst wenn man uns alle anderen Wünsche abschlägt, wird uns noch etwas von dem einen oder anderen von uns dreien bleiben.

Doch meine Natalie ist fern. Ich vermisse ihre Schönheit, ihre Fröhlichkeit. Und meine Zärtlichkeiten können auch Gualtier nicht genügen. Wenn einer von uns dreien fehlt, ist das eine Obszönität, derer wir uns vor unseren Freunden schämen. Es ist wirklich sehr nett von ihnen, daß sie uns diese Ohnmacht unserer Logik nicht merken lassen!

Natalies Entschluß, in Manila zu bleiben, war trotz allem logisch. Sie hatte keine Flucht nötig, soviel steht fest. Ich ebensowenig, aber eine von uns mußte auf den Mann achtgeben! Natalie war sicher der Ansicht, meine Prinzipien würden ihn vor Schimären bewahren. Sie selbst hat keine Prinzipien.

Außerdem ist sie dort, wo sie ist, sehr gut aufgehoben, und es wäre absurd, sie fortzuholen. Sie ist wie geschaffen für das unbeschwerte Treiben auf dem Campus, sie muß verführerisch lachend über den ausgetrockneten Rasen laufen, sich unter Jasminsträuchern und Flamboyant-Bäumen unter den Rock fassen lassen, in einem neuen Bett glücklich sein. Ich glaube nämlich nicht, daß Laura und Nicolas ihre die ganze Zeit genügt hätten . . .

Gestern nacht hätten sie ihr allerdings bestimmt gefallen. Ich bin ebenfalls froh, daß unsere Expedition unter so guten Vorzeichen begonnen hat. Es mußte auch so sein, damit wir die schreckliche Fahrt vergaßen! Diese endlosen Kilometer im ungefederten Jeep, kalten Regen, zähflüssigen Schlamm, ich weiß, das ist der Preis, den man zahlen muß, wenn man die Anthropologin spielen möchte! Sich den ganzen Tag alle Knochen im Leib durchschütteln lassen, um diesen winzigen Fischerhafen zu erreichen, dessen Namen ich bereits vergessen habe, das fand ich doch ein bißchen übertrieben! Warum haben wir uns nicht geradewegs in Zamboanga eingeschifft, wo wir mit dem Flugzeug landeten? Ich habe dort alte Kähne gesehen, die dem, auf dem wir es uns jetzt gemütlich machen, aufs Haar glichen. Auf ihnen hätten wir ebenfalls von Mindanao nach Emmelle gelangen können. Ich glaube kein Wort von diesen Rebellengeschichten, mit denen man uns ständig traktiert: Was bedeutet es schon, Rebell zu sein in einem Land, wo die Gesetze keine Macht haben?

Sicher, wir sind in Arawas Hand, seien wir also flexibel! Er ist bei uns, um die Route zu bestimmen und uns zu führen. Eines muß man ihm lassen: Gestern abend, nach der Ankunft in jenem Dorf, wo es nur erbärmliche Hütten gab, hätten wir ohne ihn niemals das unglaublich kleine Hotel aus Bambus entdeckt, das von seinem geheimen Genie oder genialen Geheimnis zeugt – ich weiß manchmal nicht recht, ob ich von rechts nach links oder von links nach rechts lesen soll, um die Gefühle und Gedanken des schönen Schattengeborenen richtig zu entziffern ... Manchmal fällt es ihm bestimmt selbst schwer. Was mag in den Windungen seines Gehirns vorgehen, wenn die beiden Arawas, die dort umherschweifen, plötzlich zur gleichen Zeit an einer Wegkreuzung ankommen? Wer läßt dem anderen den Vortritt: der Mara dem Christen oder der Christ dem Mara?

Ich habe einen Augenblick lang gehofft, seine Reaktion bei der Zimmerverteilung würde mich darüber informieren, aber er hat nicht reagiert! Sehr ärgerlich, diese Orientalen mit ihrer Undurchdringlichkeit! Ich werde nicht erfahren, ob der Mara es genoß, wie die Ehepaare unverzüglich ihre Ehe vergaßen, oder ob der Christ es anstößig fand.

Ich gebe zu, diese lächerliche Neugier paßt nicht zu meinen Prinzipien. Aber meine Prinzipien sind in gewisser Beziehung relativ, denn ich habe kein allzu schlechtes Gewissen, wenn ich mir sage, daß es ein besonders schweres Erbteil ist, gleichzeitig Christ und Mara zu sein. Doch wer weiß? Ohne lästige Grenzen gäbe es keine Überschreitungen. Im Grunde ist es genau das, was ich vorhin sagte: Wenn niemand die Macht mißbraucht, hat kein Mensch Lust, sich dagegen aufzulehnen. Das Leben wird schrecklich eintönig.

Wenn die großen Eroberer verschwinden, gibt es zum Glück noch die täglichen Invasoren und kleinen Despoten. Seinen Widerspruchsgeist unter Beweis zu stellen bleibt also interessant, und unsere Widerspenstigkeit schenkt uns dann und wann erhebende Augenblicke. So wäre Laura der Aufforderung meines Geliebten vielleicht nicht so prompt und aufreizend mutig nachgekommen, wenn der Empfangschef des Hotels es unterlassen hätte, sie sanft ins Verhör zu nehmen und dann mit süßlichem Nachdruck auf ihren Familienstand als frischgebackene Ehefrau hinzuweisen.

Ich entdeckte, daß Laura Schneid hatte – auch auf anderen

Gebieten als der Liebe. Als wir vor dem jasminbekränzten Schild «Hotel Bulan. Komfort. Kaltes Wasser» aus unserem Wrack von Jeep stiegen, wirkte sie mit Abstand am frischesten. Als sie ihr Marschgepäck auslud, hatte sie ein fröhliches Lied auf den Lippen und ein Lächeln für die Flut von Zudringlichen, die auf uns zuwogte. Dann wies sie Arawa noch geduldig zurecht, weil er die Eingeborenen anschrie, und erklärte Gualtier, es sei vergebliche Liebesmüh, sie in ihrer Sprache zu beschwichtigen. Hinter Nicolas kletterte sie, vier Stufen auf einmal nehmend, die bizarre Treppe zu dem merkwürdigen Gebilde auf Pfählen hoch. Sie stand oben, um uns, Gualtier und mich, mit einem freundlichen, erfreuenden Lächeln zu empfangen, als wir endlich das Handgemenge mit den Neugierigen überstanden hatten und das Etablissement mit dem erleichterten Blick von Texanern begrüßten, die ein *Hilton* entdecken.

Gualtier bot alle seine Kenntnisse der lokalen Zunge auf und fragte, ob drei Zimmer frei seien, für eine Nacht. Der muntere Dickwanst, der das einzige lebende Inventar zu sein schien, antwortete in gepflegtem Englisch: «Wir haben Sie bereits erwartet.»

Unmöglich? Ich habe mit dem üblichen Mißerfolg in Arawas Gesicht zu lesen versucht. Aber dieses Geheimnis verdiente es letzten Endes nicht mehr als die anderen, enthüllt zu werden. Der Begriff der *sinnlosen Frage* ist, glaube ich, so ziemlich das einzige, was ich von meiner buddhistischen Erziehung zurückbehalten habe.

Alsdann streckte der Filipino eine befehlende Hand aus. Ich legte unsere vier Reisepässe sowie ein von Lance unterzeichnetes und gesiegeltes Dokument hinein, das er gelangweilt beiseite schob. Arawa machte das Gesicht eines Menschen, der von Geburt an von allen Formalitäten ausgenommen ist.

Der Empfangschef betrachtete das Büchlein, das mich betraf. Der goldene Garuda auf dem Deckel kam ihm außerordentlich suspekt vor. Meine barbarische Identität seiner Gästeliste anzuvertrauen, irritierte ihn noch mehr. Gualtiers Titel machten keineswegs einen besseren Eindruck auf ihn. Sein Blick hellte sich erst auf, als er Lauras Reisepaß aufschlug. Jetzt schien er die Untersuchung, zu der er verpflichtet war, plötzlich interessant zu finden: zunächst die genaue Betrachtung des Fotos. Sie übte eine euphorische Wirkung auf ihn aus, die uns sehr angenehm war. Zuletzt hob er die Augen und richtete sie mißbilligend auf die Besitzerin. Sein Kommentar war überraschend:

«Er ist brandneu!»

Der Ton dieser Bemerkung war alles andere als bewundernd, vielmehr vorwurfsvoll und ziemlich pikiert, so als wollte er seine Gesprächspartnerin darauf aufmerksam machen, sie habe vergessen, ihren Schlüpfer auszuziehen. Laura vergalt die Frostigkeit mit freundlicher Nachsicht:

«Natürlich! Ich habe ihn nach der Heirat bekommen.»

«Gut! Sehr gut!» räumte er gnädig ein.

Dann begann er Seite für Seite zu prüfen. Nach einem Augenblick konstatierte er mit der gleichen Beichtvaterstimme: «Sie haben ja erst vor einer Woche geheiratet!»

Laura nickte gehorsam, als hinge ihre Freilassung auf Bewährung von diesem Beweisstück ab.

«Sehr richtig: genau vor sieben Tagen.»

«Aha! Aha!» schalt der Untersuchungsrichter, ohne erkennen zu lassen, ob er diesen Umstand be- oder entlastend fand.

Er seufzte, ließ Lauras Paß bedauernd fallen und betrachtete den, der noch vor ihm lag. Er hob den Kopf, musterte Nicolas und verhörte ihn: «Und Sie sind der Ehemann?»

Nicolas gestand es wortlos.

Der Verwalter vertiefte sich in Überlegungen, von denen wahrscheinlich weniger unser materieller Komfort als sein moralischer Friede abhing. Endlich verkündete er mit einer Stimme, die gnädig klingen sollte: «Was wohl heißen soll, daß Sie die Absicht haben, Ihre Flitterwochen hier zu verbringen?»

«So ist es!» bestätigte Gualtier, den man nicht gefragt hatte.

Zur allgemeinen Verblüffung brach der Hotelier in ein törichtes Lachen aus, das gut eine halbe Minute dauerte, und schrie dann aus Leibeskräften: «Joachim! Nummer eins, Nummer zwei und Nummer drei!»

Ein pausbäckiger Jüngling erschien und schickte sich an, sich unsere sämtlichen Gepäckstücke auf die Schultern zu laden. Nicolas entriß ihm die Kameratasche, ehe sie von der entstehenden Pyramide herunterpurzeln konnte. Mit Ausnahme Arawas erleichterten wir ihn alle um ein oder zwei Packen.

Arawa und Gualtier gingen Joachim nach, im Gänsemarsch gefolgt von Laura, Nicolas und mir. Der Empfangschef beschloß die Prozession, die nicht weit kam, da der einzige Korridor kurz war und nur zu drei Zimmern führte, deren Türen bereits offen standen.

Arawa entschied sich sofort für das erste Zimmer und überließ uns, zweifellos mit Absicht, die beiden rechts davon, die nebeneinander lagen – und kleiner waren! Gualtier blieb vor dem einen stehen, drehte sich um und fragte beiläufig: «Wie ist es, Laura, möchtest du in meinem Zimmer schlafen?»

Die Jungverheiratete überlegte schicklich, während Nicolas und ich warteten. Dann lächelte sie und verkündete: «Einverstanden.»

Gualtier warf mir einen Blick zu, aus dem das Glück sprach. Ich konnte mich leider nicht entsprechend revanchieren. Ich war wirklich froh, daß mein Geliebter endlich das Verlangen erwidert sah, das er nach Laura hatte: ein Verlangen, das, wenn meine Intuition mich nicht täuschte, bei seinem denkwürdigen Vortrag in der Melonenkapelle in ihm aufgestiegen war, das heißt an eben dem Tag, an dem Laura die Bekanntschaft von Nicolas gemacht hatte. Ende April. Eine Ewigkeit! Auch ich begegnete ihnen an jenem Tag zum erstenmal. Ich erinnere mich noch: so wie Nicolas Laura ansah, mußte er schon seit Jahren in sie verliebt sein, ging mir damals durch den Kopf. Aber er hatte sie vorher noch nie gesehen.

Genauso sah er seine Frau jetzt an, als sie sich nach ihm umdrehte, um zu erfahren, ob er ihre Reaktion auf Gualtiers Vorschlag billigte oder nicht. Diesen Ausdruck – eine grenzenlose, beinahe ungläubige Bewunderung – habe ich schon oft in seinem Gesicht bemerkt, wenn er Laura ansah. Doch gestern abend merkte ich noch deutlicher als sonst, daß es nicht nur Stolz war, sondern mehr: Achtung. Und dieses Gefühl verlieh den sanften und kraftvollen Zügen des jungen Mannes eine ungewöhnliche und intensive Schönheit, die von der grenzenlosen Liebe, die ihn beseelte, noch unterstrichen wurde.

Ich bat den Empfangschef noch, uns frischen *calamansi*-Saft bringen zu lassen, und folgte Nicolas dann in das letzte Zimmer.

Der Raum, den Gualtier und Laura genommen hatten, war nur durch einen einfachen Binsenvorhang von dem getrennt, wo Nicolas und ich schlafen würden. Während Nicolas an seiner kostbaren Kamera herumhantierte, steckte ich die Nase durch die Fransen dieses steppenfarbenen Vorhangs, weil ich wissen wollte, wie weit unsere Nachbarn waren.

Gualtier hatte sich, noch bekleidet und mit Schuhen, aufs Bett fallen lassen, erschöpfter, als er zugeben wollte. Laura stand vor ihm und hatte sich schon die Bluse über den Kopf gezogen. Ich wußte, daß Gualtier in diesem Moment, als er sie so, mit erhobenen Armen, das Gesicht in den Falten des Stoffs verborgen, vor sich sah, ebenfalls an jene Torsi enthaupteter Venusstatuen denken mußte, deren überlebende Brüste genügen, um eine Vollkommenheit, die nicht von dieser Welt ist, einen Traum lang zu verewigen.

Als es Laura gelungen war, das Hemd bis zu den Fingerknöcheln zu ziehen und sich schließlich davon zu befreien, warf sie es hinter sich zu Boden, ohne den Kopf zu drehen.

Sie betrachtete jetzt Gualtier, der immer noch nichts sagte. Ich sah sie im Profil, wie sie sich nachdenklich in die Unterlippe biß und überlegte, was sie nun machen sollte, um ihm zu gefallen. Sie löste den Gürtel und rollte ihre Hose bis zum Schoß herunter. Dann musterte sie das Bett und begann zu lachen: Die verwaschene Decke und die Kopfkissen aus vergilbten Spitzen hatten wirklich nichts, was zu Ausschweifungen einlud.

Gualtier teilte ihre Belustigung stumm. Dann richtete er sich auf und setzte sich, das Gesicht in gleicher Höhe mit ihren Brüsten, auf den Bettrand.

«Siehst du», sagte sie zu ihm, «ich halte Wort.»

Er stieß ein kritisches Tss-tss zwischen den Zähnen hervor.

«Mit *einer Woche* Verspätung!» wandte er ein.

Ich werde nie das provozierende Tête-à-tête vergessen, das sie auf der Terrasse meines Hauses hatten, als wir uns nach dem Hochzeitsessen versammelten, um Natalie Lebewohl zu sagen. Laura schmiegte sich in einen Schaukelstuhl und spielte mit dem Gardenienstrauß, den sie aus der Kirche mitgebracht hatte. Gualtier ging zu ihr, setzte ein Knie auf die Erde, zog die Blumenkronen mit dem fleischlichen Duft an die Lippen, blickte der Jungvermählten dann tief in die schelmischen Augen.

«Soll ich dir jetzt mein Hochzeitsgeschenk überreichen?» fragte er.

«Das fände ich sehr angebracht!» scherzte sie. «Worum handelt es sich?»

«Um ein Geständnis.»

Laura lachte leise, ohne Gualtiers anzüglichem Blick auszuweichen. Dann nickte sie und sagte beinahe spöttisch: «Jetzt weiß ich, was es ist.»

Dann näherte sie ihren Mund ganz unvermittelt dem Mund Gualtiers und küßte ihn ausgiebig. Man konnte sehen, daß es kein freundschaftlicher Kuß, sondern ein Liebeskontrakt war.

Anschließend rief Nicolas aus, als hätte ihm dieser Anblick eine Last von der Seele genommen: «Endlich! Das Eis ist gebrochen.»

Ich erinnere mich auch, daß Natalie seinen Kommentar beunruhigend fand.

«Warum?» fragte sie mich. «Hat Laura Gualtier denn nicht geliebt?»

Ich beruhigte sie: «Sie hat ihn weder geliebt noch hat sie ihn nicht geliebt. Sie kannte ihn gar nicht.»

Das ist jetzt also acht Tage her. Kennt Laura meinen Geliebten nun besser? Ich bin nicht sicher.

Als er sie gestern abend fühlen ließ, daß sie zu lange damit gewartet hatte, ihr Versprechen zu halten, hätte sie eines verstehen müssen: Eine Woche der Lust zu verlieren, eine Woche der Lust zu rauben, ist ebenso böse, ebenso ungerecht, ebenso pervers, ebenso unverzeihlich, ebenso absurd wie sich oder einen andern um ein Jahr des Glücks oder um ein ganzes Leben zu bringen. Sie hätte weinen müssen.

Sie begnügte sich damit, ihren Leib zu betrachten, ihre Hose so weit nach unten zu schieben, daß ihr Vlies oben herausschaute. Sie streichelte die seidigen Haare, als gehörten sie nicht ihr, sondern einem Hund oder einer Katze, einem Tier, das sie gern anfaßte.

Dann hob sie unvermittelt den Kopf und fragte: «Wie willst du mich haben?»

Gualtier zögerte nicht. Er schlug den präzisen und preziösen Ton eines Pädagogen an – den er sonst vermeidet!

«Öffentlich.»

Laura schien aus der Fassung gebracht. Sie kniete folgsam, wie ein lernbegieriges kleines Mädchen, zu seinen Füßen nieder. Nachdenklich, als versuche sie, den dunklen Sinn der Botschaft zu erhellen, wiederholte sie: «Öffentlich?»

Dann hatte sie offenbar einen Einfall.

«Möchtest du», schlug sie vor, «daß ich Nicolas und Myrte rufe?»

Gualtier schüttelte den Kopf.

«Nicolas und Myrte sind keine Öffentlichkeit.»

Laura sah ihn nachdenklich an. Das Bild vom Lehrmeister und seiner Schülerin war so frappierend, daß ich beinahe der Versuchung nachgegeben hätte, einen Freudentanz aufzuführen.

Doch Laura stand wieder auf und ging seelenruhig zur Tür. Sie machte sie weit auf und suchte, die Hand auf dem Griff, mit den Augen nach einem Gegenstand, der verhinderte, daß sie zufiel. In ihrer Reichweite stand der Sitzstock, von dem Gualtier sich nie trennt. Sie stellte den Sitz in der nötigen Höhe ein, drehte den Stuhl um und schob den spitz zulaufenden Stock unter den Türgriff. Dann zog sie ihre Stiefel, ihre Socken, ihre Hose aus und ging, endlich nackt, auf ihren Freund zu, setzte sich neben ihn aufs Bett und sagte: «Gualtier, erzähl mir etwas über die Mara.»

Er lehnte sich an die Bambuswand und blickte über ihre Schulter hinweg. Vielleicht hatte er sie vergessen. Sie rührten sich eine ganze Weile nicht, sprachen lange Zeit kein Wort. Endlich fing Gualtier an zu sprechen. Ich hörte, wie er mit der leisen und rhythmischen Stimme eines orientalischen Märchenerzählers sagte:

«Wenn in den Dschungeln der Insel Emmelle, die wir morgen auf der Suche nach den letzten Überlebenden des Volkes der Mara erreichen werden, für eine Jungfrau von den Hügeln die Zeit naht, ihren Leib einem Mann von ihrem Stamm zu öffnen, schweben riesige Schmetterlinge, so groß wie Pfauen, von der Neuen Sonne herab und liebkosen ihre Brüste mit den Flügeln.»

Laura hob die Augen und fragte ihn:

«Wie lange braucht eine Frau, um zu lernen, nicht mehr Jungfrau zu sein?»

Er lächelte sie an, plötzlich wieder in die Wirklichkeit – zu ihr – zurückgerufen:

«Ein Leben lang.»

Ich hörte, wie Nicolas unter der Dusche prustete. Ich zog mich aus und ging zu ihm. Ich netzte mein langes Haar und seifte es ein, dann gab ich Nicolas die Seife zurück, die ich ihm stibitzt hatte. Er schäumte sich von Kopf bis Fuß ein: aus Scham, wie mir vorkam, um in meiner unmittelbaren Nähe nicht so nackt zu sein – was mir Lust machte, ihn zu necken.

Ich seifte mich ebenfalls ein, liebkoste dabei aber meine Brüste, mein Geschlecht, als masturbierte ich ohne alle Hemmungen vor ihm.

Er wurde nur um so verlegener. Plötzlich war ich, sicher aus weiblicher Perversion, außerordentlich erregt. Hinter mir war das Waschbecken. Ich konnte meine Lenden dagegen stützen und die Beine im bestmöglichen Winkel spreizen, um mein Geschlecht so zu liebkosen, wie ich es am liebsten habe: die Klitoris zur gleichen Zeit wie die geöffneten Lippen der Vulva.

Mich stehend zu streicheln gefällt mir immer, und ich mache es sehr häufig: im Grunde in jedem freien Augenblick, beispielsweise zwischen zwei Vorlesungen. Meistens bin ich dabei natürlich allein, in einem leeren Seminarzimmer oder auf der Toilette oder nach dem Tennis, wenn ich dusche.

Der letzte Gedanke erinnerte mich an etwas, das die Lust steigerte, die ich in diesem Augenblick empfand und die schon beträchtlich war, aber noch besser wurde. Am Nachmittag des Tages, an dem ich Nicolas im Institut kennengelernt hatte, sah ich ihn zufällig noch einmal. Er hatte selbstverständlich nur Augen für Laura. Sie spielte gerade Tennis, hinreißend – man glaubte es kaum! Aber ich setzte mich mit einer Freundin neben ihn, und er betrachtete uns ebenfalls. Unsere Gesichter ließen ihn, um ganz offen zu sein, ziemlich kalt: er schien vielmehr von unseren Schamhügeln angezogen zu werden, die sich fleischig und appetitanregend, wie man zugeben muß, unter unseren kurzen und viel zu dünnen Shorts abzeichneten!

Später, als meine Freundin und ich unser Match beendet hatten, war er nicht mehr da. Wir haben uns in der Umkleidekabine ausgiebig über ihn unterhalten und dabei außergewöhnlich gut masturbiert, aber nicht gegenseitig, sondern jede für sich.

An jenem Tag hat Nicolas gleich zwei gute Gelegenheiten auf einmal verpaßt.

Ich erinnerte mich an diese Episode, während ich mich vor ihm, im Hotel *Bulan*, liebkoste. So gut, daß ich mich nicht etwa damit begnügte, schnell zum Höhepunkt zu kommen und es dabei bewenden zu lassen, was ich ursprünglich beabsichtigt hatte, sondern meine Lust so lange anhalten ließ, wie es meiner Phantasie gefiel, die Hypothese, die sich nicht bewahrheitet hatte, wieder aufleben zu lassen. Und ich gab mich nicht mit einem Orgasmus zufrieden, und auch nicht mit zweien oder dreien.

Im Masturbieren habe ich seit langem gute Übung. Es ermüdet mich weniger als einen ganzen Tag lang im Jeep zu sitzen und eine fade Gegend zu durchqueren. Nun, ich ließ den armen Nicolas sicher sehr lange schmachten, was er vielleicht nicht unbedingt amüsant fand. Aber ich kann nicht sagen, ob es eine halbe Stunde oder eine Stunde oder weniger oder mehr gedauert hat. Ich habe keine innere Stoppuhr eingestellt.

Als ich die Augen wieder öffnete, musterte er mich unschlüssig. Ich wußte selbst nicht recht, was ich nun machen sollte. Langsam wurde sein ratloses Gesicht schuldbewußt.

«Myrte», fragte er eher mißmutig als lüstern. «Hast du auch bestimmt nichts dagegen, daß ich dich liebe?»

Ich beruhigte ihn: «Nein, es ist mir sehr recht, Nicolas. Sonst wäre ich nicht hier. Gualtier hat mir alles über dich erzählt. Ich weiß, worauf ich mich gefaßt machen muß.»

Er schien ein wenig pikiert, beinahe verärgert.

«Was hat er dir gesagt?»

«Daß du ein merkwürdiger Mensch bist: du schläfst angeblich nur mit Laura. Aus anderen Mädchen machst du dir nichts.»

«Du findest mich wohl ein bißchen verrückt?»

«Nicht nur das! Aber deshalb gefällst du mir ja gerade!»

Wir spülten uns ab und rieben uns trocken. Nicolas zog Shorts an, während ich in einen langen, tahitischen Rock schlüpfte. Um nicht prüde zu wirken, bedeckte ich meine Brüste nicht. Ich bedecke sie übrigens nie gern. Und es mißfällt mir keineswegs, wenn jemand sie betrachtet . . . Außerdem machte er nicht gerade den Eindruck, als litte er allzusehr darunter.

Er nahm seine Kamera vom Bett, brummte, die Erschütterungen

hätten ihr sicher nicht gut getan, und fing an, sie erneut auseinanderzunehmen.

Mir fiel der *calamansi* wieder ein, den ich bestellt hatte, und ich ging in den Korridor, um den dicken Joachim an seine Pflichten zu erinnern. Aber dort stieß ich mit dem Empfangschef zusammen, der nach einem vorwurfsvollen Blick auf meine Blöße sich unverzüglich wieder den Beobachtungen zuwandte, in die er, vor der offenen Tür des Nebenzimmers aufgepflanzt, vertieft gewesen war.

Im selben Augenblick hörte ich aus eben diesem Raum einen klagenden Laut, der schnell lauter, intensiver wurde, sich in einen Schrei der Lust verwandelte.

Ich betrachtete den Filipino, der Gualtier und Laura beim Akt zusah. Ich kam in Versuchung, zu ihm zu gehen und die Lust zu teilen, die ihm der Anblick bereiten mußte, aber dieser Mitzeuge war zu ungehobelt – er hätte mich nicht sehen lassen, was er sah. Ich mußte mich damit begnügen, das Schauspiel in seinen Augen zu verfolgen.

Ich sollte allerdings zu seinen Gunsten sagen, daß sein unerschütterliches Gesicht ausdrucksvoll genug war, um mir das Gefühl zu geben, ich stünde an seinem Platz oder wäre an seiner Stelle.

Als Lauras Schrei verklungen war, ging ich wieder in mein Zimmer und setzte mich neben Nicolas. Ich nahm eines von den Objektiven, die er abgeschraubt hatte, und reinigte es vorsichtig mit einem Pinsel, den ich in seinem Gepäck gefunden hatte. Anfangs beäugte er mich mißtrauisch, gab mir dann aber mit einem Augenzwinkern sein Placet.

«Ich höre dir gern zu, wenn du schweigst», gestand ich ihm kurz darauf. «Du brauchst keine Worte, um genau das zu sagen, was du denkst. Und was du empfindest.»

Er nickte zustimmend, und wir schwiegen wieder.

Als wir uns zu unserer Expedition entschlossen, ließ er sich einen Bart wachsen. Sein ernstes und offenes Gesicht ist jetzt blond umrahmt. Das steht ihm gut. Die hellen Haare, die Jugend, die Intensität seiner grauen Augen würden bei Gualtier lächerlich wirken, wie Natalies Löwenmähne bei Laura deplaciert wäre. Keiner von uns ähnelt dem andern. Jeder von uns ist interessant.

Der Lauf meiner Gedanken überrascht mich. Bei der Abreise habe ich mir nicht sehr viel aus Nicolas und Laura gemacht. Ich glaubte, nur wegen Gualtier mitgefahren zu sein. Ich glaubte auch, Natalies Abwesenheit sei für uns schwerwiegender als die Gesellschaft dieser Liebenden.

Ich muß noch lernen. Lernen zu lieben, das steht fest. Es ist die schwierigste Wissenschaft.

Ein lautes Schluchzen ließ uns plötzlich aufschrecken. Wir tauschten einen besorgten Blick, der schnell von einem Lächeln abgelöst wurde: es war Laura, die einen neuen Höhepunkt erreicht hatte.

Wir hörten sie keuchen, unverständliche Worte, röchelnde Liebeslaute stammeln. Dann abermals rufen. Rufen: ich liebe dich!

Es dauerte lange, dauerte sogar noch länger als meine unermüdliche Lust.

Als sie verstummte, lachte Nicolas unbeschwert, fröhlicher und ansteckender, als ich es jemals bei ihm erlebt hatte.

«Das ist meine Laura!» frohlockte er.

Diese Anmaßung bezwang mich. Ich wollte jedoch nicht hinter ihm zurückstehen.

«Gualtier ist aber auch nicht schlecht!» prahlte ich.

Zum zweitenmal innerhalb weniger Minuten lachte Nicolas aus vollem Hals.

«Hast du denn gewußt, daß Gualtier sexbesessen ist?» scherzte er.

Ich war froh, daß er nicht feierlich wurde. Ich stimmte ein.

«Analysieren wir unsere Vorzüge einmal mit aller gebotenen Objektivität», dozierte ich. «Erstens: Gualtier ist Ethnologieprofessor. Zweitens: Natalie, seine Frau, ist Ethnologiestudentin. Drittens: Ich, ihre Geliebte, bin Ethnologin aus Leidenschaft. Viertens: Laura, die jetzt ebenfalls Gualtiers Geliebte ist, bereitet sich auf ein besonders schwieriges Ethnologie-Examen vor. Fünftens: Du, Nicolas, der Freund eben dieses Gualtiers, besitzt zweifellos die Mentalität und, wie ich soeben unter der Dusche feststellen konnte, alle körperlichen Voraussetzungen eines Ethnologen. Schlußfolgerung: Bist du tatsächlich sicher, daß Gualtier nicht vielmehr von der Ethnologie besessen ist?»

Doch er hört mich schon nicht mehr, da er wieder von Lauras Lust gefangen ist. Ich spüre, wie diese Lust sich unwiderstehlich auf meinen Körper überträgt, mein Geschlecht erfaßt. Schon beginnt Gualtier mich zu erregen, obgleich wir durch den Vorhang getrennt sind; gleich wird er auch mir Rufe entlocken . . .

Ich breite die Bahnen meines Sarongs auseinander, damit mein Venushügel entblößt wird: nicht für Nicolas, sondern für mich. Und vor allem für Gualtier.

Ich brauche nicht zu masturbieren: Gualtiers Geschlecht ist in meinem, das von Lauras Säften – köstlicher als die, die ich absondere – wunderbar befeuchtet wird.

Nicolas antwortet unversehens auf das, was ich vorhin gesagt und inzwischen völlig vergessen habe: «Und du, Myrte, wovon bist du besessen? Von der Logik? Der Freiheit?»

Ich rufe aus: «Laura und du, ihr seid frei – ebenso frei wie ich, vielleicht sogar noch freier.»

Er streitet ab: «Was zwischen uns ist, ist keine Freiheit. Es ist Liebe.»

«Ich hüte mich immer ein bißchen vor diesem Wort», gebe ich zu bedenken.

Plötzlich hat Nicolas meine Hände ergriffen. Er wird überzeugend, leidenschaftlich: «Hör zu, Myrte. Liebe ist kein großes Wort; es ist eine ganz einfache Beziehung: was dem einen Spaß macht, macht auch dem andern Spaß.»

Er läßt mich los, wendet sich zum Vorhang und spricht zu Ende.

«Liebe ist sehr normal! Und sie ist so einfach! Ich versetze mich physisch in den Körper der Frau, die ich liebe, und das, was ihr Lust bereitet, bereitet mir ebenfalls Lust.»

Dann haben wir uns in das schmale Bett gelegt, aneinander geschmiegt und bis zum Morgen geschlafen.

ZWEITER TEIL

Nicolas

Zum erstenmal sah ich sie in einer Allee im Nayong Filipino, einem rekonstruierten Dorf für die Liebhaber eingeborener Ursprünglichkeit am Stadtrand von Manila. Manila! Kraft seiner Geburt zur Zivilisation verurteilt.

Sie kam gerade aus dem Völkerkundemuseum, wo bereits alles ausgestellt ist, was man von den Tasadai weiß, also zuviel. So dachte ich wenigstens damals: die Steinzeit zu fotografieren schien mir obszön. Wann ist das gewesen? Am 22. April, und heute schreiben wir den 3. Juni. Es ist also noch nicht einmal anderthalb Monate her. In so kurzer Zeit habe ich meine Ansichten geändert! *Sie* hat sie geändert.

Ich hatte gerade einen Tanz – ich präzisiere: einen modernen Tanz – im Freilichttheater gefilmt. Ein Jeepney hielt zwischen uns.

Ein Jeepney ist ein Sammeltaxi, meist schreiend rot, gelb, blau, grün bemalt und mit allen erdenklichen Scheußlichkeiten dekoriert: Plastikorchideen, Aluminiumpferdchen, Glashühnern, Phalli, Madonnen, Rosenkränzen, Pin-up-Girls. Man einigt sich zunächst mit den anderen Fahrgästen über die Route und teilt sie dann dem Chauffeur mit. All das für 4 bis 6 Centavos. Ein Sechzehn-Millimeter-Farbfilm kostet 100 Pesos. Das eine ist jedoch genauso notwendig wie das andere.

Das alte Vehikel war wie üblich mit Menschen vollgestopft. Da die Republik der Philippinen mehr Polizisten pro Quadratmeter ausschwitzt als irgendein anderes Land, ist Überlastung kein Problem. Wenn man hier einen zusammengeknüllten Papierfetzen auf den Rasen eines Parks wirft, handelt man sich leichter einen Monat Gefängnis ein, als wenn man seinen politischen Gegner von einem vereidigten Wahlhelfer um die Ecke bringen läßt. Aber das ist vielleicht gerechtfertigt. Mir steht kein Urteil über die Sitten und Gebräuche anderer zu.

Der Fahrer schrie auf englisch und ohne sich umzudrehen: «Einen Platz!»

Das Mädchen und ich standen dicht nebeneinander vor dem Trittbrett. Ich hatte es eilig. Doch sie war so schön, daß ich wie ein Idiot stehenblieb und sie anstarrte, statt mir den Platz zu sichern. Sie wollte ihn auch haben, das war klar. Aber sie stieg ebenfalls nicht ein.

«Wohin wollen Sie?» fragte der Fahrer.

Sie und ich antworteten wie aus einem Mund: «Zum Lips.»

Wir sahen uns an, neugierig, aber doch nicht so, als würden wir gleich in Verzückung geraten. Etwa so: Unglaublich, nicht wahr, diese merkwürdigen Zufälle, die das Leben immer wieder bringt ... Wir lachten einfach los.

Der Bursche am Steuer sagte, wieder sehr höflich: «Ich fahre auch zum Institut. Sie beide nicht schwer.»

Ich hatte mir übertriebene Vorstellungen von der zwingenden Kraft der Gesetze gemacht.

«Teilen wir uns den Platz», schlug die Schöne vor.

Sie sprang aufs Trittbrett, schob mit dem Bauch eine dicke Mammi beiseite, die für zwei hätte zahlen müssen, drehte sich etwas um und blieb, halb eingeknickt, über der Sitzbank schweben und wartete darauf, daß ich tätig wurde.

Ich zwängte mich in den engen Zwischenraum, und sie nahm auf meinen Knien Platz. Zugegeben, sie war leicht, doch ihre schmalen Gesäßbacken höhlten sich eine Vertiefung in meine Schenkel und bohrten sich dort so ungeniert und egoistisch ein, daß ich ihr um ein Haar ein bißchen Mäßigung empfohlen hätte. Ich hätte doch lieber auf das nächste Taxi warten sollen.

Sie wartete, bis ich resignierte, und wandte sich dann zu mir um.

«Wie heißen Sie?»

«Nicolas.»

«Und was machen Sie im Lips?»

«Dasselbe wie die anderen: ich sitze mir den Hintern platt. Ihrer ist übrigens ziemlich spitz.»

«Sie irren sich. Sie sind nur schlecht gepolstert.»

Sie war besser als der Durchschnitt. Mit einem Gesicht à la David Hamilton, wie es heute modern ist. Sie war jedoch ausdrucksvoller – was ich zugab, aber nicht laut sagte – als das Standardmodell. Sie hatte eine Hemdbluse aus indischer Baumwolle an, aus dem natürlichen, sehr dünnen Material, unter dem sich die Spitzen der Brüste abzeichnen. Offensichtlich kein Büstenhalter. Sehr gut! Büstenhalter sind unzüchtig.

Ihr Rock reichte bis zur Erde, war aber kaum dicker als die

Bluse. Das war alles, was man von ihr sah. Ach ja: ein gewaltiger Gürtel und ziemlich dicke Schuhe, mit Absätzen. Weiß. Nein, elfenbein.

Eine dünne goldene Kette: daran war ein winziger Anhänger befestigt, den ich nicht richtig erkennen konnte. Später erfuhr ich, daß es eine stark verkleinerte Nachbildung einer Plakette war, die die NASA, ich weiß nicht mehr wann, in den Weltraum geschossen hatte. Die eingravierten Zeichen sind für uns Menschen völlig unverständlich, doch die Wesen, die intelligenter sind als wir, können sie mühelos entziffern. Die Botschaft, die sie bilden, ist in allen Sprachen lesbar, die zwischen Alpha Centauri und dem Spiralnebel der Andromeda gesprochen werden: das Interessante an ihr ist, daß sie keine Kriegserklärung enthält, sondern eine alles in allem recht bescheidene Hoffnung ausdrückt. Ungefähr so: «Wir schicken euch unsere wichtigsten Vermessungen, die Formeln unserer Ribo- und Desoxyribonucleinsäure sowie einige Kleinigkeiten, die uns wichtig sind, einen Penis, eine Vagina, ein unbeschwertes Herz, damit ihr, wenn wir von diesem Planeten verschwinden, Wesen wie uns neuerschaffen könnt, aber bitte nicht ganz so borniert.»

Sie trägt diese Botschaft Tag und Nacht, legt sie nie ab. Ich habe oft allen Ernstes geglaubt, daß dieser instinktive Appell, der stärker ist als wir, mehr Chancen hätte, von denen, für die er bestimmt ist, gehört zu werden, wenn er von ihr ins Meer der Lichtjahre gebracht werden würde.

An jenem Tag wagten meine Gedanken sich allerdings nicht so weit vor. Die alltäglichen Versatzstücke und Personen interessierten mich noch. Ich verrenkte mir beinahe die Hüfte, als ich versuchte, meine Beaulieu hinter dem Gesäß meiner Nachbarin hervorzuziehen. Ich hielt den Sucher ans Auge, um zu sehen, was auf der Straße passierte.

Mein Fahrgast schimpfte los: «Sie tun mir weh. Was fällt Ihnen ein, sind Sie vielleicht noch im Touristenstadium?»

Ich erblickte nichts, was die Mühe lohnte. Also schwenkte ich den Arm wieder herum und legte die Kamera auf die Damenschenkel. Sie betrachtete sie wohlwollend. Vielleicht war sie doch fähig, den Sinn eines schönen Objekts zu würdigen?

«Ich nehme nicht alles auf, was ich sehe», erklärte ich. «Ich nehme nur Liebe auf.»

Sie scherzte: «Dann brauchen Sie sicher sehr wenige Filme!»

Ich ließ mich nicht einschüchtern.

«Glauben Sie denn nicht, daß die Liebe sehr verbreitet ist?» fragte ich.

Sie antwortete nicht.

Fünf Minuten später wurde sie ungeduldig. Ich auch. Ich befreite sie von der Last der Kamera. Gerade noch rechtzeitig! Zwei wunderschöne Mädchen überquerten, sich an der Hand haltend und zärtlich anblickend, die Straße. Ich konnte sie aufnehmen, bevor der Fahrer das Steuer heftig herumriß.

«Sie interessieren sich für Strichbienen?» erkundigte mein Fahrgast sich.

«Nein! Für Verliebte!»

«Warum filmen Sie mich dann nicht?»

Seltsamerweise gefiel mir diese Bemerkung. «Sie sind zu nahe», erklärte ich.

Im selben Augenblick zeigte sie auf ein älteres Paar, das eng – beinahe hätte ich gesagt: zeitlos – umschlungen in einer Türöffnung stand. Die beiden lächelten sich an, verwundert darüber, daß sie zusammen waren; glücklich.

«Da!» rief sie. «Schnell!»

Ich hatte die Szene verpaßt, weil ich nicht das, was sie mir zeigte, sondern nur sie betrachtet hatte. Ihr Gesicht war plötzlich wie verändert. Die freundlich-snobistische Gleichgültigkeit war einer fast unschuldigen, heiteren Sinnlichkeit gewichen, einem Ausdruck der Erwartung, der Ungeduld und der verhaltenen Entschlossenheit, der es ebenso sympathisch machte, wie es vorher aufreizend gewesen war.

Einen Moment später deutete sie mit demselben leidenschaftlichen Eifer, einer Kühnheit, die mich mitzureißen begann, auf ein Fenster, hinter dem sich zwei nackte Rücken abzeichneten. Waren diese Liebenden vom gleichen Geschlecht oder nicht? Sie umschlangen sich, ohne sich zu verbergen, weder vor den Passanten noch vor den Kindern, die um sie herum spielten. Sie hatten keine Angst.

«Sehen Sie?» applaudierte ich.

Sie drehte sich um und sah mich an, als erblickte sie mich zum erstenmal. Sie schien plötzlich unberechenbar und zu allem fähig, stark wie ein neugeborenes Baby. Dann sagte sie:

«Ich heiße Laura.»

Der Jeepney stoppte mit aller Rücksicht, die Beförderungsmitteln dieser Art eigen ist. Laura fiel gegen die Brüste der dicken Frau, die ihr liebevoll die Seite tätschelte. Laura hob die Beine hoch, um zwei Chinesen durchzulassen, die mit gesenktem Blick hinten gesessen hatten, und so konnte ich sehen, daß ihr Rock vorn bis zur Taille spiralförmig geschlitzt war. Ihre Schenkel entblößten sich – völlig. Kein Zweifel, Davids Jungfrauen können sich wieder anziehen: meine Reisebekanntschaft ließ sie stärker erblassen als ein Blitzlicht.

Ich hatte genug Zeit, über diese Tatsache nachzudenken.

Mit einem entschlossenen Schenkeldruck stieß unsere Nachbarin den Schmalbrüstigen beiseite, der an ihrer Seite saß, um Platz für Laura zu schaffen, die sich neben mich setzte, doch ohne ihren Rock wieder zuzuschlagen.

Ich hörte ihr weiter zu, aber zweifellos abgelenkt von zwei oder drei Dingen, die ich von ihr sah: ich weiß nicht mehr, worüber wir uns unterhielten.

Das Taxi leerte sich allmählich, bis nur noch wir beide darin saßen. Es fuhr im Schrittempo durch das weitgeöffnete Tor aus Kanonenstahl, über dem das berühmte Schild mit der Inschrift Lance Institute for Pacific Studies angebracht ist. Wir waren *at home*.

Unhöfliche Schreie bewiesen es sogleich. Der Jeepney bremste heftig, ließ zwei Jungen und einer beachtenswerten jugendlichen Naiven gerade noch genug Zeit zum Aufspringen. Ich kannte das Mädchen nicht.

«Grüß euch, ihr beide!» rief sie.

«Grüß dich, Mildred», sagte Laura. «Gehst du zum Vortrag?»

Diese Hypothese kam ihr eindeutig lustig vor.

«Bei meinem Schwanz!» bestätigte die Studentin.

Anstandshalber erkundigte ich mich höflich: «Wer hält ihn denn?»

«Ihr Alter», sagte einer der Jungen und zeigte auf Laura.

Laura erklärte mir freundlich: «Er soll den neuen Engländer vorstellen.»

«Und wofür interessiert er sich, dieser Engländer?»

«Für die Mara.»

«Die Mara?»

«Du kennst sie nicht?»

Ich gestand meine Unwissenheit: «Nie davon gehört.»

«Hör zu!» erklärte der Junge gesprächig, der bis jetzt noch keinen Ton gesagt hatte. «Das Volk der Neuen Sonne. Die Kinder der Insel Emmelle. Beeil dich und such dir einen Platz, wenn du ihre Bekanntschaft machen willst: sie können jeden Augenblick aussterben.»

Neue Tasadai! dachte ich. Die Zivilisation stöbert jedes Jahr ihre letzten Wilden auf. Es wird ihnen nicht gut bekommen.

«Die Mara scheinen einzig und allein dafür geschaffen, eine erloschene Rasse zu werden», dozierte Mildred spöttisch.

«Man nimmt jedoch an, sie interessieren sich nur für die Liebe», wandte Laura ein und sah mich komplicenhaft lächelnd an.

«Wie wir», offenbarte Mildred.

«Wie sieht er denn aus, dein Insulaner?» sorgte sich einer ihrer Jünger.

Ich nahm an, er meinte nicht etwa einen Mara, den Laura als Versuchsexemplar beschafft hatte, sondern den Spezialisten, von dem sie gesprochen hatte und der eigens aus dem Westen herbeigeeilt war, um uns über das große Alter und das notwendige Ende der Dinge und Menschen des Ostens aufzuklären.

«Weiß ich nicht!» sagte Laura. «Alt und häßlich.»

Das Taxi fuhr durch den Campus. Nachdem ich schon zwei Wochen dort war (ich verbringe allerdings die Zeit damit, mich draußen herumzutreiben), müßte ich eigentlich abgestumpft sein. Trotzdem ziehe ich jedesmal, wenn ich ihn durchquere, unwillkürlich den Hut vor den Architekten, die ihn gebaut haben. Sie sind erst kürzlich fertig geworden, letztes Jahr. Ich glaube, es sind Maori, also jene Leute, die von meinen kolonisierenden Ahnen dazu verurteilt wurden, das gleiche Schicksal zu erleiden wie die Mara – ohne daß sie allerdings ihr Ziel ganz erreicht hätten, was mich ein bißchen überrascht.

Jedenfalls maorische Mathematiker oder Astronomen.

Die Hörsäle, die Bibliotheken und die Laboratorien aus glänzendem Metall, die Seminarräume aus Polyester, die Sportanlagen durchsichtig, die Dinge, von denen man noch nicht weiß, wozu sie dienen können, die strohgedeckten Wohnhäuser der Lehrer und Forscher, die innen mit Filz oder Kork verkleidet sind, was man durch die Kunststoffwände erkennt, die Büros und Werkstätten, die Garagen und Gerätedepots sind alle aus einem anderen Material, und alle haben eine andere Farbe – aber sie werden von einer einzigartigen geometrischen Form beherrscht: Sie sind ausnahmslos Manifestationen der Kugel, halb, zwei Drittel, ein Viertel, ein Achtel oder andere mögliche Segmente.

Die relative Lage dieser unnatürlichen Körper gehorcht natürlich den vier Willen einer Schwerkraft, die bereits außerordentlich kompliziert wäre, wenn sie nur von den Vorstellungen Newtons abhinge oder allein von Einstein festgelegt worden wäre, die aber hier, unter dem Einfluß der Gehirne des Lips, eindeutig verdreht worden ist. Die Bahn eines Kugelsegments richtet sich selbstverständlich danach, ob es um eine Zitrone oder um eine Zitronenscheibe kreist. Die Planer mußten sich dieser Evidenz fügen und diese Variablen berücksichtigen. Es ist eine elliptisch-kosmische Mechanik.

Ob mir das gefällt? Nein: ich bete es an. Ich spucke nicht auf die Kunst meiner Zeit. Ich ziehe ihr höchstens die Kunst der Zukunft vor. Die verblüffende Architektur des Lips ist sicher der Hauptgrund, der mich bewog, diese Schule auszuwählen, statt mich für irgendeine andere Universität der fünf Kontinente zu entscheiden, wo ich mit meinem Stipendium ein ebenso angenehmes Jahr hätte verbringen können.

Selbst die dem benachbarten Dschungel entlehnte Vegetation wirkt hier eindrucksvoller als im Herzen des Urwalds. Sie ist jedoch auf dem Reißbrett entworfen und mit der elektronischen Steckmaschine gepflanzt worden. Ihre Schönheit und Nützlichkeit übertreffen eindeutig alles, was Wind und Sonne, die auf ihre eigenen Mittel angewiesen sind, anderswo schaffen. Die Natur braucht uns fraglos. Wir können sie noch ein paar Kleinigkeiten lehren.

Mein Blick löste sich bedauernd von der Landschaft aus Halbkugeln und Kuppelteilen, die ihn einen Augenblick lang von unmittelbarer interessierenden Dingen abgelenkt hatte.

Er begegnete den Augen Mildreds, die von der gleichen Reise zurückzukehren schienen. Die Schöne schüttelte ihr schönes Haupt. Sie rief mich zum Zeugen an: «Ist das nicht die größte Scheiße, die je ein Mensch ersonnen hat?»

Ein Mädchen und ein Junge, beide gleich hübsch, er mit nacktem, sie mit halbnacktem Oberkörper, sprangen nun ebenfalls auf, gefolgt von anderen Interessenten. Von geregelter Platzverteilung konnte immer weniger die Rede sein. Trotzdem schlug Laura nicht vor, sich wieder auf meinen Schoß zu setzen.

Einer der zuletzt Gekommenen war ein junger, bärtiger Professor, den ich kannte; er hieß Desmond Berger.

Ihm folgten zwei Frauen, die so verschieden waren und doch so verblüffend miteinander harmonierten, daß sie dafür geschaffen schienen, ihre Vorzüge gegenseitig zu unterstreichen. Die eine hellblond, sanft, groß, frisch, sonnenhaft, verzaubernd. Die andere mit glänzenden schwarzen Haaren, die, dicken Lianen gleich, bis zum Gürtel hingen; die Haut von der Farbe verbrannten Brotes, der Körper wie eine Wiese; der Mund mit den Lippen eines Geschlechts, hohe Wangenknochen und zarte Grübchen; die Augen von blitzenden Feuern belebt, die übergangslos von Ironie zu grenzenloser Zärtlichkeit, von Selbstsicherheit zu Erbarmen, von poetischer, mutwilliger Sinnlichkeit zu kühler Vernunft wechselten. Obgleich sie allem Anschein nach eine reinrassige Asiatin (aber kein philippinisches Blut) war, wirkten ihre Bewegungen, Blicke, Worte ausgesprochen europäisch. Paradoxerweise sah ihre blonde Freundin – zweifellos weil sie träumerisch, lyrisch und einfach war – orientalischer aus als sie.

Ohne die Arme eine Sekunde lang von der Taille der anderen zu lösen, nahmen die beiden mir gegenüber Platz, die jüngere auf den Knien der Dunkelhaarigen, an ihre Brust geschmiegt. Sie hatten den gleichen Minirock an, und ihre Brüste schienen sich ebenfalls zu entsprechen, sei es in der Größe und Rundung, sei es in den sichtbar aufgerichteten Warzen.

Ich fand die beiden Mädchen – wie auch Mildred – auf den ersten Blick erregender als Laura. Diese erriet meinen Gedanken mit einer Sicherheit, die mir ein wenig den Atem verschlug. Sie flüsterte mir ins Ohr: «Möchtest du sie gern küssen?»

Wie hatte sie mich in einer halben Stunde so gut kennenlernen können? Ich antwortete ganz offen: «Ja.»

Begehrenswerte Frauen werden immer von einem Mann begleitet. So auch hier. Da er sich nicht mehr in den überfüllten Jeepney zwängen konnte, war er auf dem hinteren Trittbrett stehengeblieben und grüßte in die Kulissen:

«*Ladies and Gentlemen*, guten Tag und gute Reise! Die Überfahrt scheint sich recht stürmisch anzulassen, doch unsere Inseln sind nah, und die Zeit ist mit uns.»

An einer Art Kupferengel, der aus dem Fahrzeug herausragte, brachte er einen verstellbaren *shooting-stick* an, wie ihn britische Jäger und Besucher von Pferderennen gern benutzen. Er hatte ein Zwillichhemd an und eine dazu passende Khakihose mit zahllosen pattenbewehrten Taschen. Um den Hals trug er eine flachgliedrige Kette, offenbar aus einfachem bronziertem Eisen, an der eine Erkennungsmarke hing, wie amerikanische Soldaten sie haben: mit einer Stanznaht, an der sie auseinandergebrochen wird, wenn der Besitzer tot ist, und zwei Kerben, damit man ihm den abgebrochenen Teil zwischen die Zähne schieben kann.

Ich hatte solchen Schmuck bereits gesehen, doch was mir ungewöhnlich vorkam war die Tatsache, daß er bei diesem Mann glatt und nackt war. Kein Name, keine Initialen waren eingraviert. Auch kein anderes Erkennungszeichen. Was würde, wenn man seinen Mund öffnete, um diese letzte Botschaft zu lesen, von ihm bleiben, wenn er noch nicht einmal seinen Namen hinterläßt?

An einem Armband, das aus getrockneten, geflochtenen Gräsern zu bestehen schien, baumelten zwei kleine Schlüssel und ein kleiner Schmetterling aus gebeiztem Holz, auf dessen Flügeln hier und da winzige orangefarbene oder schwarze und grüne Pfauenaugen blitzten.

Der Fahrer teilte mit, daß sein Vehikel die Weiterfahrt verweigere.

«Zu schwer!» erklärte er. «Zu viele Leute.»

Der große Bursche mit dem Oxford-Akzent stieg von seinem hinteren Stehplatz und versetzte der Karosse einen Tritt, der ihr sofort den nötigen Schwung gab. Er sprang wieder auf und deklamierte, diesmal auf französisch:

«O Leben, alter Kapitän, es ist Zeit; laßt uns den Anker lichten! Dieses Land langweilt uns. O Leben, laßt uns klarmachen zum Ablegen!»

Desmond Berger begann von neuem: «Darf ich vorstellen?»

Da niemand Einwände erhob, wandte er sich zunächst an meine Zufallsbekanntschaft und dann an die anderen, wobei er sich Mühe gab, die Namen deutlich auszusprechen: «Laura Olsen, einzige Tochter unseres begabten Direktors, doch Epitheta sind, wie Sie wissen, im allgemeinen austauschbar. Nicolas Elm, junger und vielversprechender Filmemacher. Mildred Phenkun, Paläontologie des Menschen. Max von Baude, Soziometrie. Pierre Godard, Kybernetik. Piera Rodari, Ozeanographie. Renato de Angelis, Archäologie des Pazifik. Ich habe doch niemanden vergessen? Gut. Nun, meine Freunde, dies ist Herr Professor Gualtier Morgan aus London. Natalie, seine Frau. Und Myrte.»

«Desmond, du versäumst deine heiligste Pflicht», mahnte Mildred. «Du solltest dem Professor mitteilen, daß wir nichts von seinem Vortrag mitbekommen werden: keiner von uns spricht *mara.*»

Natalie lachte, ein Lachen, das mich an ein Konzert für Frühlingsglocken und junge Mädchen denken ließ. Sie verkündete: «Aber *niemand* spricht es! Noch nicht einmal die Mara!»

Ich wußte sofort, daß Natalie sich niemals langweilte. Schon das war ein Grund dafür, daß sie die anderen nicht langweilte.

Myrte mußte auf ihre Weise etwas Besonderes sein, daß eine solche Frau sich so ungeniert in ihre Arme schmiegte! Und ihr Mann war bestimmt auch kein gewöhnlicher Zeitgenosse.

Während ich diese Emotionen wälzte, hatte Myrte eifrig in das allgemeine Tohuwabohu eingestimmt. Ich hörte, wie sie Natalies Faden weiterspann, wobei sie zwar anders lachte als diese, aber selbstverständlich so, daß es dazu paßte:

«Die Mara haben ein so schlechtes Gedächtnis und können sich so schlecht ausdrücken, daß man nicht einmal mit Sicherheit weiß, ob sie jemals existiert haben.»

Als wir vor einem Gebäude ankamen, das die anderen überragte, wurde das Gefährt plötzlich von einer heftigen Konvulsion geschüttelt. Der Sitzstock des Engländers fiel zu Boden, und mit ihm sein seraphischer Halt. Er wollte ihn auffangen, griff jedoch daneben und konnte sich gerade noch an einem der Zinkmähren auf der Reling festhalten.

Mildred konnte eine so gute Gelegenheit für moralische Betrachtungen offensichtlich nicht ungenutzt lassen: «Wer den Engel sucht, hat Glück, wenn er die Bestie findet!»

Der sterbende Motor begnügte sich nicht mit der ersten Zukkung. Er stampfte, hustete, das Gefährt legte sich gefährlich auf die Seite. Ich glaubte unterzugehen.

«Wir sinken», bestätigte Pierre.

Die Passagiere wurden furchtbar durcheinandergeschüttelt. Der Professor stand bereits am Ufer und bot den Schiffbrüchigen seine Dienste an. Myrte und Natalie sprangen zu ihm, doch letztere rutschte auf dem nassen Gras aus und fiel der Länge nach hin, ohne etwas von ihrer Fröhlichkeit einzubüßen. Ihr Mann und Myrte hoben sie auf, jeder an einer Hand.

Ich half Laura dabei, ihren Rock zu glätten. Zwei Räder des Taxis hatten sich gelöst. Der Fahrer stieg feierlich aus, untersuchte das schrottreife Vehikel. Er wandte sich zu Max, der am größten war und am solventesten aussah.

«Sie werden Reparatur bezahlen?» vergewisserte er sich.

«Selbstverständlich!» bestätigte der Soziologe. «Schicken Sie die Rechnung bitte an Mr. Hugo Lance, Doktor der Philosophie, Präsident und Gründer des Lance-Instituts für pazifische Studien. Man wird Sie mit steuerfreien Dollars entschädigen. Ihr Fall ist von größter kultureller Bedeutung: die Stiftung interessiert sich dafür.»

«Sie zahlen sofort», entschied der Chauffeur. «Das ist einfacher.»

Eine Hand ergriff meine.

«Langweilt es dich wirklich nicht, meinen Vater zu hören?» fragte mich Laura, die plötzlich drängend und schüchtern zugleich wirkte.

«Aber nein!»

Studenten umringten uns. Morgan begrüßte uns mit der Geste eines alten Freundes, nahm Natalies rechten und Myrtes linken Arm und dirigierte sie zum Eingang der Bowler Hut. Das ist der Spitzname, den man dem Auditorium Maximum des Instituts wegen seiner Form gegeben hat – eine grünspanbedeckte Schüssel schwebt in einem paradoxen Gleichgewicht über einem Kugelabschnitt. Die frankophonen Studenten und Wissenschaftler nennen es *chapelle melon*, Melonenkapelle. Mir erscheint diese Bezeichnung unzutreffend, da es sich vielmehr um eine halbe Melone handelt und da ich nie die geringste andächtige Stimmung bei ihren Besuchern beobachten konnte.

In diesem Augenblick zeigte Laura mit den Augen zuerst auf das Trio, das der Ethnologe und seine beiden Begleiterinnen bildeten, und dann auf die Kamera, die an meinem Handgelenk baumelte. Wollte sie damit sagen, diese Verliebten böten mir ein Motiv zum Drehen? Ich erfuhr es nie, weil ich vergessen habe, sie später danach zu fragen. Momentan war ich zu sehr damit beschäftigt, sie anzusehen, sie lenkte mich vielleicht zu sehr davon ab, mich von den anderen fesseln zu lassen.

Ich glaube, es machte ihr Spaß. Sie wurde plötzlich so temperamentvoll, als wolle sie sich an meinen Hals werfen, mich küssen. Aber dann begnügte sie sich damit, zu lächeln und mir ein Zeichen zu geben, ihr zu folgen.

Als wir in den Hörsaal gehen wollten, wurde uns die Tür von einem Jungen und einem Mädchen versperrt, er ein Filipino, sie eine Israeli, ich kannte nur sie. Sie löste sich einen Augenblick vom Mund ihres Flirts, musterte mich, inspizierte dann Laura. Ihr Blick richtete sich abermals auf mich, nicht gerade sehr freundlich. Mit gespieltem Abscheu fragte sie ihren Kommilitonen: «Wer sind diese Leute?»

Er zuckte die Achseln, sagte aber trotzdem: «Ich glaube, es sind Mara.»

Dann setzten sie ihren Kuß dort wieder fort, wo sie ihn unterbrochen hatten. Wir wandten uns einer anderen Tür zu.

In der ersten Reihe der amphitheatralisch ansteigenden Sitze angekommen, drehte Laura sich unvermittelt um, näherte sich mir, bis die Spitzen ihrer Brüste meine Brust berührten, und flüsterte viel dichter an meinen Lippen, als ich erwartet hatte: «Entschuldige mich jetzt bitte: ich muß dich allein lassen. Papa erwartet mich, ich muß mich um den Projektor und die akustische Anlage kümmern. Wir sehen uns nach dem Vortrag wieder.»

Sofort bedauerte ich es, mitgegangen zu sein. Ich hatte nicht den geringsten Grund und nicht das geringste Verlangen, den Vortrag zu hören. Dieses junge Mädchen hatte mich gewaltsam mitgeschleppt, und jetzt ließ sie mich einfach stehen. Ich hätte mit meiner Zeit etwas Besseres anfangen können. Unschlüssig machte ich einen Bogen. Aber da stieß ich mit Natalie und Myrte zusammen, die mich kumpelhaft anlächelten, als seien sie froh, mich zu sehen.

«Setzen Sie sich zu uns?» schlug Natalie vor.

Ich glaube nicht, daß irgend jemand ihr widerstehen kann. Ich habe rechts von ihr und Myrte hat links von ihr Platz genommen. Letztere hinderte eine Neugekommene daran, sich auf den freien Platz neben ihr zu setzen.

«Besetzt!» verkündete sie.

Die Aufdringliche ließ sich in meiner unmittelbaren Nähe nieder, was nicht unangenehm war, denn alles an ihr war lecker: ihr Auftreten entsprach einem Mannequin der Haute Couture; etwa mein Alter; schlank, geschmeidig, locker; langer Hals; spitz zulaufende, aber feste Brüste, die unter einem losen Trikot gut sichtbar waren; die Taille so schmal, daß man sie mit einer Hand umfassen konnte, und überdies nackt, um den Beutegriff zu erleichtern; irgend etwas Lakedämonisches um die Gesäßbacken, zur Pflichterfüllung erzogen, nehme ich an; sehr kurze Shorts.

Sie musterte mich ebenfalls in aller Ruhe, neigte das Gesicht dabei nach rechts, dann nach links, um alles sehen zu können. Zuletzt verzog sie zustimmend den Mund, was meinen Komplexen guttat. Sie verzog ihn noch einmal zustimmend, wobei sie Myrte, Billigung heischend, anblickte. Die beiden Frauen nickten, sie waren der gleichen Meinung. Ich brauchte der Aufforderung nur noch zu folgen.

Das Projekt schien allerdings nicht so dringlich, denn meine Nachbarin verlor unvermittelt das Interesse an mir, öffnete ihre Handtasche, um ein Buch mit weißem Umschlag herauszunehmen, in das sie sich sofort vertiefte. Es war Französisch und hieß *Offener Brief an die schlechten Küsser.*

Natalie wandte sich zu mir und fragte in vertraulichem Ton: «Kennen Sie sie?»

Ich schüttelte den Kopf. Natalie informierte mich:

«Sie ist Italienerin, Diplomatin vom Vater her. Im Augenblick bekleidet sie die Stellung der Mätresse des französischen Botschafters in Manila. Sie heißt Marcella Aegis. Sie ist trisexuell wie ich.»

Marcella hob die Nase vom Buch, schaute mich von unten an und lächelte, und zwar sehr gutgelaunt, wie ich gestehen muß. Kurz danach sah sie einen jungen Mann mit den Ausmaßen eines Korbball-Champions und dem blonden Bart eines Wikingerhelden und rief:

«Da sind Sie ja endlich, Steve! Höchste Zeit: ich hätte mich um ein Haar auf Ihren Platz gesetzt. Übrigens mit dem größten Vergnügen!»

Der Riese setzte sich. Hinter ihm machten es sich Renato und Piera bequem. Ich glaubte mich auf heimatlichem Boden, fühlte mich nicht mehr so unbehaglich wie vorher. Laura blieb jedoch unsichtbar.

Es war mir egal. Ich hatte jetzt genug Anregungen.

Trisexuell?

Schlechte Küsser!

Eine wilde Musik erstickte meinen subtilen Denkprozeß im Keim. Die Bowler Hut hallte plötzlich wie eine Zimbel: eher wie eine Million Zimbeln. Ungeachtet der Tam-Tams, Gongs, Schellen, Hohlmuscheln, Flöten und der anderen Instrumente der Zerstreuung. Ein oder zwei Rezitative heiterten das Ganze auf. Wenn das die Mara-Kunst war, konnte ich darauf verzichten!

Das Publikum wurde zahlreicher und machte bald mehr Krach als die Lautsprecher: um so besser. Um den Lärm zu übertönen, waren Piera und Renato gezwungen, aus vollem Hals zu schreien: «Kein Mensch hat etwas von einem Meer von Emmelle gehört. Weiß vielleicht jemand, wo dieses Wasser liegt?»

«Jenseits der Geographie! Grüß dich, Marianne! *Ciao, Mario!*»

Das neu eingetroffene Paar machte sich mit der Umgebung

vertraut. Marianne senkte eine Bemastung herunter, die für hohe Seen geschaffen schien; ihre festgezurrten Brüste hingen unmittelbar über meinem Kopf. Mario, ein Großmaul, sagte:

«Unsere Laura wirkt heute so reserviert. Gestern abend, bei Marie-Chatte, war sie nicht so zugeknöpft.»

«Wenn sie bei ihrem Vater ist», erklärte Marianne mit einem holländischen Akzent, so dick, daß man ihn mit dem Messer schneiden konnte, «benimmt sie sich *wie* ihr Vater. Sie *ähnelt* ihrem Vater. Sie *ist* ihr Vater. Das nenne ich eine *brave* Tochter.»

«Wo sind bloß ihre Hände?» sorgte sich Mario. «Ich kann sie auf dem Bedienungspult nicht sehen. Wir sind in Gefahr.»

«Sie sind bestimmt anderweitig beschäftigt», erklärte Marianne autoritär. «Die liebe Kleine ist so anspruchsvoll!»

Wo war sie eigentlich?

Natalie erriet meine Neugier und zeigte mit dem Finger auf das eine Ende des Podiums. Es ragte so hoch vor uns auf, daß es mir nicht eingefallen war, sie dort zu suchen. Laura wirkte ganz klein. Ich sah nur ihren halben Oberkörper und ihren Kopf. Die Wonnen und Fährnisse ihrer Beine waren nur zu ahnen.

Sie hatte mich entdeckt und offenbar darauf gewartet, daß ich sie ebenfalls erspähte: mit einer kaum merklichen Bewegung der Wimpern gab sie mir zu verstehen, daß sie mich erkannt hatte. Wogen die Pflichten ihres Amtes so schwer, daß sie sich keine deutlichere Geste leisten konnte? Sie war doch immerhin in dem Alter, in dem man sich seine Bekannten selbst aussuchen kann!

Ich musterte die übrigen Persönlichkeiten auf dem Podium. Gualtier Morgan saß neben ihr, rechts von einem breitschultrigen Herrn mit hoher Stirn und breiten Kinnbacken, den ich sicher schon am Tag meiner Ankunft gesehen hatte und dem ich, meine ich, sogar vorgestellt worden war. Demnach konnte es sich nur um Hochwürden Erling Olsen handeln, Geistlicher der Kirche des Apostels Jesu, Direktor des Lance Institute for Pacific Studies und, wie ich seit einer Viertelstunde wußte, Vater des Mädchens, dessen spirituelle Gesäßbacken mich auf der Küstenstraße zehn Kilometer lang bewußt oder unbewußt masturbiert hatten.

Es folgte ein imposantes Exemplar von großgewachsenem Indonesier-Polynesier mit den Muskeln, den Farben und dem Blick eines brünstigen Tigers, der alle Katzen auf dem Campus vor Lust heulen lassen mußte. Dachte er an seine frühere und zukünftige Beute? Hatte er bereits eine saftige Gesäßbacke meiner Laura gekostet? Hatte er sie gar im seidigen Dickicht ihrer Marie-Chatte miauen lassen, als er sie, die Splitternackte, mit seinem dicken Schwanz geißelte? Oder hatte er es sich für heute abend aufgehoben, wo sie vom Finger und von der Beredsamkeit ihres Vaters mürbe gemacht worden war? Nichts ist aphrodisischer als ein Vater, der predigt!

Worüber spricht sie mit ihm, während sie sich auf seinen Schoß setzt? Über die Liebenden, die sie während der Fahrt von der Kirche zum Institut auf der Straße gesehen hat? Über die Elementarstrukturen der Verwandtschaft? Über ihre Sammlung schöner Totems? Und wie? Mit anstößigen Worten, um Anstoß zu erregen!

Einen Augenblick danach habe ich meine kleinbürgerlichen Gedanken schon wieder bereut. In Wirklichkeit wußte ich überhaupt nichts von ihr. Bei einem so priesterlichen genetischen Erbteil war sie höchstwahrscheinlich eher zur Keuschheit denn zum Küssen prädestiniert.

Sonst ist es nicht meine Art, so unlogisch zu sein, aber diese hypothetische Enthaltsamkeit hat mich mißmutiger gemacht als die vermuteten Ausschweifungen. Verdammt! Ich mußte langsam wissen, was ich wollte! Das heißt, vielleicht wäre es am besten, nichts zu wollen. Das schien mir, um ganz objektiv zu sein, der Standpunkt, den der Polynesier-Indonesier auf dem Podium zweifellos seit vielen Generationen einnahm. Ich mußte zugeben, daß er Laura nicht mehr zu beachten schien als das dozierende Mannweib, das neben ihm die Reihe der Offiziellen beschloß.

Übrigens: im allgemeinen ist eine Tribüne oft viel interessanter als ihre Last. Diese bestätigte die materialistische Regel. Sie bestand aus zwei am Pol aufeinander gestellten Halbkugeln. Nach den normalen physikalischen Gesetzen hätte die obere schaukeln und die Leute, die sich darunter wagten, zerdrücken müssen, aber ich glaube bereits gesagt zu haben, daß das Normale nicht die Norm des Lips ist. Meines Wissens ist es also bisher noch nicht zu einem derartigen Unglück gekommen.

Oft habe ich mich, ohne eine Antwort zu finden, nach dem Rang gefragt, den dieses Kopf-an-Schwanz-Prinzip in der Symbolik der Uni einnimmt. Sogar ihr Wappen scheint es zu variieren. Es besteht aus einem runden Schild, auf dem zwei fleischfarbene Figuren fast Kopf bei Fuß liegen, und zwar in einer embryonalen Haltung, die nicht erkennen läßt, ob sie gleich- oder andersgeschlechtlich sind. Bisher konnte mir noch niemand erklären, was das Wappen bedeutet. Einige Leute vermuteten eine ozeanische Mutation des chinesischen *taiki.* Wenn diese These sich eines Tages bestätigt, würde sie beweisen, daß sich das *yin* und das *yang* durch die *positio sexaginta-nova* fortpflanzen.

Werde ich jemals erfahren, ob die Nachkommenschaft von Professor Erling Olsen ihre Existenz dieser Technik verdankt, die man meist, einfacher, *soixante-neuf* nennt?

«Die Mara», verkündeten unvermittelt die Lautsprecher in Form von halben Orangen, *«sind wahrscheinlich die älteste Steinzeitgesellschaft, die noch auf dem Sulu-Archipel siedelt.»*

Es war Olsen, der ohne vorherige Warnung in ein Tohuwabohu einstimmte, das von niemandem gedämpft wurde. Am sonderbarsten war, daß man den Redner trotzdem verstand.

Man muß zugeben, daß Lance nicht auf den Preis gesehen hat, als er die Halbmelone ausstattete. Die Hälfte seiner *gadgets* muß unmittelbar von einer Weltraumbehörde stammen, die den verlokkenden Milliarden des Gründervaters nicht widerstehen konnte. Geheimnisvolle Hebel und Knöpfe, sichtbare Platten und Tonbänder, Scheinwerfer, Projektoren, Reflektoren, Bildschirme, visuelle und akustische Signale, Sonden und Sensoren bombardieren das Publikum. Besonders erstaunlich ist es, daß diese Vielfalt keineswegs einen überflüssigen oder chaotischen Eindruck macht. Ich finde sie sogar schön.

Ich konnte die instinktive Bewegung nicht unterdrücken, mit der ich konstatierte, daß Mildred nicht mehr da war. Sicher, die Mara gingen sie nichts an . . . Glaubte sie jedenfalls!

«Die Forschung läßt sich mit Recht von der Faszination anstekken, die mit der Untersuchung dieser Population verbunden ist», fuhr die Stimme des guten Hirten fort. *«Wir dürfen aber trotzdem nicht vergessen, daß die Achtung vor dem Menschen der unerschütterlichste Stützpfeiler der wissenschaftlichen Ethik ist. Alles, was das Leben und Sterben der anderen betrifft, verpflichtet uns zu besonderer Behutsamkeit und Sympathie, also zu Barmherzigkeit. Und in dem Fall, der uns beschäftigt, besteht leider berechtigter Grund zu der Annahme, daß die Mara dem baldigen Untergang geweiht sind. Nicht weniger zwingende Gründe sprechen für die Vermutung, daß die rein materiellen Veränderungen, wie sie die moderne Technik bewirken könnte, nicht genügen, um diese Entwicklung merklich zu beeinflussen. Schon heute gibt es nur noch wenige, vermutlich fünf oder sechs Stämme, die jeweils höchstens*

fünfzig Mitglieder zählen und auf die praktisch unzugänglichen Gipfel einer einzigen Insel verteilt sind: Emmelle . . .»

«Daß er immer wie ein Heiliger reden muß, dieser verdammte Pfaffe!» beschwerte Renato sich laut und vernehmlich.

«. . . so vergängliche und ungastliche Refugien, daß sich ihre Spur von einer Sommersonnenwende zur anderen verliert.»

Der Geistliche salbaderte noch fünf Minuten weiter, und dann sah ich, wie er sich an den Experten wandte und diesen mit einer Handbewegung aufforderte, den Hauptteil zu seinem Prolog zu sprechen. Morgan erhob sich nicht. Schon nach seinen ersten Worten wich die allgemeine Unruhe einer beinahe stummen Neugier.

«Ich glaube, Sie alle haben schon einmal etwas von den merkwürdigen Dingen gehört, die sich bei den Mara zu Beginn eines jeden neuen Jahres, das heißt bei ihnen am ersten Morgen der Sommersonnenwende, zutragen. Seien wir aber genau: das Phänomen betrifft sie nicht alle. Für einen Teil des Stammes ändert sich nichts: die Alten, die Furchtsamen, die Ehrgeizigen, die Bürger fahren fort, die Milch der Kultur einzusaugen. Von den anderen werden sie die Toten genannt.»

Er hielt inne, um seine Pfeife anzuzünden, redete dann weiter:

«Bei der Geburt der Neuen Sonne vergessen die anderen, die wahren Mara, ihr ganzes bisheriges Leben. Sie erinnern sich nicht mehr daran, wer sie bis zu diesem Augenblick gewesen sind; welches ihr Dorf war und welche Rolle sie in ihrem Dorf spielten; wessen Vater oder Mutter oder Kind sie waren. Sie wissen nicht mehr, mit wem sie verheiratet waren. Diese Männer, diese Frauen und diese Kinder ohne Gedächtnis heißen in ihrer Sprache die Lebenden.»

«Dieser englische Professor ist genau mein Fall», bemerkte Piera. «Und ich habe das Gefühl, es könnte auf Gegenseitigkeit beruhen.»

«Gib's auf, Kleines», brachte Renato sie zur Vernunft. «Er hat bereits zwei *nanas*: eine Französin und eine Thai. Was könntest du ihm schon bieten, wo du doch nicht mehr als ihre vereinten Spezialitäten beherrschst?»

«Bei jeder Geburt der Sonne», fuhr der glückliche Polygame fort, *«ist jeder der Lebenden ebenfalls ein Neugeborener. Er nimmt einen neuen Namen an. Jede Frau wählt einen neuen Gatten. Jeder Mann eine neue Frau. Jeder erlernt den Beruf, den er am Vorabend noch nicht beherrschte. Er erfindet eine neue Art der Liebe. Er*

träumt neue Träume.»

In eben diesem Augenblick sprudelte ein rauher, kehliger Laut, ohne jeden Zweifel der Lustschrei einer Frau, aus den Lautsprechern und übertönte die Stimme des Londoners. Er endete in einem satten Seufzer. Das Timbre der Darbietung hatte irgend etwas Exotisches, selbst in diesem Land. Ich sah, wie Morgan sich zu Laura wandte, sie überrascht, dann amüsiert ansah. Sie schien von panischem Entsetzen gepackt: ihre Hände waren jetzt gut zu sehen, auf einem riesigen, tamburinähnlichen Gebilde aus mattem Chrom, dessen um 45 Grad geneigte Oberseite mit zahllosen Hebeln und Knöpfen besetzt war. Sie betätigte sie mehr oder weniger wahllos und verzweifelt. Das Ergebnis war fabelhaft: Pfeiftöne, Unterhaltungsfetzen, Jazzmusik, Bruchstücke religiöser Hymnen, vibrierendes Wellblech, ein Papstsegen in acht Sprachen, abermals das Mädchen, jetzt beim letzten Orgasmus, endlich wieder Stille. Das Auditorium war glücklich. Die Tribüne allerdings weniger.

Am meisten überraschte mich Olsens Reaktion. Ich war darauf gefaßt, daß er sich auf die Lippen beißen, vor Wut in Ohnmacht fallen oder das Kreuz schlagen würde. Statt dessen warf er seiner Tochter einen väterlich wohl- und verständnisvollen Blick zu, den ich nicht für möglich gehalten hätte. Als die Lautsprecher endlich schwiegen, stimmte er mit einem außerordentlich ökumenischen Kopfnicken zu, das einer Absolution gleichzukommen schien.

Später erfuhr ich, was geschehen war: Gualtier erzählte es mir, nachdem wir uns angefreundet hatten. Laura hatte an jenem Tag geschwiegen wie das Grab, was diese Sache betraf. Vielleicht hatten wir auch, um genau zu sein, keine Zeit gehabt, darüber zu reden.

Drei Studenten – eine Österreicherin namens Ingrid und zwei Jungen, ein Äthiopier, der Olivier hieß, und ein Filipino mit Namen Eugène – hatten sich vor Beginn des Vortrags unter Lauras Kanzel gesetzt, aber sicher nicht allein aus Gründen der Bequemlichkeit.

Die Form der Halbschüssel war verlockend, denn sie eignete sich ideal dafür, die drei zu verbergen. Gualtier entdeckte sie übrigens erst nach Vollendung ihres Werks, das im wesentlichen daraus zu bestehen schien, allerlei raffinierte Dummheiten mit den Kabeln der Akustikanlage zu machen. Die Qualität der neuen Schaltungen brachte mich auf den Gedanken, wenigstens einer der drei Künstler müsse in den freien Augenblicken, die ihm seine elektronischen Studien ließen, ein Diplom in künstlicher Befruchtung gemacht haben.

Da ich ganz vergessen habe, sie danach zu fragen, weiß ich nicht, ob Laura ihre Anwesenheit in ihrem Allerheiligsten erst in jenem Moment oder schon vorher bemerkt hatte. Sie zuckte jedenfalls vor und nach dem Ereignis mit keiner Wimper und wahrte ein undurchdringliches Gesicht, das ganz Poly-Indonesien neidisch machen konnte.

Was die anderen Teilnehmer der offiziellen Runde angeht, so ist es sicher, daß sie während des gesamten Vortrags nicht die leiseste Ahnung vom wahren Ursprung dieser schlecht – oder vielmehr gut – gestöpselten Interferenzen hatten, die die Erhabenheit der Stunde beeinträchtigten.

Ein Student, der Ähnlichkeit mit einem Bildnis Johannes des Täufers von der Hand eines knabenliebenden Malers hatte, benutzte die abklingende Verwirrung, um sich zu melden und eine in jenem Zusammenhang bestürzende Frage zu stellen: «Wenn die Lebenden einmal im Jahr alles vergessen, vergessen sie doch auch ihre Sprache. Wie unterhalten sie sich dann?»

Gualtier antwortete: *«Da die Toten existieren, müssen sie zu irgend etwas nütze sein. Eine ihrer Funktionen besteht darin, all denen die Sprache ihrer Heimat wieder beizubringen, die sie vergessen haben: also allen Neugeborenen, wie alt sie auch sein mögen. Sie müssen sie überdies lehren, wie man Feuer, Angelhaken und Flöten macht, Bogen und Trommeln, wie man Blätterhütten baut, den Regen vorhersagt und Wunden versorgt.»*

«Anders ausgedrückt: Sie müssen sie re-indoktrinieren!» stellte ein Filipino enttäuscht fest. «Sie machen sie wieder so alt, wie sie selbst sind.»

Gualtier beruhigte ihn: *«Dazu haben sie zu wenig Zeit. Ein Jahr ist so kurz, daß es den Alten nicht möglich ist, ihre Ideen wirklich weiterzugeben, ihren Vorurteilen ein Weiterleben zu sichern, ihren Haß zu verkünden, ihre Gleichgültigkeit fortzupflanzen, die Angst vor der Zukunft zu verbreiten, die Senilität zu verewigen.»*

«Und wenn es nicht genug Tote gibt, die imstande sind, die Lebenden zu unterrichten, wer übernimmt diese Aufgabe dann?»

«Bestimmte Lebende verlieren eines Tages den Mut, ihr Leben neu zu beginnen, und nehmen den Platz der Toten ein, die abgetreten sind. Die Toten werden ständig von den Lebenden ergänzt. Aber die Zahl derer, die den Tod akzeptieren, wird immer kleiner.

Immer mehr Lebende wählen das Leben. Aus diesem Grund, glaube ich, scheint die Mara-Gesellschaft in den Augen gewisser Leute zum Aussterben verurteilt zu sein . . .»

«Welche Bedeutung hat der Tod, wie wir ihn begreifen und kennen, für die Lebenden?» fragte ein junger Mann.

«Keine.»

«Welchen Ritus haben sie für ihn entwickelt? Welchen Respekt erweisen sie denen, die physisch sterben?»

«Keinen.»

Um das Thema zu wechseln, erkundigte sich ein anderer Typ, ob es dort unten eine sexuelle Diskriminierung gebe.

«Wo denken Sie hin? Die Geschlechter sind natürlich völlig gleichberechtigt. Überlegen Sie doch!» erwiderte der Völkerkundler.

Leute, die alles wissen wollen, bringen mich zur Verzweiflung. Diese prosaische Spezies war im Publikum mehr als genug vertreten. Ein Mädchen sorgte sich darüber, was mit den schwangeren Frauen geschieht. Vergaßen sie ihren Zustand etwa, wenn sie von einem Jahr ins andere traten? Und wenn das Baby doch geboren wurde, gehörte es dann dem Mann, der es gezeugt hatte, oder dem neuen Gatten der Mutter? Oder ihr allein? Oder etwa Adoptiveltern? Dem Stamm vielleicht?

«Warum soll es überhaupt jemandem gehören?» erwiderte Gualtier. *«Die Mara-Kinder gehören einzig und allein ihrer künftigen Freiheit.»*

«Welcher intellektuelle Unterschied besteht zwischen einem lebenden Kind und einem lebenden Erwachsenen?»

«Keiner. Es ist genau wie bei uns.»

Natalie schnitt eine entzückte Grimasse, die für mich bestimmt war. Im Saal brach ein heiliger Aufruhr los: die einen schrien, Kinder seien weit intelligenter als Erwachsene; andere, Kinder würden ohne uns, die Großen, schwachsinnig werden; eine dritte Gruppe, die in der Minderheit war, behauptete, sie wären es bereits, weil man schon ein ziemlicher Dummkopf sein müsse, um den Einfall zu haben, auf die Welt zu kommen, besonders auf eine Welt, die von solchen Typen wie die Anwesenden bevölkert ist!

Ich begann mich diesem Standpunkt ernsthaft anzuschließen. Der junge Riese schien genauso genervt zu sein wie ich. Er neigte sich über Myrte: «Und was machen wir anschließend? Kommst du mit mir? Heute tritt Peter Duz im *Delirium* auf. Wollen wir dort tanzen?»

Myrte schenkte ihm eines jener unwiderstehlichen Lächeln, wie ich sie bei ihr schon wiederholt bemerkt hatte.

«Tut mir unendlich leid, mein Steve!» entschuldigte sie sich. «Ich bin schon vergeben.»

Das Gesicht des Jungen verdüsterte sich. Er beugte sich vor, um Natalie abzuschätzen. Diese mimte kindliche Unschuld. Steve verzog das Gesicht, um anzudeuten, daß er das gar nicht witzig fand.

Gualtier hatte das überflüssige Bedürfnis, den vorangegangenen Gedankenaustausch fortzusetzen. Das heißt natürlich, daß er nur seine eigenen Gedanken äußerte:

«Die Lebenden benutzen das Gedächtnis der Toten, erweisen ihnen für diesen Dienst allerdings bemerkenswert wenig Dankbarkeit. Um ganz offen zu sein, sie betrachten sie ein bißchen wie Zurückgebliebene. Sich erinnern: das heißt für die Lebenden stehenbleiben. Die Mara sind das einzige bekannte Volk, das keinen Totenkult hat.»

Gut. Das genügte im Moment für meine Bildung. Mir war danach, draußen im Freien eine Zigarette zu rauchen. Ich gab Marcella mit einem Zeichen zu verstehen, ich würde zurückkommen, und vermied es, Natalies schockiertem Blick zu begegnen. Ich konnte zu meiner Befriedigung feststellen, daß Steve mir folgte.

Als wir auf dem Rasen standen, wo sich eine ganze Menge schöner Seelen mit nackten Gesäßen in der Sonne vergnügte, fragte ich Steve, ob er Laura kenne.

Er sagte: «Alle kennen Olsens Tochter.»

«Sie muß viele Anbeter haben.»

«Kommt darauf an», antwortete er kryptisch.

«Worauf?»

«Mit wem sie gerade geht.»

Ich spottete: «Führt sie ein Doppelleben?»

«Nein, sie möchte alles leben.»

«Was heißt das, alles?»

Er hatte Geduld mit mir: «Sie sieht nicht ein, weshalb man zwischen zwei verschiedenen Leben wählen und sich des einen berauben sollte, um das andere zu genießen. Das ist übrigens gar nicht so dumm!»

Ich widersprach: «Es ist aber gefährlich, denn die Gesellschaft zwingt uns dazu, eine Wahl zu treffen. Sie erwartet, daß wir die

Ausschließlichkeit, die Treue praktizieren. Wer glaubt, er könne von allen Früchten naschen, beißt sich schnell die Zähne aus.»

«Laura ist nicht feige. Und sie gibt nicht vor, alles auf einmal zu sein oder alles auf einmal zu haben. Sie läßt sich Zeit.»

«Zeit wofür?»

«Zum Wissen. Zum Ausprobieren. Sie kostet alles, ein Ding nach dem andern.»

Ich forderte ihn abermals auf, genauer zu sein: «Dinge und Menschen?»

«Natürlich.»

«Bei diesem Spiel riskiert sie, plötzlich allein dazusitzen.»

Steve machte ein erstauntes Gesicht. Er sah mich nachdenklich an und bemerkte: «Sie ist nie allein. Sie weiß, wann man Schluß machen muß.»

«Also, ich muß schon sagen, das gefällt mir gar nicht!» brummte ich zu meiner eigenen Überraschung.

Steve versetzte mir einen Schlag auf den Rücken, der mich einen Meter nach vorn springen ließ. Er rief mitfühlend-jovial aus: «Dann ändere sie doch, alter Junge!»

Aber ich sah nicht ein, wieso ich mir das Leben damit schwermachen sollte, die Tochter eines Reverends zu demystifizieren.

Ehe wir die schwarzgrüne Kuppel erreichten, die die Bibliothek und das Sprachlabor beherbergte, zeigte Steve auf eine Pampelmusenhälfte, die auf der Spitze stand, ein Drittel aus Stahl, ein Drittel aus Glas, ein Drittel aus Lack.

«Bist du schon mal in dieser Kirche gewesen? Hier zelebriert Olsen.»

«Ich glaube nicht an den lieben Gott.»

«Du könntest Laura dort Choräle singen hören. Sie hat eine sehr hübsche Stimme.

Ich zuckte die Achseln: «Ich komme mir nicht gern deplaciert vor.»

Als wir die Rotunde betraten, wo Desmond mit einem guten Dutzend Studenten und Studentinnen arbeitete, bedauerte ich, nicht lieber von Myrte gesprochen zu haben. Das Thema hätte Steve sicher mehr interessiert.

Mich übrigens auch.

Lauras Extravaganz und auch ihr Humor waren in diesem Saal besonders gut spürbar, und sei es nur durch die vier Lautsprecherketten, die von der durchsichtigen Kuppel herabhingen. Jeder hatte die Form eines Buchstaben, und zusammen bildeten sie den Namenszug LIPS, was in der linguistischen Fakultät eines Instituts, das man unter dieser Abkürzung kannte, natürlich nicht unbedingt originell war.

Desmond schwieg. Er lauschte mit den anderen auf Olsens Stimme, die aus dem *L* drang. Die akustische Anlage war an das Auditorium Maximum angeschlossen und übertrug die dortige Debatte. Ich schien den Mara auf Gedeih und Verderb ausgeliefert!

Olsen predigte soeben: *«Die Bekehrung mehrerer Mara-Familien zum Christentum beweist, daß ihre traditionellen Anschauungen sie von Anfang an für den wahren Glauben prädestinierten.»*

Desmond erhob sich von seinem Stuhl. Er litt sichtlich. Mehr um die allgemeine Ansicht der Seminarteilnehmer auszudrücken, als um etwas zu lehren, sagte er: «Es gibt keine geheime Zivilisation und auch keine Offenbarungsmythen. Es gibt nur noch das Problem des Überlebens. Die Sprache verschleiert diese Wirklichkeit häufig.»

Das *L* fuhr fort, seine Banalitäten zu verbreiten. *L* wie Laura. Sprach Laura ebenfalls aus Olsens Mund? Konnten sie und er denselben Mund haben? Was ging mich das an?

«Die Mara, die ich kennenlernte, beschäftigten sich mehr mit der Liebe als mit mystischen Betrachtungen.»

Wer hatte das gesagt? Olsen? Laura? Nein, es war Gualtier gewesen.

Der gute Hirte hob den Handschuh auf:

«Warum sollte man den Ritus von der Geburt der Sonne nicht als Sakrament, als Taufe betrachten? Die Mara erwarten und akzeptieren auf ihre Art eine göttliche Gnade. Ihre Verachtung der körperlichen Realitäten zeugt im Grunde nur von der Allgegenwart des Heiligen Geistes.»

Morgans Entgegnung: *«Die Liebe Gottes ist eine Unmöglichkeit, die uns seit zweitausend Jahren daran hindert, die menschliche Liebe zu finden. Die Christen sind die Pilger des Unmöglichen. Die Mara dagegen sind die Entdecker des Möglichen.»*

«Er sollte sich lieber auf sein Fach beschränken», erklärte Desmond.

Es war, als hätte Gualtier die Bemerkung gehört, denn er schwächte ab: *«Ihr Direktor, Hochwürden Erling Olsen, hat Sie – wofür ich ihm danke – daran erinnert, daß ich bis jetzt der einzige Völkerkundler bin, der eine gewisse Zeit im Schoß einer Mara-Population gelebt hat. Leider wurde ich nach einem mehr als zehnmonatigen Aufenthalt schwer krank. Ich mußte die Insel einige Wochen vor der Sommersonnenwende verlassen. Aus diesem Grund konnte ich, was außer den Mara noch nie jemand erlebt hat, bei der Geburt des Tages, an dem die besten Männer und Frauen dieses Volkes ein neues Glück erreichen, nicht dabei sein.»*

Desmond stellte den Lautsprecher ab, ging dann wieder zu seinen Studenten. Er legte dar: «Für Professor Morgan sind die Mara genauso ein Mythos wie für Professor Olsen. Es ist bedauerlich, daß ein Mann der Wissenschaft seinen Forschungsgegenstand als ‹gut› oder ‹schlecht› bezeichnet. Wir haben nicht die Aufgabe, zu lieben.»

Da wir den Mara doch nirgends entgehen konnten, war es besser, in die Bowler Hut zurückzugehen, wo die Mädchen hübscher waren. Steve und ich nahmen wieder unsere Plätze in der ersten Reihe ein. Wir hatte uns kaum hingesetzt, als die Lampen schwächer leuchteten und dann ganz erloschen. Eine diffuse rosa Hintergrundbeleuchtung ersetzte sie. Der senkrechte Teil einer Halbkugel färbte sich heller, wurde zur Leinwand. Jetzt kam die Stunde der Augen.

Allerdings hatten wir Olsens Predigten immer noch nicht überstanden.

«Die Diapositive, die meine Tochter Ihnen jetzt vorführen wird, sind technisch nicht hundertprozentig perfekt: unser Freund Arawa, der sie aufgenommen hat, ist zwar ein guter Christ, aber in die Kunst der Fotografie wurde er erst vor kurzem eingeweiht.»

Er streckte eine segnende Hand zum Indonesier-Polynesier aus. *«Doch hätte uns kein anderer als der Mara, der er ist und auch nach seiner Bekehrung geblieben ist, derartige Dokumente beschaffen können. Selbst unser berühmter Gast, Herr Professor Gualtier Morgan ...»*

Natalie, die neben mir saß, zeigte unerwartet ihre Krallen: «Will dieser Pfaffe etwa meinen Mann schlechtmachen?»

Myrte versuchte sie zu beruhigen: «Dazu ist er viel zu gut erzogen.»

Die Vorführung begann. Ich wartete gefaßt darauf, daß sich das, was bei den Tönen passiert war, bei den Bildern wiederholte. Die drei Spezialisten, die es sich unter Lauras Pult bequem gemacht hatten, fanden jetzt aber, wie ich später erfuhr, kultiviertere Mittel und Wege, um sich zu zerstreuen. Gualtier hatte die Szene gut im Seitenblick, und ich schildere sie so, wie er sie mir erzählt hat.

Olivier, Eugène und Ingrid hatten sich von den Kabelinversionen und anderen hybriden Finessen abgewandt und waren seit einer Weile damit beschäftigt, ihre physische Kompatibilität zu testen. Die Hände der Jungen experimentierten an Ingrids Brüsten und Gesäßbacken, und diese gab die Ergebnisse des Experiments bekannt, indem sie geschickt von einem Mund zum andern glitt. Gualtier war bereits zu dem Schluß gekommen, daß sie Schwierigkeiten haben würden, ihre neuen Übungen weiter auszubauen, weil der Untergrund sich für die Durchführung der Triolen des *Kamasutra* – und seien es die alltäglichsten – herzlich wenig eignete.

Die Monotonie oder Schwäche der empfangenen Eindrücke mußte Ingrid irgendwann nerven. Brüsk entriß sie sich den angestrengten Händen ihrer Teamgenossen und streckte, zweifellos dem Vorgeschmack anderer Dimensionen des Raums erlegen, beide Arme nach Lauras Beinen aus, um diese zu erkunden.

Das Forschungsterrain zuckte, sagte aber keinen Ton.

Auf der Leinwand lösten sich weiterhin Bilder von Szenen aus dem Stammesleben ab, die ebenso banal wie schlecht aufgenommen waren. Gut die Hälfte von ihnen war verwackelt. Hier und da sah man Fischernetze, elende Hütten, schlecht gekleidete Männer und Frauen, nicht besser gekleidete Kinder, Schweine, Hühner, Fische – dann noch einmal dasselbe, nur in Bananenblätter gehüllt und geschmort: die übliche Folklore, wobei ich präzisieren muß, daß allein die Schweine, Hühner und Fische dem Konsum dienten.

Daraus zog ich den Schluß, daß die Mara sich nicht gegenseitig auffressen, sich also wenigstens darin von uns unterscheiden.

Von Zeit zu Zeit erlaubte die Nahaufnahme eines nicht unsympathischen, lustigen und zerfurchten Gesichts genauere Eindrükke. Aber es hätte letzten Endes jedem x-beliebigen Eingeborenen von den malaiischen Inseln gehören können. Arawa schien bei einem eventuellen Wettbewerb um den Titel des Mister Mara keinen ernsthaften Rivalen zu haben. Oder er hatte ihn nicht fotografiert.

Das infernalische Tamtam vom Beginn des Vortrags hatte wieder eingesetzt und beherrschte alles.

Ingrid, der die Wohltat dieser abstrakten Bildung versagt blieb, da die Leinwand sich außerhalb ihres Blickfeldes befand, ließ ihre Hände noch immer über Lauras Rock wandern. Bald merkte sie jedoch, daß dieser geschlitzt war. Sie nahm Kontakt mit der darunterliegenden Haut auf, streichelte sie behutsam. Durch den guten Empfang ermutigt, wagte sie sich höher vor. Dort stellte sie zu ihrer Überraschung fest, daß die ursprüngliche Natur durch keines der häßlichen Produkte entstellt war, mit denen uns die Textilindustrie überschüttet: Unterwäsche, Slips und andere Ausgeburten einer verkrüppelten Technik.

Zu seinem Leidwesen konnte Gualtier, dessen Interesse für die farbigen Werke Arawas zunehmend schwand, die Platzvorgabe Ingrids nicht einholen. Sie hatte nämlich inzwischen die erste Ortsbesichtigung des Abenteurers beendet und war zur klassischen Begeisterung fortgeschritten, die uns die neuen Welten einflößen.

Sie hielt Lauras Gesäßbacken umfaßt und knetete sie im Hinblick auf ein ganz bestimmtes Ziel. Ihr Finger drang schließlich, zunächst sehr vorsichtig, eben dort ein. Dann, vom Verlangen überwältigt, bewegte er sich durch den Schließmuskel, bohrte sich so tief ein, wie es ging, drehte sich, ließ ab und stieß wieder zu, massierte, sodomierte . . .

Gleichzeitig bedeckte Ingrid das blonde Dreieck Lauras mit ihrem zärtlichen Gesicht. Sie vermischte ihre Haare mit dem ebenso seidigen Vlies und beschloß dann abermals, einige Etappen zu überspringen. Sie legte den Mund an das nackte Geschlecht, atmete es ein, trank es. Ihre Zunge glitt über die unsichtbare Klitoris, leckte sie, sog daran, erforschte gierig die langen, senkrechten Lippen, gab sich ihnen fanatisch hin . . .

Laura ging, was sehr merkwürdig war, nur mit der unteren

Partie ihres Körpers mit. Sie schien aus zwei voneinander unabhängigen Körpern zu bestehen, die kein Nerv, kein Muskel, keine gemeinsame Empfindung miteinander verband: aus einem Unterkörper mit Beinen, Gesäßbacken, Anus, Unterleib und Vulva, die hingebungsvoll liebten – und aus einem züchtigen Oberkörper, der nur von den Schlägen bewegt wurde, die einem jungfräulichen Herzen erlaubt sind.

Ingrid fuhr fort . . .

Das alles erfuhr ich, wie gesagt, erst viel später. Eine Woche danach, um genau zu sein. Während dieser Zeit habe ich Laura nicht wiedergesehen. Dafür habe ich mich jeden Tag mit Gualtier getroffen. Wir haben nie über die Mara, aber häufig über Mädchen gesprochen. Er hat, das ist ganz normal, viel mehr gehabt als ich: er hat einen Vorsprung von fünfzehn Jahren! Aber er hat mir gestanden, daß keine von ihnen jemals so viel Anziehungskraft auf ihn ausgeübt hat wie Natalie und – jetzt – Myrte.

Nach einer Woche nannte er außer diesen beiden auch Laura Olsen. Erst als ich mir darüber klar wurde, wie sehr es mich beglückte, daß Gualtier ihr ein so seltenes Kompliment machte, begriff ich, daß ich angebissen hatte . . .

Noch beim Vortrag in der Bowler Hut hatte mich dieses Mädchen mehr genervt als gereizt. Jedenfalls war ich dieser Meinung: ich kenne das menschliche Herz nicht besser und nicht schlechter als jeder andere.

Eine Bewegung von ihr lenkte mich von der Beschäftigung mit den Dias ab: sie nahm einen großen Kopfhörer, der vor ihr auf der Platte lag, und setzte ihn auf. Sie ließ die Hände an den Muscheln, als wollte sie diese noch dichter an die Ohren drücken. Sie spreizte die Ellbogen ein wenig ab und legte den Kopf nach hinten wie jemand, der an einer unerträglichen Migräne leidet und nur mit Mühe einen Schmerzenslaut unterdrückt. Gleichzeitig schloß sie die Augen, und ihr Mund öffnete sich leicht.

Ich verstand nicht, was sie zu diesem ungewöhnlichen Verhalten angesichts eines Publikums veranlaßte, das sich trotz der gedämpften Beleuchtung und der anderen Begleiterscheinungen der Veranstaltung fragen mußte, was in sie gefahren sei.

Olsens Stimme brach den Zauber, der mich ebenfalls in seinen Bann zu ziehen begann, ohne daß ich gewußt hätte, woraus er bestand und was ihn bewirkte: *«Der große Kollektivschrei, mit dem die Mara-Stämme alljährlich die Geburt der Sonne begrüßen, drückt eindeutig eine spirituelle Freude aus. Er verlangt, daß man die begangenen Fehler vergißt und fordert die Sünder und Sünderinnen auf, zur Moral und Tugend zurückzukehren, die sie von der Erbsünde reinigen. Dieser Schrei, der aus den tiefsten Tiefen dringt, verkündet die Preisgabe des Körpers um einer unsichtbaren Gnade willen.»*

Nach seinem Blabla übertrugen die Lautsprecher einen absolut ungewöhnlichen, beschwörenden Ruf, der zunächst dumpf, fast unhörbar war und dann grollend, schnarrend, summend, surrend, hämmernd, explosiv anschwoll, bis er zum Keuchen der Luft, zur Trance der Erde wurde . . .

Ich wandte abermals die Augen von dem Bild der Stammesversammlung ab, die jetzt angeblich jenen übernatürlichen Schrei ausstieß, und richtete sie wieder auf Laura.

Ihre Hände hielten noch immer die lackierten Muscheln fest, die ihrem Gesicht einen Weltraum-Anstrich gaben. Ihre Lider waren weiterhin geschlossen. Doch ihr Mund stand jetzt weit offen. Die kleinen, spitzen Zähne glänzten im irrealen Widerschein des dunkel-purpurnen Lichts.

Ich konnte in jenem Moment nicht wissen, was sie derart hinriß, nicht begreifen, was sie verklärte. Dennoch hätte ich geschworen, daß ich es sowohl sah wie auch hörte – die Lust, die sie empfand!

Schrie sie? Wenn sie schrie, dann hallte der Mara-Schrei lauter als der ihre, nahm ihre Stimme an . . .

Der lärmende Studentenhaufen schwemmte mich mit zum Ausgang des Hörsaals. Marcella rief mich, doch ich zog es vor, bei Steve zu bleiben. Myrte und Natalie waren zum Podium gegangen, wohin mich nichts zog.

Auf dem Vorplatz stand ich schließlich Piera gegenüber, die, wie ich bei genauer Musterung feststellte, nur mit einem großen Schal bekleidet war, der sie so gut umschlang, daß ich beschloß, sie mit zu mir zu nehmen. Ich schlug es ihr ohne Umschweife vor, wie einer Dirne, und sie erklärte sich ohne Umschweife bereit, wie eine Dirne.

Sollte ich sie bezahlen? Wahrscheinlich nicht: eine Professionelle macht den Preis immer vorher aus, glaube ich. Diese war nur Amateurin.

Wie ich schnell entdeckte war es komplizierter! Sie fragte mich höflich: «Darf ich Renato mitbringen? Ich lasse mich gern von zwei Männern bespringen.»

Ich muß gestehen, mir war die Liebe zu dritt damals ebenso unbekannt wie die Philosophie der Mara. Und ich war an jenem Tag einfach nicht in der Stimmung, mich noch weiter zu bilden. So verlockend die Lehrerin auch war – ich schwänzte den Unterricht.

Doch ich wurde von Laura ertappt, die gelaufen sein mußte, so atemlos wirkte sie: «Habe ich dich zu lange warten lassen? Ich habe die Dias geordnet. Jetzt muß ich sie noch in die Photothek bringen. Kommst du mit?»

Mir fiel keine Antwort ein. Ich sah sie an. Und es gelang mir nicht, mich daran zu erinnern, warum ich noch einen Augenblick vorher böse auf sie gewesen war. Es war also nichts Ernstes gewesen.

Sie schob ihren Arm unter meinen, und ich stimmte meinen Schritt auf den ihren ein, was leicht war, denn sie hat lange Beine. Als ich den Blick senkte, warf sie die Bahnen ihres Rocks mit einem geschickten Ruck der Schenkel auseinander, damit man diese beim Gehen deutlich sah. Ich sagte mir, sie habe mir mit dieser Geste, dieser Aufmerksamkeit eine Freude machen wollen, und ihre Absicht nahm mich noch mehr für sie ein als die sichtbare Schönheit ihres Körpers.

Ich warf ihr einen fragenden Blick zu. Sie begnügte sich damit, den Mund schmollend zu verziehen, wie man es macht, wenn man einer Laune nachgibt, die nichts weiter besagen will.

«Wenn du willst», erklärte sie beinahe schnippisch, «können wir ja auch Tennis spielen.»

«Ich kann aber nicht Tennis», schwindelte ich sie an.

«Dann wirst du mir zuschauen.»

Die Sonne stand noch hoch. Die Hitze war jedoch gut zu ertragen: vom Meer wehte eine Brise.

«Siehst du die drei dort?» fragte Laura. «Weißt du, was sie machen?»

«Sie haben mit uns im Jeepney gesessen. Sie sind Paläontologen oder Paläologen oder Pazifikologen oder etwas Ähnliches.»

Es waren Mildred, Max und Pierre.

«Möglich. Mich interessiert mehr, daß sie gerade einen Roboter bauen.»

«Haben sie denn das Zeug dafür?»

«Ich glaube ja. Du müßtest schon all deinen Charme spielen lassen, wenn sie dich als Assistenten akzeptieren sollen. Sonst werden sie dich nicht einmal in ihr Labor lassen.»

«Du bist also hineingekommen?»

«Selbstverständlich.»

«Was für einen Roboter?»

«Bis auf ein Skelett hat er nichts mit Nekromantie zu tun, du brauchst keine Angst zu haben. Sie sind Wissenschaftler, keine Hexenmeister.»

«Warum benutzen sie ein Skelett statt einfache Leisten aus Metall oder Kunststoff?»

«Weil es die geeignete Struktur hat: Sparsamkeit, Geheimnis des Genies!»

«Geeignet wofür?»

«Mildred meint, ein verliebter Toter sei besser als ein Lebender mit Besitzanspruch. Das läßt sich nicht sehr gut mit dem Mara-System vereinbaren, oder? Ich muß Mildred und Morgan endlich einmal zusammenbringen.»

«Ich weiß noch immer nicht, was man sich von dem Roboter verspricht.»

«Das ist leicht zu erraten: ein Skelett, das es besser macht als lebende Männer, wird das Leben ändern. Jedenfalls das Leben der Frauen!»

Dieses ungereimte Zeug regte mich auf. Ich fragte nicht ohne Schärfe: «Brauchst du etwa schon Roboter, um dich zu befriedigen? Sind das vielleicht deine Vorstellungen von Liebe?»

«Wer hat denn von Liebe geredet?» schäkerte sie. «Ich rede von Wissensdurst. Du hältst wohl nichts von Neugier? Du meinst wohl nicht, daß man neue Erfahrungen machen muß?»

Sie entwischte mir, lief vor, drehte sich, ergriff den Saum ihres Rocks mit den Fingern und begann einen Tanz, der ihre Beine sehr unanständig und sehr schön erscheinen ließ. Dann legte sie sich die Hände trichterförmig an den Mund und erklärte: «Bist du etwa nicht für *alles*? Dann bist du bereit, dich mit wenig zu begnügen. Du nervst mich!»

Sie kam zurück und drückte sich an mich, wurde dann plötzlich ernst und sagte: «Weniger als alles, das lohnt das ganze Durcheinander nicht. Was ich Durcheinander nenne bedeutet Leben, verstehst du?»

«Leben hieße also auch, daß man die anderen durcheinanderbringt?»

«Selbstverständlich! Man kann nicht leben, ohne Leben zu schaffen. Hast du Angst, daß ich dich durcheinanderbringe? Wenn du wüßtest, was dich erwartet!»

Sie lief wieder vor, aber keineswegs in die Richtung, wo die Photothek lag. Ich rannte ihr nach.

«Also», rief sie und tat so, als wolle sie mir entkommen. «Mildred, ja oder nein?»

«Was versprichst du dir davon?»

«Eine Information über die nichtkovalenten Verbindungen.»

«Und Renato, hat er deine Experimente schon hinter sich?»

«Sicher! Und Piera auch. Ich komme besser zurecht als du!»

«Womit? Mit den Verbindungen, von denen du redest?»

«Weißt du, was sie sind?»

«Ich bin doch kein Biologe.»

«Das ist kein Grund, sich nicht für das Leben zu interessieren!»

«Ich kann mich auch ohne Mikroskop dafür interessieren.»

«Wenn du nicht verstehen möchtest, wie es im Kleinen funktioniert, wie willst du es dann im Großen schaffen?»

«Erkläre!»

«Wir wären nicht am Leben, wenn unsere Moleküle nicht täglich eine Menge nicht kovalenter Verbindungen eingingen.»

«Das heißt?»

«Nützliche, aber vergängliche Kombinationen, die nicht zu allem verpflichten, die nur einen Teil unserer freien Atome binden.»

«Und welchen Vorteil haben sie?»

«Sie verschaffen uns die Fähigkeit, mit anderen Körpern stabilere Verbindungen einzugehen, die ohne sie nicht möglich wären. Sie erlauben dem Leben, weiter fortzuschreiten.»

«Und sie hinterlassen keinen chemischen Nachgeschmack?»

«Nicht im geringsten! Sie hinterlassen einen *guten* Nachgeschmack! Du solltest nicht soviel Angst vor der Natur haben. Sie ist letzten Endes nur das, was man aus ihr macht.»

Sie beugte sich unvermittelt über das Geländer einer kleinen Brücke, gab mir ein Zeichen, es ihr gleichzutun, und legte einen Finger auf die Lippen, damit ich kein Geräusch machte. Die Brükke überquerte eine schmale, von saftigen Blättern und grellbunten Blüten überwucherte Schlucht. Unten floß ein winziger Bach zwischen grauen Kieseln dahin. Es war der einzige Teil des Campus, der seine ursprüngliche Natur bewahrt hatte, der einzige, der nicht fabriziert worden war. Er erfreute sich – sei es aus diesem Grund oder grundlos – einer moralischen Exterritorialität, die von allen maßgeblichen Kreisen des Instituts anerkannt wurde.

Die Liebenden, die Laura in diesem Augenblick erspähte, boten keineswegs einen anstößigen Anblick. Zugegeben, sie saßen sich dreieckförmig gegenüber, als posierten sie für ein neues impressionistisches *Frühstück im Grünen*, aber das Bild war ohne nackte Frauen.

Es waren die Morgans. Sie unterhielten sich. Wir konnten ihre Stimmen einigermaßen deutlich hören.

«Ich glaube, ich muß mich endlich einmal ernsthaft mit dieser Sache beschäftigen», sagte Natalie.

Ich bin zwar sehr wenig Poet, doch ihr spöttisches und zärtliches Lächeln ließ vor meinen Augen nebelhafte und doch sehr frische, sehr klare Bilder aufsteigen – wie man sie in Wirklichkeit nirgends sieht ... Ich war nicht in der Stimmung, um Vergleiche anzustellen!

«Mit welcher Sache, mein Liebes?» fragte Gualtier.

Ich kam mir indiskret vor und wollte gehen. Laura gab mir jedoch wortlos, nur mit einem kaum merklichen Seitenblick überzeugend zu verstehen, daß die drei kein Geheimnis haben konnten, welches wir nicht teilen durften. Da ich versuchte, diese neuen Rechte und Pflichten in einem Sekundenbruchteil zu analysieren, wäre mir Natalies Antwort beinahe entgangen. Zum Glück war sie einfach:

«Mit dem übertriebenen Platz, den die Mara in deinen Träumen einnehmen.»

«Du solltest eigentlich nur von uns träumen», sagte Myrte.

Ich hatte entschieden richtig gehandelt, als ich auf Laura hörte. Diese Unterhaltung interessierte mich.

«Fangt ihr beide vielleicht an, auf meine Leidenschaften eifersüchtig zu werden?» neckte er sie.

«Eifersüchtig nicht», sagte Natalie. «Aber einige davon machen uns langsam Angst.»

«Du und Angst, Natalie?»

Ich hätte ihn am liebsten geküßt! Ja, ihn, noch vor Natalie. Noch vor *ihnen*, will ich natürlich sagen.

«Vor der Realität habe ich keine Angst», antwortete Natalie. «Aber ich weiß nicht, ob ich imstande bin, mich an Mythen zu messen.»

Gualtiers Gesichtsausdruck blieb verschlossen. Er riß Grashalme aus, kaute darauf, sagte nichts mehr.

Ich sah den merkwürdigen kleinen Schmetterling aus Holz, der mir schon im Jeepney aufgefallen war, hin und her schwingen. Zerstreut, unbewußt, mechanisch schnippte Gualtier von Zeit zu Zeit gegen das Amulett, damit es seine Pendelbewegungen an der Schnur um sein Handgelenk fortsetzte. Mir mißfiel, daß er diesen Tick hatte. Ohne Schwächen, ohne verborgene Charakterzüge, ohne Komplikationen wäre er mir lieber gewesen.

Und woher stammte dieser Fetisch, wieso behängte er sich mit solchem Schnickschnack? Ein Relikt seines Lebens unter Wilden? Ein Andenken? Das war wirklich nicht sehr *mara*!

Sie standen auf, ohne noch etwas gesagt zu haben. Erst als sie den halben Hang erklettert hatten, hörte ich, wie Myrte ihren Entschluß verkündete:

«Natalie, lassen wir Gualtier so viel über die Mara lernen, wie er will. Ihre Realität kann uns nicht schaden.»

«Jetzt hätten wir beinahe vergessen, die Dias zurückzubringen!»

Laura schreckte auf, tauchte aus dem Traum empor, der sie noch ans Geländer schmiedete, als Gualtier, Myrte und Natalie schon lange gegangen waren.

Sie nahm meinen Arm und zog mich diesmal in die richtige Richtung, zu der zweifarbigen Kuppel, die ich vor einer Stunde mit Steve verlassen hatte. Sie stürzte in die Tür, die direkt zum Seminarraum der Linguisten führte, blieb aber dann wie angewurzelt auf der Schwelle stehen. Offensichtlich wollte sie nicht hier hinein, sondern in den Raum nebenan.

Desmond beendete seinen Satz: «Das ist kein semiologisches, sondern ein erkenntniskritisches Problem.»

Dann neigte er, zu Laura gewandt, feierlich den Kopf, forderte sie mit einer höflichen Handbewegung auf, sich zu den Teilnehmern zu setzen. Laura gehorchte, plötzlich sehr respektvoll. Ich schloß daraus, daß Desmond sie einschüchterte. Obgleich mir die Linguistik völlig schnuppe war, nahm ich ebenfalls Platz. Desmond sah übrigens auch nicht so aus, als ob er sich sehr dafür interessierte. Er sprach jetzt von etwas ganz anderem:

«Ein Botaniker gehört keineswegs zu dem Phänomen, das er untersucht: er ist keine Pflanze. Der Ethnologe gehört dagegen zu seinem Forschungsgebiet, weil er ein Mensch ist. Darauf beruht sein Scheitern.»

Laura rutschte unruhig hin und her. Die Klimaanlage mußte ausgefallen sein: man erstickte. Desmonds Studenten waren sicher dem Zauber ihres Meisters erlegen, denn sie schienen nicht unter der Hitze zu leiden. Er auch nicht. Er fuhr unerschütterlich fort:

«Der Ethnologe muß die Verlockung der Wahl aus seinem Geist verbannen. Seine Funktion besteht darin, die Sitten und Gebräuche zu katalogisieren und die Begriffe zu analysieren. Er darf nicht etwa nach ihrem Wert fragen.»

Laura faßte einen Entschluß. Gelassen zog sie sich die Bluse über den Kopf und legte sie, ohne sich umzudrehen, auf ihre

Stuhllehne. Sie stieß einen kleinen Seufzer des Behagens aus und folgte dann, die Stirn in aufmerksame Falten gelegt, Desmonds Darlegungen.

Niemand außer mir schien sich für die Rundungen ihrer Brüste zu interessieren. Ich hatte die bizarre Vorstellung, sie gehorchten der ungeschriebenen, aber liebevoll und überall auf dem Campus beachteten Geometrie von Lance. Wie die Bowler Hut, wie das Podium, wo Laura den ganzen Nachmittag mit ihren audio-sexuellen Robotern gespielt hatte, wie das grünschwarze Bauwerk, in dem wir uns gerade befanden, wies auch dieser Oberkörper das Beispiel zweier vollkommener Halbkugeln auf.

Für mich hörte die Perfektion allerdings unvermittelt auf, zu einer statischen und zeitlosen Ordnung der Schönheit zu gehören. Ich sah sie dynamisch, in einer Rolle, die der Zeit vorauseilte. Lauras nackte Brüste zeugten von irgendeiner Kühnheit. Aber von welcher? Die moralischen, die künstlerischen Kühnheiten verpflichten nur selten zu großen Dingen. Weder die einen noch die anderen führen sehr weit. Die einzigen Kühnheiten, die sich wirklich auf die Zukunft auswirken, sind die des Intellekts.

War es die Wirkung dieses unerwarteten Anblicks, daß ich in der bewußten Schönheit dieser Brüste unvermittelt einen unmittelbar bevorstehenden Fortschritt des Wissens vorausahnte? Oder begann meine Urteilskraft im Gegenteil zu schwinden, sich von diesem subjektiven und zustimmenden Interesse, das man Liebe nennt, irreführen zu lassen?

Die andere Subjektivität, die der Studenten, die noch nicht einmal den Kopf wandten, um Laura zu betrachten, schien mir aber auch nicht besser zu sein als meine. Sich zu weigern, etwas zu sehen, ist ebenso tadelnswert wie alles schön zu finden. Und noch ungerechter. Die Schönheit gibt Laura Rechte: zunächst einmal das Recht, gesehen zu werden. Es ihr zu verweigern, heißt ihr Unrecht zu tun.

Sicher, die anderen genießen ebenfalls Freiheiten: die Freiheit, sie nicht zu bewundern, wenn ihnen nichts bewundernswert vorkommt; die Freiheit, ihretwegen nicht zu erigieren, wenn Erektionen ihnen keinen Spaß machen; die Freiheit, keinen Geschmack zu haben. Einverstanden, sie haben das Recht, sich um etwas zu bringen! Aber was soll die Freiheit, wenn man sie nicht benutzt, um Freude oder Lust zu bereiten?

Desmond beendete seine Lektion: «Wir haben unsere Bräuche, unsere Bekleidungssitten, unsere moralischen Tabus nicht selbst gewählt. Die Mitglieder eines sogenannten primitiven Stammes haben die ihren ebensowenig selbst gewählt. Sie sind weder freier noch unfreier als wir. Die Freiheit kann übrigens nicht Gegenstand wissenschaftlicher Untersuchungen sein: sie ist keine objektive Tatsache.»

Dann hat Laura mich zu den Tennisplätzen mitgenommen. Sie ist zu den Kabinen gegangen, um sich umzuziehen.

Auf einer Bank bemerkte ich Mario und Marianne. Vorsichtig hielt ich mich außer Reichweite ihrer spitzen Zungen.

Myrte erschien, flankiert von Marcella. Die beiden marschierten mit munteren und gleichwohl fast militärischen Schritten. Diese Parade hatte etwas, das mir gefiel, mich begeisterte, glücklich machte: ich versuchte zu definieren und zu erklären, was daran so außergewöhnlich, so selten, so wahnsinnig schön war. Mangels eines weniger zweideutigen Ausdrucks konnte ich sie nur als erotisch bezeichnen.

Erotisch waren unstreitig ihre kurzen, am Rand rot-weiß-blaugestreiften weißen Socken, weil sie zu ihren sportlichen und verlockenden Waden überleiteten. Erotisch waren ihre flachen Schuhe aus dickem, weichem Leder, weil sie ihnen erlaubten, entschlossen, schwungvoll, kräftig, herausfordernd auszuschreiten.

Erotisch waren natürlich auch ihre weiten, kurzen Röcke, die, von jedem tanzenden Schritt hochgehoben, dünne und fließende, von beweglichen Reliefs belebte Schlüpfer freigaben. Wo man mit dem Finger, dem Penis, der Phantasie eintauchen konnte. Schlüpfer, die begehrende Geschlechter in sich bargen.

Erotisch war aber vor allem der Ausdruck ihrer Gesichter, der bereits genügt hätte, um den geschilderten Gesamteindruck hervorzurufen. Ich bin sicher, mich nicht allzu sehr zu irren, wenn ich diesen Gesichtsausdruck folgendermaßen übersetze:

«Ihr betrachtet in diesem Moment unsere Schlüpfer, aber woran ihr denkt, das ist ihr Inhalt, nicht wahr? Also gut, uns geht es genauso! Und das macht uns echt Spaß! Noch mehr Spaß aber macht uns die Gewißheit, daß wir das, was er enthält, bald benutzen werden!»

Wäre es nicht logischer gewesen, wenn ich angenommen hätte, sie dächten an ihr bevorstehendes Match? Ja, sicher. Aber sie waren nicht logisch.

Ich liebe es, daß ein Mädchen an sein Geschlecht denkt: schon aus diesem Grund waren mir die beiden sympathisch. Wie ich sofort begriffen hatte, galt auch Lauras erster Gedanke beim Anblick eines Jungen nicht etwa *dessen* Geschlecht, sondern *ihrem*: sie spürte, daß es erwachte, zu leben begann – wie ein Mann, der eine Erektion bekommt.

Ich bekam bei diesem Gedanken selbstverständlich eine Erektion, und die beiden Frauen machten den Eindruck, als seien sie sich genau darüber klar. Sie bemühten sich gar nicht erst, herauszufinden, welchen Anteil sie an diesem Phänomen hatten und welchen Laura hatte; sie waren nicht logisch, aber sie waren vernünftig.

Sie setzten sich also auf meine Bank, links und rechts von mir, so dicht, daß ich durch den Baumwollstoff meiner Hose ihre nackten Schenkel spürte, die mich bedrängten. Ich war sicher, daß Myrte nicht versuchen würde, mich zu verführen. Und sicher, daß Marcella es versuchen würde. Warum ließ ich sie nicht gewähren? Sie war es wert.

Sie mußte schon am Nachmittag studiert haben, wo meine Verteidigungslinien am schwächsten waren, denn sie kam ohne Umschweife zur Sache. Ihre Beine spreizten und schlossen sich langsam und rhythmisch. Ihr Lächeln, dem die niedrig, knapp über den Jasminhecken stehende Sonne ein blendendes und feuchtes Flimmern entlockte, forderte mich auf, ihre Beine zu berühren. Ich hatte Lust dazu, hielt mich jedoch zurück. Da berührte Marcella sie an meiner Stelle. Genußvoll glitt sie mit den Handflächen auf der Haut entlang und schob dabei den weißen Rock hoch, damit ihre Finger bis zur Leistengegend vordringen konnten, ohne von anderen Kontakten abgelenkt zu werden. Sie schlüpften unter die Elastikkante des Slips, die die Grenze zwischen Schenkel und Unterleib markierte. Sie nahmen ganz ungeniert Kurs auf die Lippen, die ich nicht sah, die sie aber, ich spürte es, als hätte ich sie selbst berührt, erwarteten. All das, ohne ihr fröhliches Geplauder mit Myrte eine Sekunde lang zu unterbrechen.

Letztere schaute mir gerade in die Augen, ebenfalls lächelnd, aber noch erotischer als Marcella: ihr Lächeln erregte mich mindestens ebenso wie die Erkundungsreise der Finger ihrer Freundin. Myrte küssen? Ja! Sofort! Sie inspizierte nun ganz ungeniert meine Hose, um sich zu vergewissern, ob der Blick, den sie eben mit mir gewechselt hatte und der nichts von ihren Gedanken verborgen hatte, wachsende Konsequenzen hervorrief. Er tat es. Myrte gab mir mit einer Geste zu verstehen, daß sie es goutierte.

«Haben Sie Marcellas Brüste gesehen?» fragte sie mich.

Ich bejahte mit einem Kopfnicken. Doch die Italienerin schien entsetzt zu sein, daß ich mich mit sekundären Gebärden begnügte. Schnell knöpfte sie ihre Bluse auf und öffnete diese so weit, daß ich die Realität unmittelbar würdigen konnte.

«Ich bete sie an», erklärte Myrte. «Genauso wie ihre Beine.»

Ich nickte erneut, um ihr nicht zu widersprechen. Doch in diesem Moment hatte ich wieder Lauras Brüste inmitten von Desmonds Studenten vor Augen. Die Macht der Geometrie des Lips ... Riemannscher Lehrsatz: Von einem Punkt außerhalb einer Geraden kann man keine Parallele ziehen, die diese Gerade schneidet ... Laura nicht euklidisch! Laura vom gerundeten Raum ... Lorbeer des Raums ... Lockvogel mit Rundungen ... Ich lachte auf und wandte mich wieder zu Myrte.

«Ich werde langsam begriffsstutzig», sagte ich. «Ich habe nichts begriffen. Wer ist Steve eigentlich?»

Sie schien über meine Unwissenheit zu staunen: «Mein Geliebter. Was könnte er sonst sein?»

«Aber ... und Gualtier?»

«Er auch. Möchten Sie nicht, daß ich mehrere Geliebte habe?»

Ich bewegte noch einmal den Kopf, um nicht verbal Stellung nehmen zu müssen. Marcella schien angewidert. Sie zeigte mit dem Kinn auf ein sehr blondes und sehr schönes Mädchen, das sich genau vor uns an den Zaun gelehnt hatte und auf ein Angebot zu warten schien. Aber von wem? Von uns?

Fing ich plötzlich an, überall Dirnen zu sehen? Bis zu jenem Tag hatte es mich nie interessiert, ob eine Frau sich prostituierte oder nicht. Was brachte mich bloß auf den Gedanken, daß alle Frauen ringsum auf einmal nur noch daran dachten? Wahrscheinlich war es mein aus den Fugen geratenes moralisches Gleichgewicht!

Aber warum? Jedenfalls nicht wegen eines sexuellen Notstands, denn ich hatte noch gestern abend mit einer neuseeländischen Freundin geschlafen. Und heute hatte ich lediglich die Qual der Wahl: ich konnte meine Partnerin von gestern wiedersehen oder die Bedingungen Pieras akzeptieren oder Mildred ausrichten lassen, ich wünschte ihr kybernetisches Potential kennenzulernen, oder der Blonden von gegenüber den Hof machen oder die Nacht mit Marcella verbringen oder mich in Myrte verlieben ... Ich brauchte wirklich nur zu wählen: die Qual der Wahl, sagte ich, die Qual der Wahl.

Ich senkte den Kopf, um besser sehen zu können. Die Blonde versperrte mir die Sicht. Soeben hatten vier Spieler den Platz betreten: zwei Jungen und zwei Mädchen. Der eine Junge war Mario; das eine Mädchen war Laura. Sie hielten sich zärtlich an der Taille umfaßt.

Sie begannen ein Doppel. Laura spielte gut. Das heißt, ihre Bewegungen waren schön. Sie lehrten mich das Spiel, weckten in mir die Illusion, ich würde eines Tages die gleichen machen können. Aber wozu? Genügte es nicht, daß sie fortfährt, sie für mich zu machen? Man muß imstande sein, sich die Freuden zu teilen, genau wie die Arbeit. Es gibt zu viele Dinge auf der Welt, als daß man sie alle kennenlernen, erfahren könnte. Das Leben ist zu kurz: es mit mehreren anzupacken verlängert es.

Sie lachte die ganze Zeit schallend. Das entzückte mich. Ich verabscheue Leute, die das Spiel ernst nehmen.

Ihre schnellen Schritte auf dem Platz, die Kreise, die ihre Arme machten, die Krümmungen ihrer Lenden, die Verkürzungen ihrer Taille waren, ganz objektiv gesehen, von einer seltenen Reinheit. Diese Kunst verdiente es, festgehalten zu werden. Ich nahm die Tasche, die ich auf die Erde gestellt hatte, und holte die Kamera heraus. Ich erhob mich und ging zum Zaun, zu einer Stelle, wo die Blonde mich nicht störte. Ich stellte Zeit und Entfernung ein, dann die Blende. Alles war bereit für Laura.

Sie sprang hoch, flog, den rechten Arm nach oben gestreckt, beinahe senkrecht, schlug einen hohen Ball, fiel so gelenkig, harmonisch, anmutig, daß ich die Szene in meinem Sucher im Zeitlupentempo zu sehen, bereits *wiederzusehen* glaubte.

Die Falten ihres Rocks flogen bis zur Taille hoch und beschrieben eine raffinierte Spirale. Ihr Gesäß einer griechischen Statue, ihr flacher und muskulöser Bauch, ihr seidiger Venushügel schienen mir viel länger sichtbar, golden, nackt zu bleiben, als es die Dauer eines Sprungs normalerweise zugelassen hätte.

Wie anders, überlegen, absolut war diese Nacktheit im Vergleich zu dem vielsagendsten, erregendsten, selbst dem begehrenswertesten Geheimnis! Keinen Slip zu tragen, nie einen zu tragen, das war – ich hatte es von Anfang an gewußt – nicht etwa ein netter sinnlicher Einfall, keine wollüstige Auflehnung gegen die verdächtigen Normen der Keuschheit, noch nicht einmal ein Manifest der Freiheit: es war zuerst und vor allem die Pflicht, sich zur Schönheit zu bekennen.

Ich habe sie dann zehn Tage lang nicht mehr gesehen. Mich beschäftigten andere Dinge als das Lips. Und ich hatte nicht die geringste Absicht, nur noch Augen für sie zu haben.

Ich erfuhr, daß sie zwanzig ist. Fünf Jahre jünger als ich. Und, unter uns gesagt, fünf Jahre älter, als ich gedacht hatte. Sicher, ich wußte sehr gut, daß sie kein solcher Backfisch mehr sein konnte: sagen wir also, daß sie wie sechzehn aussah. Meinetwegen wie siebzehn. Aber zwanzig!

Eines Morgens ging ich ins Stadion, um ein paar Runden zu laufen. Ich hatte den Sport schon viel zu lange vernachlässigt, und nun drängte es mich, die Pausen zwischen zwei Regengüssen zu nutzen und mein Versäumnis wiedergutzumachen. Für jemand, der mich bei meinen 10000 Metern beobachtete, hätte es zweifellos so ausgesehen, als versuchte ich krampfhaft, eine allzu lange sexuelle Enthaltsamkeit in Schweiß umzusetzen. Möglich! Seit dem Vorabend jenes denkwürdigen Vortrags hatte ich mit niemandem mehr geschlafen. Übrigens ein reiner Zufall! Die Mädchen, denen ich zugezwinkert haben könnte, waren nicht frei gewesen – oder ich war es nicht: warum hätte ich mich also zwingen sollen?

Die einzigen, die mich wirklich hätten reizen können, waren Natalie und Myrte. Aber Gualtier entwickelte sich, ich sagte es schon, immer mehr zu meinem Freund. Ich wollte ihm nicht die Frauen wegnehmen – auch wenn er keinerlei Eigentumsrechte auf sie geltend machte und so sehr mit ihren amourösen Talenten prahlte, daß er sich nicht hätte beklagen dürfen, falls jemand Konsequenzen daraus gezogen hätte.

Ich habe noch nie einen verheirateten Mann kennengelernt, der so analytisch indiskret – und so unanständig vertraulich – war.

«Ich habe viel Zeit in vielen Scheiden verbracht», träumte er laut in meiner Gegenwart, «aber keine hat mir solche Empfindungen verschafft wie die von Natalie. Und ich habe in vielen Mündern Lust gespürt, aber ich habe niemals ein Mädchen getroffen, das so großartig und erschöpfend blasen kann wie Myrte. Ich könnte nicht auf sie verzichten, weder auf die eine noch auf die andere.»

«Eine einzige genügt also nicht, um dich zu befriedigen?» konnte ich mich nicht enthalten zu fragen, wobei mir allerdings nicht ganz wohl in meiner Haut war.

«Doch, in einem gewissen Sinne schon. Jede von ihnen ist vollkommen. Und ich küsse Myrte alles in allem genauso oft und genauso wollüstig, wie sie mich in den Mund nimmt. Ich hätte natürlich keine Sekunde lang erwogen, Natalie zu heiraten, wenn sie mein Sperma nicht ebenso gern in ihrer Kehle wie in ihrem Geschlecht empfinge. Trotzdem behalten beide Geliebte ihre Individualität. Übrigens, ich habe den Eindruck, daß du erigierst?»

«Ich bin schließlich nicht aus Stein.»

«Das frage ich mich! Jemand, der Lauras dargebotene Reize ausschlägt, hat etwas von einer Statue. Darf ich erfahren, warum du nicht zugegriffen hast?»

Gualtier wartete nicht wirklich auf eine Antwort. Ich hatte viel mehr Angst davor, die gleiche Frage von Laura zu hören.

Nach dem Tennis hatte sie mir beiläufig mitgeteilt, sie würde sich umziehen. Hand in Hand mit dem jungen Mädchen, das gegen sie gespielt hatte und das ich nicht kannte, war sie dann zu den Umkleidekabinen gegangen und ward nicht mehr gesehen.

War das Duschen zu ihrer beiderseitigen Befriedigung verlaufen, was im Lips bekanntlich keine Seltenheit war? Oder hatte Laura danach einen besseren Partner als mich gefunden, um den Abend zu beschließen? Ich habe keine Ahnung. Nach einer Stunde, es dunkelte bereits, verlor ich jedenfalls die Geduld und betrachtete Laura, was mich betraf, als vermißt. Eine Woche später war ich noch immer nicht von der Zweckmäßigkeit überzeugt, mich auf die Suche nach der verlorenen Laura zu begeben. Schließlich hätte sie umgekehrt ebensogut mich suchen können!

Das tat sie auch, und zwar an dem Tag, von dem ich gerade rede, als ich meine Menisken auf der durchnäßten Piste strapazierte. Ich sah sie plötzlich auf den Rängen des Stadions gestikulieren. Dann legte sie die Hände wie einen Trichter an den Mund und rief mir etwas Unverständliches zu.

Ich setzte meine Runde fort, ohne langsamer oder schneller zu werden. Endlich verstand ich, daß sie meinen Namen rief. Ich schwenkte einen Arm, um sie zu begrüßen. Sie ließ die ihren wie Signalfahnen rotieren, um mir irgendeine Nachricht zu übermitteln.

Als ich mit ihr auf gleicher Höhe war, hörte ich sie rufen: «He! Bleib stehen! Ich muß mit dir reden.»

Ich nickte mit dem Kopf, um nicht aus meinem Atemrhythmus zu kommen, und lief noch eine weitere Runde. Ohne sich vor den eventuellen Beschimpfungen der Platzwarte zu fürchten, weil sie mit ihren spitzen Absätzen über die Aschenbahn rannte, eilte sie mir entgegen.

«Wo hast du denn die ganze Woche gesteckt?» schrie sie mir schon von weitem zu.

Ich schenkte ihr ein inniges Lächeln. Sie stieß frontal mit mir zusammen. Um ein Haar hätten wir uns gegenseitig umgerannt.

Kaum hatte sie das Gleichgewicht wiedergefunden, fragte sie auch schon angriffslustig: «Was hast du gemacht: Erkundigungen über meine Moral eingezogen?»

Ich tippte mir an die Schläfe und sah sie freundlich an. Dann lief ich, die Ellbogen fest an die Seite gedrückt, Richtung Umkleideraum. Auf halbem Weg machte ich noch einmal auf dem Absatz kehrt und rannte wieder zu ihr. Ich sagte: «An dem Tag, als ich dich entführte, hattest du denselben Rock an.»

Sie lachte laut los und betrachtete mich mit ironischer, freundschaftlicher, keineswegs koketter, keineswegs dirnenhafter, keineswegs jungfernhafter Güte. Eine merkwürdige Mischung.

Als ich zurückkam, saß sie bereits in meinem Jeep. Ich frage mich, wie sie ihn identifiziert hat? Er ist in Manila nicht der einzige mit einer verchromten Karosserie. Und wie wußte sie überhaupt, daß ich einen hatte, was erst seit drei Tagen der Fall war (ein Ereignis!)?

«Ätsch», sagte sie und streckte mir die Zunge heraus. «Diesmal kannst du mich nicht auf den Schoß nehmen, weil du fahren mußt.»

Sie schien es zu bedauern. Ich erinnerte mich an ihre spitzen Knochen. Ich hatte übertrieben: es war gar nicht so schlimm, wie ich behauptet hatte.

«Hast du Gualtier in den letzten Tagen gesehen?» verhörte ich sie nun meinerseits.

«Gualtier?» antwortete sie bestürzt.

Er war es also nicht gewesen, der sie über mich informiert hatte.

«Myrte? Natalie?»

«Weißt du, ich kenne sie gar nicht. Ich sehe sie nur dann und wann auf dem Campus. Sie bleiben für sich. Wie du!»

«Deine Eltern laden die Morgans nicht zu sich nach Hause ein?»

Sie lachte auf, lieferte keine Erklärung. Ich schlug eine vor: «Verkehren sie nicht mit denselben Mara? Praktizieren sie nicht die gleiche Art von Polygamie?»

Abermals begnügte sie sich mit einem Lachen, ohne zu antworten. Schließlich hatte sie das Recht, zu schweigen: ich erwartete nicht, daß sie Partei gegen ihren Vater ergriff.

Ich erwartete ebensowenig, daß sie Partei für ihn ergriff. Deshalb war ich ein bißchen konsterniert, als sie mir wortreich, ohne Atem zu holen, erläuterte: «Ein Mann muß nicht gleich ein antikes Möbel sein, nur weil er seine Frau liebt und keine Lust hat, sie zu betrügen. Und er ist auch nicht unbedingt ein schwachköpfiger Idealist oder ein voreingenommener Derwisch, weil er glaubt, daß alle Menschen, ob wild oder nicht, etwas gemeinsam haben: eine gewisse Hoffnung zum Beispiel.»

Ich wollte auf keinen Fall mitten im Chinesenviertel anfangen zu philosophieren. Ich hatte ohnehin schon genug Mühe, nicht jeden zweiten Rikschakuli zu überfahren, von den Kindern ganz zu schweigen. Trotzdem konnte ich nicht zulassen, daß die Familie Olsen meinen Freund Gualtier wie einen Rassisten behandelte!

Als ich gerade den Mund aufmachen wollte, legte Laura ihre gespreizten Finger darauf. «Versuch nicht, mich zu bekehren», sagte sie. «Ich teile deinen Standpunkt. Ich denke genauso.»

Es war sehr schwer, mit einem solchen Mädchen zu diskutieren.

«Weißt du übrigens, daß Hugo Lance von der Harvard University zurückgekommen ist?» verkündete sie plötzlich ohne jeden Zusammenhang.

«Hat das für uns etwas Gutes zu bedeuten?»

«Brot und Spiele. Zunächst einmal lädt er alle Leute ein, sich an seinem 52. Geburtstag auf seine Kosten zu vergnügen. Am 15. Mai. Du hast also nur noch knapp zwei Wochen Zeit, um tanzen zu lernen.»

Ich stimmte in den scherzenden Ton ein: «Ich besitze aber keinen Frack.»

«Ich stelle dich mir einfach mit Schwänzen vor! Und den übrigen Zoo vom Lips auch. Du wirst sehen, jeder amüsiert sich auf seine Weise, treibt das, was ihm gefällt. Die Männer der Wissenschaft haben alle einen anderen Geschmack, ist dir das noch nicht aufgefallen?»

«Betrachtest du dich als Frau der Wissenschaft?»

«Eher als Frau von Geschmack.» Plötzlich stieß sie einen Schreckensschrei aus: «Achtung!»

«Was ist los?»

«Beinahe hättest du einen Hund überfahren.»

«Aber nein! Dazu mag ich sie viel zu gern.»

«Dann bin ich beruhigt. Weißt du, daß Papa einen sehr schönen Hund hat? Ich liebe sie beide. Und umgekehrt.»

Da ich mich grundsätzlich nicht provozieren lasse, gab ich keine Antwort.

Neben einem Markteingang fand ich einen Parkplatz, wo ich meinen Jeep hineinzwängen konnte. Es wimmelte von Menschen, aber auch von Polizisten: ich wollte sie bitten, darauf zu achten, daß man mir nicht die Räder abschraubte.

Sie boten es mir von sich aus an. Wir wechselten ein verständnisvolles Lächeln. Ich rückte ganz dicht an Laura heran und erklärte: «Im Grunde gefällt mir dieser Rock doch nicht so sehr.»

Es stimmte: er war zu lang. Und er paßte nicht zu dem Herrenhemd, dessen Zipfel sie unten zusammengebunden hatte.

«Oh?» machte sie.

Sie erhob sich und blieb im Jeep stehen. Bedachtsam löste sie ihren Gürtel, legte ihn griffbereit über die Windschutzscheibe, knüpfte die Zipfel auf und strich das Hemd glatt, schlug ihren Rock auseinander und schwenkte die Stoffbahn wie eine Standarte. Dann schenkte sie ihn einem gerade vorbeigehenden kleinen Mädchen, das so schnell damit verschwand, als hätte es ihn gestohlen.

Danach nahm sie den dicken Ledergürtel und band ihn sich wieder um, was zur Folge hatte, daß das Hemd sich verkürzte: die Seitenschlitze reichten ihr bis zur Taille und gaben die Grübchen in ihren Gesäßbacken frei. Ein Windstoß – immer dieser Zufall! – teilte das Hemd vorn lange genug, daß ich mich vergewissern konnte: nein, auch heute trug Laura keinen Slip!

Munter sprang sie aus dem Jeep, überlebte die Tastversuche von mindestens drei oder vier zehnjährigen Satyrn, die sich nicht von ihrem Gesäß losreißen konnten und zu jeder Unzucht bereit schienen, jagte sie, doch ohne handgreiflich zu werden, zurück in die Menge, gab dieser mit einem Blick zu verstehen, auch ihre Zeit sei noch nicht gekommen, winkte mir, ihr zu folgen, und rief mir, berstend vor Überschwang, durch den Straßenlärm zu:

«Liebst du mich?»

In der Mabini Street kommt man, ob zu Fuß oder mit dem Auto, schon unter normalen Verhältnissen ungefähr so leicht voran wie auf dem Wiegeplatz der Rennbahn von Auckland beim Steeple chase der Königin. Der Auflauf, den Lauras Kostümierung hervorrief, brachte jedoch praktisch den Verkehr im ganzen Viertel zum Erliegen. Jetzt drückte sich niemand mehr absichtlich an sie, aber die Blicke, die sich auf ihren Unterleib richteten, glichen erigierten Geschlechtern. Trotzdem gelang es uns, in zehn Minuten immerhin hundert Meter zurückzulegen.

Laura blieb plötzlich vor einem Schaufenster stehen, in dem auf einer bemalten Holzplatte zu lesen stand: *Mindanao*. Eine Sammlung von modellierten, gehauenen oder gravierten Messingobjekten aus dem Süden war ausgestellt. Draußen, auf dem Bürgersteig, stand ein sehr langes, hölzernes Xylophon in Form einer Wiege, dessen Klangkörper aus einer Reihe immer kleiner werdender Gongs aus Bronze bestand, die in der Mitte leicht verdickt waren.

Laura bückte sich, ergriff einige kleine, gepolsterte Hämmer und fing an, auf die Gongs zu schlagen. Zu meiner Überraschung stellte ich fest, daß sie dieses Instrument wirklich beherrschte, ihm Melodien zu entlocken verstand. Die Menge, die sich um uns versammelt hatte, war womöglich noch dichter geworden. Junge Leute knieten nieder, die Gesichter so dicht an Lauras Gesäß, daß ich jeden Augenblick damit rechnete, sie würden es küssen – oder hineinbeißen! Da Laura gebückt stand, um die Gongs zu schlagen, konnten sie jedoch auch ohne eingehendere Untersuchung erkennen, daß sie nicht einfach eine Stoffpuppe, sondern ein Wesen aus Fleisch und Blut war.

Einige stießen, um das Wunder zu bestätigen, erstickte Schreie aus. Andere blieben stumm und musterten mich. Nach einiger Zeit lächelten sie aber beinahe freundschaftlich, und ich erwiderte ihr Lächeln.

Einer von denen, die ihrer Verblüffung laut Luft gemacht hatten, trat zu Laura und sagte ihr etwas ins Ohr. Sie lachte auf, drehte sich um und schenkte ihm einen der huldvollsten Blicke, die mir seit meiner Kindheit zu sehen beschieden waren. Sie sagte auf englisch, was er zweifellos ebenfalls benutzt hatte:

«Noch nie hat man mir ein Kompliment gemacht, das ich so wenig verdient habe! Aber ich weiß es um so mehr zu schätzen.»

Durch diese Reaktion ermutigt, näherte sich ihr ein anderer, um ihr – in aller Ausführlichkeit – Vertraulichkeiten oder Vorschläge zu unterbreiten. Er sprach so leise, daß ich kein Wort verstand, aber ich sah, daß Laura das, was sie hörte, gefiel, daß es sie förmlich packte. Ihre Zunge spielte zwischen ihren Lippen. Sie umarmte den jungen Mann plötzlich und küßte ihn zärtlich auf die Wange. Dann reichte sie mir die Hand und sagte: «Laß uns hineingehen.»

Die Ladenbesitzerin schloß die Tür hinter uns, sichtlich darauf erpicht, Laura von ihrer Gefolgschaft zu trennen. Deren Proteste waren nur dumpf zu hören: der Raum hatte eine Klimaanlage, die viel zu kalt eingestellt war – ich fröstelte.

Laura begann einen, zehn, zwanzig, dreißig Gegenstände nacheinander zu betrachten, zu betasten, in die Hand zu nehmen, Dinge, die gewiß alle interessant waren, die sie aber offensichtlich nicht zu kaufen gedachte. Nach einer Viertelstunde erblickte sie jedoch einen feinziselierten Vogel aus gelbem Kupfer mit fächerförmig hochgestelltem Schwanz, von dem sie sich nicht losreißen konnte. Wenn man den Rumpf berührte, gaben die Schwanzfedern ein metallisches Knistern von sich, das mir eine Gänsehaut über den Rücken jagte und mir, ohne daß ich den Grund nennen konnte, eine absurde Übelkeit bereitete.

«Das ist sicher ein Pfau», sagte ich, mehr um den Zauber zu brechen.

«Ja», bestätigte Laura. «Aber er gehört zu keiner der Arten, die wir kennen. Zweifellos ein magischer Pfau!»

Sie lachte, und ich auch, weil die Magie lachhaft ist. Um mich weiter aufzuheitern, formulierte sie eine andere Hypothese, an die sie allerdings ebensowenig glaubte wie ich: «Oder er kommt aus einer anderen Welt. Er wirkt so irreal!»

Sie schien nicht imstande, den Blick von den durchdringenden Augen des Tieres zu wenden. Unvermittelt fragte sie mich: «Schenkst du ihn mir?»

Ich zuckte zusammen und rief lauter, als ich beabsichtigt hatte: «Nein!»

Laura warf mir einen merkwürdigen Blick zu. Bekümmert und

überrascht sah ich in ihren Augen eine gewisse Enttäuschung, Distanziertheit, fast so etwas wie Verachtung aufblitzen. Eine unbegreifliche Kälte ließ mein Innerstes gefrieren, eine sinnlose Trostlosigkeit, die mich unmittelbar und grausam berührte und trotzdem aus der Ferne zu kommen schien. Als ob Laura mich verließe. Und als ob ich selbst woanders wäre. Woanders, zusammen und getrennt . . . Mit ihr und allein. Mehr allein, als ich es je gewesen war, bevor ich sie kannte. Mehr allein, als ich es jemals gewesen wäre, wenn Laura mich nicht in das Unbekannte geführt hätte, um mich dort zurückzulassen.

Angst, namenlose Verzweiflung trübten meinen Blick. Ich bemühte mich, Laura zu sehen, doch vor mir glänzten nur die erbarmungslosen Edelsteinaugen des fremden Pfaus. Ich versuchte mich daran zu erinnern, was mir zugestoßen war: wie viele Tage, Wochen, Monate, Jahre ich welches Leben geführt hatte . . . Aber mein Gedächtnis schien erstorben. Ich wußte nicht mehr, wer mich dorthin gebracht hatte, warum, wann. Ich fand niemanden wieder und fand mich selbst nicht wieder. Alles war Leid. Doch ich erkannte auch vage, daß es zahllose Arten und Ursachen des Leids gibt und daß mein Unglück vielleicht das unsinnigste, das nutzloseste war.

Ich war allein, aber nicht von der Einsamkeit erdrückt. Ich konnte immer noch begreifen. Ich verglich nicht, bereute nicht. Alles war schwierig, fern, schmerzend, aber alles war noch möglich. Ich konnte sterben, doch ich war nicht tot. Eine andere Definition des Lebens gibt es nicht . . .

Ich schüttelte mich, war wie betäubt, wütend. Nein, ich glaube nicht an das Übernatürliche, an Trance, an Hexerei. Dieser Pfau hatte keinerlei verborgene Kräfte. Ich hatte mich selbst hypnotisiert, indem ich ihn zu intensiv fixierte, wie es einem bei jedem glänzenden Objekt passieren kann: einem Ring, einer Linse, einem Schlüssel. Vor allem schämte ich mich, diese Schwäche in Lauras Gegenwart gehabt zu haben. Ich sah sie an, aber sie schien überhaupt nichts bemerkt zu haben. Sie spielte gerade mit einem steinernen Messer.

Geringschätzig reichte ich ihr den Vogel: «Hier! Du kannst ihn haben, ich schenke ihn dir.»

Sie blickte mich überrascht an, verzog den Mund, lachte auf: «Vielen Dank, du hast ja sehr merkwürdige Einfälle? Was soll ich denn mit diesem Ding?»

Ich mußte geschlafen haben, ohne es zu merken, nur einige

Sekunden. Und geträumt. So etwas kommt vor. Sicher die Klimaanlage ... Nun, es war jedenfalls nicht weiter wichtig. Ich wollte mir von diesem Unsinn nicht den ganzen Tag verderben lassen. Und ich wollte mir schon gar nicht den Kopf über die Grillen eines jungen Mädchens zerbrechen.

Die Besitzerin, die vielleicht dachte, wir hätten uns gezankt, näherte sich und schenkte uns ein affektiert verständnisvolles Lächeln, das ich unerträglich fand. Um ihm zu entgehen, floh ich ins Nebenzimmer. Aber dort gab es offenbar nichts zu sehen oder zu kaufen: es handelte sich um so etwas wie einen Salon.

Die beiden Frauen folgten mir. Die Antiquitätenhändlerin bot uns Tee an. Laura setzte sich auf einen blau-weißen Porzellanschemel, ich auf eine geschnitzte Truhe aus Kampferholz. Unsere Gastgeberin blieb stehen. Da unser gemeinsamer Wortschatz begrenzt war, beschränkte sich die Unterhaltung auf einen Austausch höflicher Floskeln, der schon nach kurzer Zeit Langeweile weckte. Das Auftauchen eines kleinen Mädchens mit einem Tablett, das größer war als das Kind, bildete eine kleine Abwechslung.

Die Kleine war ungefähr acht Jahre alt, vielleicht zehn. Sie war sehr schön, hatte eine dunklere Haut und mandelförmigere Augen als die meisten Filipinos. Das Tablett war rund und flach und bestand aus ziseliertem und gehämmertem Kupfer: also nicht anders als die, die man in allen islamischen Haushalten, ob in Afrika oder Asien, findet. Darauf standen eine riesige Teekanne aus Steingut und drei chinesische Tassen, die jeweils nicht mehr als ein Zwanzigstel vom Inhalt der Kanne fassen konnten.

Das Kind kniete nieder und hielt Laura das Tablett hin. Meine Freundin schenkte sich eine Tasse ein und nahm sie, obgleich sie brennend heiß sein mußte, in die hohle Hand, wie es die Höflichkeit verlangte. Das Mädchen kam zu mir. Als ich mich bedient hatte und die Händlerin meinem Beispiel gefolgt war, stellte die Kleine das Tablett auf einem runden Tisch aus schwarzem, mit Perlmutt eingelegtem Holz mit durchbrochenem Zackenrand ab. Dann ging sie zu meiner Überraschung wieder zu Laura und kniete dicht vor ihr nieder, wie um sie zu berühren.

Sie wollte sie allem Anschein nach aber nur betrachten. Was sie interessierte, war allerdings nicht Lauras Gesicht, sondern ihr nackter Unterleib, der unter dem kurzen Hemd zu sehen war. Die Besitzerin des Ladens beobachtete das Mädchen ebenfalls, aber mit einer Ungerührtheit, die ich nicht deuten konnte: war es Gleichmut, Belustigung, Nachsicht, Einverständnis, Befriedigung, Indifferenz? Ich werde es nie erfahren.

Langsam trank Laura ihren Tee, blickte dann das kleine Mädchen an und ließ sich ebensowenig anmerken, was sie dachte oder fühlte. Dieses Spiel der stummen, hermetischen Blicke dauerte eine ganze Weile.

Endlich blickte die Kleine auf und sah Laura in die Augen. Vielleicht habe ich an jenem Tag zum zweitenmal geträumt: ich glaubte in ihrem Gesichtsausdruck etwas zu lesen, das weniger einer Bitte als einem Befehl gleichkam. Laura mußte es jedenfalls verstanden haben, denn ohne die Augen auch nur einen Sekundenbruchteil von denen des Mädchens abzuwenden, spreizte sie langsam die Beine. Sie zog ihr Hemd noch ein bißchen höher und bot ihr Geschlecht dem Blick des Kindes fügsam, vollständig dar.

Die Kleine betrachtete es lange und feierlich. Sie schien plötzlich eine gewisse Ungeduld, fast eine leichte Unzufriedenheit auszustrahlen. Laura begriff abermals – besser als ich –, was von ihr erwartet wurde. Mit zwei Fingern öffnete sie ihre Schamlippen, zunächst kaum merklich, dann ganz weit. Ich beugte mich vor und erblickte, ebenfalls zum erstenmal, den rosigen und runden Eingang ihrer Scheide und darüber ihre Klitoris: Lauras Hand berührte diese, als wollte sie die Aufmerksamkeit der Beschauerin darauf lenken.

Dann spielte die Hand mit der Klitoris. Ich erriet, daß Laura versuchte, die Zuckungen, die sich ihres Körpers zu bemächtigen begannen, einzudämmen. Sie war nicht lange dazu fähig. Sie schloß die Augen und kam sehr schnell zum Höhepunkt, wobei sie einen leisen, klagenden Laut ausstieß.

Sobald sie sich wieder unter Kontrolle hatte, spreizte sie die Beine noch mehr, so weit sie konnte. Ihr Mittelfinger glitt in die Vagina, die im gedämpften Licht der Lampen feucht aufglänzte. Er stieß ganz hinein, kam wieder heraus, tauchte wieder ein und wurde langsam schneller. Als er sich sehr schnell bewegte, erbebte sie von neuem. Ihr zweiter Orgasmus machte sie noch schöner als der erste, dauerte noch länger. Sie gab sich ihm völlig hin, ließ ihren Finger gewähren, bot dem Kind das Schauspiel ihrer Lust, und endlich lächelte die Kleine.

Das Lächeln war weder infantil noch sinnlich oder unschuldig und keineswegs pervers. Als Laura den Finger herauszog, hatte ich den Eindruck, das Lächeln vermittelte ihr irgendeine geheime

Botschaft – oder vielmehr eine Botschaft, deren Inhalt mir verborgen blieb. Angesichts dieses unsichtbaren Erkennungszeichens, ausgetauscht von zwei Mitgliedern einer Gesellschaft, von der ich ausgeschlossen war, spürte ich wieder einen Augenblick lang meine Trauer von vorhin – und verjagte sie unwirsch.

Seltsamerweise blieb das Lächeln des Kindes jedoch irgendwie zurückhaltend, beinahe verschlossen; es schien keine uneingeschränkte Befriedigung auszudrücken: höchstens ein Zugeständnis, eine vorübergehende Toleranz, als ob diejenige, die sie übte, zu verstehen geben wollte, daß sie sich zwar verstanden wußte, die heutige Erfahrung aber nur als eine erste Probe, als Anfang betrachtete. Zu gegebener Zeit würde sie ihre wahren Absichten offenbaren, ihre wirklichen Forderungen mitteilen, und ich spürte, daß diese weit über das heutige Geschehen hinausgehen würden.

Den beiden genügte ein Blick ohne Worte, ohne Gebärde, um sich zu verständigen: ein unausgesprochenes Ehrenwort. Laura ließ das Hemd los, leckte den Finger ab, mit dem sie sich liebkost hatte, saugte mit einem genießerischen Gesichtsausdruck daran, der von keinen Skrupeln getrübt wurde.

Ich wollte nicht in den Augen ihrer Mitwisserin lesen, was sie von der Freiheit hielt, die Laura sich herausnahm: meine Phantasie hatte schon zuviel gearbeitet! Ich stand auf und sagte zu der Antiquitätenhändlerin: «Ihre Enkelin ist wirklich sehr hübsch. Wie heißt sie?»

Die Frau antwortete mir freundlich: «Nêo. Ich fand sie vor knapp einem Jahr am Ufer des Meeres und habe sie adoptiert.»

Ich dankte ihr für den Tee und trat hinaus auf die Straße mit ihrer drückenden Hitze und ihren Tagedieben, die wenigstens auf Laura warteten, ohne sie geheimnisvoll zu finden oder ein Geheimnis in ihr zu sehen, da sie im vorhinein wußten, wie weit sie gehen konnten und wo sie aufhören mußten.

Das erste, was ich von Hugo Lance sah, war ein blonder Schopf über einer himmelblauen, goldgefaßten und mit einer Urwaldblume geschmückten Dschellabah.

Mit großen Schritten ging er auf einen eleganten Herrn mit intelligentem und scharfgeschnittenem, höflichem und zugleich ironischem Gesicht zu, der Marcella am Ellbogen hielt.

Er rief auf französisch aus: «Willkommen, mein lieber Botschafter! Wie lange habe ich nicht mehr das Vergnügen gehabt, Sie in meinem Hause zu sehen!»

«*Sie* waren nicht da, mein lieber Präsident. Aber Marcella hat den Kontakt zu Ihren jungen Leuten gehalten.»

«Ausgezeichnet! Ich begrüße Sie, meine Liebe! Wen gedenken Sie heute abend zu Ihrem Liebhaber zu machen?»

Marcella beschrieb mit dem Arm eine Windung, die geradeswegs aus einem Jugendstilplakat zu kommen schien. Sie stimmte den dazu passenden lasziven Ton an: «Ich habe schon an Sie gedacht, Hugo, gewissermaßen als Geburtstagsgeschenk. Aber Sie machen einen so beschäftigten Eindruck!»

«Aber, aber! Schauen Sie sich ein wenig um: so klein ist die Auswahl doch wirklich nicht!»

Bei diesen Worten zwinkerte mir der Gründer zu, winkte mich herbei und schob mich zu der jungen Frau.

«Hier haben Sie jemanden, der Sie von Ihren alten Männern abbringen wird, und sei es nur für heute.»

Er ließ uns einfach stehen und verschwand in der Dunkelheit.

«Bringen Sie mir etwas zu trinken», beschloß Marcella, die wußte, wie man sich unter solchen Umständen zu verhalten hatte. Sie wandte sich an ihren Begleiter.

«Georginet, Dickerchen, Sie sind hier, um auf andere Gedanken zu kommen. Kümmern Sie sich nicht um mich. Folgen Sie dem Duft des Grases. Ich spüre schon hier einen Hauch davon und weiß, daß Sie es kaum erwarten können.» Der Botschafter verbeugte sich mit unstrittiger Grazie und zog sich ebenfalls in die

Schatten zurück.

Marcella nahm meinen Arm und führte mich ins Helle.

«Sehr günstig, Hugos Haus», bemerkte sie. «Es hat so viele Ecken und Winkel und Grünflächen, daß man nicht riskiert, sich zweimal über den Weg zu laufen.»

Sie redete weiter Französisch, ohne danach zu fragen, ob ich es verstand. Ihre Stimme klang ein bißchen zu erfahren. Mir fiel außerdem auf, daß sie die Absicht zu haben schien, sich heute abend ausschließlich von der kameradschaftlichen Seite zu zeigen, denn ihr Verhalten hatte nichts Verführerisches. Galt ich bereits als unwiederbringlich verloren? Diese Vermutung störte mich. Ich versuchte mich zu vergewissern:

«Können Sie sich frei bewegen, Marcella? Oder versteckt Ihr Freund sich irgendwo im Dunkeln, um uns besser im Blickfeld zu haben?»

Die Entgegnung war mit Sarkasmus gewürzt und mit hauchdünner Verachtung überpudert: «Ist die große Liebe denn schon eine Bürde geworden, mein Lieber? Ich diagnostiziere in Ihren Worten einen Hauch von Nostalgie. Hoffentlich nichts Ernstes?»

Ich hatte allen Grund zur Beunruhigung: mein Ruf stand fest.

«Wo ist denn der einzige Gegenstand Ihrer Anbetung?» bohrte die zersetzende Italienerin weiter. «Da ich jedoch sehe, daß Ihre Liebe zu mir noch nicht ganz erstorben ist, werde ich Ihnen einen letzten Dienst erweisen und versuchen, die Schöne wenigstens vorübergehend von ihren schuldhaften familiären Neigungen abzubringen.»

Im Grunde war ich ganz froh, mich wieder von jemandem führen zu lassen, der mit den Menschen und der Geographie des Ortes vertraut war. Die enormen Ausmaße, der labyrinthische Grundriß, die Exotik dieses Hauses verwirrten mich. Haus ist nicht das richtige Wort, um ein System zu charakterisieren, wo Inneres und Äußeres sich derart vermischen, daß sie nicht mehr auseinanderzuhalten sind. Wie soll man zwischen einem überdachten Garten und einem nicht überdachten Zimmer unterscheiden, wenn beide von Pflanzen, Zweigen und Blumen strotzen? Mein Eindruck von dieser Anlage war das genaue Gegenteil von dem, was das sphärische Universum des Instituts, dessen Abgeschlossenheit eine gewisse Intimität vortäuschte, in mir evoziert hatte. Hier schienen nicht nur die Mauern, sondern auch die Decken zu fehlen! Woher die Beleuchtung kam, konnte ich nicht feststellen: aus verborgenen Öffnungen, von Leuchtkäfern? Ich erkannte noch nicht einmal, was unter mir war, Menschen oder Dinge, von silbernen Fischen bewohnte Becken oder unberührter, zu Humus zerfallender Dschungelboden.

Die Steine, die man sah, strahlten das Alter und die Verderbtheit indischer Tempel aus. Noch die kleinsten Flächen waren reliefiert: manchmal mit Tigern oder Göttern, häufiger jedoch mit blühenden Brüsten und apfelförmigen Gesäßen, mit verlangenden Scheiden und übertriebenen Phalli.

Die Kunst des Ostens hatte jedoch keine eindeutige Vorrangstellung inne: alle Teile der Welt und ihrer Geschichte schienen dem Eklektizismus des Entwurzelten den gleichen Tribut gezollt zu haben.

Ikonen aus Blütezeit und Dekadenz, dem Verfall preisgegebene Eremiten und junge Gipsheilige waren ohne bestimmte Vorliebe aus ihren Refugien geholt worden. Noch mehr fielen allerdings die Göttinnen und weiblichen Idole der letzten Jahrtausende ins Auge, deren Rundungen im allgemeinen so stark hervorgehoben waren, daß sie mehr ihre Leiblichkeit als ihre Weiblichkeit betonten. Die Fülle dieser Kugelkörper, die auf die hypertrophierten Brüste folgte, zwischen denen ich mich hindurchzwängen mußte, um von einem Gewächshaus ins nächste zu gelangen, weckte in mir übrigens den Verdacht, daß Lances Interesse für gerundete und gewölbte Formen sich keineswegs auf das eher unverbindliche Gebiet der Institutsarchitektur beschränkte. Und wenn er dieser Neigung beim Bau seines Hauses vorübergehend entsagt hatte, so war er ihr sofort wieder genießerisch gefolgt, als es darum ging, selbiges auszustatten.

Je weiter ich in das Labyrinth seiner Dschungelresidenz eindrang, desto mehr wurde ich mir, offen gesagt, darüber klar, daß es praktisch unmöglich war, zu erraten, wo Lances räumliche und zeitliche Interessen beginnen und enden. Fest steht nur, daß er niemals Museumsdirektor sein könnte!

Es gibt bei ihm kein einziges größeres Möbelstück: nur Kissen, sehr niedrige Tische, lang genug, um sich darauf zu legen, übereinanderliegende Teppiche, dicke Matten, Stühle und Schemel in Form von Idolen und silberne Buddhas, auf deren zusammengelegten Händen die Gäste Platz nehmen und deren Brüste dazu dienen, sich anzulehnen.

An einer Reihe von Säulenstümpfen, die uns den Weg versperrten, sahen wir, eingebettet in Ähren und Blumen, auch Waffen aus schwarzem Metall hängen, die einst als Säbel gedient haben mußten – aber wo? Die Breite der Klingen übertraf deren Länge. Keine glich der andern. Ihre geschwungene, unpraktische, ineffektive und unmenschliche Form erinnerte jedoch an die mykenisch inspirierten goldenen Waffen, die Pier Paolo Pasolini am Ende seines *Ödipus Rex* benutzt hatte.

Zecher nahmen sie ab, bemühten sich, sie über ihren Köpfen zu schwingen. Sie fanden sie offenbar so schwer, daß sie sie früher oder später sinken ließen. Ich zog die Gefährtin meines Abenteuers in Gefilde, wo die Menschen friedlicher waren und wo es keine Waffenvorräte gab. Hier erblickten wir nur noch eine Fülle von Bronzetrommeln, Räucherpfannen, Nackenstützen aus Porzellan, Kannen, Elfenbeintabletts mit steinernen Kämmen, Nadeln, Schabeisen, urweltlichen Ziborien und künstlichen Phalli.

Ich nahm einen davon in die Hand. Er war so exquisit wie Meißener Porzellan und paßte ideal zu Marcellas milchfarbener, rosig überhauchter Haut. Ich reichte ihn ihr.

«Wissen Sie überhaupt, daß ich mich den ganzen Tag liebkose?» sagte sie. «Und nicht nur den ganzen Tag! Auch die ganze Nacht. Ich sehe nämlich nicht ein, weshalb ich darauf verzichten sollte, wo es mir doch so gefällt. Aber ich benutze solche Objekte nicht. Ich nehme einfach meine Finger. Sie haben keine Ahnung, wie begehrenswert meine Finger sind! Kein Mann, keine Frau, keine Brust, keine Zunge und kein erfahrenes Glied kann es ihnen gleichtun.»

Sie hielt sie neben die Flamme einer Kerze und betrachtete sie, überwältigt von Bewunderung, mit halb geöffnetem Mund.

Ein junger, in Gold und Himmelblau gewandeter Diener, der gerade vorbeikam, glaubte, sie sei hungrig, und streckte ihr einen Korb mit kandierten Früchten hin. Sie schüttelte den Kopf, um wieder in die Wirklichkeit zurückzukehren, streichelte sein Ohr, beugte sich zu ihm, um sein Haar zu küssen, und sagte: «Lassen Sie mich mit dem Herrn allein.»

Dann machte sie sich plötzlich Sorgen: «Kann Laura wenigstens masturbieren?»

«Sehr gut», beruhigte ich sie.

«Das freut mich. Tut sie es aber auch oft genug?»

«So oft sie Lust hat.»

«Das genügt nicht. Macht sie es lange?»

«So lange, sie will.»

«Dann ist es in Ordnung.»

Wie herbeigezaubert stand Hugo Lance plötzlich vor uns. Er wurde von einer Inderin begleitet, die unter ihrem durchsichtigen Sari nackt war. Ohne ein erklärendes Wort überließ er sie mir, ergriff Marcella und entschwand mit ihr in die Nacht.

Die Augen der Erscheinung weckten in mir den Wunsch, ihre Brüste und Hüften zu berühren.

«Ich heiße Nicolas», sagte ich ihr.

Ich folgte ihren Umrissen mit den Fingerspitzen, ohne mich über meine Geste zu wundern. Sie reagierte mit einem Blick, dessen Glanz sie wie ein Heiligenschein umgab. Dann sprach sie: «Ich bin Kalyani. Ich bin zwanzig Jahre alt. Ich bin Studentin. Ich habe mich soeben im Lips eingeschrieben. Unterweisen Sie mich.»

Ihr Englisch war frei von den Ticks und Wiederholungen, mit denen ihre Landsleute es gewöhnlich ausschmücken. Ich beschloß, diese Unbekannte zu meiner Vertrauten zu machen.

«Kalyani!» sagte ich und preßte sie an mich, um ihren Körper zu spüren. «Ich bin einem Zauber erlegen. Dem Zauber einer Frau selbstverständlich. Das widerspricht allen meinen Prinzipien. Soll ich zu meinen Prinzipien zurückkehren oder lernen, ein neues Leben zu lieben?»

«Man darf niemals zu etwas zurückkehren. Und Sie würden mir nicht diese Frage stellen, wenn Sie die einzige Antwort nicht schon wüßten.»

«Wollen Sie sagen, daß ich keine Wahl mehr habe?»

«Nein. Aber Sie wählen, nicht zu wählen.»

«Laura will alles, nicht ich.»

«Immerhin hat Laura Sie gewählt.»

«Ich weiß es nicht. Warum sollte sie auf alle verzichten, um einen einzigen zu haben?»

«Sie verzichtet nicht auf die anderen, indem sie Sie wählt: Sie werden das Band sein, das sie noch mehr mit ihnen verbindet.»

Ich fragte den Erzengel: «Haben Sie ein solches Band?»

Sie preßte ihren Unterleib an mein Geschlecht und antwortete sanft: «Ich bin nicht gern gebunden.»

Zu meiner Überraschung hörte ich mich sagen: «Die Liebe ist keine Bindung.»

Kalyani antwortete: «Sie ist aber die Wurzel der Entwurzelten.»

Ich überlegte einen Augenblick. Dann dachte ich laut: «Laura möchte nicht verwurzelt sein. Sie möchte frei sein.»

«Sie möchte es nur, weil sie es nicht ist. Deshalb braucht sie Sie. Ihre Freiheit hängt von Ihnen ab.»

«Und ich, werde ich frei sein?» wollte ich wissen.

«Das spielt keine Rolle. Das ist das, was Sie suchen.»

«Dann sagen Sie mir, was mein Ziel ist.»

Ihre Schönheit glich so sehr einem essentiellen Traum, daß ich mich der Lust nicht entziehen konnte. Was die unmittelbare Zukunft anging war ich bereits nicht mehr frei.

Kalyani beantwortete meine Frage mit gesicherten Wahrheiten, die von der Harmonie ihres Geschlechts an meinem unterstrichen wurden: «Ihr Ziel ist so einfach wie jedes Verlangen. Sie möchten Laura das werden lassen, was sie sein will. Sie das schaffen lassen, wozu sie imstande ist. Sie dorthin begleiten, wohin sie ohne Sie nicht gehen würde. Verhindern, daß sie altert. Verhindern, daß sie stirbt.»

«Wer sind Sie?»

«Das sehen Sie doch. Ich verstecke mich nicht.»

Sie näherte ihr Gesicht mit den mythischen Zügen dem meinen. Meine Hände glitten unter ihren Sari, berührten eine Haut, so weich wie bei einem Baby. Sie legte den Mund auf meine Lippen. Sie liebte mich.

Ich war glücklich.

Die Zeit verstrich. Die Windungen des Labyrinths führten uns zu Myrte, die, von Blumen umgeben, halb auf dem niedrigen Diwan lag. Links von ihr saß Mario im Schneidersitz und las ein Buch. Rechts von ihr flocht Ingrid eine Girlande oder Krone aus Blättern und Zweigen. War sie für ihre Frisur bestimmt? Diese war bereits zu einer derart schwindelerregenden Höhe hochgesteckt, daß sie unmöglich den ganzen Abend halten konnte. Als ich näher kam, erblickte ich Steve, der sich ebenfalls lässig auf die Erde gesetzt hatte, eine Wange auf Myrtes Knie.

Da in ihrer Ecke nicht mehr genug Platz war, setzte ich mich ihnen gegenüber ins Gras. Kalyani ließ sich neben mir auf die Knie nieder, streichelte mit dem Kopf meine Brust und legte ihn dann auf meine Schenkel.

Zum erstenmal hörte ich Musik, die aus den Ruinen drang, wahrscheinlich eine Zithermelodie. Mein Herz krampfte sich zusammen, und ich dachte an den Erzengel, den ich hielt und nicht wiedersehen würde. Woher ich das wußte? Hatte ich Angst vor der Frau, die er inkarnierte? Nein, diese brauchte mich einfach nicht, das war alles. Sie wollte keine Hingabe, keinen Zeugen, keine Erinnerung, keinen Traum. Und ich fand nichts, was ich ihr wünschen konnte. Ich kannte keine andere Welt, wohin ich sie bringen konnte, um mit mir oder ohne mich zu leben.

Ich verlor jeglichen Ortssinn. Als ich – nach wie vielen Ewigkeiten oder Minuten? – wieder auf die Erde zurückkam, sah ich, wie Steve die Beine von Myrte streichelte. Er hatte ihren wie ein Sard onyx gestreiften Rock fast bis zur Taille hochgeschoben.

Ich begehrte das Dreieck aus dichtem Pelz und die Lippen, die er entblößt hatte, zur gleichen Zeit wie er. Damit er die Lippen noch mehr liebte, spreizte Myrte die Beine, so weit sie konnte. Ich betrachtete die lange, geübte und geschlossene Vulva, deren Fleischfarbe den Geschmack saftiger Mangos evozierte, ebenfalls mit wachsender Erregung.

Ingrid stieß einen Seufzer aus.

«Leidest du?» neckte Myrte sie.

«Ja. Jetzt ist Gualtier schon seit einem Monat dein Geliebter. Er wird dir nicht mehr lange treu sein.»

«Warum nicht? Hat er dich zu Hilfe gerufen?»

«Mich nicht. Aber er hat eine Schwäche für Laura.»

«Dann ist es ja gut!» sagte Myrte.

Ich war stolz, daß sie Laura für würdig befand, Gualtier zu gehören. Es war vielleicht ein bißchen ärgerlich für Ingrid, aber sie konnte sich schließlich nur bis zu einem gewissen Grade mit Laura vergleichen.

Steve wurde unruhig. «Gehen wir!» schlug er Myrte vor.

«O nein!» Sie zog den Kopf des jungen Mannes näher, küßte seinen Mund, öffnete sein Hemd, spielte mit den Haaren auf seinem bronzefarbenen Oberkörper. Einen Augenblick später stand er jedoch auf. Seine verlangsamten Bewegungen bekamen die Anmut einer Tänzerin, was bei dem riesigen Körper überraschte. Sein Gewicht senkte sich langsam auf Myrte herab, drohte sie zu zerbrechen. Aber sie zog ihn selbst zu sich herunter, wollte erdrückt werden . . .

Ich sah, wie ihre langen und dünnen Siamesenfinger Steves Gürtel lösten, mit den Knöpfen seiner Hose kämpften. Die kraftvollen Beine des Jungen streckten sich, fielen auf Marios Schenkel. Dieser klappte sein Buch zu und betrachtete die beiden. Die Geste, mit der Myrte dem Geschlecht Steves half, sich aus seiner stofflichen Hülle zu befreien, mit der sie es unaussprechlich zärtlich streichelte und dann selbst in sich einführte, war von unbeschreiblicher Schönheit.

Als Steve ihre Tiefen erreicht hatte, begannen Myrtes Hände den Rücken ihres Liebhabers zu massieren, mit den Spitzen der Fingernägel zu kratzen. Dann glitten sie zu den Lenden, umklammerten die Gesäßbacken. Als er sie lange genug penetriert hatte, wurden die liebkosenden Berührungen zu spasmischen Umklammerungen, die in rhythmischen Abständen erschlafften.

Jetzt schlossen sich Ingrids Finger denen von Myrte an, vereinigten sich mit ihnen. Dann eine Hand von Mario.

Nun stöhnte Steve vor Lust.

Ich schloß die Augen und sah sie anders. Myrte war jetzt nackt, stand hinter einer großen Fensterscheibe, preßte den Körper, die Hände gegen das Glas, spreizte die Finger an der unsichtbaren Transparenz.

Steve war ebenfalls nackt, stand aber auf der anderen Seite. Er versuchte nicht, die Scheibe zu zerbrechen. Er küßte Myrtes Brüste, leckte ihre schwarze Scham hinter dieser Wand, die ihre Bilder nicht trennen konnte.

Nach einiger Zeit richtete er sich auf, legte sein Geschlecht an die Scheibe. Sofort preßte Myrte ihren Unterleib in Höhe des gebändigten Phallus gegen das gläserne Hindernis, so daß die Wollust, die ich in Steves Augen las, noch leidenschaftlicher wurde. Dann bückte sie sich, bis ihre Lippen das Glied des Geliebten erreichten. Der herkulische Phallus durchstieß das Glas und drang in den Mund, der ihn erwartete. Myrte sog geschickt, liebevoll daran – so lange, daß die Zeit stehenblieb.

Noch nie hatte ich gesehen, gespürt, daß ein Mund ein Geschlecht so liebkoste. Noch nie war mein Sperma so kraftvoll in eine Kehle gepulst, so tief in das Innere eines Körpers gedrungen, noch nie hatte es so viel Lust bereitet.

Ich hörte Myrtes Schrei, der die Klänge der Zither und den Lärm des Festes übertönte und mich zwang, die Augen wieder zu öffnen.

Später vernahm ich die Stimme von Lance, die durch ein Dickicht von Jasminsträuchern drang, deren brutaler Duft die zwischen den Bodenplatten steckenden Weihrauchstäbchen pervertierte.

«Hallo, Helen! Hallo, meine Schöne!»

Ich wußte sogleich, daß die letzte Begrüßung Laura galt. Lance fuhr fort: «Probleme, Erling?»

«Kein einziges», antwortete Olsen, diesmal nicht sehr wortgewaltig.

«Immer noch kein Aufruhr auf dem Campus? Schöne Studenten, die wir da haben! Herr Direktor, haben Sie nicht etwas, irgendeinen Geistesblitz, einen Einfall, um sie zur Unvernunft zu bringen? Was machen Ihre Professoren bloß die ganze Zeit?»

«Ihre Arbeit», erklärte Olsen, den der Redeschwall offenbar nicht amüsiert hatte.

«Also genau das, was ich befürchtete! Auf sie werden wir nie zählen können, wenn es darum geht, Unordnung zu stiften. Sie sind zu spezialisiert. Das Chaos erfordert einen enzyklopädischen Geist.»

Laura mischte sich ein: «Anfang April ist ein neuer Englisch-Professor gekommen, kurz nach Ihrer Abreise. Er könnte es schaffen!»

«Gut! Wie kommt es, daß ich ihn noch nicht gesehen habe? Sicher, ich habe in den letzten Tagen viel gearbeitet: ich hatte eine Menge zu erledigen!»

«Er sitzt vor dem Langustentisch», informierte ihn Laura.

«Das spricht für ihn! Er wird mir gefallen.»

Die Bewegung, die ich in diesem Moment hinter dem Gebüsch hörte, schien mir eine günstige Gelegenheit zu sein, zu Laura zu gehen.

Kalyani sah mich an. Bevor ich etwas sagen konnte, ermutigte sie mich mit einem Wink ihrer Augen. Ich reichte ihr die Hände. Sie beugte sich darüber, um sie zu küssen. Ich wollte sie mit einer instinktiven Geste daran hindern, doch sie schüttelte lächelnd ihre schwarzen Haare.

«Für mich ist kein Platz in eurem Leben», sagte sie. Und schon hatte sie sich entfernt.

Die andere Seite der Jasminhecke war nur auf subtilen Umwegen zu erreichen, die mich Zeit kosteten. Als ich Laura endlich erblickte, saß sie auf einem dicken Polster neben einer Frau, die doppelt so alt war wie sie und ihr trotzdem ähnelte: Sie war ebenso schön, schien ihr Aussehen jedoch zu ändern, als ich den Halbschatten verlassen hatte und sie inmitten der anderen, im Licht, betrachtete.

Laura stellte mich ihr vor, und sie behandelte mich mit der Zuvorkommenheit einer Mutter, die nicht am Urteilsvermögen, am Geschmack und an den Gründen ihrer Tochter zweifelt. Sie verhörte mich mit einem bewußten Wohlwollen, das mich beinahe mutlos machte. Sie beendete ihre Erkundigungen mit einer Frage, an die ich mich seit meiner Ankunft im Lips schon gewöhnt hatte:

«Alles in allem betrachten Sie sich also ein bißchen als Völkerkundler?»

«Ja, da ich mich nicht gern mit dem Augenschein begnüge.»

Ein junger, peinlich gepflegter Filipino in einem gestickten *barong tạgalọg* aus Ananasfasern neigte uns sein ungewöhnlich angenehmes Gesicht zu und bemerkte: «Die Liebe zur Ethnologie und die Liebe zur Nahaufnahme laufen letzten Endes auf ein und dasselbe hinaus, nämlich auf Voyeurismus.»

Laura warf ihm einen empörten Blick zu. «Ich habe noch nie etwas so Ungerechtes, Vulgäres und Dummes gehört!» wies sie ihn heftig zurecht.

Der Unbekannte begnügte sich damit, sie eindringlich zu mustern, und erwiderte nichts. Ich hatte plötzlich Lust, sie vor ihrer Mutter zu korrigieren, und erklärte: «Warum? Voyeur sein heißt das gern sehen, was man liebt. Es ist unmöglich, Voyeur zu sein, ohne zu lieben.»

«Es gibt aber Grenzen!» entgegnete Laura barsch.

Ihre Mutter kam ihr zu Hilfe. «Besteht die Zivilisation denn nicht gerade darin, zwischen zwei bestimmten Dingen zu wählen? Ich meine zwischen dem, was man sich zu sehen das Recht herausnimmt, und dem, was man sich zu betrachten verbietet?» fragte sie mich mit einer Sanftmut, die ich sofort als ungekünstelt empfand.

Trotzdem wandte ich ein: «Dann ist die Wissenschaft aber nicht zivilisiert.»

Zum zweitenmal in wenigen Minuten erlebte ich, wie Laura außer sich geriet. Helen Olsen entspannte die Atmosphäre, indem sie unvermittelt und zu meiner größten Verblüffung die Qualitäten verschiedener, fast unbekannter Tonfilmkamera-Modelle aufzuzählen begann. Ich mußte einräumen, daß sie wenigstens jetzt wußte, wovon sie redete! Ich ahnte, daß ich erst ganz am Anfang stand: daß ich mich über diese Familie noch oft wundern würde.

Im weiteren Verlauf meiner Unterhaltung mit der Mutter erfuhr ich unter anderem, daß Laura malte, was sie bisher mit keinem Wort angedeutet hatte. Und daß sie einen Computer programmieren konnte, was mich weniger überraschte. Olsens Eintreffen erlöste mich davon, noch mehr über die fabelhaften Talente dieser Tochter zu hören.

«Herr Dr. Berger sucht dich», sagte er, an seine Tochter gewandt.

«Ich gehe», beeilte sie sich zu versichern. «Wo ist er?»

«Im Kreuzgang. Kennst du den Weg?»

«Ich werde sie begleiten!» sagte ich schnell in der Hoffnung, er würde meine Kenntnisse in der Geographie des Ortes nicht prüfen.

«Vielen Dank, *mon amour*», sagte Laura.

Ich hatte mich schon an die Inflation der zärtlichen Anreden auf dem Campus gewöhnt, wo man mit Darling, Love, Honey und Sweetheart meist nicht mehr sagen will als «alter Junge»: trotzdem hatte ich nicht damit gerechnet, daß Laura sich eine derartige Vertraulichkeit vor ihren betagten Eltern erlauben würde. Diese schienen mich darob allerdings um so mehr zu schätzen, was meine kleinen grauen Zellen keineswegs beruhigte.

Kaum trennten uns einige Schritte von ihnen, als ich stehenblieb und Laura zwang, mir in die Augen zu sehen: «Du bist heute wie verwandelt.»

«Gefalle ich dir vielleicht nicht?»

«Nein. Nicht, wenn du Angst davor hast, daß deine Eltern dich versohlen.»

Sie stimmte ein Lachen an, dessen Offenheit nicht zum Zweifel herausforderte: «Ich und Angst vor ihnen? Also, du hast wirklich nichts begriffen! Stell dir vor, ich *liebe* meine Eltern! Und ich habe Ähnlichkeit mit ihnen. Ich bin gern mit ihnen zusammen. Ich teile ihre Ideen und Neigungen. Würde ich sonst bei ihnen bleiben? Für was für eine Frau hältst du mich eigentlich?»

Ich nahm ihr Gesicht in die Hände und sprach ganz dicht an

ihren Lippen: «Du bist eine Frau, die mit niemandem Ähnlichkeit hat und mit der ich Ähnlichkeit haben möchte. Eine Frau, deren Ideen und Neigungen ich teilen will. Würde ich mich sonst so sehr bemühen, mit ihr zusammen zu sein? Für was für einen Mann hältst du mich eigentlich?»

«Dann ist es gut», sagte sie. «Das Wesentliche ist schließlich, daß ich dich verstehe.»

Sie zog mich an der Hand, plötzlich ausgelassen wie ein Schulkind in den Ferien: «Komm! Der Kreuzgang ist dort!»

Was wollte dieser Dr. Berger?

Ich hatte ganz vergessen, daß es Desmond war! Es fiel mir erst wieder ein, als ich ihn vor einem Brunnen, wo künstliche Kröten Wasser spien, in einem Sessel aus Bimsstein sitzen sah. Ein gut zwanzigjähriger Junge mit einem Bart, der dem meinen ähnelte, entspannte sich, ein Glas Whisky in der Hand, gegenüber von ihm.

«Guten Abend, Desmond! Guten Abend, Marcello! Immer noch verliebt, ihr zwei?» rief Laura fröhlich.

Sie lächelten amüsiert, freundlich. Marcello antwortete: «Und du, immer noch vollgestopft mit Vorurteilen?»

Sie verzog das Gesicht zu einer zärtlichen Grimasse. Ich wußte gar nicht, daß sie mit Desmond auf so gutem Fuße stand. Sie verbesserte lustig: «Nicht vollgestopft, sondern *umgeben*! Vorurteile sind wie eine Zwangsjacke, aber sie dringen nicht ein.»

Der schöne Jüngling erklärte sich mit einem Nicken einverstanden.

«Ein hübsches Kleid!» bemerkte er dann. «Vielleicht ein bißchen zu hochgeschlossen. Was ist darunter?»

Laura entgegnete mit neckischer Ironie: «Haut und Muskeln. Ein knospender Körper. Zum Anfassen und Anbeißen.»

Desmond hob den Kopf und lächelte mir anerkennend zu, als verdankte Laura mir die genannten Vorzüge. Die verständnisvolle Güte, die aus seinem Blick sprach, traf mich. Ich liebe Güte bei Männern. Ich hätte versuchen sollen, ihn eher kennenzulernen.

«Du wolltest mich sehen?» fragte Laura.

«Nicht unbedingt!» scherzte Desmond. «Ich wollte dir nur sagen, daß Mario nach dir verlangt. Ich wußte nicht, daß Nicolas hier ist.»

«Gehen wir wieder zu Mario!» entschied ich.

Die beiden winkten uns aufmunternd zu, und wir überließen sie wieder ihrem Tête-à-tête. Wenn auch ein bißchen bedauernd.

«Wirklich schade, daß sie keine Frauen lieben!» seufzte Laura.

«Bist du sicher?»

«Ich habe wirklich alles in meiner Macht Stehende getan, um Marcello von seiner Treue abzubringen. Aber ich holte mir einen Korb nach dem andern. Bei Desmond habe ich es gar nicht erst gewagt. Es stört dich doch nicht, wenn ich dir solche Sachen erzähle?»

«Warum? Im Gegenteil. Und Mario?»

«Weißt du, er war für mich nie ein sehr intimer Liebhaber. Bei ihm suche ich nur die physische Lust: darin ist er sehr gut. Aber ich habe aufgehört, mit ihm zu schlafen, seit ich es mit dir tue.»

«Das ist ungerecht!» habe ich sie gescholten.

Unterwegs liefen Laura und ich Gualtier und Natalie in die Arme, die in Begleitung des Hausherrn einen Spaziergang zwischen den Rosenbüschen machten, vor deren Dornen sie bei jedem zweiten Schritt ihr Gesicht schützen mußten.

Mit einem Winken forderten sie uns auf, herüberzukommen und an der Unterhaltung teilzunehmen. Wir gingen zu ihnen und folgten ihnen wie Seminaristen einem Bischof.

«Wenn ich richtig verstanden habe», sagte Lance, «erfreuen sich die Toten bei den Mara einer ebenso guten Gesundheit wie die Lebenden? Wenn Sie meine Meinung interessiert: den Toten scheint es dort besser zu gehen, jedenfalls, was den Kopf betrifft.»

Natalie widersprach: «Für die Mara ist das Vergessen keine Krankheit.»

«Es ist vielmehr das Gedächtnis, das ihnen wie ein körperliches Leiden vorkommt», bekräftigte Gualtier. «Wenigstens, wenn es Erinnerungen an tote Jahre bewahrt.»

«Beneidenswert!» rief Lance fröhlich aus. «Menschen ohne Fehler.»

«Ein paar kleine Fehler haben sie schon», räumte Gualtier ein. «Sie sind zum Beispiel monogam.»

«Was?» entsetzte sich Lance. «Monogam? Aber Sie haben doch gerade gesagt, daß sie jedes Jahr den Partner wechseln!»

Natalie erklärte geduldig: «Die Mara sind verantwortungsbewußte Menschen, müssen Sie wissen. Keineswegs labil oder unzuverlässig! Sie bleiben ihr Leben lang dem Mann oder der Frau treu, den sie als Ehegefährten gewählt haben.»

Lance nickte langsam, wiederholte für sich: «Ich verstehe: ihr Leben lang . . . Darin liegt alles!»

Er blieb stehen, drehte sich um und forderte Laura und mich auf, einen Kreis mit ihm zu bilden. Ich entdeckte plötzlich, daß er ebenfalls Professor war.

«Interessant, nicht wahr?» konsultierte er uns der Form halber. «Diese Merkmale lassen auf eine glückliche Zivilisation schließen, die sich grundlegend von den Utopien der westlichen Welt unterscheidet. Uns ist es nämlich nur selten gelungen, ein kurz bevorstehendes Ereignis und Hoffnung miteinander zu verbinden. Oder Freiheit und Verantwortungsbewußtsein. Das Sich-Binden und die Veränderung. Liebe und Relativität.»

Er zwang uns, ihn zum kalten Buffet zu begleiten; es war derart mit Speisen überladen, daß ich jeden Appetit verlor. Ein Areopag von Pädagogen trug mit bestürzender Gier einen Berg enthaupteter Vögel ab.

Genau daneben, unter dem riesigen Schädel eines Zentauren (oder Einhorns, ich verstehe nicht viel von diesen Dingen), waren Eugène, Olivier und etwa ein Dutzend Studenten aller Geschlechter und Rassen in einer Haschwolke versunken. Ich nahm an, Lance würde mir vorwerfen, daß ich mich nicht ebenfalls berauschte, doch er sagte nichts dergleichen. Ich muß gestehen, er wurde mir immer sympathischer.

Natalie ahnte, daß Laura und ich vorhatten, uns aus dem Staub zu machen, und schmeichelte: «Laßt uns nicht allein! Wir laufen Gefahr, uns ernst zu nehmen.»

Ich überlegte mir soeben, inwiefern ihre Sorge begründet war, als ich Olsen entdeckte, der offenbar eine seiner Theorien entwikkelte.

«Alles läßt sich nicht auf Sex reduzieren», lautete seine Schlußfolgerung.

Laura entgegnete: «Mein Vater hat recht. Freud und der Freudianismus sind überholt.»

«Aber der Sex nicht», protestierte Gualtier, dessen gesunder Menschenverstand mich angenehm berührte.

Ich hatte noch gar nicht bemerkt, daß Marianne mit von der Partie war. Sie ergriff auch diese Gelegenheit, um dummes Zeug von sich zu geben. «Seid ihr sicher?» nörgelte sie. «Der Erotismus macht doch auf die Dauer nur müde.»

«Ja, wenn er schlecht ist», antwortete Gualtier. «Dasselbe gilt für das komische Genre.»

Entschlossen, bis zum letzten für die verlorene Sache zu kämpfen, spann Laura ihren Faden weiter: «Die Treue in der Liebe findet ihr wenigstens noch nicht lächerlich.»

«Die Beständigkeit nicht. Die Ausschließlichkeit ja. Ich bin meinen Freunden treu, aber ich habe gern viele Freunde», argumentierte Gualtier und fixierte sie.

«Von Freundschaft haben wir aber nicht gesprochen», bemerkte

Olsen.

«Wovon denn sonst?» empörte Gualtier sich.

«Ich habe von Liebe gesprochen», sagte Laura.

«Wo liegt denn da der Unterschied?» spöttelte Gualtier.

Ich hatte den Eindruck, daß die Frage Laura aus der Fassung brachte.

«Sie glauben, Liebe und Freundschaft seien dasselbe?» versuchte sie zu begreifen.

Wie um einen grundlegenden Tatbestand der Realität zu unterstreichen, skandierte Gualtier: *«Es ist ein und dieselbe Sache.»*

Laura lag ausgestreckt, allein, auf einer Bank in einem Zimmer, dessen zwei transportable Zwischenwände aus Papier weit geöffnet waren. Es hatte mich viel Ausdauer gekostet, sie wiederzufinden.

Ich bettete mich neben sie. Sie legte einen Arm um meine Schultern.

«Ich habe Lust auf dich», gestand ich ihr.

«Jetzt ist nicht der richtige Augenblick!»

«Glaubst du, daß ich dich in bestimmten Augenblicken begehre und in anderen vergesse?»

«Ein jegliches hat seine Zeit, und alles Vorhaben unter dem Himmel hat seine Stunde: küssen hat seine Zeit, und der Küsse entsagen hat seine Zeit. Der Prediger Salomo, Kapitel 3, Vers 1», zitierte sie.

«Ist es nicht manchmal ein Handikap, wenn man die Tochter eines Pfarrers ist?»

Sie schien in Hochform zu sein. Sie legte mir dar: «Ich bin die Tochter des Herrn im Tempel seines Dieners und die Tochter der Begierde, wenn man mich in einen Tempel der Wollust führt.»

«Die zweite Rolle gefällt mir viel besser», sagte ich, beugte mich über sie und hob ihr Kleid, wie Steve es bei Myrte getan hatte. Aber ich streifte es weiter, bis zum Hals, hoch. Ich küßte ihr Geschlecht und ihre Brüste. Ich verkündete:

«Ich möchte, daß dein Vater mich in flagranti erwischt und mich zwingt, dich zu heiraten, um deine Ehre wiederherzustellen.»

Sie hielt mich zum besten: «Du würdest die Tochter eines Pfarrers heiraten?»

«Bestimmt nicht! Aber die andere.»

«Welche?»

«Die aus dem Tempel der Wollust.»

Sie neckte mich: «Du glaubst wohl nicht, daß sie wirklich existiert?»

«Ich glaube nur das, was ich sehe.»

«Oder das, was deine Kamera sieht, nicht wahr?»

Ich hatte plötzlich ein schlechtes Gewissen: nun hatte ich schon mehrere Tage lang nicht mehr an meine Kamera gedacht! Ich gestand es ihr. Ich fügte hinzu: «Da siehst du, welchen Einfluß du auf mich hast. Beinahe hättest du es geschafft, mich treulos zu machen.»

Sie wurde plötzlich wieder ernst: «Wenn das stimmt, ist es ein schlechter Einfluß. Du darfst dich nicht meinetwegen ändern.»

Ich wehrte mich: «Glaubst du nicht, daß man sich ändern muß, um denen zu gefallen, die man liebt?»

«Nein.»

Ihre Antwort klang so kategorisch und unbarmherzig, daß ich einen heftigen physischen Schmerz empfand.

Ich richtete mich auf und erblickte Gualtier und Natalie, die aus dem Dschungel in den Lichtrahmen traten. Ich ließ sie Lauras nackten Körper ausgiebig betrachten. Laura rührte sich zunächst nicht. Dann setzte sie sich langsam auf, ließ ihr Kleid wieder fallen, aber nur bis zu den Schenkeln, so daß diese entblößt blieben. Sie sagte scherzend:

«Sind Sie mir böse, weil ich Ihnen Nicolas entführt habe?»

Natalie schien den Anblick immer interessanter zu finden. Sie zeigte auf Gualtier und dann auf mich und fragte hoffnungsvoll: «Aha? Ihr beide also?»

Gualtier stimmte sein sonores Lachen an. «Wir sind nur gute Freunde», wehrte er ab.

Laura ergriff die Gelegenheit. «Liebe und Freundschaft sind ein und dieselbe Sache», zitierte sie.

«Seid ihr denn immer noch bei diesem Thema?» entsetzte sich jemand, der soeben aus der Nacht gekommen war.

Es war natürlich Olsen, aber diesmal gefolgt von seinem Mara, dem ich seit dem Vortrag nicht mehr begegnet war. Arawa war wie für eine Hochzeit gekleidet. Kurz darauf trat Lance zu ihnen. Ich hätte lieber Kalyani wiedergesehen.

In dem Augenblick, als die Ankömmlinge begannen, es sich – offenbar in der Absicht, uns nicht in Ruhe zu lassen – bequem zu machen, brach ein apokalyptischer Sturm über uns herein, der uns schüttelte, uns den Atem benahm. Umhergeschleudert, geblendet von einem vielfarbigen Wirbel, begriff ich nicht sofort, was geschah. Ich brauchte einige Sekunden, um zu erkennen, daß er aus

Federn und Haaren, schlagenden Flügeln, laufenden Pfoten und peitschenden Schwänzen bestand, und das alles so schnell, daß ich mich in der Gewalt eines wie verrückt rotierenden Filmprojektors wähnte.

Die Schlacht, die zwischen riesigen vielfarbigen Leibern ausgetragen wurde, dauerte eine ganze Weile, verheerte alles, was ihr in den Weg kam, riß die Statuen nieder, zerbrach die Vasen, zerschmetterte die Paravents aus Lack und bemaltem Bambus. Das Ganze wurde von schrecklichen Schreien, rasendem Bellen und wütenden menschlichen Protesten untermalt.

Natalie kam ins Straucheln und fiel zu Boden, wo sie zum Glück von dem dicken Teppich aufgefangen wurde. Gualtier schien in dem allgemeinen Durcheinander als einziger seine Geistesgegenwart zu behalten.

«Mein Gott, Olsen», brüllte er. «Rufen Sie Ihre Bestie zurück!»

Olsens beruhigende Stimme beherrschte das Chaos: «Oleg, Platz!»

Unvermittelt wurde das, was bisher ein riesiger, wilder und unförmiger Ball gewesen war, zu einem gescheckten Jagdhund, der sich friedlich zu den Füßen seines Herrn ausstreckte.

Die Gegner, die er umhergewirbelt hatte, stießen der Form halber noch ein paar empörte Laute aus, um ihre Pfauenwürde wiederherzustellen. Auf dem Weg zum Ausgang verharrten sie plötzlich vor Laura. Das junge Mädchen und die Vögel blickten sich eine Weile, die mich unendlich dünkte, wie erstarrt in die Augen. Ich hatte den erregenden, aber absurden Gedanken, die Pfauen seien hingerissen von ihren Beinen und huldigten ihnen.

Dann kam ich auf den noch faszinierenderen Gedanken, daß sie in dieser Stellung vielleicht ihr Geschlecht sehen konnten und es begehrten.

Lances Stimme brach den Zauber: «Nun aber fort mit euch, ihr ungezogenen Geschöpfe!»

Die Geflügelten wandten sich ab und verließen nacheinander den Raum.

Gualtier half Natalie beim Aufstehen und hielt sie fest an sich gedrückt. Er warf dem Gastgeber einen stechenden Blick zu, der diesen zu überraschen schien.

«Sie finden sie wohl noch sympathisch, wie?» hänselte er.

Aber mein Freund sah diesmal nicht so aus, als sei ihm nach Scherzen zumute. Ohne seinen zornentbrannten Gesichtsausdruck zu ändern, offenbarte er: «Die Pfauen sind die einzigen übernatürlichen Wesen, an die die Mara glauben.»

«Sind es etwa ihre Götter?» interessierte sich Lance.

Gualtier entgegnete mit gebrochener Stimme: «Die Mara haben keine Götter.»

Dieses theologische Mysterium schien den Gründer über die Maßen zu belustigen. «Auch keine Dämonen?» begehrte er zu wissen.

Doch Gualtier stillte seinen Wissensdurst nicht. Er sah Natalie mit verzweifelter Sorge, beinahe Entsetzen an, als habe sie in großer Gefahr geschwebt – nein, vielmehr als sei sie immer noch bedroht. Sie dagegen strahlte.

«Wer hat dich umgeworfen?» drängte ihr Mann. «Die Pfauen oder der Hund?»

«Der Hund», versicherte sie.

Er schien sich zu fragen, ob er ihr glauben sollte. Aber ihr offener Blick beruhigte ihn schließlich. Es stimmt, Natalie darf einfach nicht lügen können.

Alles in allem machten die Anwesenden so verdutzte Gesichter, daß ich laut lachen mußte. Das hatte wenigstens den Vorteil, Laura aus ihrer Erstarrung zu wecken und unverzüglich in das Lager derer zu ziehen, die die Atmosphäre entkrampften. Mit der Stimme eines Teenagers, der den Hauch des großen Abenteuers spürt, fragte sie Natalie voll Hochachtung und Bewunderung:

«Waren Sie mit Ihrem Mann bei den Mara?»

Natalie ließ sich jedoch nicht schmeicheln: «Nein, Gualtier wollte mich nicht mitnehmen. Er wußte nicht, ob sie nicht vielleicht Wilde waren.»

«Das sind sie doch in gewisser Beziehung?» Damit hatte Laura einen Bock geschossen.

«Aber nein, wo denken Sie hin?» verbesserte Natalie sie eilig. «Wilde sind Menschen, die alles zu wissen glauben. Sie sind mit Gewißheiten vollgestopft. Und sie leben außerhalb der Zeit.»

Um die Konversation in Gang zu halten, legte ich leidenschaftslos Überraschung an den Tag: «Außerhalb der Zeit?»

«Sie glauben, daß man sich nicht zu ändern braucht», erklärte sie.

Ein leises Unbehagen überkam mich. Natalie versuchte, mir zu Hilfe zu kommen: «Die Zeit ist der Grund, daß wir uns ändern. Und um zu leben, muß man sich ändern, nicht wahr? Man muß ausgetretene Pfade verlassen, anders sein, seine Gewohnheiten aufgeben. Man muß sein Gleichgewicht verlieren und sich fallen lassen, wenn es darauf ankommt.»

Gualtier küßte sie auf die Lippen – ein langer Kuß, und noch dazu vor Olsen, den ich außer sich vor Zorn glaubte.

Als Natalie wieder ungehindert über ihre Zunge verfügte, kam Laura auf das Thema zurück: «Und die Mara?»

«Die Mara wissen nicht, was im nächsten Jahr geschehen wird. Und ihre Zukunft ist nicht in ihrer Vergangenheit enthalten», antwortete Natalie.

Gualtier schien plötzlich seine gute Laune wiedergefunden zu haben. Er wandte sich allerdings nicht an Laura, als er, ganz hingerissen von seiner Formulierung, verkündete: «Wilde haben Götter, und diese Götter haben sie alles gelehrt.»

Der Adressat des Pfeils schaltete sofort. Er blickte Lance objektiv-erwartungsvoll an, als wolle er den Präsidenten des Instituts auffordern, sich zu dieser These zu äußern. Aber Hugo Lance machte ein unschuldig-inkompetentes Gesicht, dessen perfide Ironie mir den Atem verschlug. Ich rechnete damit, daß Laura, ihrer Gewohnheit folgend, die Verteidigung ihres Vaters ergriff. Zu meinem großen Erstaunen schienen ihr seine Heimsuchung und die Banderillas, die der Gegner in seinen Glauben pflanzte, jedoch gleichgültig zu sein.

Ich weiß nicht, ob Olsen dies ebenso als Verrat empfand wie ich: er ließ sich jedenfalls nichts anmerken und bewahrte sich seine vertraulichen Mitteilungen, falls er welche zu machen hatte, für Oleg auf.

Nicht nur, daß Lauras Interesse für ihre Väter und uns alle erstorben war – sie hatte aus mir verborgenen Gründen plötzlich nur noch Augen für Gualtier und schien dahinzuschmelzen. Sie erhob sich sogar von ihrer Bank, um sich ihm zu nähern. Zunächst kniete sie vor ihm nieder, ging dann in die Hocke und hielt den Oberkörper ganz gerade, wie ein kleines, schon recht erwachsenes Mädchen, das einen Mann nervös machen möchte. Kokett zog sie ihr Kleid, dessen Saum bei der Bewegung natürlich auf den Boden gefallen war, wieder bis zu den Schenkeln hoch.

Die Huldigung war, niemand konnte es übersehen, einzig und allein für Gualtier bestimmt. Dieser zweifelte übrigens nicht daran und versuchte auch gar nicht erst zu verbergen, wie sehr er sich in seiner Selbstachtung geschmeichelt fühlte, von dem außerordentlichen visuellen Genuß ganz zu schweigen.

Und all das vor Olsen? Ich traute meinen Augen kaum.

Er wirkte überhaupt nicht ungehalten. Ich glaubte ihn wieder auf dem Podium in der Bowler Hut zu sehen, unerschütterlich und gütig lächelnd, während Laura ihren Tonbändern Obszönitäten entlockte, die einen gewöhnlichen Pfarrer an der geistigen Zurechnungsfähigkeit der heiligen Vorsehung und am beruflichen Ethos der Schutzengel hätten zweifeln lassen. Eine doppelte Wertskala, versuchte ich mir um meines Seelenfriedens willen einzureden. Was Laura tut ist immer schicklich – bei jeder anderen wäre es jedoch schamlos.

Oder (fügte ich, ebenfalls stumm, hinzu, weil ich ehrlich bin) ich irre mich von A bis Z und begreife nichts von alldem.

Nur Geduld, das Leben ist lang. Eines Tages werde ich bestimmt begreifen!

Nun, da ihre Stellung gesichert war und ihre Position keine Fragen offen ließ, wandte Laura sich ernsthaft an Gualtier: «Herr Professor Morgan, Sie wissen nicht genau, was bei der Geburt der Sonne im Geist der Mara vorgeht, ob es sie wirklich glücklich macht und was anschließend aus ihnen wird. Warum kehren Sie nicht nach Emmelle zurück und versuchen, dem Ereignis persönlich beizuwohnen?»

«Das ist es ja, was ich möchte! Aber ich muß zuerst die nötigen Mittel auftreiben.»

Einem Drang folgend, den ich noch vor einer Sekunde nicht im entferntesten geahnt hatte, beschwor ich Gualtier: «Nimm mich mit! Ich werde die Zeremonie und ihre Wirkung auf die Teilnehmer filmen.»

Olsen wandte den Blick von seinem Hund und musterte mich. «Die Mara werden es nicht erlauben», verkündete er.

Gualtier unterdrückte ein Lachen. Er wies mit dem Kinn auf den christlichen Mara, der offenbar jedes Wort der Unterhaltung mitbekommen hatte, sich aber nicht anmerken ließ, was er davon hielt.

«Und Arawa?» wunderte sich der Ethnologe. «Wie hat er es denn geschafft, seine fabelhaften Bilder aufzunehmen?»

Oleg stand wieder auf, gähnte und lief auf Gualtier zu. Ich glaubte, er wolle ihn beißen. Aber er begnügte sich damit, ihn mit seinem ganzen Gewicht verächtlich beiseite zu stoßen, und lief in den Garten. Arawa blickte ihm sichtlich verliebt nach. Olsen lächelte, gerächt.

«Gut!» sagte Lance, als hätte ihm dieser Abgang die Lösung des Problems gezeigt. «Ich weiß, was wir machen müssen! Was wir machen müssen, meine Herren? Zunächst müssen wir den Rat der

Damen einholen, denn sie wissen stets, was zu tun ist. Und dann müssen wir ihn befolgen.»

Er wandte sich erst an Laura, dann an Natalie und nickte ihnen mit seinem Struwwelkopf zu. Ich bemerkte, daß die drei genau die gleiche Haarfarbe hatten. Das war aber auch ihre einzige Gemeinsamkeit, jedenfalls in körperlicher Hinsicht.

Der Gründer schien darauf zu warten, daß eine von den Damen etwas Zustimmendes äußerte. Doch sie blieben stumm. Ich fragte mich, ob Lance nicht einfach den roten Faden verloren hatte, weil er ebenfalls zu sehr in den Anblick von Lauras Beinen vertieft war.

«Wohlan», redete er endlich weiter (als hätte es keine Unterbrechung zwischen den beiden Teilen seines Diskurses gegeben). «Wir haben soeben einen Vorschlag von Laura gehört, dessen Logik mir unwiderlegbar scheint. Was unsere junge Mitarbeiterin rät, läuft auf folgendes hinaus: ‹Hören Sie auf zu philosophieren, meine Herren, und handeln Sie endlich wie Männer der Wissenschaft!›»

Er befragte die Versammelten erneut mit einem Blick, um sich zu vergewissern, ob sie ihm folgten. Die konstatierte Aufmerksamkeit befriedigte ihn, doch es gab eine Ausnahme.

«Erling!» sagte er mahnend. «Warum begleiten Sie unseren Freund Gualtier nicht bei der Suche nach seinen geliebten Mara? Sie könnten Sie vielleicht Ihr Ischias vergessen lassen.»

Gualtier schien sich nicht für diese Aussicht zu interessieren und begann wieder, seine Frau in aller Ruhe zu liebkosen, wobei er diesmal durch den Ausschnitt ihres Kleides langte. Sein kleiner Talisman aus Holz folgte dem Handgelenk und rieb seine getupften Flügel zwischen Natalies Brüsten.

Olsen antwortete Lance streng: «Das wäre in der Tat möglich, aber sie könnten mich keinesfalls meine Pflichten vergessen lassen.»

«Gut!» verzichtete Lance. «Dann lassen Sie sich eben von Ihrer Tochter vertreten. Sie ist qualifiziert und läßt sich nicht leicht etwas weismachen. Sie wird auf Morgan achtgeben!»

Olsens zugeknöpftes Lächeln besagte zweifellos, daß der Vorschlag nicht weiter erwägenswert sei. Ich fand dagegen, daß er ans Geniale grenzte. Ich hätte meine Aufwallung sicher eindämmen sollen, aber es war schon zu spät.

«Fabelhaft!» rief ich unwillkürlich aus.

Olsen zeigte sich über meine Einmischung jedoch nicht im mindesten verärgert. Er musterte mich sogar, wie mir schien zum erstenmal, mit einem gewissen Interesse. Amüsierte ihn meine Anwesenheit? Hielt er mich für dumm oder einfach für eine *quantité négligeable*? Oder hatte er, was wahrscheinlicher war, einfach beschlossen, alles, was er heute abend hörte, als bloßes und nichtssagendes mondänes Geschwätz zu werten?

Ermutigt, glaube ich, durch den ausbleibenden Widerspruch, sagte ich zu Natalie: «Und diesmal werden Sie auch mit von der Partie sein können!»

Meine Aufmerksamkeit schien sie mehr zu bewegen als das Projekt, das zur Debatte stand. Doch ich irrte mich: in Lauras Augen las ich, daß sie es zumindest ernst nahm. Olsen muß im selben Moment den gleichen Eindruck gehabt haben, denn seine verächtliche Gleichgültigkeit wurde urplötzlich von einem schroffen Ton abgelöst.

«Bedaure», sagte er. «Aber alle Mittel, die das Institut für derartige Forschungen zur Verfügung hat, sind bereits zugeteilt worden. Es ist unmöglich, in so kurzer Frist ein neues Vorhaben zu realisieren.»

Wenn der erste Satz zutraf, war der zweite überflüssig. Ein Mann mit seinen rhetorischen Qualitäten mußte sich schon echt bedroht fühlen, wenn er sich in den Pleonasmus flüchtete!

Also gehörte die Zukunft uns!

Hugo Lance bestätigte es. «Die finanzielle Seite ist meine Sache», erklärte er bündig. «An die Arbeit, meine Freunde! Wirklich, der Gedanke an diese Expedition macht mich ganz aufgeregt!»

Nach diesem Beschluß, den wir später, unter uns, die Entscheidung der obersten Pfauenkammer nennen sollten, wären Laura und ich normalerweise sofort gegangen, aber Lance bat uns, sein Fest noch nicht zu verlassen. Er war jetzt unser Freund, und wir durften ihn nicht enttäuschen.

Olsen und seine Frau, die unsere Beweggründe, ihm gefällig zu sein, nicht teilten, zogen sich zurück, nachdem sie mir ostentativ aufgetragen hatten, ihre Tochter später nach Hause zu bringen. Gualtier und Natalie schienen entschlossen zu sein, ihre überraschende Mission mit einem Besäufnis zu feiern, das ich ihnen niemals zugetraut hätte. Laura und ich entfernten uns, da wir beide nicht hätten mithalten können.

Wir gingen zum Schwimmbad, das nichts mit den nierenförmigen Scheußlichkeiten aus bläulichem Mosaik plus Marmorrand gemeinsam hatte, mit denen sich die Milliardäre, ob Philosophen oder nicht, im allgemeinen zu schmücken pflegen. Es war, von innen und von außen, ein richtiger See. Das heißt, selbstverständlich, ein künstlicher See. Aber man brauchte schon den Scharfblick und die Skepsis eines Pilzsammlers, um darauf zu kommen, daß die Rundung der bewachsenen Böschung vielleicht ein wenig zu vollkommen war, um natürlich zu sein; daß die Pflanzen zu verschwenderisch und zu schön aus der bemoosten Erde sprossen und daß ein verborgener Behälter aus Beton die Kabel der Scheinwerfer enthalten und mit Strom speisen mußte, die in eindrucksvoller Zahl im Becken verteilt waren.

Diese und andere Anzeichen ließen erkennen, daß Hugo Lance beim Entwurf seines Sees von denselben Prinzipien ausgegangen war wie bei der Planung der jungfräulichen Vegetation, in der die stählernen Kuppeln seines Campus schwammen – obgleich ihr Betonuntergrund für die Agrikultur ungeeigneter war als ein Mondviertel.

Die kulturelle Zersetzung war bei uns schon so weit fortgeschritten, daß wir nichts mehr daran ändern konnten: Laura und ich waren derart abgestumpft, daß wir nur noch in der Lage waren, Freudenschreie auszustoßen. Meine ökologische Unmoral ging so weit, daß ich mir ohne jeden Skrupel gratulierte, weil die künstliche Beleuchtung eigens dafür geschaffen schien, die anomalsten Ansprüche meiner Farbfilme zu befriedigen.

«Geh noch nicht ins Wasser», bat ich Laura. «Ich muß noch etwas aus meinem Jeep holen.»

Als ich nach einer guten Viertelstunde in der Befürchtung zurückkam, Laura hätte meine Empfehlung nicht befolgt, sah ich gerührt, daß sie immer noch angezogen war und auf einer kleinen Brücke über einem Miniaturwasserfall tanzte und sang. Sie hielt die Arme hoch und schlug zwei lange Bambusstäbe gegeneinander, um einen Rhythmus zu haben, nach dem sie schreiten konnte. Das heißt, es handelte sich eher um eine Art Stampfen, unterbrochen von jähen Sprüngen und langsamen, wollüstigen Bewegungen des Körpers. Ich hatte genug Zeit, sie zu filmen, ehe sie mich bemerkte. Sie streckte die Arme nach mir aus. Ich ging zu ihr und küßte sie.

«Was hast du getanzt?»

«Einen Mara-Tanz.»

Mein Lachen schien sie zu ärgern. «Du wirst sehen! Wenn wir erst einmal dort sind, kannst du dich vergewissern, daß ich keine einzige Figur ausgelassen und keinen einzigen falschen Schritt gemacht habe.»

Dann gestand sie unvermittelt, daß sie mir etwas vorgeschwindelt hätte: «Weißt du, ich habe ihn selbst erfunden.»

Ich hatte nicht daran gezweifelt. Aber das war kein Grund, nun nicht auch meinerseits zu scherzen: «In Wirklichkeit hat Arawa ihn dir beigebracht.»

Sie stimmte ein Lachen an, das mir alles andere als Hochachtung für Arawa auszudrücken schien. Ich verteidigte ihn: «Er ist zumindest ein schöner Mann.»

«Ein sehr schöner.»

«Hast du es nicht mit ihm versucht?»

Sie zuckte die Achseln. Das fand ich ungerecht.

«Und er, hat er dir keine Avancen gemacht?»

«Ich weiß nicht. Ich begreife nicht genau, was er will.»

Das klang schon vernünftiger.

«Wahrscheinlich dasselbe wie alle anderen», schlug ich vor.

«Ich hoffe es für ihn!»

Es war entschieden besser, das Thema zu wechseln.

«Du kannst jetzt ins Wasser springen, wenn du möchtest. Ich bin fertig.»

«Was ist das Ding da?»

«Ein *blimp*.»

«Damit man die Kamera unter Wasser benutzen kann?»

«Genau.»

«Wirst du auch genug sehen?»

«Man könnte meinen, der alte Hugo hätte es von Anfang an einkalkuliert.»

«Bestimmt. Wenn Lance kommt, flieht der Zufall.»

«Aber die Karatepfauen und Oleg waren sicher nicht programmiert.»

«Programmiert nicht, aber sie kamen genau rechtzeitig.»

«Rechtzeitig für wen?»

«Für uns. Filmst du mich nun, ja oder nein?»

«Könntest du mit einem Mann leben, der alles voraussieht?»

«Ja, aber höchstens ein Jahr lang.»

Wir platzten wie aus einem Munde los. Die Mara, soviel stand fest, hatten uns nicht das letzte Mal zum Lachen gebracht.

Sie fand von Wasserpflanzen überwucherte Stufen, die sie mit feenhaften Schritten, ihr langes Musselinkleid immer höher raffend, hinabstieg. Man hätte denken können, um ihre Taille forme sich eine Krinoline. Gleichzeitig erglänzten ihre Beine golden, zerflossen dann, unter Wasser, zu zarten, irisierenden Bahnen. Als ihr Venushügel freilag, gewölbter und verlockender denn je, verhielt Laura einen Sekundenbruchteil lang ihre Schritte, damit ich ihn aufnehmen konnte.

Sie ließ ihre imaginäre Krinoline langsam wieder fallen, fing zwischen Stoff und Naß soviel Luft ein, daß das Gewand aufgebläht blieb und an der Oberfläche schwamm. Dann tauchte sie unter, schlüpfte dabei aus dem Kleid, überließ es einem langen schiffbrüchigen Schicksal, ließ sich tiefer bis zum Grund des Bekkens sinken und erschien an einer anderen Stelle wieder.

Gewiß verdankten die Drehungen, die Ranken, die Pirouetten, die Loopings ihres Balletts einen Teil ihrer Schönheit den vielfarbigen Lichteffekten, den langen Seerosenstengeln, den silbernen oder rot und golden gestreiften Spuren ihrer Bahn durchs Wasser, aber das wahre, das einzige unstreitige Wunder war der Körper Lauras – und das Verlangen, das er weckte.

«Wenn du mich nicht splitternackt zu meiner Mutter zurückbringen willst», rief sie mir zu, «mußt du mein Kleid herausfischen.»

Ich zog mich aus, ohne mich ein zweites Mal bitten zu lassen. Bevor ich hineinsprang, sagte ich noch: «Du kannst aber auch nicht in einem klitschnassen Kleid nach Hause kommen.»

«Dann gehe ich eben nicht nach Hause.»

Meine Laura hatte sich geändert! Das Leben war schön ...

Das Kleid habe ich ihr erst dann wiedergegeben, nachdem sie meine Bedingungen akzeptiert hatte: sie mußte mich in allen Stellungen und auf alle Arten lieben, welche die Härte der Felsbrocken zuließ, die Lance perverserweise um das Becken verteilt hatte. Wir haben uns dabei Stirn, Ellbogen, Handgelenke, Knie und Hüften gequetscht, und anschließend haben wir zwanzigmal den Tod durch Ertrinken riskiert. Ich habe ebensoviel Algen wie Schleim geschluckt, und Laura hat ebensoviel Wasser wie Samen getrunken – aber so gut wie wir hat sich noch nie jemand beim Liebesspiel amüsiert, da bin ich ganz sicher!

Ich hängte Lauras Kleid an einen Zweig und gab ihr mein besticktes Hemd, das ihr besser steht als mir. Das ist alles, was sie braucht. Ich möchte, daß sie nie mehr anhat. Ich möchte, daß man immer ihre Brüste im Blusenausschnitt sehen kann sowie ihre Gesäßbakken, wenn sie steht, und natürlich auch ihr blondes Vlies, das mich so sehr erregt! Ich erinnere mich an die Mabini Street und die

Knaben jeden Alters, die sie betrachteten und sich dabei ganz ungeniert ans Glied faßten. Sie blieb so lange über das Xylophon gebeugt, wie sie brauchten, um zum Höhepunkt zu kommen: sie wollte ihnen nichts rauben. Und seitdem haben sie bestimmt oft an sie gedacht und das gleiche gemacht.

Wie vielen Männern muß Laura seit ihrer Geburt schon Lust geschenkt haben! Lust geschenkt, ohne sie zu berühren. Lust mit ihr geschenkt, ohne daß sie es nötig hatten, sie zu berühren. Ob sie es vorgezogen hätten, sie zu berühren? Vielleicht. Aber sie kann nicht sämtliche Begierden physisch stillen. Indem sie ihre Schönheit zeigt, beglückt sie alle. Sie verteilt ihren Körper gerecht.

Die Liebe ist etwas, das man schuldig ist. Wer sich weigert, diejenigen zu lieben, die ihn lieben, ist ungerecht. Man kann nicht verliebt sein, ohne gerecht zu sein. Und man kann nicht gerecht sein, ohne allen die gleiche Lust zu schenken. Da es unmöglich ist, seinen Körper zu vervielfältigen, muß man den Traum vervielfältigen. Jemandem den Traum versagen, den er von einem erwartet, ist unverzeihlich.

Mein Traum wurde von ihrer Stimme unterbrochen. «Willst du wirklich auf die Suche nach den Mara gehen?» fragte sie.

«Ja, und du willst es auch.»

«Woher weißt du, daß ich es will?»

«Weil du alles willst. Und weil du denkst, daß alles möglich ist.»

«Und du, Nicolas, was möchtest du?»

«Ich möchte dich unmögliche Dinge tun sehen.»

Zu meiner Überraschung entdeckte ich in ihren Augen plötzlich eine Trauer, die ich vorher nie bemerkt hatte. Sie flüsterte: «Bevor du mich gekannt hast, sahst du die Liebe überall, Nicolas. Jetzt verengt sich dein Gesichtsfeld – meinetwegen. Das gefällt mir nicht. Es gefällt mir nicht, daß man Prioritäten setzt.»

Bewundernd, voller Achtung habe ich ihr unvergleichliches Gesicht gestreichelt. Ich sagte: «Heute abend habe ich nicht nur dich gesehen. Ich habe auch Myrte beim Lieben gesehen. Aber es stimmt, ich war eifersüchtig: eifersüchtig darauf, daß nicht du es warst und daß ich nicht dich bewundern konnte. Du irrst dich, Laura. Ich sehe die Liebe weiterhin überall. Aber jetzt bist du es, die sie mich sehen läßt: indem du alles liebst.»

Sie schaute mir lange Zeit wortlos in die Augen. Ich wußte nicht, woran sie dachte. Dachte sie an mich? Zweifellos, denn sie streckte unvermittelt eine Hand nach meiner Kamera aus, legte diese auf ihre Schenkel, drückte sie an ihr Geschlecht. Sie schenkte ihr einen besorgten Blick, der allmählich verschleierter, zärtlicher, sinnlicher, verliebter wurde. Ihre Finger umfaßten den Zoom, als wäre er mein Glied, drückten ihn, rutschten dann behutsam bis zur beweglichen Sonnenblende, die wie eine Vorhaut war. Ihre Liebkosung ließ die magentarote Haut der anspruchsvollen, empfindlichen Glaseichel vor Verlangen aufglänzen. Laura reizte sie mit den Fingerspitzen, die ihre Beute nicht mehr freigaben.

Nun glitten sie von oben nach unten, von unten nach oben, mit unfehlbarem Rhythmus, Einfühlungsvermögen, Willen: jedoch ohne Hast, zielbewußt, so lange wie nötig.

Dann hob die Verliebte das erigierte Objektiv an die Lippen, küßte es, leckte es, salbte es der Länge nach mit ihrem Speichel, drückte dabei seine blitzenden und blauen Adern, seine Nervenstränge. Endlich gelang es ihr, den Zoom in den Mund zu stecken, wobei ihre Zähne ihn nur ganz leicht reizten. Sie hielt ihn einen Augenblick unbeweglich zwischen Gaumen und Zunge, schob ihn dann zusammen und zog ihn auseinander, bewegte ihn noch geschickter als mit den Händen. Als sie spürte, daß der stählerne Phallus kurz vor dem Höhepunkt war, holte sie ihn zärtlich aus dem Mund, beugte sich über mein Geschlecht und trank mit langen Zügen das Sperma, das sie dort neugeschaffen hatte.

Sie hob den Kopf, als sie meinen letzten Spasmus genossen und mich im Mund behalten hatte, damit ich mich entspannte, mich zurückzog. Sie fragte mich ernst: «Siehst du mich nun besser?»

Aber ich werde sie immer begehren, ich werde immer etwas anderes von ihr begehren! Mit neuem Verlangen antwortete ich: «Ich sehe dich nur dann wirklich gut, wenn du nackt bist.»

In diesem Augenblick tauchten Desmond und Mario auf, verließen den Dschungelgarten am anderen Ende des Schwimmbeckens. Sie bemerkten uns nicht sogleich.

Ich flüsterte Laura zu: «Und ich sehe dich besser, wenn andere dich betrachten.»

«Begehrst du nur, daß sie mich betrachten?»

«Nein. Ich liebe dich auch noch mehr, wenn andere dich lieben.»

Sie zog ihr Hemd aus und lächelte den beiden Männern zu, die sich uns mit aufeinander abgestimmten Schritten näherten. Ich wußte, daß sie sie noch nie nackt gesehen hatten. Jetzt konnten sie sich ein genaues Bild von ihr machen, sie ohne Vorurteil beurteilen.

Mich fror. Ich stand auf. «Ich werde meinen Blouson holen», sagte ich zu Laura.

«Du überläßt sie uns?» fragte Marcello.

Laura antwortete an meiner Stelle: «Nur für zwei Minuten!»

Desmond lächelte wieder sein warmherziges Lächeln. «Wir werden sie zu nutzen wissen», sagte er.

Fünf Uhr morgens. Ich bin nicht mehr müde! Ich trage Laura auf den Armen: sie ist federleicht.

Mein Hemd umhüllt sie wieder. Ihr weißes Kleid dient mir als Schal. Es ist noch nicht trockener als vor vier Stunden. Die Nacht ist feucht. Unter meiner Jeansjacke schwitze ich bereits.

Zugegeben, der Weg, den ich mit meiner Geliebten zurücklege, ist lang. Wir verließen das Schwimmbecken und mußten das ganze Strauchwerk durchmessen. Doch nun kommen endlich die Lichter des Innenhofs. Ob außer uns noch jemand da ist? Nein, der Patio ist leer. Sogar die Diener sind schlafen gegangen.

Ich durchquere einen Saal, zwei, einen Hof, noch ein Zimmer. Sieh da! Hier ist jemand. Aber nur einer: ein untadelig gekleideter junger Mann, der sich unter Beachtung der besten Tischmanieren mit einer Riesenportion Kuchen vollstopft.

«Ach, Sie sind es?» identifiziert Laura ihn.

Ich erkannte ihn ebenfalls wieder: zu Beginn der Soiree hatte er mich als Voyeur bezeichnet. Jetzt ist er es, der ganz ungeniert den Hals verrenkt, um Lauras Gesäß zu inspizieren. Von seiner Musterung befriedigt, dreht er sich wieder zum Tisch, holt eine angebrochene Flasche Champagner aus einem Kühler, schenkt eine flache Baccarat-Schale damit voll, reicht sie Laura, die verneinend den Kopf schüttelt. Dann bietet er sie mir an. Ich lehne ebenfalls ab. Also leert er sie selbst, steht auf und stellt sich vor:

«Artemio Lorca aus Makati.»

«Nicolas Elm. Sie ist Laura Olsen.»

Er verbeugt sich erneut. «Ich weiß», sagt er.

Laura platzte los. Der junge Mann machte ein überraschtes Gesicht. Er betrachtete uns eingehend, schien sich zu prüfen. Er war außerordentlich verführerisch, die personifizierte Verführung wäre der bessere Ausdruck. Beabsichtigte Verführung natürlich, einstudiert.

«Haben Sie einen Wagen?» entschloß er sich zu fragen.

«Einen Jeep.»

«Würden Sie mir einen Platz anbieten?»

Ich blickte Laura fragend an. Ihre Augen signalisierten Zustimmung. Ich antwortete: «Wenn es Sie nicht stört, meine Freundin auf den Schoß zu nehmen.»

«Aber ich bitte Sie!»

Ich machte eine Vierteldrehung, um meinen Weg fortzusetzen. Laura bat mich, sie loszulassen, und glitt zu Boden. Dann stellte sie sich auf die Zehenspitzen, um ihre Schuhe an sich zu nehmen, die sie mir um den Hals gehängt hatte. Da ich die Länge meines Hemdes kannte, wußte ich, daß diese Bewegung ihr ganzes Gesäß entblößt hatte. Ich machte mir nicht die Mühe, Don Juan anzusehen. Ich konnte sicher sein, daß er den Anblick zu würdigen wußte.

Gleichzeitig lösten sich meine Vorurteile gegen ihn wie durch einen Zauber in Nichts auf. Wenn Laura ihn für würdig befand, von ihr in Versuchung geführt zu werden, konnte er nicht so unbedeutend sein, wie ich geglaubt hatte.

Im Jeep setzte sie sich so auf Artemios Schoß, daß sie ihm ihr Profil zuwandte. Mir drehte sie den Rücken zu. Ihre Beine hingen über den Karosserierand nach draußen. Um mehr Halt zu haben, legte sie einen Arm um den Hals des anderen und schmiegte sich an seine Brust. Ich fuhr los, verließ Lances Besitz und war wieder auf dem Campus.

«Wohin fahren Sie?» fragte der Gast im Ton eines Menschen, der einer einfachen Höflichkeitspflicht genügt.

«Wir suchen eine neue Sonne», informierte Laura ihn.

Er nickte, als sei die Antwort selbstverständlich. Etwas später fügte er jedoch, wie um sein Gewissen zu beruhigen, hinzu: «An einem bestimmten Ort?»

«Ja», erwiderte Laura. «Aber wir wissen noch nicht, wo er liegt.»

Er war offenbar mit dieser Präzisierung zufrieden.

Ich durchquerte das große Portal des Lips, das Tag und Nacht geöffnet ist und nie bewacht wird. Der Wagen begann zu hüpfen. Draußen war die Straße viel schlechter. Eine Cattleya, die Laura mit einem Faden am Rückspiegel befestigt hatte, tanzte in der Mitte der Windschutzscheibe. Der Filipino streckte eine Hand nach ihr aus, zweifellos um sie zur Ruhe zu bringen, doch seine Geste endete als Liebkosung. Er wandte sich an mich und fragte: «Sie lieben Orchideen?»

«Mein *girl friend* liebt sie.»

«Dann tun Sie es auch.»

Sein Einfühlungsvermögen verblüffte mich. Er durchschaute mich also ebenfalls. Ich lächelte ihm freundlich zu. Er wurde redseliger.

«Ich habe einen Freund, der ganz verrückt danach ist», sagte er. «Er heißt Salvador Rodriguez. Er hat eine einzigartige Blumensammlung. Wenn Sie sie gern sehen möchten, können wir hinfahren.»

Laura drehte sich zu mir, um zu sehen, ob der Vorschlag mir gefiel. Ich hatte nichts dagegen.

«Einverstanden», sagte Laura.

Fünfhundert Meter weiter hieß er mich links in einen kleinen Feldweg einbiegen, der zunächst einen Hügel hinaufführte und auf der anderen Seite steil bergab ging zur Lagune hinunter. Die Schlaglöcher und Höcker ließen uns von unseren harten Ledersitzen hochfahren und jäh wieder herunterfallen.

«Oh, là là!» stöhnte Laura. «Fahr langsamer, Nicolas. Ich habe das Gefühl, es reißt mir die Brüste ab.»

Ich erfüllte ihre Bitte und bremste, zweifellos ein bißchen zu scharf, denn wir prallten alle drei gegen die Windschutzscheibe. Artemio ersparte Laura die Unannehmlichkeit, sich die Nase an deren Eisenrahmen zu stoßen, indem er sie mit beiden Händen an ihren Brüsten festhielt. Diese schienen mir nunmehr hinreichend gesichert, so daß ich wieder Gas geben konnte.

Es war eindeutig, daß Laura den bequemen Büstenhalter zu schätzen wußte: gewiß das einzige Modell, das sie ertragen konnte. Und das einzige, das ich ihr erlaubte.

Sie fand ihn nicht nur bequem: sie mochte ihn. Artemio brauchte nicht lange, um zu merken, daß seine Hilfe zum Genuß geworden war. Ich hatte es nicht nötig, hinzuschauen. Ich wußte auch so, daß er seine Handflächen und Finger mit ebensoviel Diskretion wie Erfahrung kreisförmig, vibrierend, drängend, pressend bewegte, eine Technik, die Laura früher oder später zum Höhepunkt bringen mußte.

Der Prozeß beschleunigte sich jedoch stärker, als ich es je erlebt hatte. Dieses Tempo und diese Heftigkeit raubten unserem Fahrgast den Atem. Es dauerte eine ganze Weile, bis ihm klar wurde, daß er bisher noch keiner Frau durch bloßes Streicheln der Brüste so schnell und gründlich Lust geschenkt hatte.

Ich wußte auch, daß Laura nicht egoistisch war. Es überraschte mich also nicht, als ich sah, wie ihre Gesäßbacken sich flink hoben, hin und her bewegten, wieder senkten und ihren Partner mit einer Geschicklichkeit masturbierten, wie ich es in den zwei Wochen unserer Bekanntschaft schon so manches Mal am eigenen Leib erfahren hatte.

Sie hatte mir gesagt, sie fühle sich nur dann richtig wohl bei einem Liebhaber, wenn sie ihn einmal ganz allein zur Ejakulation gebracht hätte. Zweifellos begriff ihr neuer Freund: er fügte sich Lauras Willen und Meisterschaft mit uneingeschränkter Zustimmung. Ich war ihm dafür dankbar, denn mindestens ebensoviel wie an anderen Formen sexueller Wonne lag ihr daran, sich so schnell wie möglich die Gewißheit zu verschaffen, daß der Partner nichts tat – und vor allem nichts tun konnte –, um sich zurückzuhalten.

Physisch, wie sie mir später berichtete, spürte sie dann das Sperma, das in dem Geschlecht aufstieg. Schwer atmend förderte sie seinen unwiderruflichen Lauf. Und der Erguß erschöpfte sie beide, machte sie zufrieden und glücklich.

Ich hörte, wie Artemio einen Schluckauf bekam. Sein Zucken dauerte, glaube ich, länger als das meine normalerweise dauert, was ich nicht für möglich gehalten hätte.

Was Laura betraf, so mußte sie im siebenten Himmel sein, denn sie schnurrte vor Behagen und kuschelte sich noch tiefer in die Arme des Jungen. Nach einer Weile schliefen beide ein.

Die nächsten dreißig oder vierzig Kilometer kam zum Glück keine Kreuzung, wo ich wegen der Richtung ins Schwanken gekommen wäre. Leider muß ich hinzufügen, daß auch keine Orchideen und kein Haus kamen!

Ich fragte mich, ob wir uns nicht in eine Gegend verirrt hatten, die so abgelegen war, daß es dort noch nicht einmal einer Pflanze gefiel, als unvermittelt eine neue Hügelkette mit niedriger und gleichförmiger Vegetation in Sicht kam, die im Licht des abnehmenden Mondes sehr reizvoll erglänzte. Ich fuhr die erste Steigung hoch. Artemio erwachte rechtzeitig, um mich anzuweisen, nun einen Kamm entlangzufahren.

«Der Weg ist zu Ende», erlaubte ich mir zu bemerken.

«Das macht nichts: auf den Auen kann man sehr gut fahren. Es dauert nur noch eine gute halbe Stunde.»

«Mehr nicht?»

«Nicht viel mehr.»

Ich war wie versteinert. Eine gute Stunde, ohne Straße!

Laura gähnte, als fände sie sich in einem vertrauten Bett wieder. Artemio schien von neuem erregt und fing an, ihre Brüste zu streicheln. Diesmal knöpfte er aber ihr – mein! – Hemd der Länge nach auf, erkundete mit der Hand die nackte Haut, beugte sich nach unten, um die samtigen Halbkugeln zu küssen, sog an den Brustwarzen, spielte im Vlies der Scham, suchte die Klitoris, wobei Laura ihm den Zugang erleichterte, indem sie die Beine spreizte. Einen Augenblick darauf stöhnte sie bereits vor Lust.

Ihr Orgasmusvermögen schien Artemio jetzt übermäßig zu reizen, viel mehr als bei dem vorhergehenden Erlebnis. Er löste seinen Gürtel und brachte einen Penis zutage, dessen Ausmaße und Form ihm die Erfolge eines Casanova sichern mußten. Er begann sofort, diese Ungeheuerlichkeit in Lauras Geschlecht zu senken. Ich hatte irgendwie Angst um sie – erwog sogar kurz, sie vor der Invasion zu bewahren. Doch sie wölbte sich in dem eindeutigen Verlangen vor, den phallischen Traum in sich zu wissen, führte ihn, rhythmisch mit dem Schoß zuckend, ein, hob den Leib, so daß er unverzüglich wieder herausglitt, versuchte es abermals, schaffte es, ihn tiefer eindringen zu lassen, machte noch einen, zwei, drei, vier, fünf Ansätze, bis er sie völlig penetrierte und sie auf Artemios Schenkeln saß, wie vorher, aber mit dem Unterschied, daß jetzt sein voluminöses Geschlecht, so hart wie eine Baumwurzel, in ihr steckte.

Sie wiederholte die Bewegungen, die sie eben gemacht hatte, doch ich sah, daß sie ihr nunmehr außergewöhnlichen Genuß bereiteten. Dann hielt sie sich unvermittelt an seinen Brustwarzen fest, krümmte die Lenden und ritt. Zunächst prüfte sie noch einen Augenblick die Gangart, um herauszufinden, ob sie dem Temperament ihres Mustangs vertrauen konnte. Sie begnügte sich anfänglich mit einem leichten Trab, hob sich bei jedem Schritt so hoch vom Sattel, daß der Phallus, auf dem sie saß, der Länge nach sichtbar wurde. Dann preßte sie sich auf ihn, ritt immer schneller, immer zufriedener, bis in ihr Innerstes durchbohrt zu werden.

Als mehrere aufeinanderfolgende Orgasmen sie so sehr geschwächt hatten, daß ihr nichts anderes übrigblieb, als sich ihrem Roß auf Gnade und Ungnade auszuliefern, gab sie die Zügel aus der Hand, ließ es laufen, galoppieren, sich aufbäumen, ausschlagen, wiehern, beißen, schütteln, als wolle es sie abwerfen, ihre letzten Verkrampfungen lösen, einen Körper reinigen, der vielleicht noch unsichtbare Rückstände der Jungfernschaft aufwies.

Sie konnte aus Leibeskräften schreien, ohne in der verlassenen

Gegend, die wir durchquerten, einen Skandal befürchten zu müssen. Als Artemios heisere Stimme und ihre Rufe verstummt waren, hielt ich am oberen Rand einer Schlucht mit steil, beinahe senkrecht abfallenden Wänden an. Ihre erschlafften Körper blieben miteinander verbunden, schienen nicht imstande, zu neuem Leben zu erwachen.

Laura stieß einen Seufzer aus und redete als erste: «Es war unvergleichlich.»

Artemio schien urplötzlich aus einem Traum zu erwachen. Ich sah, wie er den Kopf ruckartig nach rechts und links drehte, mühsam schluckte, alle Anzeichen von panischem Schrecken erkennen ließ. Was hatte er bloß? Waren wir in einer gefährlichen Lage? Nahm er Geräusche wahr, die einen Erdrutsch ankündigten? Hatte er Angst, wir würden ins Leere stürzen? Nein, er hatte Angst vor mir.

Er schaute mich bestürzt an, räusperte sich, stammelte: «Ich ... ich dachte, daß ... ihr beide?»

«Ja», half ich ihm.

«Ich dachte, ihr geht zusammen?»

Diese Untertreibung ärgerte mich. Ich finde sie immer dumm und, wie alle Heucheleien, erbärmlich. Doch bei Artemio, in diesem Augenblick, bildete sie einen besonders grellen Mißklang. Ich ersparte ihm allerdings meine stilistischen Beobachtungen und begnügte mich damit, seine Annahme mehr oder weniger zu bestätigen:

«In der Tat.»

Er wirkte immer verängstigter. Laura schüttelte die Gleichgültigkeit ab, in die sie sich bei den ersten Worten unseres Dialogs gehüllt hatte, um ihm ein Lächeln zu schenken, das ich unangebracht spöttisch fand. Da sie aber gleichzeitig soviel Befriedigung ausstrahlte, glaubte ich nicht, daß unser Gast in ihrer Ironie Gründe sehen konnte, sich zu beklagen. Er beklagte sich auch nicht. Er dachte nur laut – wie jemand, der sich nicht mehr richtig in seinen Systemen, Kategorien, Ansichten zurechtfindet.

Das Gesicht, das er machte, erinnerte mich an den Bibliothekar von der Uni, dessen Karteikarten wir bei einer Demonstration in alle Winde zerstreut hatten. Er war nicht gegen das Prinzip gewesen. Er stand auf derselben Seite wie wir. Er hatte ebenfalls die Nase voll von dieser überholten Klassifizierung, die ihn nervte und niemandem nützte, die er absurd fand und deren Änderung er seit zwanzig Jahren vergeblich forderte. Aber das Zerstörungswerk begriff er nicht. Es widersprach seinen Gewohnheiten. Er wußte nicht, was er machen, was er danach anfangen sollte.

Dann äußerte sich Artemios Verwirrung jedoch in einer beinahe rationalen Frage, was durchaus für ihn sprach: «Und es macht nichts, wenn ich ein bißchen mit Laura flirte?»

«Doch, es macht etwas.»

«Ach?» entgegnete er, wieder von Angst gepackt, und machte eine Bewegung, um sich von Laura zu trennen, mit der ihn sein Geschlecht offensichtlich noch immer verband.

Ich begriff, daß es an der Zeit war, Tacheles zu reden.

«Es macht mir Freude», sagte ich.

Das Haus von Salvador Rodriguez war ganz anders, als ich es mir vorgestellt hatte: es war viel interessanter. Und es lag vor allem in einer außerordentlich schönen Landschaft.

Der Tag war angebrochen, ohne daß wir irgendeine Sonne hätten aufgehen sehen. Das mußte geschehen sein, während Laura auf dem Höhepunkt war.

Der Himmel, der Morgen waren wolkenlos. Wir hatten erst Mitte Mai. Die große Regenzeit würde also noch kommen.

Es war noch nicht zu heiß. Die Luft war mit Tau gesättigt. Ich betrachtete die ungewöhnlichen Windungen eines Wasserlaufs, der den Talgrund fast bis zum Rand füllte. Er speiste einen See, den man in der Ferne erblickte. Abgesehen von diesen spiegelnden Flächen sah man, so weit das Auge reichte, nur grasbewachsene, gleichmäßige Rundungen.

Natürlich mußte ich sofort an ein riesiges, verborgenes Reservoir denken, wo alle Menschen, die Brüste lieben, ihren körperlichen und geistigen Hunger in aller Ruhe stillen können.

Ich sagte mit lauter Stimme: «Die Philippinen sind ein schönes Land.»

«Ich weiß nicht», sagte Artemio. «Ich kenne kein anderes.»

«Was machst du beruflich?»

«Ich bin Modeschöpfer.»

«Für Frauen?»

«Ja.»

Laura intervenierte: «Du bist doch nicht homosexuell?»

Er seufzte kummervoll: «Zweifellos habe ich deshalb keinen Erfolg.»

Sein klägliches Gesicht ließ uns alle drei auflachen. Ich fand es aber richtig, daß Laura angedeutet hatte, alle Modeschöpfer seien schwul. Ein Mädchen wie sie darf sich nie, und sei es nur im Scherz, ohne daran zu glauben, dazu hinreißen lassen, die Leute nach ihrem Titel oder ihrem Geschlecht einzuteilen. Sie ist schließlich keine Bibliothekarin, verdammt noch mal!

«Und wie kommen wir da hinunter?» fragte ich.

«Es gibt einen Weg, der für Jeeps befahrbar ist», versicherte Artemio.

Der angebliche Weg erwies sich als eine Piste aus Bambusstangen, die mit Lianen zusammengebunden und mit Pflöcken in der Erde befestigt waren. Er lief im Zickzack hinab, fast so steil wie eine Treppe, und war mit einem schleimigen Brei aus fauligen Wedeln junger Palmen bedeckt, der so sehr an Sperma erinnerte, daß Laura unverzüglich darauf hinwies. Sie bemerkte auch befriedigt, die erste Ejakulation des Tages sei bei den Pflanzen wie bei den Männern am dickflüssigsten und, so komme es ihr jedenfalls vor, am besten.

Ihre nächsten Worte waren für Artemio bestimmt: «Deshalb muß man sie trinken. Schade, daß ich deine nicht kosten konnte.»

Er schien ihr Bedauern zu teilen. Sie küßte ihn stürmisch, versprach ihm: «Morgen!» Der Wagen vollführte lange Rutschpartien, die uns vor Angst fast sterben ließen. Aber das Unwahrscheinliche geschah: wir kamen heil unten an.

Das Haus war rechteckig, klein, vielleicht fünf bis sechs Meter lang und vier Meter breit. Es bestand aus hellem Holz, Teak, nehme ich an, nur das Dach war aus Pflanzenfasern geflochten. Daneben ragte ein dicker, zylindrischer Wasserturm aus Bambus empor. Er wurde von hohen Pfählen getragen und flankierte das Haus wie ein Campanile. Die Einzigartigkeit des Ganzen lag darin, daß alle äußeren Flächen, von den Pfeilern bis zu den dünnen Wänden, mit dem manischen Perfektionismus eines Schafhirten, der seinen Stock von oben bis unten verziert, mit Schnitzereien geschmückt waren. Sogar die Türflügel waren mit brünstigen Füllen oder rundbrüstigen Mädchen beschwert.

Pythonschlangen kämpften auf ewig unentschiedene Kämpfe mit Leoparden, die die Zähne zusammenbissen, und Krokodilen, die den Mund aufsperrten. An anderer Stelle umgaben die Windungen der gleichen Kriechtiere, die dem Künstler offensichtlich sehr am Herzen lagen, die Wespentaille einer Nackten, die allem Anschein nach und für weniger als einen Apfel bereit schien, die zweifelhaftesten Taten der Urmutter Eva zu wiederholen.

Was die Stützpfeiler des Dachs betraf, so bestanden sie aus einem eindrucksvollen Gewirr verschlungener, sich überlappender Leiber, die alle koitusgeeigneten Körperöffnungen und Organe benutzten. Diese Verbindungen waren nicht immer konformistisch: hier steckte ein Arm in einer Kehle, dort bohrte sich eine

Nase in einen Anus und etwas weiter lud ein Ellbogen eine Vagina ein, ihn zu umhüllen.

Auch was die beteiligten Gattungen anging herrschte keine Ausschließlichkeit. Eine gewisse Zahl von *fellationes* wurde von Fröschen an Rotwild oder von einem *homo sapiens* an einem Schwimmvogel ausgeführt. Ameisenbären sodomierten wahllos Töchter des Landes und Igel. Und schöne Jünglinge sah man beim *soixante-neuf* ebensooft mit Warzenschweinen wie mit Aalen.

Das Pflanzenreich schien auf den ersten Blick vernachlässigt worden zu sein. Doch bei genauerem Hinsehen war es durchaus in Form von Kürbissen oder Melonen vertreten, mit denen die vorher Genannten massenhaft Unzucht trieben. Und es gab offenbar auch eine Fülle von Gurken, Karotten, Auberginen und vor allem, wie es sich ziemt, von langen und schönen Bananen, mit denen sich eine vielversprechende Jugend fleißig den Schoß massierte.

Der Gesamteindruck war nicht etwa chaotisch, weil der Schöpfer den hervorragenden Einfall gehabt hatte, besonders wichtige Partien farbig hervorzuheben. Zum Gesamtkunstwerk fehlte nur noch ein wenig Musik.

An der einen Seite lief eine Terrasse am Haus entlang. Die einzelnen Sprossen des Geländers bestanden aus erotisch gewundenen und, was noch auffälliger war, erotisch ausgestatteten Personen: sie hatten abwechselnd lange Phalli und tiefe Vulven. Die Gründe verstand ich sofort, als ich mich, nun aufmerksamer, niederbeugte. Die männlichen Attribute der einen ließen sich mit einer einfachen Handbewegung verlängern und paßten dann genau in das weibliche Geschlecht der anderen.

Ich war nicht lange genug bei Salvador Rodriguez zu Gast, um in Erfahrung zu bringen, ob sein totes Inventar sich gut auf die Liebe verstand. Diesem Zweck diente es jedenfalls – und nicht etwa der bloßen visuellen Zerstreuung des Betrachters. Zwar waren die dargestellten Personen selbst nicht größer als Zwerge im Märchen, doch bei der Formung ihrer interessanten Organe hatte man zweifellos die großzügigeren Dimensionen menschlicher Körperteile im Auge gehabt. Ihre Ruten waren konzipiert, um Frauen aus Fleisch und Blut zu befriedigen. Und den Männern aus Fleisch und Blut blieb nur noch die Qual der Wahl: Scheiden und Münder dieser kleinen geschnitzten und polierten Welt bieten die gewünschte Tiefe, den richtigen Winkel und, wie ich meinen will, mehr als die wünschenswerte Fähigkeit zur Durchführung eines normalisierten Koitus.

Zu spät, um der Sache noch nachgehen zu können, fiel mir ein, daß noch ein dritter Weg existieren mußte. Ein derartiger Künstler konnte einfach nicht die Kehrseite solcher Medaillen vernachlässigt haben! Obgleich ich es also bedauerlicherweise unterließ, diese andere Partie zu betrachten, zweifle ich nicht im mindesten daran, daß der hintere Teil der Figuren ebenso umsichtig gestaltet worden war wie der vordere. Ihre schönen Glieder aus Holz müssen sich den androgynen Gesäßen genauso logisch anpassen wie dem Schoß. Woraus hervorgeht, daß ein menschliches Glied sich dort ebenso wohl fühlen muß.

Artemio hatte nicht gelogen: Rodriguez' Orchideengarten schenkte dem Hügel den Glanz von Kirchenfenstern. Jede Pflanze brachte das Ganze noch besser zur Geltung, bildete einen Bestandteil seiner Symbolik, trug zu dem farblichen Gesamteindruck bei. Die Gewächse rankten an Baumstümpfen, kauerten in Felsritzen, thronten auf dünnen Stengeln oder krochen auf dem Boden dahin, und keine ähnelte dem andern oder einem von denen, die ich bisher gesehen hatte.

Als ich den Motor des Jeeps abstellte, sagte Artemio: «Mein Freund scheint nicht da zu sein. Aber sein Haus ist immer offen.» Achselzuckend und mit nachsichtigem Lächeln fügte er hinzu: «Er sollte es vergrößern. Aber sein ganzes Geld geht für Blumen drauf!»

«Ob er mir böse wäre, wenn ich seine Abwesenheit dazu benutzte, mich seines Badezimmers zu bedienen?» fragte Laura.

«Aber nein! Ich kann euch auch Kaffee machen», schlug Artemio vor. «Ich weiß hier Bescheid: ich bin oft hier.»

«Sieh nur!» sagte ich zu Laura. «Die Färbung der Blütenblätter ändert sich mit der steigenden Sonne. Wirklich! Man erkennt es mit bloßem Auge. Wie wird es erst in der Zeitlupe wirken! Ich ahne, daß meine Beaulieu Wunder tun wird.»

«Sie ist zu allem fähig», rief Laura mir maliziös ins Gedächtnis zurück.

«Trotzdem brauche ich das Stativ.»

Ich kehrte zum Jeep zurück, um meine Ausrüstung zu holen. Ich hörte Laura rufen: «Gehen wir ins Haus, Artemio?»

Als ich mein Auge vom Sucher löste, schien mir die Sonne eine größere Strecke zurückgelegt zu haben, als sie hätte tun sollen. Ich sah auf die Uhr und stellte verblüfft fest, daß über eine Stunde vergangen war, seit ich angefangen hatte zu filmen.

Mit «filmen» meine ich natürlich, den besten Winkel suchen, die Wirkung der Blendschärfe kalkulieren, die Beleuchtung ausprobieren, Einstellungen prüfen, die Kontraste studieren, die Geschwindigkeiten wählen, kombinieren. Also nur wenige gedrehte Meter und viel Konzentration ...

«Dieser Kerl», schimpfte ich. «Wo ist er denn mit meinem Kaffee abgeblieben!»

Ich drehte mich auf dem Absatz herum und blieb mit offenem Mund stehen. Hatte ich mir, ohne es zu merken, einen Sonnenstich geholt? Ich sah das Haus nicht mehr. Dafür sah ich den Jeep, den ich direkt vor der ambisexuellen Terrasse stehen gelassen hatte, noch genau. Und auch den Wasserturm. Fehlte nur das Wichtigste. Wie in Luft aufgelöst. Ausgelöscht. Ausradiert.

Hatte es tatsächlich existiert?

Das Wunder dauerte nur eine Sekunde, machte jedoch einem weiteren ebenso großen Mysterium Platz, als ich das Haus abermals bemerkte – aber gut 20 oder 25 Meter weiter hangabwärts. Dort stand es, etwas schief, ganz leicht überhängend. Ich lachte ein wenig zu nervös, um ganz beruhigt zu sein.

Die Gefahr schien jedenfalls abgewendet: der Erdrutsch konnte nur einen Augenblick gedauert haben. Auf Kosten ihrer Vertikalität hatte die Residenz wenigstens die Immobilität wiedergefunden, die sich für eine Immobilie ziemt.

Aber trotzdem, was für ein beängstigendes Abrakadabra! Ich hatte noch immer Mühe, zu glauben, daß ich keiner Fata Morgana erlegen war. Oder befand ich mich seit ein paar Wochen in einem Stadium, in dem man Visionen hat?

Ich packte meine Siebensachen zusammen, warf sie mir über die Schulter und zwang mich, mit skeptischen Schritten auf das Phänomen zuzugehen. Bei den Felsbrocken angekommen, die vorher die Terrasse umgeben hatten, sah ich, daß zwei tiefe Furchen diese Stelle mit dem jetzigen Standort des Hauses verbanden. Kein Zweifel war mehr möglich, es war abgerutscht!

Wieso war es aber nicht eingestürzt? Und wieso hatte Laura auf diesen wenig natürlichen Ortswechsel nicht reagiert? Was war ihr passiert? Plötzlich packte mich die Sorge. Ich entsagte aller Kaltblütigkeit und lief zu dem Holzbau. Ich hatte ihn jedoch kaum erreicht, als er sich unvermittelt zu bewegen begann und quasi unter meinen Augen geschwind fortlief, als wolle er mir entwischen. Auf diese Weise legte er zwei oder drei Meter zurück und blieb dann wieder stehen.

Wie versteinert, mit verglastem Blick hielt ich inne.

Gleichzeitig hörte ich von der anderen Seite so etwas wie schweres Atmen, ein beinahe tierisches Keuchen. Ich hatte plötzlich einen verrückten Verdacht. Ich bückte mich, um einen Blick unter das Haus zu werfen: nicht weil ich dachte, es sei von Riesenschildkröten fortgetragen worden, sondern weil ich mich fragte, ob es nicht zufällig auf Räder gesetzt worden war.

Nicht auf Räder, aber auf Rollen. Die aus dickem Bambus gemacht waren und sich jetzt von neuem in Bewegung setzten.

Diesmal glaubte ich begriffen zu haben. Ich ging um die Hütte herum und erblickte eine Schar schwitzender, barfüßiger, säbelbewehrter Wilder, die, den Oberkörper weit nach vorn gebeugt, an dicken Tauen zogen. Während ich dort stand und sie, bestimmt nicht sehr intelligent, anstarrte, ließ einer von ihnen los, richtete sich auf, musterte mich. Dann spitzte er den Mund und säuselte etwas, das ich nicht verstand.

Ich machte einen Schritt in seine Richtung, stammelte: «Was?»

Von meiner Frostigkeit angewidert, gab er einem andern ein Zeichen, der seinen Charme kopierte, sich zart räusperte und mir freudig anvertraute: «Haus, bald in Wasser! Eine Stunde, alles vorbei. Sehr, sehr hübsch. Sehr gut!»

So gut nun auch wieder nicht! Wenn die Operation das Ziel hatte, das Bauwerk ins Wasser zu stürzen, mußte ich Laura unverzüglich retten. Gesetzt den Fall, diese Ästheten hatten ihr noch keinen Schaden zugefügt. Ich sprang in dem Augenblick auf die Terrasse, als die Entführer ihr Vorhaben wiederaufnahmen. Ich spürte, wie der Bambusboden unter meinen Füßen schwankte. Einer der hölzernen Phalli löste sich, rollte die Schräge hinab und fiel in das feindliche Lager.

Die nächste Öffnung war das Fenster. Ich schwang mich hinauf und verharrte im Rahmen. Der Anblick, den mir die Bewohner boten, gehörte zu den beruhigendsten Schauspielen, die man sich vorstellen kann.

Sogar zu den köstlichsten! Und viel würdiger, festgehalten zu werden, als alle denkbaren Verbindungen zwischen Orchideen und der Sonne. Ich nahm meine Kamera wieder heraus, stellte sie geräuschlos ein, um die Handlung, die ich filmen wollte, nicht zu beeinflussen. Ich merkte allerdings schnell, daß das Summen des Motors meine Darsteller nicht mehr störte, als es die Wanderungen und Erschütterungen ihrer Kammer getan hatten.

Das Haus schaukelte sanft und ließ sich mit keuschem Anstand von dem Bambusfloß forttragen, das für diesen Zweck am Ufer gewartet hatte. Die Treidler hatten sich, bis zu den Hüften im Wasser, fächerförmig verteilt, und ich denke, es waren eher ihre triumphierenden Schreie als die Bewegungen, die Laura aus ihrer Seligkeit rissen.

Ich hatte mich in kurzer Entfernung von dem Schauspiel auf die Uferböschung gestellt, um die Einschiffung zu filmen, und war mit meinen Aufnahmen sehr zufrieden. Die Urheber der Tat hatten jegliches Interesse an mir verloren. Sie gönnten mir nicht einmal mehr ein höfliches Kopfnicken. Ich hatte den Eindruck, daß sie meine Anwesenheit mehr oder weniger unangebracht fanden.

In einen Sarong gehüllt, den sie im Haus aufgetrieben haben mußte, erschien Laura auf der Terrasse. Sie prüfte die Lage, ohne sich zu entrüsten, mußte schließlich aber doch lachen.

«Artemio!» rief sie. «Sieh mal! Apachen stehlen den Wigwam deines Freundes.»

Sie redete, als wäre sie nicht mit an Bord.

Artemio erschien in der Türöffnung. Das Floß trieb elegant zur Mitte des Stroms. Die Rothäute schienen eine Pause einlegen zu wollen. Sie banden ihre Taue an bunte Pfähle und machten sich über einen Imbiß her.

In diesem Augenblick bemerkte Laura mich. Sie ließ ihre Arme wie Windmühlenflügel kreisen. «He, Nicolas! Wo bist du denn gewesen? Was machst du da unten? Komm mit uns!»

Doch sie war es, die als erste ins ockerfarbene Wasser sprang, nachdem sie sich des Sarongs entledigt hatte. Ich drehte noch ein paar Meter ab, zog meinen Blouson aus, wickelte die Kamera vorsichtig darin ein, legte das Paket mit dem Stativ und der Tasche in ein Baumrindenkanu, das auf dem Trockenen lag, und ging ebenfalls ins Wasser. Ich erreichte Laura nach einigen Schwimmzügen. Wir begrüßten uns närrisch vor Freude, wir küßten uns, und sie versuchte, mir die Hose auszuziehen, doch diese hatte sich mit dem schlammigen Naß vollgesogen und widerstand ihren Bemühungen. Ich entzog mich meiner Freundin und rief:

«Artemio! Worauf wartest du noch? Komm ein bißchen zum Krabbenfischen!»

Seine Stimme drang aus dem Innern des schwimmenden Hauses: «Ich mache Kaffee.»

Nachdem sie ihre Pause beendet hatten, bezogen die Treidler am Ufer wieder Stellung und lenkten das Floß weiter stromabwärts. Als Laura und ich keine Lust mehr hatten, ihm schwimmend zu folgen, kletterten wir an Bord und setzten uns nach vorn, um zu sehen, wohin das Abenteuer uns führen würde.

Artemio brachte uns, bis obenhin zugeknöpft, aufgetakelt wie für eine Parade, endlich seinen Kaffee. Er war lauwarm. Das Frühstück der Transportarbeiter hatte meinen Appetit geweckt.

«Gibt's in dieser Kantine nichts Eßbares?» fragte ich.

Er trieb Mangofrüchte auf. Ihr Saft vermischte sich auf Lauras Hals mit Zitronentropfen. Sie war wirklich schön.

«Ich habe eine Erektion», gestand ich.

«Das will ich hoffen!» sagte Laura ungehalten. «Schlafen wir zusammen!»

«Wo denn?» wandte ich ein. «Wir dürfen Artemio nicht schokkieren.»

Darauf hatten wir einen jener nicht enden wollenden Lachanfälle, die oft durch nichtige Anlässe ausgelöst werden, wenn wir zusammen sind.

«Ich werde dich trinken», beschloß Laura.

Sie tat es. Artemio blieb in der Kombüse und hat nichts gesehen. Doch die Treidler, die sich den Anblick nicht entgehen lassen wollten, drehten die Köpfe und sahen uns selbst auf die Gefahr hin zu, über Baumstümpfe zu stolpern und sich etwas zu brechen. Ich wußte, daß ihre Blicke Lauras Lust steigerten. Und das vermehrte natürlich die meine.

Wir umschifften eine Biegung und erreichten eine kleine Bucht, die von einem Sandstrand gesäumt wurde. Dort stand jemand.

«Wir werden erwartet», rief Laura aus, um Artemio aus seiner Klause zu locken.

Er kam zu uns, und wir standen zu dritt am Bug des Floßes und versuchten zu erraten, welcher Empfang uns wohl zuteil werden würde.

Es war die Gestalt einer Frau. Einer Europäerin. Als wir näher kamen, konnten wir erkennen, daß sie außergewöhnlich elegant gekleidet war. Außergewöhnlich, was die Umgebung betraf, doch sie wäre auch woanders aus dem Rahmen gefallen und hätte einer Haute-Couture-Modenschau alle Ehre gemacht: Jackenkleid aus Rohseide, pastellfarbenes Seidentuch, hochhackige weiße Schuhe, Handschuhe.

Nahe genug, um unsere Beobachtungen zu vervollständigen, sahen wir den Schmuck, stellten fest, daß sie Strümpfe trug, geschmackvoll geschminkt und modisch frisiert war. Alter schwer zu schätzen: irgendwo in den Dreißigern. Eine Dame. Sah aber nicht dumm aus. Das Timbre ihrer Stimme war womöglich noch distinguierter als ihre Erscheinung.

«Madame, Messieurs, willkommen bei Dolly», verkündete sie, noch ehe das Haus die Böschung berührt hatte. «Ich habe Salvador Rodriguez ein leeres Haus bezahlt und sehe zu meinem Vergnügen, daß er es mir mit netten Bewohnern liefert. Galanter kann man nicht sein.»

Die Situation wurde langsam transparent. Ich hielt es für höflich, das Ergebnis meiner Schlußfolgerungen mitzuteilen. «Das Haus gehört also Ihnen?» sagte ich.

Während die Arbeiter das Floß so zurechtzogen, daß die Fracht gut angelandet werden konnte, ging das einzigartige Geschöpf auf dem schmutzigen Sand auf und ab, wobei die hohen Absätze sich bei jedem Schritt tief einbohrten. Die Dame schien es gar nicht zu bemerken: bei der Leichtigkeit und Ungezwungenheit ihrer Bewegungen hätte man meinen können, sie ginge auf den Perserteppichen ihres großen Salons. Sie hörte die ganze Zeit nicht auf, kultiviert zu plaudern:

«O ja! Ich habe diesen Besitz kürzlich erworben und fand es bequemer, den Pavillon von Rodriguez hierher transportieren zu lassen, als einen neuen zu bauen. Was wollen Sie? Gewisse Details sind zwar recht überraschend, aber alles in allem gefällt mir die Dekoration. Außerdem habe ich keine Geduld mit Architekten. Schade für Rodriguez, werden Sie nun sagen? Ich stimme Ihnen zu. Doch was kann man von einem Mann erwarten, der nicht imstande ist, seine Leidenschaften zu zügeln? Man muß zu wählen wissen!»

«Genau», warf Laura ein. «Weil er die Orchideen gewählt hat, hat er sein Haus verloren.»

Dolly betrachtete sie mit dem Interesse, das man einer unbekannten zoologischen Gattung entgegenbringt. Sie wartete, bis wir an Land gegangen waren und uns, wie zur Musterung, vor ihr aufgebaut hatten. Dann wandte sie sich an Laura: «Sie sind sehr hübsch, meine Liebe, aber Sie können sich in dieser Aufmachung keinesfalls in der Stadt zeigen.»

In welcher Stadt? Wir waren Dutzende von Kilometern von jeder bewohnten Gegend entfernt. Sie fuhr fort:

«Kommen Sie mit zu meiner *macchina*, ich werde Ihnen etwas Passendes zum Anziehen geben.»

Macchina? überlegte ich im stillen. Sie ist also Italienerin. Italienerinnen haben keinen Akzent, wenn sie Französisch sprechen (ich kannte allerdings nur Marcella und Piera).

Sie wandte sich zu mir und teilte mir mit: «Bedauerlicherweise habe ich für Sie nichts dabei.»

Das Gegenteil hätte mich gewundert. Ich erklärte: «Wir müssen auf jeden Fall noch einmal auf die andere Seite.»

«Und warum bitte?» entgegnete die Dame im Ton eines Menschen, der keine Widerrede gewohnt ist.

«Ich habe meine Kameraausrüstung und meinen Wagen auf Rodriguez' Grundstück gelassen», erklärte ich voll Langmut.

Mit einer Souveränität und Herablassung, die einer regierenden Herzogin nicht schlecht angestanden hätten, wandte Dolly sich an Artemio. «Meine Arbeiter», sagte sie zu ihm, «bringen dich mit dem Boot hinüber. Du wirst die Sachen von Monsieur holen. Anschließend fährst du seinen Wagen zu ihm nach Hause. Ich werde die Herrschaften später selbst heimbringen.»

Mir wurde es langsam zu bunt. «Hier liegt ein Mißverständnis vor», griff ich barsch ein. «Monsieur Lorca ist unser Freund. Und nicht unser Domestik.»

Dolly machte plötzlich einen außerordentlich amüsierten Eindruck. Sie verzog sehr vornehm den Mund und erklärte dann in zuckersüßem, vertraulichem Ton, ganz Dame von Welt: «Er war *mein* Freund, bevor er der *Ihre* geworden ist. Und er schuldet mir *so viel* Geld, daß ich ihn dann und wann bitten kann, mir einen *kleinen* Gefallen zu tun.»

Artemio lächelte nachsichtig und ging auf das Boot zu, in dem zwei Ruderer warteten. Während er einstieg, informierte er uns: «Es stimmt, Dolly und ich sind alte Freunde. Wir waren zusammen beim Militär.»

Laura und ich schauten uns verblüfft an. Bis jetzt hatten wir beide nicht die geringste Ahnung gehabt, daß die philippinische

Armee gemischt war. Erst einige Tage darauf habe ich mir eine zweite Frage vorgelegt: ist sie vielleicht auch international?

Während Artemio ihre Befehle ausführte, brachte unsere Gastgeberin uns auf ihre Wiese. Dort wuchs weder Baum noch Strauch. Ich erkundigte mich, ob sie die Absicht habe, die ehemalige Residenz von Rodriguez mit Vegetation zu umgeben oder ob sie an etwas anderes denke.

Statt zu antworten fragte sie mich: «Sie kennen den guten Salvador recht gut, nehme ich an?»

«Ich kenne ihn überhaupt nicht.»

«Ach? Er ist genauso. Ich meine, genauso wie unser Lorca. Verstehen Sie, was ich sagen will?»

«Nein.»

«Somatisch unmöglich.»

Laura und ich wiederholten gleichzeitig wie zwei begriffsstutzige Papageien: «Somatisch?»

«Genau!» rief Dolly aus, als hätten wir das Wort in die Debatte geworfen. Dann seufzte sie, als ob ihr alles zuviel würde.

«Sie werden verstehen, daß ich es unter diesen Umständen vorziehe, aufs hohe Roß zu steigen. Die Distanz zu diesem Gossenmilieu zu wahren. Ich gehöre nicht zu denen, die im Dunkeln umhertappen und darauf warten, daß es Licht wird. Ich lasse die Sonne jeden Morgen selbst aufgehen und zwinge sie, für *mich* zu scheinen.»

Nicht möglich! Hatten wir die Mara bereits gefunden? Die Nachricht würde im Lips wie ein Blitz einschlagen! Oder waren die fixen Ideen der Mara, was einfacher und wahrscheinlicher wäre, überall verbreitet?

Dolly ließ mir nicht die Zeit, zu einem Schluß zu kommen. Wir waren offenbar an der Grenze ihrer Besitztümer angelangt. Sie ordnete an:

«Würden Sie bitte hier auf die Rückkehr unseres Freundes warten? Ich werde diesem jungen Mädchen indessen beim Umziehen behilflich sein.»

Ich ging wieder zum Strand zurück, voll Sorge, Artemio könne meine Sachen beschädigen. Meine Unruhe wuchs noch, als ich das Boot nur mit den beiden Ruderern zurückkommen sah. Einer von ihnen reichte mir meine Ausrüstung und den Blouson, dazu eine herausgerissene Notizbuchseite, die mit einer altmodischen Schnörkelschrift bedeckt war:

«Um keine Zeit zu verlieren, bringe ich euren Jeep sofort zurück. Ich lasse ihn auf dem Parkplatz des Instituts. Alle Sachen sind drin. Wir telefonieren!»

Seine Telefonnummer hatte er allerdings nicht aufgeschrieben. Doch was hätte ich ihm auch zu sagen?

Ich vergewisserte mich, daß meine Ausrüstung nicht gelitten hatte. Sie schien nicht naß geworden zu sein, alles andere war nebensächlich.

Ich hörte schnelle Schritte. Laura kam mit aufgeregtem und fröhlichem Gesicht auf mich zu gelaufen. Sie trug ein Khakihemd, wie es jetzt der letzte Schrei war, und einen militärgrünen, plissierten Minirock. Waren es vielleicht Relikte aus Dollys Soldatenzeit?

«Wie findest du mich?» rief sie mir schon von weitem zu.

«Abscheulich!» schrie ich.

«Davon verstehst du nichts», entgegnete sie empört. «Es ist alles von Yves Saint-Laurent.»

«Das meinte ich ja!»

Sie pflanzte sich gutgelaunt vor mir auf: «Wer ist denn schuld daran, daß mein Kleid fort ist? Also! Danke lieber dem Himmel, daß er uns Dolly geschickt hat, um meine Ehre zu retten. Was würdest du sonst machen, wenn es darum geht, Rechenschaft abzulegen? Komm, mein Vielgeliebter, deine beiden Frauen erwarten dich. Ich verspreche dir eine Überraschung.»

Ich tat gut daran, daß ich nicht zu erraten suchte, worum es sich handelte: ich wäre nie darauf gekommen. Auf einer runden, von Bäumen umstandenen Lichtung wartete ein hinreißender, viersitziger Helikopter mit einer großen, durchsichtigen Kanzel, dessen Rotor bereits lief: jenes private Beförderungsmittel, das sich die großen, gestreßten Geschäftsleute leisten. Eine praktische Frau, unsere Dolly! Sie saß auf dem Pilotensitz und winkte uns, einzusteigen. Ich war Laura behilflich. Der Luftstrom der Drehflügel sog ihr Uniformröckchen bis zum Kinn hoch. Ich konnte mir noch über einen weiteren Punkt Gewißheit verschaffen: Dolly war nicht soweit gegangen, ihr einen Slip zu leihen.

Der Fluß der hundert Windungen schlängelte sich unter uns dahin. Von meinem hinteren Sitz aus folgte ich seinen nackten Kurven zwischen den Beinen Lauras und Dollys mit den Blicken. Unsere Pilotin hatte ihren seidenen Rock bis zu den Schenkeln, wo die Strümpfe endeten, hochrutschen lassen, sei es, um das Ruder besser bedienen zu können, sei es, um zu beweisen, daß sie es, zumindest in dieser Hinsicht, mit ihrer Passagierin aufnehmen konnte.

Sie zog die Maschine unvermittelt in einem Winkel von 45 Grad nach unten, um den Kurs zu ändern, setzte dann ihren Kopfhörer auf und unterhielt sich kurz mit einem Kontrollturm. Anschließend bediente sie einige Hebel und drehte sich zu mir um: «Ich mache nur einen kleinen Umweg», sagte sie. «Ich muß noch jemanden abholen.»

«Ein Rendezvous?» fragte Laura fast schreiend, damit ich sie trotz des Flug- und Funklärms hören konnte.

«Sie haben sich nicht geirrt», bestätigte Dolly übertrieben geschraubt. Sie musterte Laura, betrachtete mich dann ebenso prüfend. Danach fragte sie: «Sind Sie verheiratet?»

«Wie kommen Sie denn darauf?» platzte Laura los.

Kurz darauf überflogen wir eine Satellitenstadt von Manila, die von einer der großen Familien der alten Metropole errichtet worden war: ein Wald von Türmen aus Beton und Glas, verbunden durch rechtwinklig angelegte Alleen, auf denen Mercedes-Limousinen und Cadillacs hin und her huschten, umgeben von Villen mit Swimmingpools und Gärten.

Dann kamen die ersten rostzerfressenen Wellblechdächer in Sicht, konzentrisch angeordnete Slums mit unsichtbaren Straßen und verdorrten Grünflächen. Diese monotone, farb- und gesichtslose Masse reichte vom Herzen der Hauptstadt bis ans Meer und, am anderen Ende, bis zu einem düsteren Dschungelhorizont.

Die Stirn an das Plexiglas gedrückt, verharrte ich lange wie hypnotisiert durch dieses Unendliche, das die Realität war. Dann richtete ich meine Aufmerksamkeit wieder auf die Fiktion von

Wohlstand und Macht, deren Totems unter uns emporragten. Endlich zwang ich mich, meinen stummen Monolog zu beenden und meine Grenzen wahrzunehmen.

«Haben Sie denn die Genehmigung, so über dem Stadtzentrum spazierenzufliegen?» fragte ich, zweifellos nicht sehr interessiert.

«Wenn es verboten wäre, würde ich es nicht tun», erwiderte Dolly.

Laura machte sich lustig: «Seine Rechte und Pflichten zu kennen ist das oberste Prinzip der kollektiven Freiheit. Auf seine Annehmlichkeiten zu pochen ist das A und O der individuellen Sicherheit.»

Dolly tat so, als hätte sie nicht gehört. Sie steuerte geradeswegs auf einen der Wolkenkratzer zu, scheinbar entschlossen, mit ihm zu kollidieren. Ich blieb ruhig. Mit Recht, denn gut zehn Meter davor blieb der Hubschrauber in der Luft stehen und begann dann, langsam an der balkonbesetzten Fassade nach unten zu gleiten.

«Die Person, mit der ich verabredet bin, ist verheiratet», offenbarte Dolly.

Nun waren wir es, die sich jeglichen Kommentars enthielten.

«Ah!» rief unsere Pilotin plötzlich aus. «Wir sind da! Es fällt mir jedesmal schwer, das richtige Stockwerk zu finden.»

Wir flogen nun nicht mehr senkrecht, sondern horizontal. «Deshalb habe ich meine Piper-Cub gegen diese kleine Windmühle eingetauscht», erklärte sie.

«Warum kaufen Sie sich nicht lieber einen Fahrstuhl?» konnte ich mich nicht enthalten vorzuschlagen.

Dolly war in diesem Augenblick ganz mit ihren delikaten Manövern beschäftigt. Ihre langen Finger spielten mit der Virtuosität einer Datentypistin auf Knöpfen und an Schaltern. Ich kam mir einen Moment lang in der Luft aufgehängt vor. Ringsum war nicht die geringste Bewegung. Ich hörte nicht einmal mehr den Motor. Hatte sie ihn etwa abgestellt?

Auf der Suche nach einem externen Anhaltspunkt bemerkte ich auf dem Balkon uns gegenüber einen jungen Mann mit glänzendem, muskulösem Oberkörper und mürrischem Boxergesicht. Das auffallend schöne Mädchen neben ihm war ebenfalls bis zur Taille nackt. Während ich sie betrachtete, verhüllte sie ihre Brüste, indem sie mit einer schnellen Kopfbewegung eine Flut ungewöhnlich dichter und langer schwarzer Haare nach vorn warf. Dann drehte sie sich mit kummervollem Gesicht um und ging in die Wohnung. Der Muskelprotz beobachtete uns weiter.

Die Maschine ruckte abrupt hoch. Das war zumindest mein Eindruck, als ich den Balkon unter mir verschwinden sah.

«Jetzt weiß man, daß ich da bin», erläuterte Dolly befriedigt. «Ich brauche nur noch auf der Dachterrasse zu warten. Die Person, von der ich vorhin sprach, wird dorthin kommen.»

Sicher sehr bequem, aber nicht für alle Verliebte erschwinglich.

«Bei verheirateten Leuten muß man immer sehr vorsichtig sein», verbreitete Dolly sich weiter. «Das Ehepaar, das Sie eben gesehen haben, lebt in einem fortwährenden Guerillakrieg. Erhabenheit und Abhängigkeit der Eifersucht beschäftigen es von morgens bis abends.»

Ich erhob unwillkürlich Einspruch: «Was? Sie sind doch eine anständige und kultivierte Frau, wie können Sie da mit eifersüchtigen Menschen verkehren? Die Eifersucht ist etwas Obszönes.»

Der Hubschrauber hatte die Spitze des Hochhauses erreicht und schwebte mit der mühelosen Leichtigkeit einer zaudernden Mücke darüber hin und her. Dann senkte Dolly die Kufen zu einem roten Feld auf der Terrasse, wo ein großes weißes H in einen Kreis gemalt war.

«Um diese Zeit», erklärte sie, «kommt noch keine Hausfrau zum Sonnenbaden her. Wir werden ungestört sein.»

Sie landete mit nachtwandlerischer Sicherheit auf dem Querbalken des H. Ich schaute mich um. An der Seite eines würfelförmigen Aufbaus, etwa 30 oder 40 Meter von uns entfernt, wurde eine Tür geöffnet, und die junge Spröde vom Balkon – ich erkannte sie auf den ersten Blick wieder – erschien.

«Achtung!» rief ich. «Sofort abheben! Der Feind nimmt uns unter Beschuß.»

Als wollte sie uns erreichen, bevor Dolly Gegenmaßnahmen ergriff, stürzte die furchterregende Philippinin so schnell auf uns zu, wie ihre großartigen Beine gestatteten. Nun sollte ein dreieckiges Seidentuch, so symbolisch und luftig, daß sie besser daran getan hätte, es wegzulassen, ihren Oberkörper vor unseren schlüpfrigen Blicken verbergen. Es schaffte es alles in allem längst nicht so gut (und das war besser!) wie vorhin die riesige Haarmähne.

Meine Netzhaut war übrigens hartnäckig genug, mich trotz dieser mißlungenen Verhüllung mit allem Nachdruck an das Volumen, das Gewicht und die Pracht ihrer Brüste zu erinnern. Ich war also sehr erstaunt, als ich sah, daß diese trotz der zornentbrannten

Schritte nicht auf und ab wippten. Ihr Fleisch und ihr Bindegewebe mußten außergewöhnlich sein!

Eine Reihe anderer Merkmale ließ erkennen, daß der Körper unserer Angreiferin aus einem viel härteren und schwereren Stoff zu bestehen schien als der meiner Reisegefährtinnen: würden sie bei dem Zusammenstoß den kürzeren ziehen?

Ihre mythologische Mähne (die ich jedoch kraft meiner richterlichen Gewalt einer künftigen Mythologie zuschrieb) umwallte sie. Ihre Augen machten schwindeln. Ihre Stimme formte Verwünschungen in einer unbekannten und grausamen Zunge. Es war mir gleichgültig, ob die drei Frauen sich gegenseitig zerkratzten, deklitorisierten und die Brustwarzen amputierten, sofern sie es nur nackt taten.

Dolly befand sich zweifellos in einem ähnlich erregten Zustand wie ich, denn sie erwartete die Gegnerin mit einem unerklärlich verzückten Lächeln. Mir kam plötzlich der Gedanke, diese Frau mit dem klugen Kopf bereite sich vielleicht ganz einfach darauf vor, die Aufdringliche mit einer schnellen Rotordrehung zu köpfen. Das bitte nicht! Mein Blut begann zu sieden; ich mußte dem unschuldigen Fleisch zu Hilfe eilen.

Dolly kam mir jedoch um einen Sekundenbruchteil zuvor. Sie beugte sich über Lauras Knie hinweg zum Griff der Tür, auf die die junge Frau zulief, und stieß diese so heftig auf, daß sie gegen den Rumpf des Hubschraubers knallte. Die Feindin schaltete zu spät und sah sich in der Öffnung eingeklemmt. Sie keuchte, spürte, daß sie in der Falle saß. Ich neigte mich vor, um der Unglücklichen zuzurufen, sie hätte von nun an einen Verbündeten. Ihr Wickelrock flog im Wind des Rotors: mir versagte die Stimme . . . Wie schön ihr nackter Leib war!

«Dolly!» stammelte sie. «Dolly, mein Liebes! Du fliegst besser gleich wieder ab. Pepito hat Verdacht geschöpft. Ich habe Angst um dich. Bleib nicht!»

Dolly lächelte zärtlich und erfahren: «Keine Sorge, mein Liebling. Steig ein. Ich nehme dich mit. In der Luft riskieren wir nichts.»

Sie wandte sich an Laura. Doch Dolly brauchte ihr nichts zu erklären; schon kletterte meine Freundin über die Lehne ihres Sitzes und setzte sich neben mich, wodurch ihr Platz für die Verstörte frei wurde. Diese sprang an Bord. Sie war extrem jung. Fraglos zu jung, um Pepitos brutales Temperament zu ertragen. Aber das war ihre eigene Schuld. Welche Schuld? Meine fabelnden

Sinne führten mich erneut auf Abwege. Aber wie dem auch sei, sie hatte keinen Blick für mich übrig. Es war also besser, die Erektion wieder zu verlieren.

Spiralförmig hob Dolly ab, unnachahmlich elegant. Dann nahm sie Richtung auf das Meer.

«Ich freue mich, Sie mit meiner Freundin Milagros bekannt machen zu können», erklärte sie, als ihr Höhe und Kurs behagten. Dann stellte sie uns vor: «Milagros, meine Hindin, das ist meine Freundin Laura und das ist mein Freund Nicolas. Sie sind jetzt auch deine Freunde.»

«Ich fürchte, Pepito wird böse sein, wenn ich zu lange fortbleibe», sträubte sich die junge Frau. «Kannst du mich nicht vielleicht ein andermal besuchen?»

Dolly reagierte bekümmert, fast beleidigt: «Du willst mich bereits verlassen, wo du mir schon einen ganzen Tag gefehlt hast? Ist das deine Art, mich zu lieben?»

Milagros warf sich so stürmisch in die Arme ihrer Geliebten, daß ich den Hubschrauber schon abstürzen sah, und uns mit ihm. Dollys sichere Hand ersparte uns jedoch selbst das kleinste Schwanken.

«Ich kenne eine Insel», sagte sie. «Dorthin fliegen wir. Niemand wird uns folgen. Ich werde dich rechtzeitig zurückbringen, damit du deinem Mann das Mittagessen kochen kannst . . .» Mit zärtlicher Nachsicht streichelte sie die prächtige Haarflut ihrer Geliebten und fügte hinzu: «Und damit er dich für die Siesta hat.»

Milagros schien beruhigt. Dieses Arrangement sagte ihr offensichtlich zu. Ich hatte den Eindruck, der Mittagsschlaf mit Pepito sei ihr ebenso wichtig wie die morgendlichen Eskapaden mit Dolly. Schließlich muß auch eine verheiratete Frau leben.

Laura hielt den Blick wie gebannt auf Milagros gerichtet, als habe sie immer noch Mühe, an deren Realität zu glauben. An ihre *menschliche* Realität vielleicht? Dachte sie etwa an den Roboter von Pierre, Max und Mildred?

Sie beugte sich über die Lehne, um den Körper der zu schönen Philippinin, den jetzt praktisch nichts mehr bedeckte, eingehender zu mustern.

«Wie alt ist Milagros?» erkundigte sie sich.

«Fünfzehn Jahre, was die Eintragung ins Geburtsregister angeht. Was den Körper betrifft so reif wie Eva nach der Schöpfung. So unreif wie Luzifer vor der Erbsünde, was die Seele betrifft.»

Und wenn Laura richtig geraten hatte? Wenn Milagros geschaffen worden war wie «Hadaly»? Wenn Dolly sie aus Stoffen, die gegen das Licht der toten Gestirne immun waren, erfunden, entworfen, geformt hatte? Wenn ihre Sinne und ihr Gehirn anders programmiert waren als unsere, wenn sie zu anderen Begierden fähig und zu unseren Begierden unfähig waren?

Welche Rolle spielte Pepito dann aber? Lieh Dolly ihm ihr Produkt? Verkaufte sie etwa die Frauen der Zukunft?

Laura versuchte, Kontakt mit der Nichtmenschlichen herzustellen. «Wir glaubten schon, Dolly sei mit Pepito verabredet», erklärte sie.

Der Blick der Kreatur umschattete sich. Dolly hatte Angst um ihre empfindlicen Schaltkreise. Sie blickte Laura mißbilligend an.

«Sie sind nicht so frei, wie Sie tun», bemerkte sie.

«Ich?» rief Laura aus, die offensichtlich nicht begriff, inwiefern die Freiheit eine Verbindung mit der Kybernetik eingehen konnte. Ich übrigens auch nicht, gestand ich mir im stillen.

«Frei sein heißt wählen, was man zu lieben wählt», erläuterte Dolly.

Ich mußte irgendein Wort überhört haben. Meine Freundschaft mit der Pilotin ging nicht so weit, daß ich nachhaken konnte. Also interessierte ich mich für die Fortsetzung.

«Ich habe mein Geschlecht gewählt», argumentierte Dolly. «Warum sollte ich nicht auch das meiner Partner wählen?»

«Selbstverständlich», räumte Laura schwach ein.

Dolly faßte es als Ermunterung auf: «Was halten Sie von der Liebe zwischen Frauen?»

«Das Allerbeste», versicherte Laura in einem Ton, der Überzeugung ausstrahlen sollte.

Liebte Laura vielleicht Frauen? Ich mußte mir eingestehen, daß ich bisher vergessen hatte, sie danach zu fragen.

Da Dolly schwieg, wandte Laura sich an das nicht identifizierte Wesen: «Und Sie auch, Milagros, nicht wahr? Sie halten doch ebenfalls viel davon?»

«Wovon?» vergewisserte sich Eva.

«Von der Liebe zu einer Frau.»

Luzifer erschien wieder: seine nachtschwarzen, abgrundtiefen Augen sprühten Flammen: «Sind Sie verrückt geworden? Was reden Sie da? So etwas ist unmöglich.»

Zu meinem Kummer mußte ich erleben, wie Laura, meine intelligente Laura, jede weitere Wißbegier unterdrückte.

Es kam keine Insel in Sicht, und niemand sagte mehr etwas. Da ich von der Unterhaltung fasziniert gewesen war, hatte ich ganz das Filmen vergessen, so daß ich jetzt nur noch das Schweigen aufnehmen konnte. Ich stellte die kürzeste Entfernung ein und blickte durch den Sucher, bis ich die Gesichter von Milagros und Laura im Bild hatte. Sonderbarerweise hatte diese ihre Stellung nicht geändert, seitdem sie der Fremden keine Fragen mehr stellte. Sie saß immer noch vorgebeugt, berührte die andere beinahe.

Ich hatte durch den Sucher schauen müssen, um eine Tatsache zu erkennen, die mir vorher verborgen geblieben war: *Sie waren einander so nahe, daß sie sich nicht sehen konnten.*

Dollys rechte Hand kam ins Spiel, streichelte die Haare von Milagros. Ich wandte das Auge vom Sucher, um ohne Medium zu sehen, wo ihre linke Hand war: genau dort, wo ich sie zum letztenmal erblickt hatte, auf der nackten Scham der ewigen Eva. Und das Ruder?

«Ich wußte gar nicht», bemerkte ich, «daß es auch Hubschrauber mit Blindflugausrüstung gibt.»

«Ich habe die nötigen Beziehungen», behauptete Dolly.

Das beruhigte mich nicht. Ich beharrte: «Ist es denn technisch möglich?»

Sie tat ganz milde und bestätigte mir mit einem Blick, dem ich zweifellos schon einmal begegnet war, aber gewiß nicht in ihren Augen: «Alles ist möglich.»

Ich legte die Kamera auf meine Knie und wartete, daß die Handlung wieder drehbar werde. Aber Dolly musterte mich noch immer mit etwas spöttischer Miene, die völlig neu war.

«Und Sie», fragte sie schließlich, «was machen Sie eigentlich? Erzählen Sie mir doch ein bißchen, was für einen Film Sie gerade drehen.»

Die Sonne ließ die südlichen Wölbungen des Lips erglänzen, meine Uhr zeigte nach zwölf, als Dollys Maschine, die Gardenienstöcke deflorierend, mitten auf dem Olsenschen Rasen landete.

Hinter dem Gitterwerk sah ich sie, Mann, Frau und Hund, in Rohrsesseln auf ihrer Terrasse sitzen.

«Bitte deine Eltern um Verständnis dafür, daß ich die Bekanntschaft mit ihnen auf einen späteren Tag verschiebe», sagte Dolly zu Laura. «Du weißt ja, daß ich meine Geliebte schnell zu meinem Rivalen zurückbringen muß.»

Laura und ich blieben auf dem Rasen stehen und winkten und riefen, als der Hubschrauber langsam, mit klopfendem Herzen, abhob, sich, nur wenige Zentimeter über dem Boden, schmachtend neigte, eine Drehung um sich selbst vollführte, als könne er sich nicht losreißen, und sich schließlich mit schwereloser Grazie entfernte.

«Vielen Dank, Dolly! Auf Wiedersehen, Milagros!»

Ich brauchte unsere Verspätung nicht zu rechtfertigen: Lauras Eltern hatten uns keine Frist gesetzt. Ich hielt Wort, denn ich brachte ihre Tochter nach Hause. Noch dazu in einem neuen Kostüm.

Mein Hemd, das ich wiederbekommen hatte, wies Spuren der überstandenen Strapazen auf, die selbst unter meiner Jeansjacke zu erkennen waren. Die Olsens empfingen mich trotzdem so zuvorkommend, wie ich erwartet hatte. Sie sagten noch nicht einmal, daß sie sich Sorgen gemacht hätten. Man merkte, daß sie keine Angst um ihre Tochter hatten.

«Sie bleiben zum Mittagessen», sagte Helen.

Ich nahm es zur Kenntnis. Sie bot mir an: «Möchten Sie vorher ein Bad nehmen?»

Aber ja! Mein Lächeln wurde breiter. Sie ordnete an: «Stell Nicolas bitte dein Badezimmer zur Verfügung, Liebling. Und besorge ihm saubere Sachen. Du tätest ebenfalls gut daran, dich umzuziehen. Diese Aufmachung ist abscheulich.»

Sie lachte. Ich entdeckte eine gewisse Sympathie für Pastorenfrauen.

Als sie nackt neben der Wanne stand, in die Laura ein Schaumbad eingelassen hatte, erkundigte ich mich: «Fürchten deine Eltern denn nicht, daß wir unter ihrem Dach zusammen schlafen?»

«Es besteht keine Gefahr.»

«Ach? Und warum nicht?»

Sie zuckte die Achseln. «Laß bitte diese albernen Bemerkungen!»

Vor meinen Augen legte sie ihre Haute-Couture-Uniform ab und schlüpfte in einen weiten Morgenmantel aus Frotteestoff, der auf geheimnisvolle Weise dagegen gefeit schien, sich zu öffnen. Als sie sich umzog und auch danach, gelang es mir nur, hier einen Unterarm, dort ein halbes Bein, Nonnenfinger, die die Haube einer Novizin befestigten, eine devote Stirn und eine keusche Nase zu erspähen. In diesem Haus hatte Laura weder Vlies noch Brüste.

Neugierig fragte ich mich, ob sie in ihren Morgenmantel gewikkelt baden würde. Ich erfuhr es nicht mehr. Als ich mich abgetrocknet hatte, teilte sie mir mit: «Ich habe dir in meinem Zimmer eine Hose und ein Hemd von Papa auf einen Stuhl gelegt. Geh gleich nach unten und unterhalte meine Eltern, bis ich fertig bin.»

Das war's! Mißgelaunt wie ein pubertierender Jüngling, der es nicht geschafft hat, seine große Schwester nackt zu sehen, verließ ich das Badezimmer. Marschkolonnen aus unbekannten Komplexen stampften auf mich zu.

Das Alter vertrieb sie, als ich, wieder erwachsen, bei dem Pastorenpaar auf der Terrasse saß. Und je länger ich darüber nachdachte, desto mehr wurde mir klar, daß es mir bestimmt peinlich gewesen wäre, wenn Laura und ich nackt in der Badewanne oder in ihrem Jungmädchenzimmer gelegen hätten. Ich hätte es kaum gewagt, sie dort zu lieben. Außerdem hatte ich keine Erektion gehabt.

«Wie bitte?» schreckte ich hoch.

Ich hatte die Frage, die Helen mir gestellt hatte, nicht gehört. Immer so zerstreut!

«Wie finden Sie Laura?» wiederholte sie.

Das warf mich um. Also auf solche Verhöre war ich nicht vorbereitet. Ich konnte nur ein zweifelndes Gesicht machen, das, wie ich mir später vor Augen führte, kein Kompliment für ihre Tochter und alles andere als schmeichelhaft für ihr genetisches Selbstverständnis war und mich vor allem zu einem dummen Jungen abstempelte.

«Sicher», räumte ihre Mutter ein. «Sie muß noch viel lernen. Aber sie wird es eines Tages schaffen. Alles interessiert sie. Sie hat keine Vorurteile. Und sie kennt keine Furcht.»

«Sie hat wirklich einen wissenschaftlichen Geist», fügte ihr Vater hinzu. «Sie erkennt nur das an, was sie mit eigenen Erfahrungen verifiziert hat. Sie ist entschlossen, alles zu versuchen.»

Immer besser!

Olsen lächelte und dämpfte den übermäßigen Optimismus seiner Aussage: «Das ist es doch, wozu die Freiheit dienen soll, nicht wahr? Wer völlig frei ist, kann alles erfahren und kennenlernen.»

Ich vergaß ganz, daß es Olsen gewesen war, der diesen Gedanken geäußert hatte, so sehr unterschrieb ich ihn. Aber er spann den Faden noch weiter, behauptete: «Man muß frei sein, um weit gehen zu können. Und wenn man nicht weit gehen will, sollte man besser jung sterben.»

«Laura gehört zu denen, die fähig sind, weit zu gehen, aber sie ist in erster Linie eine von den Frauen, die das tun, wozu sie fähig sind», sann Mrs. Olsen laut.

«Ich will nicht sagen, daß sie bis zum Letzten gehen wird, denn so etwas gibt es nicht», meinte ihr Mann. «Aber sie wird immer finden, was sie sucht.»

Helen lächelte sanft: «Finden ist nicht so wichtig, scheint mir. Worauf es ankommt ist das Suchen. Es ist aber auch das Schwierigste!»

«Haben Sie denn keine Angst, sie zu verlieren?» warf ich ein.

«Aber nein!» protestierte Olsen. «Man verliert nur die Menschen, die man nicht versteht, die man nicht liebt.»

«Lieben», erklärte Helen, «heißt keine Angst davor haben, etwas zu verlieren.»

Ich mußte mich bezwingen, nicht zu weinen, mußte gegen ein unbestimmtes Gefühl der Trauer ankämpfen, das einem zukünftigen Verlust entsprang, vor dem ich mich fürchtete.

«Wir sind zwar immer zur Liebe fähig», sagte Olsen, «aber wir wissen diese Fähigkeit nicht immer zu gebrauchen.»

«Für Eltern ist es leicht, zu lieben, das stimmt», erläuterte Helen. «Es genügt, wenn man imstande ist, das geliebte Wesen gehen zu lassen. Für einen Verliebten ist es viel schwerer.»

Ihr in die Augen blickend, fragte ich: «Sollte ein Verliebter diejenige, die er liebt, gehen lassen?»

Sie lachte, als handle es sich um ein neckisches Geplänkel, um ein kleines Wortgefecht bei einem Glas Wein. Sie scherzte: «Welcher Mann wäre so närrisch, sich in eine Frau zu verlieben, die ihn schon ein Jahr später verlassen wird?»

Oleg legte seinen großen Kopf auf meine Knie, ohne etwas zu sagen.

Die Stimme Lauras drang, ich weiß nicht von woher, zu uns: «Meine Lieben! Ihr könnt jetzt kommen, wenn ihr wollt. Das Essen ist fertig.»

Die Worte klangen zärtlich, aber diejenige, die sie aussprach, schien fern, fast abwesend zu sein. War es wegen dieser vermeintlichen Distanz, oder einfach, weil mir die Müdigkeit das Hirn vernebelte, daß ich plötzlich überempfindlich wurde? Ein absurder Kummer, der seinen Namen nicht nennen wollte, umkrampfte mein Herz, als ich Laura mich und ihre Eltern mit ein und demselben Wort nennen hörte.

Die Foto- und Entwicklungslabors, die Schneide- und Tonstudios des Lance Institute for Pacific Studies waren ihrem Gründer angemessen: üppig, mit allem versehen, einmalig in ihrem äußeren Bild und praktischer, als man erwartet hätte. Das Studio, in dem Laura und ich uns schon sehr früh an jenem Morgen befanden, ehe wir von jemandem gestört wurden, hätte einen Filmemacher aus Hollywood vor Neid erblassen lassen können. Die Mauern waren mit Kork und Pergament verkleidet. Erstklassige Leinwände senkten sich an allen möglichen Stellen zuvorkommend von der Decke oder hoben sich überall dort, wo man sie brauchte, spontan aus dem Fußboden.

Die meisten Utensilien, von denen ein Fan träumen kann, waren in verschwenderischer Fülle vorhanden. Abstrakte Kunst, Spiel, Freude hatten ihre verlockenden Formen, ihre glänzenden Legierungen oder ihr noch schöneres schwarzes Mattfinish stärker diktiert als funktionelle Zwänge. Die klimatisierte Luft duftete nach Neuem, nach sanft erhitztem Metall, nach teurem Leder.

Das Wetter war umgeschlagen: gewaltige Wolkenberge waren vom Meer herangezogen; der Regen durchnäßte draußen alles; ein Taifun war angekündigt, dem die Meteorologen bereits einen schönen Mädchennamen gegeben hatten.

«Was mag Dolly diese Woche gemacht haben?» fragte Laura sich. «Da sie die Sonne nicht wecken konnte, ist sie sicher den ganzen Tag im Bett geblieben.»

«Milagros ebenfalls», scherzte ich. «Aber mit Pepito.»

«Das ist das gleiche», befand Laura.

Ich war zu sehr damit beschäftigt, das Schneidegerät einzustellen, um in eine richtige Diskussion eintreten zu können. In den letzten Tagen hatte ich den Film nur provisorisch geschnitten – ein Anfangsstadium. Jetzt sollte Laura mir sagen, was ich tun mußte, damit er gut wurde. Damit er ihr ähnelte.

Das Zelluloid wand sich um die zahllosen Chromräder, mit denen die große Stahlplatte des Geräts besetzt war. Der Bildschirm litt nicht unter den erbärmlichen Ausmaßen, mit denen diese Apparate normalerweise geschlagen sind: er war über anderthalb Meter breit. Die Nacht von Lances Geburtstag lief reibungslos im Helldunkel des See-Schwimmbeckens ab.

Laura glitt langsam ins Wasser. Ihre zarte Haut vereinigte sich mit dem feinen Gewebe der Leinwand. Ihr Venushügel erschien. Neben mir amüsierte sich ihre Stimme:

«Was habe ich dir gesagt? Artemio hat mein Kleid wiedergefunden!»

Dieses war nicht mehr zu sehen, weil sich ein Regenbogen vielfältig im Wasser brach. Nun saß Laura nackt neben dem Miniaturwasserfall, zwischen Desmond und Marcello, die bekleidet waren. Sie umhalste beide. Sie wandte sich zuerst zu Desmond, küßte ihn auf die Lippen, machte es anschließend bei Marcello genauso. Dann streichelte sie beide abwechselnd. Sie ließen ihr die Initiative und rührten keine Hand.

«Schneiden wir das heraus», erklärte Laura. «Es ist banal.»

«Warum?» protestierte ich. «Zärtlichkeit und Sanftmut sind keine verbreiteten Regungen.»

Ich schnitt es trotzdem heraus.

Die nächsten Bilder waren verschwommen, doch ich wußte, es lag nicht daran, daß ich sie verwackelt oder falsch belichtet hätte. Man erkannte nicht sogleich die Natur der Körper, die dort, im Schoße einer nicht homogenen Substanz durchscheinend und dicht, grün und schwarz wurden und dann wieder weiß aufflimmerten; man konnte nicht sagen, ob sie männlich oder weiblich, nackt oder angezogen waren; es war noch weniger möglich, ihnen Namen zu geben: weil ich sie durch das farblose Plastikmaterial einer großen Luftmatratze aufgenommen hatte. Ich hatte mich unter ihr, auf dem Grund des Beckens, befunden und Laura mit ihren Partnern durch diesen beweglichen Filter gefilmt, der die Brechungen des leuchtenden Wassers mit seinen Verzerrungen anreicherte.

Das Ergebnis war ein Ballett aus waagerechten Gestalten, halb Fisch, halb Mensch, die von einer kosenden Welle gewiegt schienen. Diese Schatten berührten sich nicht, glitten aber dann und wann übereinander hinweg, kamen sich in die Quere, entfernten sich voneinander, kehrten wieder um und schafften es, hätte man meinen können, durch sich hindurchzugehen.

Schließlich näherten sie sich, umschlangen sich, vermischten sich, bildeten nur noch eine einzige Form.

Unvermittelt ist die Kamera auf gleicher Höhe mit dem Ballett, erfaßt einen der Körper. Dieser steht auf. Es ist Laura.

Sie macht einen Schritt, einen Tanzschritt, wie eben. Die eine Fußspitze gleitet vor, tastet, wagt es, stellt sich hin. Die andere folgt. Laura wandelt nackt auf dem Wasser.

Die Kamera gewinnt an Höhe: Laura steht auf dem Blatt einer riesigen Seerose, einer Victoria Regia, die kräftig genug ist, einen Menschen zu tragen. Sie breitet die Arme aus, um die Balance zu halten. Plötzlich springt sie wieder ins Wasser. Mein Objektiv eilt ihr nach. Zwei andere nackte Körper gleiten zu ihr. Das Bild ist nun so deutlich, daß man Desmond und Marcello erkennen kann. Die drei fassen sich an den Händen, schwimmen im Kreis, vereinigen sich stehend zu einer klassischen Gruppe von Grazien!

Unvermittelt verschwinden ihre Köpfe: sie haben die spiegelnde Oberfläche durchbrochen, um Atem zu holen. Ihre enthaupteten Rümpfe umklammern sich, evozieren einen schwimmenden Feigenbaum mit dreifachem Stamm.

Einer von ihnen löst sich jedoch, schwimmt wieder zurück: es ist Marcello, der nun in Lauras Brust beißt wie ein Raubfisch, den es nach Fleisch gelüstet. Seine Zähne reißen die empfindliche Warze allerdings nicht ab. Sie spitzen sie nur noch mehr zu. Dann saugen die Lippen des Schwimmers. In der Zeitlupe, in Großaufnahme kann man diesen Vorgang verfolgen.

Die Sequenz wird von einer anderen abgelöst, in der Laura ihre Lungen mit dem Geschlecht eines der beiden Männer zu füllen scheint, wobei man jedoch nicht erkennt, um wen es sich handelt. Ein anderes Geschlecht, das nun aufgerichtet ist, bietet sich ihr gleichfalls dar, und sie gibt seinetwegen das erste frei.

Dann nimmt sie die beiden erigierten Phalli in die Hände und nähert sie einander, legt Eichel an Eichel, überläßt sie kurz darauf sich selbst und steigt zur Oberfläche, verläßt das Spielfeld. Lange Zeit bleiben die beiden Geschlechter Kopf an Kopf, wie Rammböcke. Dann schmiegen sie sich der Länge nach aneinander, reiben sich. Der Bildausschnitt wird größer, und man sieht, wie die zwei Männer sich voll Leidenschaft umarmen. Ihre Köpfe sind zur Hälfte über Wasser: dort, wo das transluzide und schwach gekräuselte Naß endet, sind ihre Münder zu einem verschmolzen.

«Warum setzen sie bloß solche Prioritäten?» flüstert Laura dicht neben meinem Gesicht. «Ich bin doch nicht anders als sie.»

Ich drücke einen Knopf, und die Bilder beginnen zu laufen, so schnell, daß man sie nicht mehr unterscheiden kann. Ich halte sie wieder an, als Desmond und Marcello meine Freundin umschwimmen, als befände sie sich in einem imaginären Käfig, dessen Tür sich nur mit Mühe finden läßt. Einer von ihnen entdeckt die unsichtbare Öffnung jedoch bald und nähert sein Gesicht der weiblichen Scham. Zwei Hände spreizen ihre Beine, und ein Mund preßt sich dazwischen. Der Kopf von Laura, die Lust zu empfinden beginnt, fällt nach hinten, sie will mit dem Mund zur Oberfläche.

«Luft!» keucht Laura im Dunkel des Studios. «Ich empfinde Lust, aber ich werde sterben! Ich möchte Lust empfinden und leben! Ich möchte Lust empfinden, *um* zu leben! Gib mir Luft!»

Plötzlich taucht die Sonne den Himmel über dem Meer – auf der Leinwand – in gleißendes Weiß. Milagros' von Licht überflutete Brüste liegen auf Dollys Knien. Nicht lange, und ihre prachtvolle Vulva füllt das große perlmuttfarbene Rechteck aus, öffnet sich dem Verlangen der Wunder.

Dollys Gesicht erscheint, zunächst noch unscharf. Es nähert sich langsam der golden gesäumten Spalte, bohrt den Mund hinein. Die explodierende Sonne überschwemmt die beiden.

In Großaufnahme Milagros' schreiender Mund.

Lauras Mund, im Wasser, übernimmt den Schrei, haucht seinen Atem aus, ertränkt die Stimme. Perlensäulen entsteigen ihren Lippen.

Der Mund des Mannes, der Lauras Geschlecht küßt, Dollys Mund auf dem Geschlecht von Milagros überlappen sich, vereinigen sich in einem Strudel durchsonnten Wassers. Unvermittelt gleiten Hände algenartig über- und untereinander hinweg: Fischhände von Männern an Lauras Luftkörper, Flügelhände von Frauen auf Milagros' schwimmendem Körper. Luft und Wasser haben sich vermischt, durchdrungen.

Die Hände von Laura und Dolly berühren Milagros' Lippen: die Lippen ihres Mundes und ihres Geschlechts. Ein männliches Geschlecht stößt durch das Wasser, nistet sich zwischen Lauras Brüsten ein. Milagros hält zwischen ihren Brüsten ein anderes männliches Geschlecht. Wann ist es gekommen? Und woher? Aus welchem Raum?

Der Phallus aus dem Wasser ist nun in Lauras Mund gedrungen. In der Luft empfängt Lauras Mund das Geschlecht des Mannes, das Milagros' Brüste von seinem Geheimnis befreit haben.

Im Schneidestudio dringt mein Geschlecht in Lauras Mund.

Ich stimme meine Bewegungen auf die der beiden anderen Glieder ab, die die Lippen meiner Geliebten auf der Leinwand besitzen: der Phallus des Mannes im Wasser und der Phallus des Mannes in der Luft.

Unsere drei Geschlechter kommen gleichzeitig zum Höhepunkt, füllen denselben Mund mit Lust. Das Sperma des Schwimmers schwebt in zarten, feinen Fäden aus Lauras Mund und treibt zwischen den Algen. Desmonds Gesicht folgt ihnen, sein Mund saugt sie ein, seine Kehle nimmt einen nach dem andern auf. Im Studio läßt Laura mein Sperma, mit dem ihr Mund angefüllt ist, vermischt mit dem Speichel ihres Kusses über meine Zunge gleiten. Auf der Leinwand sucht Lauras Mund den Mund von Milagros, findet ihn, teilt Dollys Sperma mit ihm.

Lauras erstickte Stimme spricht auf meinen Lippen: «Niemand wird begreifen, daß dieser Film, den wir zusammen gemacht haben, eine Liebesgeschichte erzählt, und zwar die unsere, weil man dich nie darin sieht. Ich weiß aber, daß du in jedem Bild, in jeder Szene, gegenwärtig bist, doch niemand sonst kann dich sehen. Und die Menschen glauben nur das, was sie sehen.»

Ich presse sie an meine Brust, antworte ihr leise: «Du sagst doch immer, wählen heiße sich zu berauben. Lieben heißt aber nicht zu wählen. Wer liebt, kann es ertragen, sich zu berauben.»

«Wirst du um etwas beraubt, wenn du siehst, wie andere mich lieben?»

«Nein, das weißt du doch! Ich will dich nicht besitzen, aber ich möchte dich immer sehen. Man würde mich nur um dich berauben, wenn ich dich nicht mehr sehen könnte.»

«Würdest du, Nicolas, denn nicht mehr an mich glauben, wenn du mich nicht mehr sehen könntest?»

Ich antworte ihr, wohl wissend, was ich in diesem Augenblick verspreche, wohl wissend, welche närrische Verpflichtung ich eingehe: «Falls ich eines Tages begreife, daß es dich glücklich macht, wenn ich dich um mich beraube, dann werde ich dich genug lieben, um den Mut zu haben, mich um dich zu berauben.»

Wir brauchten mehrere Tage und mehrere Nächte, um unseren Film zu montieren.

Mit den Bildern meiner Kamera, Bildern, die unser Gedächtnis vielleicht nicht mehr bewahrt hätte, hatten wir dann noch andere Erlebnisse. Die ganze Zeit hielten sich Artemio und Laura, ungeachtet der Metamorphosen, auf den Schilfmatten des dahinziehenden Hauses unter den schillernden Orchideen umschlungen, deren malvenfarbene Lippen, jadegrünen Zungen, getigertes Fleisch ich auf ihre Körper gebannt habe.

Nur sie rührten sich nicht, so glücklich, sich vom Geschlecht gebunden zu wissen, daß sie nichts anderes wollten. Artemio kam trotzdem immer wieder in Lauras Tiefen zum Höhepunkt, ein Phönix, der die Kraft zu neuen Aufschwüngen aus dem Samen zu schöpfen schien, den er selbst säte, mehr eine Quelle ständiger Wiedergeburt als hypothetischer Geburten.

«Es gefällt dir, nicht wahr?» fragte ich Laura. «Es gefällt dir, dich von diesem Mann küssen zu lassen?»

«Ja», gestand sie. «Und es gefällt mir, daß er mich jeden Tag so küssen möchte, wie er es jetzt, das heißt dort auf der Leinwand, tut. Aber Dolly gefällt mir auch. Und Milagros. Ich liebte beide gleichermaßen. Und ich liebe sie weiterhin sehr, o ja, sehr!»

«Sie lieben dich ebenfalls. Schau nur!»

Auf dem Inselsand ihre drei nackten Körper, jeder in vollkommener Harmonie mit den anderen. Welch Potential an Wonnen! Und welch neue Zärtlichkeit! Dolly, deren echte Frauenbrüste Laura küßt, während ihr Geschlecht ihren echten Männerphallus empfängt. Milagros, deren Schönheit überall zu schmecken ist, so köstlich, daß man schreien könnte, deren Beine sich Lauras und Dollys Lippen mit derselben ungläubigen Ekstase öffnen – den einen nach den anderen oder beiden zugleich –, während ihre eigenen Lippen an Dollys Geschlecht verharren, das sie kennt, an Lauras Geschlecht, das sie entdeckt.

Noch einmal Milagros, deren himmlische Brüste Laura und

Dolly gemeinsam saugen, verzweifelt, ihnen keine unbekannten Flüssigkeiten entlocken zu können, nachdem sie bereits vorgegeben haben, ihre Milch zu kosten. Milagros, die stolz darauf ist, sich von Dolly und Pepito schwängern lassen zu wollen; die selbst beschlossen hat, schwanger zu werden; und die Laura nun fragt, ob sie es ebenfalls werden möchte – von ihr.

Milagros, die Laura, eine Amazonen-Laura mit vielfachem Geschlecht, dann so reitet wie vorher Artemio, wobei sie die Vulva an ihrer wilden Haut, ihren brennenden Stutenschenkeln, ihrem muskulösen Rist, ihren unzähmbaren Gesäßbacken, dem Vlies ihrer Scham, abermals an ihren Brüsten, ihrem Hals, ihrer harten und bernsteinfarbenen Stirn, ihrer dichten Wildpferdmähne, endlich an ihrem Mund reibt, auf dem sie sich in höchster Lust zusammenkrümmt, wie gebrochen und doch sicher, bald neu geboren zu werden.

Und die unermüdliche Dolly, die ihren langen, erigierten Penis vom blonden Geschlecht Lauras zum dunkelbraunen von Milagros wandern läßt, zum ersten zurückkehrt, wieder zum zweiten zieht, voll Leid darüber, sich nicht in beide gleichzeitig ergießen zu können, sich weigernd, eine der anderen vorzuziehen, und endlich, um nicht wählen zu müssen, auf ihre beiden Gesichter ejakuliert, damit sie ihr Sperma anschließend teilen, abwechselnd von ihren Wimpern und ihren vom Sand und Salz des Meeres bestreuten Wangen trinken können.

Dolly, für diese beiden Frau und Mann, wie Laura auf den Stufen des Schwimmbeckens Mädchen und Knabe geworden war – für Marcello und Desmond, deren Geschlechter sich in ihr ablösten, die nacheinander ihre Vagina und ihren Anus in Besitz nahmen, sie sich anschließend teilten, indem der eine vorn, der andere hinten eindrang, damit sie in der Tiefe ihres Schoßes, Phallus an Phallus, einzig und allein durch eine unfühlbare Schleimhaut getrennt, gemeinsam zum Höhepunkt kamen.

«Das hat mir auch gefallen», sagte Laura. «Es hat mir unglaublich gut gefallen! Noch lieber hätte ich dich aber in mir, dich mit einem anderen. Nein, nicht mit einem anderen: mit *allen* anderen!

Ich möchte, daß du in mir bist, während ich von anderen Männern oder von Frauen genommen werde», fuhr sie fort. «Sicher, es gefällt mir, wenn sie mich lieben, aber wenn du nicht mit ihnen in mir bist, fühlt sich ein Teil von mir allein. Irgendein Teil, ein Teil, den ich nicht zu benennen weiß.

Was ist es bloß? Ich versuche es zu begreifen ... Was mir fehlt ist nicht deine physische Gegenwart, nein. Ich weiß sehr gut, daß du in Wirklichkeit noch nie gemeinsam mit anderen physisch in mir gewesen bist. Und ich bin noch nicht einmal sicher, daß ich es möchte.

Bist du wenigstens in meinen Gedanken gegenwärtig? Nicht immer! Wenn mich jemand zum Höhepunkt treibt, denke ich nicht die ganze Zeit an dich.

Was erwarte ich dann von dir? Was begehre ich von dir? Warum brauche ich dich?

Ich brauche dich nicht, weil du mich sehen sollst, nein, ich brauche dich, weil du an mich denken sollst. Solangc du an mich denkst, zweifle ich an niemandem. Solange du mich liebst, wirst du meine Zuversicht sein.

Welche Zuversicht würde dir noch bleiben, Nicolas, wenn du nicht mehr an mich glaubtest? Welches Leben würde dich noch interessieren, wenn du nicht mehr für mich lebtest?

Du hast Angst, daß ich dich verlasse? Aber das geht nicht, weil nur du mich verlassen könntest. Ob nah oder fern, ich werde immer bei dir sein, solange du nicht aufhörst, dich um mich zu kümmern.

Das sein, worum du dich kümmerst! So sieht die Liebe aus, die ich dir schenke. Ich schenke dir den Willen, mich glücklich zu sehen, das Glück, mein Bestes zu wollen.»

DRITTER TEIL

Natalie

Mit Gualtier, mit Myrte bin ich ein *Kind der Nacht.*

Natürlich nicht der Nacht, von der Hesiod spricht, der Muttergöttin der Eifersucht und Trauer, der Betrügereien und der Reue: ich bin die Tochter der Nächte, in denen man lauscht, in denen man lacht. Die Nacht ist die Zeit zum Lesen, zum Verweilen unter Freunden, zum Singen, zum Tanzen, zum Schweigen. Die Nacht gibt allen, die am Tag keine Zeit haben, mehr Zeit zum Lieben.

Ich habe die Nacht geliebt, die ich bei Hugo Lance verbrachte, weil sie voll des Unbekannten und Neuen war. Ich weiß nicht mehr, wann oder wie sie endete. Das Ende dessen, das man liebt, ist das einzige, was man besser nicht zu begreifen suchen soll, das einzige, das man vergessen muß.

Es sind die Anfänge, die unsere Mühe lohnen. Die Anfänge sind so lustig! Konzipieren, entstehen, irgendwo ankommen, Bekanntschaft machen, eine Kunst, eine Sprache, einen Beruf erlernen, den Entschluß zur Liebe fassen, das sind die Augenblicke, die in unserem Leben wirklich zählen. Man darf sie nicht verstreichen lassen, ohne sie richtig zu nutzen.

Sie nicht verstreichen zu lassen bedeutet aber nicht, daß man mit der Erinnerung an sie lebt. Erinnerungen sind leblose Relikte. Das Vergessen ist ein Großreinemachen im Gedächtnis.

Natürlich kann die Liebe – wie übrigens auch das Leben – für die Menschen, die ein Gedächtnis haben, wertvoller sein. Doch sie darf nicht aus schönen Erinnerungen bestehen.

Ich brauche nicht mehr alles zu lernen, aber ich habe oft das Glück, neu anzufangen. Ich wurde in Ungarn geboren und habe alles, was damit zusammenhängt, einfach vergessen! Ich bin Französin, doch durch Heirat wurde ich zuerst Dänin, dann Engländerin. Ich bin zwar erst zwanzig Jahre alt, habe aber schon zwei Ehemänner gehabt.

Ich habe meinen nordischen Mann sehr geliebt, und ich liebe ihn noch immer. Mehr als früher! Meinen neuen Mann liebe ich allerdings noch mehr. Es macht mir oft Freude, den ersten wiederzusehen. Den zweiten ständig zu sehen macht mich glücklich.

Der Übergang von dem einen zum andern war für mich ein Fest, nicht etwa, weil ich froh war, mich von Søren zu trennen, sondern weil die Entdeckung Gualtiers mich begeisterte. Und auch weil die beiden sich so gut verstanden. Ich hätte den einen nicht geheiratet, wenn er nicht fähig gewesen wäre, den andern zu schätzen.

So hatte ich die Befriedigung, eine neue Freundschaft zu schaffen, denn sie sind jetzt Freunde. Ohne mich als Bindestrich hätten sie sich vielleicht nie kennengelernt oder nie geliebt. Sie hätten nicht erfahren, daß sie gemeinsame Neigungen haben, sich an derselben Lektüre und an denselben Frauen erfreuen können.

Diesen Dienst hätte ich uns allen nicht erweisen können, wenn ich nicht, wie man so sagt, zur Ehebrecherin geworden wäre. Ich gestehe, daß ich ein bißchen zögere, dieses Wort zu gebrauchen, weil ich so häufig erlebt habe, daß es im Mund der anderen einen schimpflichen, heuchlerischen Beigeschmack bekommt. Aber ich habe nichts zu verbergen.

Ich bin Ehebrecherin, wie ich Freundin bin: ohne mich dazu zwingen zu müssen, mit Vergnügen. Wenn ich eines Tages aufhören muß, neue Liebhaber zu nehmen, werde ich genauso traurig sein, als sollte ich darauf verzichten, neue Freunde kennenzulernen. Ich sehe nicht ein, inwiefern dieser Kummer irgend jemanden glücklich machen soll. Und ich sehe noch weniger ein, wieso er mich zu einer besseren Ehefrau machen kann.

Geliebte zu haben ist für eine Frau außerordentlich angenehm, das steht fest, aber manchmal ist es auch für ihren Mann gut. Dank mir hat Gualtier, ich sagte es bereits, einen Freund gewonnen: Sollte ich deshalb etwa meinen, er brauchte nun keine anderen mehr?

Wenn ich einen Mann für würdig befinde, unser Freund zu sein, wäre es sonderbar, nicht mit ihm zu schlafen. Sagen wir, so sonderbar, als finge ich von einem Tag zum andern plötzlich an, mit jedem x-beliebigen zu schlafen. Die Liebe scheint mir *per definitionem* etwas zu sein, das man mit denen macht, die man liebt.

Es gibt zweifellos Frauen, die ihr Leben lang nur einen Mann lieben: wie es Frauen gibt, die niemanden lieben. Ich für mein Teil bin jedenfalls froh, daß ich die Fähigkeit habe, nicht nur zwei Ehemänner, sondern auch andere Männer zu lieben.

Gualtier findet es völlig normal, daß ich mit meinem ersten Mann schlafe, und genauso natürlich scheint es ihm, daß ich es mit jemandem tue, den er aus Zeitmangel noch nicht kennenlernen konnte. Er weiß im voraus, daß er ihn bestimmt mögen wird – und umgekehrt.

Es versteht sich von selbst, daß mein Standpunkt auch für die Beziehungen zwischen Gualtier und den Frauen gilt, die er liebt. Und alles, was ich von meinen Freunden gesagt habe, kann ich auch von ihnen sagen. Es ist eben so, daß sich all die, die wir lieben, in dieser oder jener Hinsicht ähneln.

Mit Ausnahme Myrtes natürlich!

Wenn sie sich jedoch von Gualtiers anderen Freundinnen unterscheidet, so hat es nichts mit ihm zu tun, sondern mit ihr. Denn sie ist meine erste Liebhaberin, meine erste Geliebte!

Ich weiß, es ist seltsam, daß ich bis zu meinem Alter gewartet habe, um diese Liebe, diese Wonne zu entdecken. Ich finde diese Enthaltsamkeit unvernünftig und rühme mich ihrer nicht.

Habe ich, seitdem ich Myrte liebe, wenigstens andere Frauen geliebt? Diese Frage beunruhigt mich. Warum bin ich, die ich den Männern nicht treu bin, Myrte treu? Sie macht sich selbst Sorgen darüber und schilt mich deshalb. Aber ich habe wirklich noch nicht genug Zeit gehabt, darüber nachzudenken: ich bin im Moment viel zu sehr beschäftigt.

Was ich die ganze Zeit tue? Ich träume von ihr, ich denke an sie, ich rede mit ihr. Wenn ich ein Buch lese, möchte ich, daß sie es liest, und eile zu ihr, um es ihr zu bringen. Ich möchte keinen guten Film sehen, ohne daß sie ihn ebenfalls sieht. Die Musik, die sie mir vorspielt, gefällt mir besser als jede andere. Was ich in ihrer Gesellschaft studiere, erschließt sich mir besser. Wir sind selbstverständlich nicht in allem einer Meinung, aber ich habe den Eindruck, daß meine Ideen klarer, meine Vorlieben begründeter sind, wenn ich sie mit ihr teile.

Seitdem ich mit ihr esse, mit ihr arbeite, mich mit ihr zerstreue, seitdem ich mit ihr schlafe, langweile ich mich nicht mehr.

Wenn ich mit wachen Sinnen masturbiere, stelle ich mir den Augenblick vor, in dem ich ihr berichte, woran, an wen ich dabei gedacht habe. Ich beschreibe ihr meine Bewegungen, meine Höhepunkte. Ich weiß, daß ihr das Zuhören genauso viel Freude machen wird wie mir das Erzählen.

Wenn ich eingeschlafen bin, träume ich oft von ihr. Und manchmal verschaffe ich mir nachts, an ihrer Seite, Lust, ohne sie zu berühren.

Ihren Körper liebe ich dennoch! So sehr, daß ich den Kopf darüber verlieren könnte. Wenn ich nicht noch mehr Stunden damit verbringe, sie zu küssen, mich an sie zu schmiegen, auf ihr Lust zu empfinden, dann nur, um sie nicht ausschließlich in Beschlag zu nehmen, um ihr die Freiheit zu lassen, ohne mich glücklich zu sein, andere zu lieben.

Allerdings vergesse ich all meine Besonnenheit, sobald Myrte mich küßt. Dann bitte ich sie, mich öfter anzufassen, mich immer zu liebkosen. Ich gestehe ihr, daß ich von ihr besessen bin und den Wunsch habe, sie möge fortwährend etwas mit mir machen, etwas, das ihr gefällt – ich, die ich um der Lust willen nicht fähig bin, in solchen Augenblicken das mit ihr zu machen, was ich möchte!

Was ich jeden Moment möchte? Ihr Geschlecht in meinen Händen halten, es anschauen. Ist das alles? Keineswegs. Ich muß ehrlich sein: ich will es lecken, es endlos saugen, es penetrieren, es erkunden, es rinnen lassen. Ich möchte jetzt und später nichts anderes mehr auf meinen Lippen spüren als ihre Süße. Sie jede Nacht, jeden Tag mit meinem Gesicht, meinen Brüsten, meinen Augen sättigen . . .

Wie oft habe ich doch zum Höhepunkt kommen müssen, um diese Seite zu beenden! Schon bei den ersten Zeilen habe ich meine Klitoris bewußt überanstrengt, glaubte, ich hätte sie erschöpft, um weiterschreiben zu können. Doch schon bei den nächsten Worten ist Myrtes Bild wiedergekommen, noch drängender als vorher. Ich habe mich abermals auf meinem Stuhl zurückgelehnt, meine Hand ist abermals zu meinem Schoß geglitten, und ich habe mir abermals Laute der Lust entlockt.

Gestern nacht haben wir nicht geschlafen, jedenfalls nicht, bevor der Morgen graute. Und doch ist es in den 35 Tagen, die ich jetzt schon in diesem Land bin, in den 35 Tagen, die ich Myrte kenne und liebe, die erste Nacht, in der wir uns keinen Höhepunkt schenkten.

Aber ich habe es auch nicht mit Gualtier oder mit jemand anderem getan. Es war nicht möglich, und es war nicht nötig. Die Nacht bei Lance war eine einzige große kollektive Umarmung, kontinuierlich und diffus, die sich selbst genügte und die flüchtigen Unterhaltungen, die getrennten Flirts, die privaten Freuden überflüssig machte.

Myrte hat, wie sie mir sagte, immerhin mit Steve geschlafen. Aber nur, weil sie in jedem Fall die Ausnahme verkörpert, die die Regel bestätigt. Ich bin sicher, daß Nicolas, dieser andere Besessene, dessen Myrte Laura ist, keinen Augenblick imstande war, mit der, die er liebt, allein zu sein.

Ich habe getanzt, habe sicher viel zuviel getrunken; ich weiß nicht mehr alles, was ich sonst noch gemacht habe; aber ich war ebenfalls keinen Moment allein. Ich habe mich also noch nicht einmal selbst geliebt.

Nicht die Zeit finden, sich selbst zu lieben, wenn man nicht die eben genannte Entschuldigung hat, ist eine Beleidigung der Zeit, eine Verachtung der Zeit, die mit dem Alter bestraft werden müßte.

Ich habe versucht, Marihuana zu rauchen, aber es gefiel mir nicht, und ich empfand dabei weder Genuß noch irgendeine andere Regung. Ich wußte es vorher, wollte es aber noch einmal versuchen, nicht darauf verzichten, ohne sicher zu sein. Ich glaube wirklich, daß der Beweis jetzt erbracht ist. Deshalb werde ich diese Zigaretten anderen überlassen: all die, die ich ihnen nehmen würde, wären vergeudet. Ein solches Unrecht möchte ich nicht begehen.

Ich bin trotzdem keineswegs tugendhaft und stehle gern irgendwelche Kleinigkeiten, um mich zu amüsieren und mir Angst zu machen. Oder ganz einfach weil ich sie haben möchte. Ein bißchen stehlen kommt mir völlig normal vor, es ist sogar sehr nett. Viel stehlen ist eine andere Sache. Man sollte nur die Diebe bestrafen, die reich werden. Die anderen haben zwangsläufig Humor.

Gut essen ist auch etwas, das mir gefällt. Die Gerichte, die es bei Lance gab, waren unglaublich! Unglaublich anzuschauen, wollte ich sagen. Aber ich habe keine Ahnung, ob das Essen nur gut oder schlecht war: es war zu prachtvoll, zu einmalig, zu strotzend, es gab viel zuviel von viel zu teuren Speisen.

Dieser Lance! Was für ein faszinierender Mann! Warum kommt es mir nur so vor, als müsse es sehr schwer sein, ihn zu lieben? Obwohl ich an ihm nur Qualitäten spüre, nichts finde, was ich ihm vorwerfen könnte – bis auf eines: seinen Reichtum.

Das Geld macht die Intelligenz überflüssig, die Phantasie nutzlos, die Begabung uninteressant, es macht den Nonkonformismus und die Originalität allzu leicht, und seinetwegen verliert sogar die Zärtlichkeit ihren Wert. Lance ist ein außerordentlicher Mann, dieser Fehler macht ihn gewöhnlich und schreckt mich davon ab, ihn näher kennenlernen zu wollen. So bewundernswert er seine Milliarden auch verwendet, es spricht ihn nicht davon frei, sie verdient zu haben.

Es ist nicht etwa die Ungerechtigkeit der Reichen, die mir am meisten Angst macht; es ist vielmehr die Vulgarität ihrer Motivation. Sie sind nicht reich geworden, weil sie die Mittel haben wollten, ein schönes Projekt durchzuführen, glückliche Abenteuer zu erleben, etwas zu wissen oder sich eine ansonsten selbst für Egoisten unmögliche Schrulle zu erlauben; nein, sie wollten nur reich werden, um Geld zu haben. Das ist das einzige Gut, das sie reizt, das einzige, das sie froh macht. Alle anderen Güter, alle anderen Möglichkeiten des Glücks scheinen ihnen eine Verschwendung zu sein.

Ihren Reichtum zu genießen ist für die meisten Reichen ein unmoralischer Luxus: ihr Ziel ist der Besitz, nicht der Genuß. Sie häufen ihre Reichtümer an, wie die alten Holzschuhmacher in meiner Heimat von morgens bis abends Schuhleisten zurechtschnitzten und sie wie besessen bis an die Decke ihrer erbärmlichen Werkstatt stapelten, ohne sich zu fragen, wem sie nützen werden und ob es nicht besser wäre, ihr Geschick und ihren Mut für etwas anderes einzusetzen.

Andere machen Bücher, Töpfe, Kugellager, Bakterienkulturen, beschäftigen sich mit Ethnographie, Politik; erobern den Himalaja oder machen in Religion, machen sich zum Idioten oder machen einen Koitus; die Reichen machen Geld: was nicht bedeutet, sich seinen Lebensunterhalt zu verdienen, sondern das Gegenteil. Die Institutionen, die sie schaffen, die Stiftungen, die sie gründen, die Künste, die sie fördern, die Wissenschaften und technischen Neuerungen, die sie finanzieren, die Wohltätigkeitsorganisationen, die sie unterstützen, sind für sie niemals Hobbies, sondern immer nur Investitionen.

Alles, was sie anfassen, trägt Früchte, ohne einen Augenblick lang geblüht zu haben, selbst ihre sexuellen Leidenschaften. Und die Mädchen und Jungen, die sie ihrer Frau oder ihrer Mätresse machen, sind kaltblütig berechnete Transaktionen, deren Gewinn – ganz gleich, was man behauptet, immer zum gewollten Zeitpunkt bilanziert werden kann. Darum ist zwischen den Kindern der Liebe und den Kindern des Geldes kein Gespräch möglich, darum gibt es zwischen ihnen nie ein gemeinsames Spiel, kein geteiltes Vergnügen.

Übrigens brauchen die Kinder der Liebe gar nichts!

Wozu ist beispielsweise Lances Geld gut? Absurde Kuppeln in eine Landschaft pflastern, die dadurch nur desorientiert und denaturiert wird. Und dort Leute disputieren zu lassen, die einander nie zuhören. Im Lips lernt niemand etwas, denn das, was dort gelehrt wird, wußten die, die die Möglichkeit hatten, sich dort einzuschreiben, schon vorher. Gualtier hat das Geld dieses Instituts wirklich nicht nötig, um die Mara zu studieren. Er hat es letztes Jahr schon getan, und er hat dazu weiter nichts gebraucht als ein Flugticket und sein Professorengehalt. Um weiterzumachen, braucht er außer seinem Kopf nichts.

Indem er seine Handvoll Gold in die Waagschale warf (ich übertreibe! Die Geburt der Neuen Sonne wird ihn weniger kosten als der Kaviar, der gestern nacht im Mülleimer endete), finanzierte Lance keine Expedition aus Liebe zur Wissenschaft, nein, es machte ihm vielmehr Spaß, Gualtier, Nicolas und Laura in eine Rakete zu stecken und zum Mond zu schießen. Mit welcher Absicht? Um sich über ihren Dreierbund zu amüsieren, sich zu ergötzen, was dabei herauskommen wird – oder wer davon zurückkommen wird? Noch nicht einmal das: es ist ihm gleichgültig. Wollte er nur Olsen ärgern? So kindisch ist er nun auch wieder nicht. Mit mir schlafen? Das würde ich noch verstehen, aber war es wegen einer solchen Kleinigkeit nötig, eine Expedition in die Meere des Südens zu entsenden?

Also? Also ich habe keine Ahnung. Ich verstehe nichts vom Innenleben der Reichen. Aber warum rede ich überhaupt davon? Warum bekomme ich schlechte Laune, wo mir die Milliardäre und ihre Marktwirtschaft doch sonst völlig schnuppe sind?

Ich glaube, ich habe Angst!

Obgleich ich manchmal so tue, um ihn zu ärgern, habe ich nicht etwa Angst vor dem Interesse, das Gualtier den Mara entgegenbringt, und auch nicht vor den Gefahren, denen er ausgesetzt sein wird, um dieses Volk wiederzufinden. Ich habe Angst vor etwas anderem – und, was das Schreckliche ist, ich weiß nicht, wovor.

Ändert sich meine unbekümmerte Art etwa, weil ich schwanger bin? Diese Erklärung ist zu lächerlich! Ist man übrigens wirklich schwanger, wenn man es erst seit zweieinhalb Monaten ist? Ich denke fast nie an jenes Ei, das sich gerade erst in meinem Schoß gebildet hat: und noch weniger an das Kind, das vielleicht aus ihm hervorgehen wird. Ich werde es sicher lieben, aber ich will nicht, daß es schon vor seiner Geburt einen Heiligenschein bekommt. Der Mythos der Mutterschaft, der törichte Kult des Kindes sind mir ein Greuel.

Wenn mein Embryo ein Kind wird, gibt es nur einen Dienst, den ich ihm erweisen kann: ihm helfen, ein Mensch zu werden. Ob Mann oder Frau spielt kaum eine Rolle, ich sehe da keinen Unterschied – Myrte hat mich gelehrt, daß es kein Geschlecht gibt.

Mensch sein, das heißt eine Welt besitzen. Ich werde mein Kind nicht gebären, wenn ich nicht imstande bin, es in einer Welt leben zu lassen, derer ich mich nicht schäme, vor der es sich nicht zu fürchten braucht, in der es nicht allein sein wird.

Stimmt es wirklich, daß es kein Geschlecht gibt? Wird das Leben meines Kindes dasselbe sein, ob es nun ein Junge oder ein Mädchen ist? Wie sehr wünsche ich ihm, daß es beides sein kann! Daß es das Verlangen der Männer wie der Frauen kennt, daß es die Formen ihrer Körper erbt, wenn diese am schönsten sind, daß es in ihrem mutigsten Alter bleibt!

Wenn ich einem göttlichen Lance begegnete, der mir eine Wahl freistellte, dann würde ich wählen, daß mein Kind ein neues Geschlecht hätte, wie es bisher noch nicht auf Erden existiert, weder bei den Tieren noch bei den Pflanzen. Ich sähe mein Kind allerdings nicht gern als Hermaphroditen, und es wäre mir auch nicht lieb, wenn es mit der Zeit von einem Geschlecht zum andern überwechselte, wie es, so erzählte man mir, die Chryasor tut. Ich möchte ebensowenig, daß es sich selbst genügt, sondern nur, daß es nicht zu einer verworfenen Gattung zu gehören glaubt, die von ihren Unterschieden zerrissen und verdammt wird.

Ich träume nicht! Ich berausche mich nicht an konfusen Hoffnungen. Ich sage mir nicht, daß irgend jemand eines Tages alles sein können, alles haben, alles wissen, alles genießen, alle Welt lieben wird. Ich weiß, daß wir immer und überall an Grenzen stoßen werden. Aber es wird schon sehr viel sein, wenn mein Kind einige davon erweitern kann. Ich will gar nicht, daß es glücklicher sein wird als wir: mir genügt, wenn es auf intelligentere Art glücklich ist.

Gestern abend habe ich Desmond und Marcello verblüfft, als ich sie mit ihrem ewig gefüllten Glas (trinken sie denn nie daraus?) am Rand eines aus Assisi entführten flachen Beckens überraschte. Sie haben alle Schrullen der Lips-Wissenschaftler, aber sie sind gerissen. Ich liebe die Gerissenheit genauso wie den Frohsinn. Ich liebe sie sogar, wenn sie, wie in ihrem Fall, zu einem Fehler führt, weil sie exzessiv angewandt wird: zu dem Fehler, glücklich zu sein, ohne es zu zeigen.

«Ich sehe Sie so selten auf dem Campus», sagte ich. «Aber Sie gefallen mir.»

«Warum gefallen wir Ihnen?» wollte Desmond wissen, wobei er sein unterdrücktes Lächeln zeigte; zweifellos hat er seinen Bart eigens für dieses Lächeln konzipiert.

«Weil Sie keine Angst haben.»

«Gibt es denn etwas, wovor wir Angst haben müßten?» fragte Marcello.

«Gewiß. Sie müßten Angst vor den anderen haben, weil Sie anders sind. Ich weiß es, denn ich bin ebenfalls anders. Und trotzdem sind Sie glücklich wie ich. Und deshalb mag ich Sie.»

«Sie sind schön», sagte Desmond. «Marcello und ich lieben die Schönheit.»

«Ich liebe die Liebe», antwortete ich. «Das läuft auf dasselbe hinaus.»

Abermals ließ Desmond sein schönes Lächeln durchfiltern. Er murmelte: «Ich weiß nicht.»

«Ich werde es Ihnen beweisen!» versprach ich lachend. «Erzählen Sie mir mehr von Ihrer Liebe zur Schönheit, und ich werde Ihnen von der Schönheit der Liebe erzählen.»

Ich weiß genau, daß ich diese Verpflichtung nicht einhalten werde. Desmond und Marcello liegt sicher ohnehin nichts daran. Die Liebe ist keine Angelegenheit, die die Mühe lohnt, darüber zu reden. Sie lohnt nur die Mühe, sie in die Tat umzusetzen. An sie zu denken kann oft genausogut sein – jedenfalls für mich, die ich so gern begehre.

Begehren macht mich glücklich. Die begehren, die ich liebe; sie begehren, bevor sie mich nehmen, nachdem sie mich genommen haben; sie begehren, während ich sie erwarte; sie so sehr begehren, daß ich daran sterben könnte ...

Myrte hat mir keine Zeit zum Sterben gelassen! Sie hat mir den Höhepunkt geschenkt, ehe ich auch nur auf die Idee kam, eine Frau könnte eine andere begehren – und, vor allem, mich reizen.

Selbstverständlich hat sie mich nicht gezwungen. Ich habe von Anfang an jeder Bewegung zugestimmt, die sie machte. Ich habe nicht gezögert. Ich habe keine Frage gestellt und mich selbst nicht gefragt. Bei ihrem ersten Kuß, ihrer ersten Liebkosung wußte ich, daß mir ein Glück widerfuhr.

Myrte hat Gualtier und mich gleichzeitig erobert, indem sie ihre Hand auf unsere Arme legte und uns mit zu sich nach Hause nahm. Seit jenem Tag – wir waren gerade erst angekommen – haben wir uns nicht mehr von der Stelle gerührt! Ihr Haus ist unser Fixstern geworden, und wir bewohnen diesen Stern. Er ist sicher, solide und stärkend, ein guter Stern!

Wir wechseln nur noch den Platz, wenn wir im Bett sind. Manchmal schläft Gualtier zwischen Myrte und mir, manchmal an ihrer anderen Seite, manchmal an meiner anderen Seite. Natürlich bin ich am liebsten in der Mitte, aber ihnen geht es ebenso. Daraus ergeben sich denkwürdige Balgereien – ich sollte besser sagen, gemischte Lustbarkeiten!

Gualtier erzählt überall (was mich vor Stolz schnurren läßt), daß er mich geheiratet hat, weil ich so gern küsse. Aber was soll man dann von ihm sagen? Glücklicherweise, übrigens! Denn jetzt, wo er zwei Frauen hat, wäre es wirklich jammerschade, wenn er die guten Anlagen der einen wie der andern nicht maximal auskostete.

Er kostet sie aus! Er schwelgt darin! Er läßt keinen Tag vergehen, ohne beide zu genießen, ohne von jeder von uns das zu erhalten, was ihn am meisten erregt, am besten befriedigt. Das gefällt mir. Ich mag es, wenn man anspruchsvoll ist. Ich bin ebenfalls anspruchsvoll, was eigentlich nicht gerechtfertigt ist: Gualtier schenkt mir nämlich das Hundertfache der Lust, die mein Körper ihm gibt.

Jetzt, wo ich daran denke, wie es ist, wenn er mit mir schläft, masturbiere ich natürlich. Es wäre mir physisch unmöglich, etwas anderes zu tun. Wenn meine Finger nicht an meiner Klitoris spielten (sie wissen genau, wann der richtige Zeitpunkt gekommen ist), um ihr die süßen aufeinanderfolgenden Eruptionen zu entlocken, die mir so wahnsinnig gut tun, könnte ich den Gedanken an die hinreißende Raubgier nicht ertragen, mit der Gualtier mein Geschlecht mit der ganzen Länge und Gewalt seines dicken Phallus bearbeitet, so lange, wie er mich abermals zu einer Reaktion, zu einem neuen Orgasmus treiben zu können glaubt. Ich kenne sein Ziel und gebe mich hin: Ich weiß, daß er meine Vagina weich und geschmeidig machen möchte, bis sie so dehnbar, so samten und süß wie eine Kehle wird, um dann mit größtmöglicher Lust in sie zu ejakulieren.

Mit einer Hand zu schreiben und mich mit der andern zu streicheln, was ich gerade tue, kann das Verlangen nach stärkeren Wonnen, das ich spüre, leider nicht befriedigen. Ich muß diese Notizen für einige Zeit unterbrechen. Ich werde mich gleich auf mein Bett legen. Ich bin bereit, bin schon nackt: zu Hause bin ich immer nackt. Ich werde meine Beine so weit wie möglich spreizen, ich werde meine Klitoris so sehr erbeben lassen, daß sie den Verstand verliert; dann werde ich mich tief mit den Fingern penetrieren, wie Gualtier mich penetriert. Ich werde mich so sehr, so sehr küssen, daß ich bestimmt ohnmächtig werde . . .

Ich lasse mich gern küssen. Andere Männer haben mich oft und viel geküßt, doch bis jetzt hat es noch keiner so gut gemacht wie Gualtier. Darum behalte ich ihn.

Wenn er mich auch behält, dann deshalb, weil er meine Scheide mag. Gualtier ist merkwürdig: er liebt Scheiden so sehr! Ich glaube, das ist der Grund, weshalb er nicht gern Knaben küßt. Vielleicht hat es auch damit zu tun, daß er noch keinen kennengelernt hat, der zu lieben versteht: sie waren alle viel zu jung, zu unerfahren, zu passiv. Das ist schade. Ich möchte so gern, daß er viele von ihnen oft küßt. Ich möchte, daß mein Mann alles bekommt, was ihn glücklich macht. Ich glaube, ich liebe ihn!

Trotzdem hätte ich ihn ohne Zögern verlassen, wenn Myrte es von mir gefordert hätte. Damit sie sich darüber klar ist, habe ich es ihr sofort gesagt, am allerersten Tag – sobald sie mich genommen hatte.

Sicher, Gualtier zu verlieren, auf die Freude des Herzens, die Lust des Körpers zu verzichten, die er mir schenkt, nicht mehr von seinem Geist angeregt, von seiner Freundschaft gestärkt zu werden, darunter hätte ich entsetzlich gelitten. Ich hätte meinem schönen Geliebten, meinem guten Mann bestimmt lange nachgetrauert. Doch er war alles, was ich besaß; es gab sonst niemand, von dem ich mich hätte trennen können, um Myrte meine Liebe zu beweisen, nichts Kostbareres, das ich ihr hätte opfern können. Ich war bereit, es auf der Stelle zu tun.

Zum Glück für mich, für Gualtier, für uns drei sind Opfer für Myrte ein Greuel. Sie glaubt nicht, daß man aus Liebe leiden muß. Sie erklärte mir, daß weder ich noch sie die geringste Absicht hätte, uns Gualtiers zu berauben, und daß es nicht den geringsten Vorteil böte, ihn unserer zu berauben. Eindringlich führte sie mir vor Augen, daß die Zeit der tragischen Liebe vorbei ist: die Zeit der Legenden von Tränen und Tod, der Isolde und Julia, der Héloïse und Virginia.

«Bedenke nur», sagte sie, «wie lächerlich es ist, einen erfüllten Schoß zu beweinen.»

«Und einen leeren Schoß?» wollte ich wissen.

«Das ist noch schlimmer. Es gibt keine andere Lösung, als lachend zu lieben.»

Sie lehrte mich nicht – weil ich es schon wußte –, daß man in mehrere Liebhaber gleichzeitig verliebt sein kann. Aber dank ihr entdeckte ich dennoch, daß ich Gualtier besser und mehr liebe, wenn er und ich gleichzeitig jemand anderen lieben.

Gualtier und ich lieben Myrte allerdings nicht auf dieselbe Art. Sie dagegen schwört uns, daß sie keinen Unterschied zwischen uns macht und keine bestimmte Vorliebe hat. Sie begnügt sich nicht damit, es uns zu sagen, sie verkündet es sogar mit einem Lied, damit alle Welt es erfährt! Sie hat es eigens für uns geschrieben und ihm den Titel *Die Liebe zu dritt* gegeben. Um die Vertonung hat sie einen ihrer italienischen Freunde gebeten. Hier das, was sie uns, Gualtier und mir, darin versichert:

Ich bin Frau, ihr seid Mann und Frau,
Meine Geliebten!
Ihr habt mich verliebt gemacht
In euch beide.
Es ist kein Unterschied
In meiner Liebe
Zwischen euch beiden.

Gestern abend beim Tanz – selbstverständlich zu dritt, aber nicht mit Gualtier und Myrte! – auf dem Rasen von Lance habe ich das ganze Lied gesungen. Ich glaube, es war seine öffentliche Premiere! Ich hatte nicht damit gerechnet, daß man es so begeistert aufnehmen würde – alle haben aus Leibeskräften mitgesungen, als wären die Gebote, die das Lied verkündet, seit undenklichen Zeiten überall bekannt und jeder richte sich ganz spontan nach ihnen:

Liebe sie, damit ich sie liebe,
Liebe mich!
Liebe mich, damit sie dich liebt,
Liebe mich, damit sie mich liebt,
Liebt euch!
Ich liebe euch, da ich sie liebe,
Sie und dich!
Liebt mich!

Wie kleine Kinder haben wir einen Reigen gebildet, der immer größer wurde, und dann haben wir den Refrain voll innerer Überzeugung zu Ende gesungen:

Alle drei,
Im Liegen, Sitzen, Stehen,
Närrisch
In allem,
So wollen wir uns lieben,
Ja, wir wollen uns lieben!

Ich liebe Gualtier nicht aus Liebe, sondern mit Verständnis.

Ich denke mit ihm, suche mit ihm. Wir stellen uns die gleichen Fragen. Diese Fragen drehen sich immer um die Realitäten unserer Welt: von den anderen Welten, wenn es welche geben sollte, verlangen wir nichts. Wir bemühen uns, einen Sinn in dem zu finden, was wir erfahren können: damit haben wir genug zu tun, und wir fügen nicht auch noch die Sorge um das Unerfahrbare hinzu.

Ich muß eine Schwäche für Studenten haben, denn mein erster Mann war Student, und wir haben vier Semester zusammen studiert. Der zweite ist nur in den Augen der anderen Professor: in meinen ist er Student geblieben, doppelt so alt wie ich, aber er weiß viel mehr!

Außerdem lehrt er mich nichts. Lehrt er überhaupt jemanden irgend etwas? Er ist sich der ungeheuren Vielfalt dessen, was er selbst noch lernen muß, so sehr bewußt, daß er es nicht riskiert, anderen etwas beizubringen.

Da ich eine Frau bin und Zugang zu den intuitiven Quellen der Erkenntnis habe, deren Geheimnis von denen meines Geschlechts noch nie verraten worden ist, kann ich ihn wenigstens dann und wann weiterbringen. So befriedigt es zum Beispiel mein Ego, bei unseren partnerschaftlichen Unterrichtsstunden mehr für ihn zu tun als er für mich. Natürlich vermittle ich ihm mein Wissen nicht mit Worten oder Zeichnungen auf der Wandtafel. Ich gebe es an ihn in der gleichen Weise weiter wie bei unserer ersten Eskapade (ich war damals noch mit Søren verheiratet), als meine Vagina ihm beibrachte, besser zu lieben.

Als Søren mich heiratete war ich Jungfrau. Irgendwie ist diese Schranke immer zwischen ihm und mir geblieben. Vielleicht war das letzten Endes auch der Grund für unsere Scheidung. Welche Zuversicht kann ein Mann schon empfinden, welche Dankbarkeit, welche Achtung, wenn er mit einer Frau zusammen lebt, die ihm keinerlei Kenntnisse, keinerlei Gewandtheit, keinerlei Mitgift an Erfahrung verschafft hat? Was ihn mit mir verbindet ist eine Adoption, eine Vormundschaft, aber keine Ehe. Ich bin froh, daß ich Gualtier etwas anderes bieten kann als die langweilige Unzulänglichkeit, die pathetische Zwecklosigkeit der Keuschheit.

Ich habe Gualtier übrigens nur aus konventionellen Erwägungen geheiratet. Da die Londoner Hochschule für anthropologische und soziologische Studien die Institution des Konkubinats nicht kennt, mußte ich ihren Tabus Tribut zollen, wie eine gewöhnliche Stammesangehörige sich dem Aberglauben der Ältesten beugt.

Mich bestürzte nicht etwa die Tatsache, Gualtiers Frau zu werden, sondern das Problem, nicht mehr seine Mätresse sein zu können. Ich habe also keinen Laut von mir gegeben, als der Pfarrer mich fragte, ob ich bereit sei, Gualtier Christopher Morgan zum *lawful* Gatten zu nehmen. Wie gewöhnlich ist es niemandem aufgefallen. Nichtsdestoweniger habe ich das Gesetz auf meiner Seite: ich könnte mich jederzeit auf die Verweigerung meines *Ja* berufen, wenn es Gualtier einmal einfallen sollte, mich als legitim, legal, rechtskräftig, erlaubt oder was auch immer zu betrachten und sich das Recht herauszunehmen, mich an irgendwelche ehelichen Pflichten zu erinnern.

Für meine Myrte bin ich weder erlaubt noch verboten. Zwischen uns kann es niemals etwas Banales geben. Wir sind füreinander weder Herrinnen noch Beherrschte. Wir brauchen keine Zeremonie, kein Standesamt, keinen Hochzeitsmarsch und keine Schwüre, um zu wissen, daß wir verheiratet sind. Man heiratet sich mit dem Geschlecht, nicht nur mit dem Herzen und dem Kopf: die Liebe, die ich für Myrte empfinde, ist sentimental, das stimmt. Ob sie auch zerebral ist? Gut möglich. Ich weiß allerdings noch nicht genau, ob sie platonisch ist.

Werde ich Myrte noch lieben, wenn sie eines Tages aufhört, mir Lust zu schenken?

Ich werde es bald wissen. Bald werde ich ohne sie schlafen, die Tage ohne sie zählen müssen.

Ich habe es so gewollt. Es war meine Entscheidung. Ich habe heute nachmittag einfach zu Myrte gesagt: «Ich möchte, daß du an meiner Stelle mit Gualtier zu den Mara fährst.»

Einen Augenblick lang gab sie kein Lebenszeichen von sich. Dann hat sie sich mit den Augen gefügt. Sonst haben wir nichts mehr gesagt.

Ohne daß ich es nötig hatte, sie darum zu bitten, erbot sie sich, Gualtier unsere Übereinkunft heute abend mitzuteilen, wenn ich nicht da sein würde. Es ist besser, wenn ich seine Überraschung, vielleicht sogar Enttäuschung nicht miterlebe. Er wird denken, ich ließe ihn im Stich . . . Aber ich weiß, daß er mir, wenn sich diese Regung gelegt hat, Recht geben wird.

Später, auf der Insel, auf der Suche nach den Mara, ihren Mythen und ihren Hoffnungen, inmitten ihrer Ängste und ihrer Pfauen, wird Gualtier sich darüber klarwerden, daß er Myrte dabei nötiger braucht als mich.

Seit diesem Moment weiß ich auch, daß er nicht frei sein würde, wenn ich ihn begleitete. Und seine Freiheit hat für mich mehr Bedeutung als unsere Liebe.

Seit Lances Geburtstag und meinem Entschluß sind kaum drei Wochen vergangen. Drei Wochen mit Vorbereitungen für die große Reise. Wir haben uns herrlich amüsiert. Alles hat uns zum Lachen gebracht. Wir haben alle möglichen närrischen Dinge getan, im Liegen, Sitzen, Stehen, in allem! Wir haben uns keine Sekunde allein gelassen, wir drei.

Heute, am 3. Juni, haben wir bei den Olsens zu Mittag gegessen. Außer uns hatten sie noch Arawa, Hugo Lance und Steve eingeladen. Anschließend sind wir alle zusammen zu uns gefahren und haben im Garten Kaffee getrunken. Ich habe den Kaffee in der Kaffeemaschine zubereitet, die ich Lance gestohlen habe. Hoffentlich hat er sich gefreut, sie wiederzusehen.

Vorher, heute morgen, haben wir Nicolas und Laura verheiratet. In der merkwürdigen Kirche des Lips, mit den Orangenfenstern, machten die Freunde mehr Krach als die elektronische Orgel.

Selbstverständlich nahm Erling Olsen, in seiner geistlichen Amtstracht, die Trauung vor. Wie üblich achtete niemand auf das, was er sagte. Ich hörte nur, wie Nicolas, den Kopf zu Laura gewandt und ihr feierlich in die Augen blickend, sein «Ja» sagte.

In diesem Augenblick fiel mir zum erstenmal auf, daß Lauras und seine Initialen, mit einem kleinen Jasmingebinde am Altar festgesteckt, ein Wort bildeten: *LONE.*

Hugo, Erling, Helen und Arawa gingen nach dem Kaffee. Myrte führte mich zu Steve.

«Du wirst doch gut auf Natalie aufpassen, ja?» bat sie ihn.

Er scherzte: «Ich werde ihrem Kind ein guter Vater sein!»

Myrte lachte ebenfalls: «Wir werden dir nicht die Zeit lassen, den lieben kleinen Engel vom rechten Weg abzubringen. Wir sind vorher wieder da.»

Nicolas und Laura sagten mir Lebewohl. Ich betrachtete die vier Reisenden, die vor mir standen. Ich sagte ihnen: «Versprecht ihr mir, daß ihr keine Dummheiten machen werdet?»

Es fiel mir schwer, den Satz zu beenden. Sie merkten sicher, daß meine Kehle wie zugeschnürt war. Gualtier strich mir über die Stirn, ohne etwas zu sagen.

Ich vergrub mein Gesicht an Myrtes Hals. «Wir werden die ganze Zeit an dich denken», flüsterte sie. «Du wirst bei uns sein.»

Ganz leise antwortete ich: «Ja, ich weiß.»

Ich drehte mich um und bin langsam auf das Haus zu gegangen, den Jasminweg entlang. Ich hatte keine Lust, einen Zweig zu pflücken, wie ich es sonst immer tue.

Ehe ich durch die Gittertür schritt, hörte ich noch, wie Gualtier zu seinen Gefährten sagte: «Wir werden uns nun nie mehr verlassen, ihr und ich. Wir vier werden immer zusammen sein. Manchmal fühlt man sich zu viert einsamer als allein. Vier ist eine unsichere Zahl.»

Im Haus kam mir alles leer vor. Ich schaltete das Tonbandgerät ein. Myrte sang:

Liebe mich, damit ich ihn liebe,
Ihn und dich . . .

Ich setzte mich in den großen Rohrsessel mit der Pfauenradlehne, in den wir alle drei hineinpassen. Ich legte die Hand auf meinen Bauch. Meine Lippen formten das Lied:

Sei die Liebe meines Liebhabers,
Du, meine Geliebte!
Sei die Liebe meiner Liebhaberin,
Du, mein Geliebter!
Schönheit, Spiel und Unterschied,
Alles ist Glück
Zwischen uns dreien!

Ich streichelte meine Brüste und berührte ihre kleinen Spitzen durch die gewirkten Maschen meines Kleids. Ob Gualtier und Myrte sie nach ihrer Rückkehr noch so lieben werden wie vorher? Wird Mryte immer singen?

Liebe ihn, wie ich dich liebe,
Und liebe mich, wie er dich liebt,
Er und ich.
Wir lieben dich, wie du dich liebst.
Liebe dich!

Als meine Brüste empfindlich und hart geworden waren, habe ich mein Kleid ausgezogen und die Beine gespreizt. Ich lasse meine Hände tun, was sie so gut verstehen. Ich brauche mich nicht darum zu kümmern. Sie handeln für mich, für *sich.* Sie werden nicht nachlassen in ihrer Wachsamkeit und Fürsorge.

So viele Tage, so viele einsame Nächte werde ich nackt bleiben und mich liebkosen, mir die Liebesworte wiederholen, die ich nie mehr hören werde.

An den Ufern meines Geschlechts, auf den Wölbungen meiner Brüste werden meine Finger Tag für Tag den Spuren Gualtiers, den

Spuren Myrtes folgen. Ich weiß, daß sie diese Finger, die sie so gut kennen, aus der Ferne ebenfalls spüren werden. Doch jetzt sollen sie die Augen schließen! Ich will nicht, daß sie meine Tränen sehen, von denen sie nichts wissen.

Desmond und Mario haben mich besucht. Ich habe ihnen Tee gemacht. Sie sind in den Garten gegangen und haben Obst gepflückt.

«Ist das Ihr Haus? Es ist schön.»

«Myrte hat es mir geschenkt.»

«Nun ist es schon eine Woche her, daß unsere Abenteurer uns verlassen haben! Haben sie schon etwas von sich hören lassen?»

«Ja, sie haben aus Zamboanga angerufen, ehe sie dort aufgebrochen sind. Gestern nacht müssen sie zum letztenmal in richtigen Betten geschlafen haben: Heute morgen haben sie sich nach Emmelle eingeschifft.»

«Nun werden wir nichts mehr von ihnen hören.»

«Nichts mehr. Ich muß mich aufs Vergessen vorbereiten.»

Mit seinem sanften Lächeln gab Desmond zu bedenken: «Heute ist der 11. Juni. In zehn Tagen wird die Neue Sonne aufgehen, für uns wie für sie.»

Ich ging ins Haus, um Gebäck zu holen. Als ich wieder herauskam, ließ Desmond die Jasminblüten der Hecke durch seine Finger gleiten. Aufmerksam sah er mich an und fragte: «Irgend etwas scheint Sie zu quälen, Natalie. Sind Sie nicht daran gewöhnt, daß Ihr Mann fort ist?»

«Doch. Ich mache mir keine Sorgen. Er wird bei den Mara sicher sein. Myrte wacht über ihn.»

«Nun? Lächeln Sie wieder Ihr schönes Lächeln!»

Er hatte recht. Ich wurde plötzlich ruhiger. Ich vertraute ihm an: «Trotz allem bin ich mir nicht sicher, ob es richtig war, daß ich Gualtier in seinem Wunsch bestärkte, wieder zu seinen Mara zu fahren. Jetzt wird er sie wirklich kennenlernen.»

«War das nicht von Anfang an seine Absicht?» staunte Marcello.

Ich überließ ihm eine Hand und gestand ihm: «Die Mara sind für ihn kein Ziel, sondern ein Traum.»

Desmond wiegte mich beinahe unmerklich an seiner Brust, als wäre ich ein sehr, sehr kleines Mädchen. Ich achtete nicht mehr auf sein Gesicht, stellte mir aber dennoch dessen zärtlich-skeptischen Ausdruck vor, als er sagte: «Ist Träumen vernünftig?»

«Muß man denn vernünftig sein?» fragte ich so leise, daß er mich bestimmt nicht hörte. «Ein Mensch, der nicht mehr träumt, wird nie mehr lieben können.»

Der Frühling ist vorbei. Die nächste Nacht wird die kürzeste Nacht des Jahres sein, und für die Mara die letzte.

Ein sintflutartiger Regen läßt mein Tussorkleid am Körper kleben. Der Wolkenbruch schlägt die Leute auf der Mabini Street in die Flucht, obgleich sie viel mehr anhaben als ich.

Steve tut sein Bestes, mich zu schützen. Er zieht sich das Hemd aus, um meinen Kopf damit zu bedecken. Wozu?

«Warte hier», schlägt er vor. «Ich versuche ein Taxi aufzutreiben.» Mit drei Sätzen springt er davon, kommt aber sofort wieder zurück. Ich reiche ihm sein Hemd. Er hält es unschlüssig in der Hand.

«Nein, deswegen nicht. Aber ich kann dich in diesem Zustand nicht allein lassen.»

«Warum nicht? Ich friere nicht. Ich riskiere nichts.»

«Was weißt du davon? Schau doch nur: man sieht alles!»

Was ist das, alles? Meine Brüste unter dem durchnäßten Gewebe? Die Haare meines Venushügels?

Ich küsse ihn, gerührt über seine Fürsorge: «Das macht nichts! Die Leute haben andere Dinge im Kopf, als mich zu betrachten.»

Er geht wieder, ganz und gar nicht beruhigt. Guter Steve! Glaubt er denn, eine Frau werde wegen solcher Kleinigkeiten entführt?

Sicher, es bleiben trotzdem Männer stehen, mustern mich, stellen Fragen. Aber ich verstehe ihre Sprache nicht. Auf der anderen Straßenseite, über dem Schaufenster eines Antiquitätengeschäfts, bemerke ich ein Schutzdach. Dort werde ich mich unterstellen. Mein Spiegelbild in der Scheibe läßt mich laut losplatzen: es stimmt, ich laufe splitternackt auf der Straße herum!

Splitternackt, mit einem großen vergoldeten Vogel in meinem Bauch. Woher ist er gekommen? Was bedeutet er?

Er ist offensichtlich nicht in mir – er ist vor mir. Ich schaue ihn genauer an; er steht einsam und distanziert mitten in der Auslage, isoliert von den anderen Dingen, als gehöre er nicht zu ihrer Welt.

Seine hauchdünnen und fein ziselierten Federn sind von einem eisigen Glanz. Sein langer Schnabel ist auf mich gerichtet. Seine Augen laden mich ein: große Augen aus hellem Stein, ungleich, in die ich einzudringen meine. Ich werde plötzlich von einer unendlichen Müdigkeit gepackt, zermalmt. Ich möchte fortgehen. Zurück nach Hause. Verzichten. Was tue ich überhaupt hier, inmitten dieser Fremden? Welchen Sinn hat meine Anwesenheit? Sie glauben, ich wäre gekommen, um ihnen etwas zu schenken, und ich habe ihnen nichts zu geben – ich *will* ihnen nichts geben. Falsches Spiel! Ich gehöre nicht zu ihnen, sie gehören nicht zu mir. Alles zwischen uns ist Mißverständnis, Trugbild von Begegnung und Übereinstimmung, Irrtum. Unsere Mythen sind nicht dieselben. Unsere Verlangen decken sich nicht.

Doch ich kann weder vor noch zurück! Verzweifelte Gegensätze zerreißen meine Willenskraft. Wenn mich niemand rettet, werde ich hier bleiben, warten auf einen Strahl dieser leeren Sternenaugen, bis zum Tode.

Ich höre eine Stimme, die meinen Namen schreit. Eine Stimme, so fern, daß es mir unmöglich scheint, sie zu erreichen. Eine Stimme, die ich kenne, aber nicht unterbringen kann.

«Natalie! . . .»

Abermals versuche ich ohne Erfolg, mich von diesen stumpfen Augen loszureißen, dem Ruf zu antworten, der meine Ohren sprengt, mein Herz zerreißt.

«Natalie!»

Zwei Hände packen meine Schultern, wirbeln mich herum.

«Natalie, hast du mich denn nicht gehört? Schnell in den Wagen.»

Ich rühre mich nicht, betrachte Steve, schaffe es aber nicht, ihn zu sehen. Er schüttelt mich: «Was ist mit dir? Du hast dir etwas weggeholt, du bist krank!»

Er nimmt mich in die Arme: «Natalie, ich bitte dich! Komm zu dir.»

Ich höre mich flehen: «Steve! Nimm mich mit nach Emmelle!»

«Was? Was sagst du da? Wohin? Wann?»

«Jetzt! Sofort!»

«Bist du närrisch?»

Ich schreie, versuche mich verständlich zu machen, voll Leidenschaft, hellsichtig, ohne Hoffnung: «Nein, nein! Gualtier braucht mich. Er wird seine Träume verlieren.»

VIERTER TEIL

Gualtier

«Arwa!» rief ich. *«Itmg araw ba ngayon ay tilad ng araw ng Mara?»*

Der Bursche schlug den Ball mit pontifikaler Treffsicherheit zurück. *«Mayroon panahon sa lahat sa ilalim ng araw.»*

Ich mußte so fröhlich lachen, daß Laura den Grund wissen wollte. «Ich habe unseren Kameraden gefragt, ob diese Sonne ihm keinen erwartungsvollen Schauer über den Rücken jagt, als Vorgeschmack auf die Mara-Sonne. Weißt du, was er mir geantwortet hat? ‹Ein jegliches hat seine Zeit, und alles Vorhaben unter dem Himmel hat seine Stunde›!»

Sie, die ihre Bibel kennt, wußte die Schlagfertigkeit der Entgegnung gebührend zu würdigen. «Gualtier, würdest du Arawa einmal fragen, ob er wirklich keine andere Geliebte hat als seine Bibel?» bat sie mich.

Ich erfüllte ihr die Bitte, obgleich der Genannte auch englisch kann, so daß sie ihn selbst hätte fragen können.

Er tat so, als hätte er nicht gehört.

Arawas innere Stimmen wissen wahrscheinlich, weshalb sie ihn zu diesem vergessenen Dorf geführt haben, um ein Boot zu finden. Ich nicht. Aber ich werde mich wegen einer solchen Lappalie nicht mit einem Gefährten herumstreiten. Ich bewahre meine Neugier dafür auf, was uns auf der anderen Seite des Wassers erwartet. Alles, was sich auf dieser abspielt, ist für mich bereits Vergangenheit.

Meine beiden Mädchen und Nicolas gehen munteren Schrittes den mit Holzspänen bedeckten Weg weiter, der zwischen den hundehüttengroßen Behausungen der Köhler hindurchführt. Die Bewohner kommen heraus, um uns zu mustern, und scheinen uns nicht allzu unsympathisch zu finden. Um diesen guten Eindruck nicht zu verderben, gebe ich mir Mühe, meine falsche Bescheidenheit und herablassende Gleichgültigkeit – wie die eines Astronauten vor dem Start – so gut es geht zu kaschieren und lasse einen Abschiedsblick über die Reste dieser Welt hier schweifen. Vergebt mir, ihr braven Leute, doch es ist zu spät, um uns noch für euch zu interessieren: wir gehen *woanders* hin!

Endlich das Meer! Ein weißer Strand, ein schwarzer Lastkahn, Boote in allen Farben. Schiffer, die ihre Arme schwenken. Die Verabredung ist eingehalten worden. Bravo, Arawa!

Die Träger vom Hotel *Bulan*, alle schmächtiger als ihre Last, entledigen sich unserer Utensilien, ich mich meiner letzten Pesos. Dort, wo wir hinwollen, hat der Mammon keinen Kurs mehr; man wird anders zahlen müssen: mit Vorstellungskraft, Freundschaft, Humor. Zum Glück besitzen wir diese Devisen in Hülle und Fülle!

Unsere Sachen und wir passen in eine winzige Barke. Gott sei Dank, daß wir nicht weit zu fahren brauchen: bis zu der *busnig*, die auf dem offenen Meer ankert und deren grandiosen Bug ich bewundere. Unsere Nußschale erreicht das mit geheimnisvollen Zeichen übersäte Schiff. Ozeanische Mythologien, die mit ihren Rhapsoden verschwunden sind, haben uns diese unverständlichen Botschaften vererbt: Warnungen, Bitten, Vorwürfe? Wir werden es nie erfahren.

Wenn wir die Zeit, die uns von ihnen trennt, noch länger werden lassen, wird uns auch der Sinn des Mara-Glaubens auf ewig verschlossen bleiben. Die Kluft zwischen dem Denken der Mara und dem unseren macht unser Unternehmen bereits sehr ungewiß. Ich bin überzeugt, daß unsere Expedition eine letzte Chance ist – wenigstens für uns, unsere Gruppe. Wenn es uns bei diesmal nicht gelingt, von den Lebenden als ihresgleichen akzeptiert zu werden, wird es Zeit unseres Lebens zwecklos sein, von vorn zu beginnen. Man wird nicht zweimal von derselben Sonne geboren.

Mit der Behendigkeit einer Hochseilartistin erklimmt Myrte einen der riesigen, viereckigen, blutrot gestrichenen, über 20 Meter langen Balken, die zu beiden Seiten des Schiffs schwarz-gelbe Ausleger halten, dicke Stämme von Kokospalmen, vierkantig zugeschnitten und an den Spitzen wie Skier hochgebogen. Dieses polynesische Stabilisierungsmittel habe ich schon in anderen Teilen der Welt gesehen, meist aber bei kleinen Einbäumen: noch nie bei Segelschiffen von so imponierender Größe.

Die Länge der schwimmenden Bohlen und der großen Balken, die sie mit dem Rumpf verbinden, verleiht der Konstruktion die Haltung einer tanzenden Wasserspinne, die die Oberfläche der Wellen kaum mit den Füßen zu berühren scheint. Diese Leichtigkeit und Eleganz kontrastieren merkwürdig, euphorisch mit der brutalen Kraft der Tragbalken und dem schweren Pechgeruch, der von den Planken aufsteigt. Und unsere Emotionsbereitschaft ist so groß, daß selbst das Mißverhältnis zwischen der Schlankheit des Kiels und seiner Länge, die Herausforderung – die man als rein ästhetisch zu betrachten geneigt ist – einer Kajüte, so hoch wie bei einer Triere, der primitive Achtersteven, der mit einem geschnitzten Ungeheuer – einer Synthese von Fisch, Vogel und Frau, der Sirenentradition noch so nahe, wie es bei uns selten geworden ist – geschmückte Bug dazu beitragen, uns weich zu stimmen und unser Vertrauen in den Erfolg unseres Unternehmens wachsen zu lassen.

Diese Seltsamkeiten, verbunden mit den disharmonischen Farben und der dorischen Wucht des einzigen Mastes evozieren jedoch keineswegs den Orient, die morgendlichen Fischzüge von Celebes, sondern die Suche nach sagenumwobenen Vliesen in einer imaginären Schulbuch-Antike, die unserem schlummernden Verlangen nach Wundern urplötzlich ihre zeitgenössische Existenz offenbart.

Mit ausgestreckten Armen, um das Gleichgewicht zu halten, balancieren wir tölpelhaften Erdenbewohner ungeschickt auf den rotschimmernden schrägen Balken. Auf halbem Weg müssen wir umkehren, um uns abermals über die Barke zu neigen, unsere Sachen herauszuholen, die niemand zu tragen sich angeboten hat und die uns niemand zureicht. Wir wuchten sie mit akrobatischen Verrenkungen bis auf die Querbalken und gehen, beladen wie die Packesel, wieder zum Schiff, wild entschlossen, nicht ins Wasser zu fallen, worauf die Matrosen, die sich mit fröhlichem Gesicht über die Reling beugen, voller Schadenfreude warten. Die Heldentat, ohne Verluste bei der Truppe an Bord zu gelangen, wird nur von unserem eigenen Beifall gefeiert. Er genügt unserem Stolz vollauf.

Indische Matrosen bauen sich mit einer Neugier vor Myrte und Laura auf, die durch keinerlei Komplexe getrübt wird. Fachmännisch betasten sie ihre Segeltuchstiefel mit den dicken Gummisohlen. Mit Daumen und Zeigefinger prüfen sie das unverbraucht harte Material ihrer Drillichhosen und ihrer bis zu den Ärmeln mit Taschen ausgestatteten Blousons. Sie lachen aus vollem Hals über Lauras grüne, mit schwarzer Litze besetzte Schirmmütze; bewundern den orange- und malvenfarbenen weichen Hut von Myrte, dessen Pendant ich kokett trage – ein von Natalie entliehener Talisman. Alles in allem scheinen sie diese Kostümierung nicht gerade passend für eine Schiffsreise zu finden. Ich kann nur hoffen, daß Nicolas' neu sprießende Bartkrause dem Träger in ihren Augen ein seemännischeres Aussehen verleiht!

Die *busnig* wendete langsam und segelte los. Ich glaubte zu spüren, daß sie sich wie ein Luftkissenboot aus dem Wasser hob. Sie machte keinerlei Geräusch.

Wir richteten uns auf der Back ein, weil wir meinten, dort bei den Segelmanövern nicht zu stören und weniger von den gebratenen Fischen zu riechen, die diejenigen Matrosen, die gleich uns nichts zu tun hatten, jetzt zu verzehren begannen. Vor allem jedoch, nehme ich an, entschieden wir uns für diese vordere Schiffspartie, weil wir da oben unserem Ziel näher waren!

Laura setzte sich rittlings auf den abgerundeten und geglätteten Vordersteven, und zwar auf seine äußerste Spitze. Sie zog ihre Jacke aus, um sich über die Brüste der Sirene lustig zu machen, und rief mir, das Geräusch des Windes übertönend, zu: «Wie lange brauchen wir bis zur Insel?»

«Den ganzen Tag», antwortete ich.

«Das kann doch nicht dein Ernst sein. Ich denke, Emmelle ist der nächste Hafen.»

«Das kommt darauf an, wo Arawa mit uns von Bord zu gehen gedenkt.»

«Du hast einen Plan?» fragte Nicolas den Mara.

Dieser nickte bestätigend, wie ein Weiser, der alles voraussieht. Um so besser! Was mich betraf, so hatte ich nicht das Bedürfnis, mich über diesen Teil seines Programms zu informieren. Die eigentlichen Probleme würden sich erst beim Vorstoß ins Landesinnere ergeben. Es würde, das wußte ich genausogut wie er, bestimmt nicht leicht sein, ganz gleich, welchen Ausgangspunkt wir wählten.

Der Vormittag verstrich. Laura und Nicolas setzten sich auf das Ende einer Rahe, erst nebeneinander, dann gegenüber, und küßten sich.

Ich fragte Myrte: «Reizt Laura dich nicht, wo du doch schöne Mädchen liebst?»

Sie revanchierte sich auf ihre Art: «Du hast mir noch gar nicht erzählt, wie deine Nacht mit der Jungvermählten war. Versteht sie sich auf die Liebe?»

«Eine Frau versteht sich immer auf die Liebe, wenn sie oft genug geliebt hat.»

«Hat sie gut von ihren früheren Liebhabern gesprochen?»

«Sie hat zu viele gehabt, um sich noch an sie zu erinnern.»

«Was wird von ihrem Wissen bleiben, wenn die Neue Sonne ihr das Vergessen geschenkt hat? Auch an dich, mein schöner Gualtier, wird sie sich dann nicht mehr erinnern!»

«Myrte, du hast meine Frage noch nicht beantwortet. Hast du Lust auf Laura?»

«Und du, hast du Lust auf Nicolas?»

«Nicht im geringsten.»

«Er gewinnt aber, wenn man ihn näher kennt.»

«Du genügst mir, um meinen Appetit auf das Erkennbare zu stillen.»

«Ich glaube dir nicht: du wirst weiterhin fortfahren, etwas anderes zu suchen – wie alle Menschen, die noch träumen wollen.»

Die *busnig* hatte vor einer Küste Anker geworfen.

Emmelle!

Mein Herz pochte. Meine Hände, die das große Fernglas hielten, hatten Mühe, nicht zu sehr zu zittern. Die dichte Vegetation, die sich am Ufer entlangzog, tanzte mit ihm. Ich vermochte kein Wort herauszubringen.

«Wach auf!» neckte mich Myrte, die aber ebenfalls sehr bewegt war.

«Ich glaube, dort sind Hütten», verkündete ich.

«Fabelhaft!» urteilte Laura. «Wir haben es auf Anhieb gefunden.»

Ich bekam mich wieder unter Kontrolle, um ihren Überschwang zu dämpfen: «Was denn? Du glaubst doch nicht, daß die Mara am Meer leben?»

«Es wäre aber doch ganz normal, oder?»

«Die Mara tun nie etwas Normales.»

«Nun aber Schluß mit dem Gerede!» ereiferte sich Nicolas. «Laßt uns endlich weitergehen!»

Wir suchten das Pfahldorf gründlich ab. Es schien seit Jahren nicht mehr bewohnt zu sein.

«Die Luft ist wunderbar», schwärmte Laura. «Jedenfalls besser als in Manila.»

«Für den ersten Tag ist es schon ganz gut», schätzte Nicolas.

«Noch zehn von der Sorte, und die heilige Sommernacht ist für immer dahin», klagte Myrte.

«Geduld, Kinder, Geduld!» predigte ich lachend.

«Wir brauchen uns keine Sorgen zu machen!» bekräftigte Laura. «Notfalls wird Arawa die Sonne anhalten. Josua steckt in seinem Ranzen.»

«Da!» rief der Gerechte aus.

Wir sahen in die Richtung, in die sein Finger wies. Ein alter Mann hockte dort, vom Dickicht fast verborgen. Er schaute nicht zur *busnig* hinüber, sondern hielt den Blick auf das offene Meer gerichtet. Ganz normalen Schrittes gingen wir auf ihn zu. Als wir noch gut 30 Meter von ihm entfernt waren, stand er auf, ohne uns eines Blickes zu würdigen, drehte sich um und verschwand im Buschwerk.

Ungefähr eine halbe Stunde lang haben wir uns vergeblich bemüht, ihn wiederzufinden. Noch nicht einmal eine Spur entdeckten wir von ihm.

«Sie gehen immer fort», erläuterte Arawa in einem Anflug von Beredsamkeit. «Sie gehen woanders hin. Niemand kennt ihr Ziel.»

Die dornige Vegetation bot uns nun keinen Zugang mehr, den wir nicht schon unter die Lupe genommen hätten. Nicolas gab die Aussichtslosigkeit der Suche als erster zu und tröstete sich: «Wenn es ein Mara war, werden wir ihn bei der Geburt der Sonne wiedersehen.»

Ich spürte jedoch, daß er sich genauso ärgerte wie ich.

«Aber nicht, wenn er Angst vor dem Leben hat», dozierte ich. «Vielleicht gehört er zu denen, die lieber tot bleiben.»

Endlich beschlossen wir resignierend wieder zum Strand zurückzugehen.

«Auch in unserer Welt wird man tot geboren», sann Myrte. «Nur einigen gelingt es, Lebende zu werden.»

Die Atmosphäre war natürlich ein bißchen melancholischer als bei der Ankunft. Für Nicolas Grund genug, die Kredos der Mara in Frage zu stellen.

«Vergessen ist auch eine Art des Sterbens», verkündete er.

Laura ergriff die Partei der Lebenden: «Vielleicht. Um das Leben zu verdienen, muß man jedoch imstande sein, sich zu ändern. Sich zu wandeln.»

Ich hob einen Stab vom Sand auf, der von Menschenhand geschnitzt worden war, aber schon vor langer Zeit: «Man kann nur dann ein Anführer sein, wenn man den Wandel akzeptiert. Gewisse Mara finden die Macht wichtiger als das Leben.»

Myrte verlangsamte ihren Schritt, um auf uns zu warten. Sie spann ihren Faden weiter: «Und auch darin ähneln sie uns. Es gibt überall Leute, die lieber sterben als etwas verlieren. Und die Mara-Gesellschaft ist nicht die einzige, wo die elementarste Pflicht im Sterben besteht. Bei uns müssen ebenfalls viele sterben, damit wenige leben.»

Wir bestiegen wieder das alte Kanu, das uns an Land gebracht hatte. Die Ruderer nahmen Kurs auf die *busnig*, deren bewundernswerte Silhouette sich mit den bläulichen Rottönen der untergehenden Sonne färbte. Myrte lehnte sich an meine Brust. Leise trällerte sie ein vertrautes Lied.

Nicolas nahm seinen Gedankengang wieder auf: «Aber die toten Mara machen sich doch so ungeheuer nützlich. Ohne sie würde der Stamm nicht überleben. Niemand wüßte, wie man fischt und jagt oder das Essen zubereitet. Man könnte nicht einmal mehr sprechen.»

Laura zuckte die Achseln, erklärte ihm schelmisch: «Wenn du Arawa mit deinem säkularen Geist nicht so hoffnungslos entmutigtest, hätte er dir sicher schon unsere gemeinsame Lieblingslektüre vorgehalten!»

Mit einem komplicenhaft-schelmischen Blick wandte sie sich an unseren Mitforscher, der sich über die Stichelei zu amüsieren schien, aber nicht so sehr, daß er sein wissendes Schweigen aufgegeben hätte. Sie fuhr fort: «Arawa, dir braucht man doch nicht mehr beizubringen, daß ein lebender Hund besser ist als ein toter Löwe, nicht wahr?»

Nicolas ließ sich von der Gewichtigkeit einer so alten Überlieferung nicht beeindrucken. «Wer würde die Neugeborenen das Singen lehren?» beharrte er.

«Singen bedeutet, daß man sich erinnert», räumte ich ein.

«*Lieben* bedeutet, daß man sich erinnert», bekräftigte Nicolas. «Ich beginne mich zu fragen, ob die lebenden Mara lieben können.»

Myrte unterbrach ihren Singsang und fuhr ihn an: «Nicolas, du schaffst es einfach nicht, die abgedroschenen Phrasen deiner Kindheit zu vergessen. Damals war der Tod noch das einzige Mittel, um seine Liebe zu beweisen. Diese Zeit ist vorbei.»

Ich mußte sie beide ein bißchen zur Ordnung rufen: «Kinder, wenn ihr erst einmal etwas älter seid, werdet ihr etwas weniger vom Tod reden und euch mehr damit beschäftigen, ihn zu vergessen.»

«Sieh da, Gualtier! Was hast du vor? Unsere Moral untergraben? Wenn man am Leben bleiben will, muß man lachen können!»

Der große Segler glitt langsam am Ufer entlang, auf der Suche nach einer sicheren Bucht. Die Nacht würde gleich anbrechen, so unvermittelt, wie sie es dort, in Äquatornähe, zu tun pflegt. Wir würden bald nichts mehr sehen können und unsere Erkundung auf morgen verschieben müssen.

Unvermutet wich die undurchdringliche Dschungelwand jedoch einem schmalen Küsteneinschnitt, der zweifellos nicht viel breiter als hundert Meter war, jedoch weniger dicht bewachsene Regionen anzukündigen schien. Würde er uns einen Weg ins Innere weisen? Das war schwer zu beurteilen, wenn man nicht abermals an Land ging, wozu es heute abend zu spät war.

Also ließen wir uns langsam hineintreiben. Eine kleine Landzunge teilte die Bucht. Auf der anderen Seite erblickten wir plötzlich eine sonderbare Reihe senkrechter Gestalten.

Sie bestand aus rund hundert Personen, gut eine Armeslänge voneinander entfernt. Alle waren in große, konische Umhänge gehüllt, die bis zur Erde reichten und aus getrockneten Pflanzenfasern oder Bananenschalen von der Farbe alten Bernsteins geflochten zu sein schienen: sie gemahnten eher an kleine Hütten als an Kleidungsstücke.

Die Häupter der Besitzer, unter phantastischem Kopfschmuck aus Blatt- und Lianenwerk, Zweigen und toten Blumen fast unsichtbar, ragten kaum daraus empor. Auf den ersten Blick schienen die Geschöpfe keine Gliedmaßen zu besitzen. Aber dann sah ich, daß ihre Arme an den Körper geschmiegt waren und lange, dünne schwarze Röhren nach unten hielten. Die wahre Natur dieser Verlängerungen begriff ich erst, als die erste Silhouette diese, welche sie mit der rechten Hand umfaßt hielt, auf ein kleines Buschfeuer richtete. Sofort wurde ihr Ende von einer hohen und weißen Flamme umzüngelt.

Die Mann benutzte die Lohe alsdann, um seine zweite Fackel anzuzünden. Ich habe Mann gesagt, doch es konnte sich ebensogut um Frauen handeln: wie sollte man das Geschlecht dieser Strohhütten erkennen? Die erste schenkte ihr Feuer den schwarzen Röhren, die ihr die Nachbarin hinhielt, und jene wandte sich zur anderen Seite, um den Ritus zu wiederholen, und so machten es alle, bis die Reihe zu Ende war. Als sämtliche Fackeln brannten, war es Nacht.

«Arawa», sagte Myrte mit Flüsterstimme, als fürchte sie, einen Zauber zu brechen. «Ist das dein Volk?»

Unseren Führer schien das Schauspiel derart zu hypnotisieren, daß ich erriet: Es war für ihn genauso neu wie für uns. Er antwortete nicht.

Die Lichterkolonne, deren Träger man nun fast nicht mehr sehen konnte, setzte sich in Bewegung, schritt am Ufer entlang. Dann änderte sie abrupt die Richtung und ging im Gänsemarsch zum Dschungel. Sie brauchte nur wenige Minuten, um ihn zu erreichen. Die zuckenden Flammen waren noch einen Augenblick zu erkennen, dann erloschen sie.

Laura und Nicolas hatten kein einziges Wort gesagt.

Ich brummte, völlig außer Fassung: «So etwas habe ich noch nie gesehen!»

«Wenn es Mara sind», sagte Myrte, «sind es tote Mara.»

«Wie willst du das wissen?»

«Weil sie sich ähneln. Leben bedeutet, verschieden zu sein.»

Ich habe auf einem Schandeck geschlafen und bin erst durch die Sonne geweckt worden. Myrte, die klüger gewesen war, hatte sich einen Platz bei den Matrosen gesucht, unter dem dachähnlichen Gebilde eines kabinenähnlichen Gebildes.

Ich hörte unter mir das Wasser plätschern und beugte mich über die Reling, um zu sehen, was es bewegte.

Es war Laura, die zwischen den Auslegern und dem Rumpf des regungslosen Schiffes schwamm. Ich pfiff, um ihr guten Morgen zu sagen. Sie erwiderte meinen Gruß, indem sie mir mit einem Arm zuwinkte. Sie strahlte vor Lebensfreude.

«Nutz es aus», rief ich ihr mit lauter Stimme zu. «Es ist bestimmt das letzte Mal in dieser Saison, daß du dich in Meerwasser tummeln kannst.»

«Ich habe keine Vorurteile!» rief sie zurück.

Sie weckte in mir den Wunsch, sie zu lieben! Aber die Umgebung eignete sich dafür nicht besonders gut.

Gewandt kletterte sie auf einen der Ausleger und spazierte dort auf und ab, als wäre sie in einem Park. Gut die Hälfte der Besatzung fand sich wie durch ein Wunder an der Reling ein. Mit ebenso großer Behendigkeit besetzte Arawa das äußere Ende des Tragebalkens, der dem nackten jungen Mädchen am nächsten war: ein Leibwächter, entschlossen, die Unschuld mit allen Mitteln zu verteidigen. Niemand wagte es jedoch, seine Muskeln auf die Probe zu stellen. Da seine Abschreckungskraft aber wiederum nicht so groß war, um die Schaulustigen zu vertreiben, konzentrierten die Müßiggänger sich weiterhin auf ihren Augenschmaus, und zwar mit der ernsthaften Hingabe, die Seeleuten eigen ist.

Als Laura von ihrem kleinen Bummel auf der Meerespromenade genug hatte, nahm sie den blaßgrünen Sarong, den sie an das hochgebogene Auslegerende gehängt hatte, und hielt ihn unerwartet züchtig vor ihre Brust. Dann schritt sie wie eine Seiltänzerin zu Arawa. Als sie vor, vielmehr unter ihm, stand, reichte sie ihm den Sarong liebevoll hoch, um ungehindert wieder aufs Schiff klettern zu können.

Dazu mußte sie ihre Beine weit spreizen und so lange in dieser Stellung belassen, daß ihr Gegenüber, ich und der Rest ihres Publikums mehr als genug Zeit hatten, uns an dem Schmollmund zu weiden, den ihre kleinen und großen Lippen bei solchen Gelegenheiten zu formen verstehen.

Wieder an Deck stand Laura ihrem Beschützer unmittelbar gegenüber und war seinem entblößten Oberkörper so nahe, daß man eine Sekunde lang zu sehen glaubte, die Spitzen ihrer Brüste führen kitzelnd darüber hin. Ich hätte an seiner Stelle sofort festgehalten, was mir da unter die Finger kam, und hätte ihr als Entschädigung für die Gefahren meiner Wächterrolle einen Kuß geraubt. Ich hatte übrigens fast den Eindruck, als bereite er sich eben darauf vor, und beglückwünschte mich im stillen.

Aber das schöne Mädchen enteilte ihm flinker als ein Wiesel. Im Vorbeilaufen nahm sie ihm den Sarong ab und wickelte sich vom Hals bis zu den Füßen darin ein. Anschließend hüpfte sie mit tanzenden Schritten zu einem Rettungsboot, das an Backbord hing. Sie erklomm die Reling, wobei die enge Hülle sie nicht übermäßig zu hindern schien, sprang in das Boot, kniete sich dort hin und begann mit wollüstiger, fast übertriebener Hingabe jemanden zu liebkosen, den man von unten nicht ausmachen konnte.

Ich vernahm ein Gähnen und sah, wie Nicolas voll Bedauern über den gestörten Schlummer den Oberkörper aufrichtete und sich den Schlaf aus dem Gesicht wischte. Laura küßte ihn lasziv, wollüstig. Aber er war es nicht, den sie die ganze Zeit anschaute: ihre Augen hingen – trotz der Entfernung – an Arawa und glänzten, als freute sie sich diebisch, ihm einen Schabernack gespielt zu haben.

Ich bin nicht sicher, ob mir dieses Spiel sehr gefiel.

Am Strand fanden wir noch nicht einmal einen Fußabdruck. Auch alle Spuren des Holzfeuers hatte die Flut beseitigt.

Bewundernd und gerührt warfen wir noch einen letzten Blick auf die große schwarz-rote *busnig*, die sich, eine verlöschende Vision, im Kielwasser der Sonne entfernte. Die Matrosen liefen die Rahen entlang, so geschäftig, als hätten sie und nicht wir eine Schatzinsel entdeckt.

Wir winkten ihnen noch einmal Lebewohl. Unser Abschiedsgruß wurde nicht erwidert. Wir waren schon vergessen.

Dann folgten wir Arawa, der den Weg vielleicht ebenso wenig kannte wie wir, aber er war schließlich unser Führer. Der Dschungel nahm uns auf. Vor uns wogten sanfte Hügel, so weit das Auge reichte. Arawa richtete sich nach seinem gesunden Menschenverstand und ging auf den nächstbesten davon zu.

Eine Lianenbrücke ist selbst dann kein natürliches Phänomen, wenn sie zu nachlässig geflochten wirkt, um einen Menschen zu tragen. Als wir nach dreitägigem Marsch ins Blaue plötzlich vor ihr standen, gaben wir Freudenschreie von uns, die geeignet waren, die Papageien und Seidenäffchen, die uns beobachteten, an unserem Gleichmut zweifeln zu lassen.

«Alle Wege führen zur Sonne», jubelte Laura. «Aber nur auf denen, die von Menschenhand geschaffen wurden, erreicht man sie lebend.»

«Toi, toi, toi!» scherzte Myrte.

«Fürchtest du, daß dieser schmale Weg uns nicht hinüberläßt?» zog ich sie auf.

«Er muß es, so oder so!» erklärte Nicolas trotzig und wagte sich als erster auf die schwankende Konstruktion. Das Geflecht gab unter seinen Füßen nach. Laura schrie entsetzt auf. Gerade noch im letzten Moment zerrte Arawa Nicolas am Gurt seines Rucksacks zurück. Der Gerettete versicherte uns treuherzig:

«Tiefer als bis zum Wasser wäre ich doch nicht gefallen!»

«Das Wasser steht aber nur einen halben Meter über den Felsen, und zwischen ihm und uns sind es mindestens fünfzig Meter», erläuterte ich. «Es ist vielleicht besser, sie nicht im freien Fall zurückzulegen.»

«Hundert Meter», berichtigte Laura, die sich offenbar noch nicht von ihrem Schock erholt hatte.

«Also gut, klettern wir diese hundert Meter hinunter und überqueren wir den Sturzbach an einer seichten Stelle», sagte Myrte.

«Das ist unmöglich, weil die Schlucht viel zu steil ist, zumindest für Leute, die weder Training noch Bergsteigerausrüstungen haben.»

«Wenn diese Brücke gebaut worden ist, dann deshalb, weil sie gebraucht wird», triumphierte Nicolas. «Es bleibt uns nichts anderes übrig, als sie zu benutzen.»

Das war logisch. Wir mußten sie aber zuerst instandsetzen, was uns den ganzen Tag kostete.

Wenn das Lianengeländer, das die ursprünglichen Baumeister

von einem Rand der Schlucht zum andern geworfen hatten, nicht gehalten hätte, wären die Brückenarbeiten selbstmörderisch gewesen – oder man hätte sie bäuchlings, sich aneinander klammernd, ausführen müssen, so beängstigend schaukelte der Hängesteg.

Als ich Nicolas ablöste, stieg Übelkeit in mir auf. Schon nach fünf Minuten drehte sich mein Kopf so sehr, waren meine Beine so schlaff geworden, zog es mich so unwiderstehlich ins Leere, daß ich den Augenblick kommen sah, in dem ich es vorziehen würde, mich einfach fallen zu lassen, statt diese zermürbende Ungewißheit noch länger zu ertragen.

«Komm zurück!» rief Myrte. «Spiel nicht den Helden. Dies ist nicht der geeignete Moment, um deinen Mut zu beweisen. Schwindlig werden ist etwas anderes als Angst.»

Ich hatte keine Wahl, aber ich fühlte mich so gedemütigt, daß mir alles egal war!

«Schneide ein paar Bambusrohre, das wird deine Nerven beruhigen», befahl Myrte.

Ich gehorchte. Arawa kannte keinen Schwindel: er ersetzte mich.

Als ich zum vierten- oder fünftenmal einen Armvoll Querhölzer anschleppte, konnte ich nur mühsam einen Fluch unterdrücken: Myrte hatte Arawa mitten auf der Brücke abgelöst. So graziös wie ein Mannequin, das auf dem Sprungbrett eines Schwimmbeckens Badeanzüge vorführt, ging sie hin und her, blieb unvermittelt stehen, schritt weiter, drehte sich wiederholt um und verzichtete dabei zu allem Überfluß noch darauf, sich am Geländer festzuhalten. Sie brachte ihre Ladung von Stäben an, beugte sich dann weit über den Abgrund, um ein lose herabhängendes Lianenende zu ergreifen, mit dem die Unterlage gesichert werden mußte; richtete sich fröhlich – so schien es wenigstens – wieder auf; stampfte mit den Füßen, um die Tragfähigkeit des Materials zu prüfen; neigte sich abermals ins Leere, um einen doppelten Knoten zu schlagen ... Ich hätte sie umbringen können!

Diese Betätigungen wurden von einem munteren Pfeifen begleitet, das genug über die Sorglosigkeit der Handelnden sagte.

Die Kehle wie zugeschnürt stand ich wie eine Salzsäule am Rand der Steilwand und wagte sie nicht zu beschwören, von ihren Extravaganzen abzulassen, weil ich fürchtete, der Klang meiner Stimme würde sie zwar aus ihrem nachtwandlerischen Zustand reißen, aber nur, um sie abstürzen zu lassen.

Als sie, mit derselben choreographischen Eleganz, wieder festen

Boden erreicht hatte, hütete ich mich davor, ihr meine Angst mit unnützen, rückblickenden Vorhaltungen heimzuzahlen. Ich bemerkte nur mit eisiger Kälte: «Frauen haben wohl das Recht, den Helden zu spielen?»

«Frauen nicht, Asiatinnen ja. Die Gabe des Gleichgewichts zu besitzen heißt aber nicht, daß man mutig ist. Wir sind den Affen näher als ihr.»

Nicolas verbot Laura, Myrtes Platz einzunehmen. Zu meiner Überraschung fügte sie sich. Ich glaube vor allem deshalb, weil sie erschöpft war. Wir waren es übrigens alle. Nach Fertigstellung der Brücke hatten wir nicht mehr die Kraft, sie zu benutzen. Wir beschlossen, auf der Seite zu übernachten, auf der wir waren.

«Du bist rassistisch», sagte ich zu Myrte, als ich mit ihr allein war.

«Wenn ich es nicht wäre, wäre ich zu Hause geblieben», hat sie mir geantwortet. «Ich bin hier, weil ich Europa vertraue.»

«Ich als Europäer sehe keinen Unterschied zwischen einem eingeborenen Analphabeten und uns.»

«Weil du auf Grund deiner vorgefaßten Meinungen schließlich wieder in das Stadium der Kindheit zurückgefallen bist. Für dich ist die Gleichheit der Zivilisation reine Pietät. Erlaube mir in dieser Beziehung ein bißchen Unglauben.»

«Du wärst imstande, eine Hierarchie der Kulturen festzulegen?»

«Dazu bin ich viel zu faul!»

«Hast du deine verleugnet, um ein bequemeres Leben zu haben?»

«Meine? Welche? Ich habe nie ein anderes kulturelles Erbe gehabt als das, was ich mir selbst wählte, sobald ich lesen und schreiben konnte. Wie ich mir auch meinen Namen selbst gewählt habe . . .»

«Spürst du denn kein Heimweh, wenn du an deine thailändischen Ahnen denkst?»

«Meine Ahnen waren keine Thailänder, sondern Siamesen. Wenn ihre Nachkommen ihren Namen ändern zu können glaubten, warum sollte ich dann nicht meine Zugehörigkeit wechseln? Es gefällt mir eben, zu nichts und zu niemandem zu gehören.»

«Du willst vaterlandslos sein?»

«Nein, ich will fremd sein.» Sie verschloß mir den Mund mit den Lippen; öffnete sie wieder, um zu sagen: «Reden wir nun weiter oder lieben wir uns?»

Vom anderen Ende unserer zehnfüßigen Raupe rief Laura mir zu: «Erinnere dich – die Mara lieben das Leben und die Freiheit, und sie bleiben niemals an der Küste. Wir sind nun fünf Tagesmärsche vom Meer entfernt. Fängst du nicht an, schon zuviel Leben in dir zu spüren? Hast du nicht den Eindruck, daß wir unsere letzten Bindungen gelöst haben?»

Ich fand es auch nicht sehr lustig, immer weiter in das Innere dieser Insel vorzustoßen, als hätten wir die Absicht, keiner lebenden Seele zu begegnen.

«Arawa», sagte ich. «Bist du noch immer davon überzeugt, daß du wirklich weißt, wohin du uns führst?»

Er blieb stehen, als wollte er eingestehen, er hätte tatsächlich die Orientierung verloren. Aber ich kannte ihn allmählich besser: sein Gewissen quälte ihn, das stand fest; doch aus irgendeinem anderen Grund.

Ich ließ die anderen die Vorhut bilden und wartete, bis sie uns nicht mehr hören konnten:

«Nun mal ganz ehrlich. Was ist los?»

Er schüttelte den Kopf, aber diesmal verneinte sein Gesichtsausdruck seine eigene Verneinung.

«Dir liegt etwas auf der Seele, das dich verzehrt», beharrte ich. «Sag es mir, und wir sprechen nie wieder darüber.»

«Laß uns umkehren», antwortete er.

Ich starrte ihn verblüfft an: «Wohin?»

«Zu Professor Olsen.»

Sein Tonfall schwankte zwischen Zögern und Gewissensbissen. Ich begann mir ernstlich Sorgen zu machen.

«Irgend etwas macht dir Angst», bohrte ich. «Liegt etwas Bedrohliches in der Luft?»

Von neuem schüttelte er verneinend, abwehrend den Kopf.

«Mußt du Papa Olsen eine Dummheit beichten? Hast du ihm etwa Märchen erzählt?»

Er wurde noch stummer, sofern das überhaupt möglich war. Ich erkannte, daß ich an ein Geheimnis gerührt hatte, aber wie sollte ich es lüften?

«Möchtest du, daß seiner Tochter nichts zustößt?» versuchte ich es anders herum.

Aber das schien auch nicht der richtige Weg zu sein.

«Die Mara krümmen niemandem ein Haar», versicherte er stolz.

Ja, das wußte ich bereits. Die Gefahr kam – falls es eine Gefahr gab – sicher nicht aus jener Richtung. Aber welche verdammte Furcht plagte dann diesen verrückten Kerl, seit wir die Bambusbrücke überquert hatten? Ich hatte es sofort bemerkt: Seine Wandlung war in dem Augenblick eingetreten, als wir (nach unbeschreiblichen Schweißausbrüchen und Angstschauern!) diese Seite der Schlucht erreicht hatten, als hätte der geologische Trennungsstrich eine geheimnisvolle Grenze zwischen dem Land der Pfadfinderstreifzüge und dem der Erwachsenenprobleme markiert.

«Na gut! Da wir den Mara ebenfalls kein Haar zu krümmen gedenken, ganz im Gegenteil, brauchen wir nur noch zu ihnen zu eilen und das Fest mit ihnen zu feiern, nicht wahr? Bist du einverstanden? Marschieren wir also weiter. Immer geradeaus, wie bisher, ja?» habe ich ohne Rücksicht auf die Tiefenpsychologie, für die ich nicht geschaffen bin, geendet.

«Verflixt noch mal, was macht ihr da?» schrie Nicolas währenddessen aus vollem Hals. «Ihr solltet euch lieber auf das Panorama konzentrieren und die Landschaft bewundern.»

Ich ging wieder zu ihnen. In der Tat, das Panorama war großartig! Die Felswände waren rechtwinklig abgeknickt und bildeten einen riesigen Talkessel. Von dem natürlichen Treppenabsatz neben den Steilklippen, auf dem wir standen, führte ein spiralförmiger Pfad hinab, gleichsam in ein irdisches Paradies für friedliche Minderheiten. Obst und Gemüse schien dort unten zu wachsen, und das Ganze hatte nicht die geringste Ähnlichkeit mit den düsteren, nach allen Seiten geschlossenen Regionen, in denen wir in den letzten vier Tagen so viele Blessuren erlitten hatten.

Laura hatte gleichzeitig denselben Gedanken, denn sie stimmte mit nicht vorgetäuschter Begeisterung an: «Lebt wohl, ihr Schlangen, ihr düsteren Egel! Lebt wohl, ihr Moskitos! O Arawa, unser Moses, betrachte dein Kanaa! Der Ewige hat deine Meriten gewogen und vergilt dir deine guten Taten mit Hektaren fruchtbarer Erde!»

Noch nie habe ich jemanden den Mund so weit aufsperren gesehen wie Arawa es in diesem Moment tat. Myrte staunte ebenfalls.

«Hattest du etwa die Absicht, uns hierher zu bringen?» sorgte sie sich.

Er gewährte sich einen Aufschub, ehe er antwortete. Aber sie war so ungefähr die einzige, der er nicht allzu sehr mit dem orientalischen Mysterium zu kommen wagte.

«Ja», gestand er.

«Dann ist ja alles gut!» jubelte Myrte heuchlerisch. «Du müßtest zufrieden sein.»

Allen fiel auf, daß er ganz und gar nicht so aussah.

«Ich habe mich geirrt», erklärte er.

«Aha, aha!» riefen wir wie aus einem Mund, immer interessierter. Vor allem Myrte, wie mir schien.

«Du hast den Ort gefunden, den du suchtest, und du hast dich trotzdem geirrt?» resümierte sie.

«Ja.»

«Willst du damit vielleicht sagen», fragte Myrte nunmehr ganz direkt, «dies sei nicht der Ort, den *wir* suchten?»

Der Schmollmund des Angeklagten kam einem Geständnis gleich.

Ich gab dem Hang zum Berichtigen nach, wie ihn auch Korrektoren kennen: «Wenn du *dich* nicht geirrt hast, hast du *uns* also in die Irre geführt?»

Das war nicht sehr geschickt gewesen. Der düstere Blick, den ich erntete, überzeugte mich davon, daß ich seine Darlegungen vorzeitig abgewürgt hatte.

«Vorwärts, wir wollen uns die Sache wenigstens anschauen», erklärte ich abschließend.

Wir begannen den Pfad hinunterzusteigen. Das Paradies ist nie so nahe, wie es scheint. Wir mußten noch gut fünf Stunden marschieren, ehe wir einen natürlichen Vorsprung erreichten, der eine Landschaft überragte, die bisher nur aus einem reißenden Gebirgsbach zwischen zwei hohen Felsen bestanden zu haben schien. Das Naß teilte sich vor unseren Augen in mehrere kleine, parallele Wasserläufe, die harmlose Stromschnellen bildeten. Das Flußbett war seit der Brücke tiefer geworden, aber nicht viel tiefer, denn das Wasser reichte dem Dutzend Fischern, die man darin sah, nur bis zu den Hüften.

In der Mitte des zerteilten Stroms stehend, warfen sie mit einer gelassenen Bewegung ihr Netz aus, schauten zu, wie es von der Strömung fortgetragen wurde, holten es dann wieder ein, wahrscheinlich ohne Ergebnis, denn sie wiederholten den Vorgang sogleich und noch einmal, mit einer Geduld, wie sie den Armen eigen ist.

Ihre Kinder tollten weiter unten im Fluß herum. Die gefährlichen Sprünge über die Steine sollten sicher die Stärksten oder Mutigsten von ihnen ertüchtigen, aber die anderen hatten sich bestimmt schon ziemlich oft blaue Flecken geholt, von Schlimmerem ganz zu schweigen.

Frauen waren nicht zu sehen. Sie hielten sich zweifellos in den wenigen Hütten auf, die in kurzer Entfernung vom Wasser einen Halbkreis bildeten. Alle waren rechteckig und lang, erbaut aus Zweigen und Stroh, mit Lehm vermischt. Niedrige Pfähle hoben sie ungefähr einen halben Meter vom Boden. Sie schienen alle die gleichen Ausmaße zu haben, einigermaßen groß zu sein, hatten aber wahrscheinlich nur den üblichen einen Raum.

Es war zweifellos ein Mara-Dorf, welches dem aus meiner Erinnerung so sehr glich, daß ich geglaubt hätte, es wiederzuerkennen, wenn mir nicht rechtzeitig eingefallen wäre, daß die Mara nie länger als ein Jahr am selben Ort bleiben und jeden Sommer ihr Heim des toten Jahres verlassen, um nicht wieder zurückzukehren.

Außerdem hatte ich diese Landschaft noch nie gesehen, und sie hatte nicht die geringste Ähnlichkeit mit der unendlich wilderen und dunkleren Region, in der ich elf Monate verbracht hatte – eine Erfahrung, die abwechselnd erhebend und absurd, faszinierend und entmutigend gewesen war . . .

Nicolas' Stimme riß mich aus meinen Betrachtungen. Er schien seinen Fotografenaugen, die er mit unbestechlicher Präzision auf diese endlich gefundenen Darsteller gerichtet hielt, nicht ganz zu trauen.

«Merkwürdig», sagte er. «Ich könnte schwören, daß ich diese Kerle schon mal irgendwo gesehen habe!»

Klassisches Trugbild! Ich erklärte ihm geduldig: «Das kann nur in einem deiner früheren Leben gewesen sein. Versuche dich daran zu erinnern!»

Es war vielleicht verweichlichend, aber trotzdem höchst erfreulich, den täglichen Speisezettel zu ändern! Die wilden Früchte, wie aus gezielter Niedertracht unweigerlich zu grün, und die Konservendosen ernähren zwar, munden jedoch nicht. Sicher, Nicolas war es vor zwei Tagen gelungen, einem Flügeltier unbekannter Herkunft, das von irgendeinem Erbfeind bereits halb verkrüppelt worden war, den Garaus zu machen, doch sein Fleisch war genauso zäh gewesen wie sein Gesichtsausdruck mißmutig.

«Wirklich fabelhaft, dieses Armensüppchen!» kommentierte ich, um meine geistige Bandbreite unter Beweis zu stellen.

«Ein bißchen Meßwein?» schlug Nicolas vor und reichte mir einen jener verlockenden dickbäuchigen Krüge mit dem köstlichsten Reisschnaps, den ich kenne, durch dessen Tonstöpsel ein Strohhalm gestoßen war.

Ich saugte an dem Halm und warnte die Freunde: «Noch zwei oder drei Tropfen von diesem Jahrgang, und wir fallen unter den Tisch wie die Pfarrkinder nach der Vesper.»

Nicolas reckte sich wollüstig: «Das wird uns die Sünden der anderen vergessen lassen. Ah, hier kann man sich wirklich wohl fühlen! Es riecht so schön nach Mist.»

Ich fragte mich, ob unsere humorvolle Toleranz nicht vor allem auf der Freude beruhte, die wir, ohne es zuzugeben, über die Gesellschaft von Menschen empfanden. Ein unbewohnter Dschungel ist auf die Dauer eine schreckliche Strapaze!

Und unsere Gastgeber waren wirklich ein liebenswürdiges Völkchen. Es verging keine Minute, ohne daß eine hagere Mami oder ein ausgemergelter Opa sich besorgt erkundigte, ob wir alles hätten, was wir brauchten, ob wir noch ein bißchen Sojasauce für unsere süßen Kartoffeln oder eine Prise spanischen Pfeffer für unsere in Fett gebackenen Reiskroketten möchten.

Myrte kehrte mit einem genießerischen Lächeln von den Frauen zurück und brachte uns auf einem riesigen Bananenblatt einen großen, leckeren, gerösteten Fisch.

«Unsere Laienschwester ist zu gut zu uns», protestierte ich. «Ich möchte wirklich nicht, daß sie ihren Getreuen die Hostie aus dem Mund nimmt, um uns damit zu sättigen. Bist du sicher, daß das geweihte Brot für alle reicht?»

«Bestimmt», versicherte Myrte. «Sie haben das gemästete Kalb geschlachtet. Obgleich es nur ein Ferkel ist, können wir uns damit alle den Magen verderben.»

«He! Du bist hier nicht allein!» rief Laura mir zu und streckte eine anteilheischende Hand nach meinem Krug aus. «Noch steht nicht fest, ob wir auch die Hochzeit zu Kanaa feiern.»

«Enthaltsamkeit und Keuschheit sind die Brüste des heiligen Geistes», versuchte ich sie zur Vernunft zu bringen, doch erfolglos. «Wenn du dich so gierig über diesen Schlauch neigst, wirst du in kürzester Zeit die gläubigen Seelen der heiligen Gemeinde durch irgendeinen Ausfluß deines sündhaften Innenlebens verunreinigen.»

«Wie hast du das formuliert? Noch einmal!» interessierte sie sich. «Ich möchte es für meine nächste Beichte auswendig lernen.»

«Kann ich ein bißchen Kalb haben?» forderte Nicolas materialistisch und hielt seinen Betelpalmwedel vor den Fisch, den Myrte soeben entgrätete.

«Apropos Kalb», wandte ich mich an meine Freundin. «Was macht denn der verlorene Sohn? Erzählt er dem erwählten Volk von seiner Fastenzeit bei den Heiden?»

«Bei den Leichtgläubigen», verbesserte Nicolas.

«Seien wir ihm nicht allzu böse», griff Myrte ein. «Er ist heimgekehrt, da ist es ganz natürlich. Im Grunde ist er nicht so dumm wie wir.»

«Heimgekehrt? Das sagt man so», kritisierte ich. «Aber als unser junger Mann die Seinen verließ, stand ihr Dorf sicher ganz woanders. Ich frage mich, wie er es geschafft hat, sie hier wiederzufinden. Instinkt einer Brieftaube, nehme ich an.»

«Die Tauben sind wir», rülpste Nicolas, der offensichtlich seinen Tag des Wortschatzes feierte.

Myrte benutzte ihre Nüchternheit heimtückischerweise dazu, mich an die Pflichten des methodischen Zweiflers zu erinnern. «Wenn du alle Mara in einen Topf wirfst», tadelte sie, «dann wirst du immer mehr die Fähigkeit verlieren, sie so zu sehen, wie sie sind. Diese Mara teilen die fixen Ideen ihrer Brüder nicht: sie haben also nicht dieselben Gründe, Sitzfleisch zu entwickeln. Wenn sie eine so schöne Gegend wie diese hier einzig und allein deshalb verlassen, weil sie den Morgen an einer anderen Stelle anbrechen sehen wollen. Seinen Garten zu bebauen ist letzten Endes vielleicht nicht weniger abenteuerlich, als nach neuen Sonnen zu suchen.»

Mir stand der Sinn nicht nach einem endlosen epistemologischen Gefeilsche. Ich begrüßte also mit Freuden die Ankunft eines sechs- bis achtjährigen Mädchens mit großen, lustigen Augen, absolut zum Anbeißen, das uns unter lautem Kichern zwei riesige, aufgeschlagene Kokosnüsse brachte.

«Genau rechtzeitig!» stimmte ich zu. Ich fing an doppelt zu sehen.

«Nicolas verdient wirklich einen Oscar für Scharfblick!» begeisterte Laura sich. «Ich muß gestehen, ich hätte nicht bemerkt, daß diese Väter, Söhne und heiligen Geister dieselben Mara sind, die für Arawas Dias posiert haben. Dafür braucht man das Auge und das Gedächtnis meines unersetzlichen Gatten!»

«Dieser Ort ist reich an Wundern», bezeugte ich. «Obgleich ich nicht besonders gut höre, bin ich mir doch sofort darüber klargeworden, daß diese Katechismusschüler *deine* Stimme hatten. Ich weiß nicht, ob das von den Chorälen kommt, die sie in der Kirche singen, oder ob es mit den Dingen zu tun hat, die sie unter der Kanzel treiben.»

Gut fünf Minuten lang wollte sie sich vor Lachen ausschütten. Nicolas verschlang sie mit verliebten Blicken. Übrigens: wäre er heute abend auch dann hier, würde er es sich unter den Palmen von Emmelle, umgeben von zärtlichen Kindern, geschäftigem Federvieh und schwarzen Borstentieren, auch dann gutgehen lassen, wenn das Dach der Bowler Hut nicht vor zwei Monaten um ein Haar wegen Lauras Mara-Schrei abgehoben hätte? Wären wir alle hier?

«Ob Pfaffe oder nicht», sagte er, «Mara ist Mara. Können diese Mara uns nicht genausogut in die Mysterien der Neuen Sonne einweihen wie die anderen?»

«Soll das ein Witz sein?» protestierte ich. «Du müßtest doch langsam wissen, daß von einem christlichen Mara nichts zu erwarten ist.»

Laura warf plötzlich einen grollenden Blick in die Richtung, wo man Arawa, der sehr fröhlich und diensteifrig wirkte, vor dem großen Stammesfeuer sehen konnte. Er betrank sich wie wir, ohne sichtliche Gewissensqualen. Seine Zechgenossen tätschelten seinen Bauch oder streichelten sein Haar. Eine Alte schien besonders stolz auf ihn zu sein: jedesmal wenn er etwas sagen wollte, stopfte sie ihm mit einem Stückchen Fleisch oder Brot den Mund.

«Er wird zunehmen», bemerkte ich. «Dann wird er den Pfarrerstöchtern bestimmt nicht mehr gefallen.»

«Nachdem uns der gute Apostel vier Tage lang durch seine gesegneten Hügel zu den Taufsteinen seiner Kindheit getrieben hat, werde ich mir die Weihwasserbehälter mit einem Sprengwedel stopfen», verkündete Laura, der der Reisschnaps ausgesprochen guttat. «Schließlich schuldete er uns nichts! Daß dieser Kerzenlekker meinen Vater aber so herzlos behandelt hat, werde ich ihm heimzahlen.»

Ich konnte nur noch vorschlagen: «Aber bitte mit Liebe.»

Sie schenkte mir ein begeistertes und zustimmendes Lächeln, als hätte ich sie auf einen guten Einfall gebracht. Das war mir sehr angenehm, aber ich fragte mich trotzdem, auf welchen!

«Wie schön sie ist!» flüsterte Myrte. «Wirklich, sie ist zu schön!»

Das junge Mädchen arbeitete weiter, ohne sich von dem bewundernden Tonfall meiner Freundin nervös machen zu lassen. Ihre Augen folgten dem Ballett ihrer Hände, die so schnell waren wie Maschinenteile. Die eine schob das Schiffchen durch die Kette und zog den Schußfaden glatt, die andere, die den Broschierschützen bediente, straffte mit einem Holzkamm die Fäden. Gleichzeitig tanzten ihre Füße auf dem Pedal, machten Pirouetten, hüpften auf und ab, geschmeidig und singend.

Es war eine sehr schmale, aber auffallend lange Webarbeit. Die Kettfäden liefen schräg durch den Raum, von einer Wand zur andern, wie ein dem Regenbogen geraubter orangefarbener Strahl, der die Weberin aus lauter Vergnügen geradegerichtet zu haben schien.

Der Webstuhl aus glattem Rohr wirkte genauso ramponiert und brüchig wie das Haus, mußte aber ebenso sorgsam gebaut worden sein. Zweifellos hatten Missionare die Kunst der Weberei in das Dorf gebracht: die Mara, die ich vorher kennengelernt hatte, konnten nicht weben. Aber Christen brauchen ja schließlich etwas zum Anziehen!

Die Priester sind umgekommen oder heimgekehrt. Ihr Glauben ist geblieben, hat das Leben dieses halben Hunderts Männer und Frauen geändert, hat ihren Tod geändert.

Sie, die früher feste Vorstellungen davon hatten, was Leben und Tod bedeuten, wissen jetzt nicht mehr genau, was besser ist, leben oder sterben. Bestimmt fürchten sie sich vor der einen Lösung nun ebenso wie vor der andern, sind sie doch nicht mehr die Herren über Leben und Tod, können sie doch nicht mehr zwischen beiden wählen. Sie nehmen ihr Leben auf sich, warten auf ihren Tod. Sie sind zu Untertanen der Zeit geworden, haben die Mythen ihrer Ahnen vergessen, die ihnen die Ewigkeit auf Erden boten. Sie haben diesen Glauben gegen die Hoffnung auf eine andere Welt eingetauscht.

Haben sie dabei etwas verloren? Haben sie dabei gewonnen? Sind Träume vom Jenseits dümmer als Träume vom Glück auf Erden?

Um das zu beantworten, müßte ich wissen, was das Glück ist. Ich weiß nur, was der Traum ist. Vielleicht ist er das Wesentliche?

Doch es ist weder Ungeduld noch Sorge, was die Weberin in ihrem Haus aus Rohrgeflecht Myrte und mir einflößt; es ist Ruhe, Gelassenheit. Wir bleiben lange nebeneinander sitzen, den Rücken an die nachgebende Wand gelehnt, ohne etwas zu sagen, ohne zu träumen, glücklich.

Je weiter die Harzfackel herunterbrennt, desto besser glaube ich das junge Mädchen zu sehen, mit ihrem Rock und ihrem Mieder aus Bastfasern von der Farbe sonnenüberfluteter Erde. Ich kann ihre Beine, ihre Arme, ihre Gestalt kaum noch erkennen: nur noch ihr ovales Gesicht, das unter der Flut langer schwarzer Haare so bestürzend vollkommen wirkt.

«Ich habe wirklich Glück mit dir gehabt», sagte ich nach einem langen Augenblick.

«Und warum?»

«Weil du alle meine Frauen liebst.»

Sie hat losgelacht, die junge Mara zärtlich betrachtet, mich gefragt: «Wann hast du sie denn geheiratet? Ich habe dich keinen Moment alleingelassen, seit wir das Dorf erreichten. Außerdem hättest du es bestimmt nicht hinter meinem Rücken getan.»

«Ich habe sie in einem meiner früheren Träume geheiratet», gestand ich.

«Vorsicht, Gualtier! Ich liebe deine Frauen, aber vor deinen Träumen nehme ich mich in acht.»

«Ich weiß. Du vertraust noch nicht einmal meinen realen Erfahrungen. Du glaubst, ich hätte die Mara nur geträumt. Aber ich habe bei ihnen gelebt. Ich habe eine der ihren geliebt. Und sie hat mich auch geliebt, wirklich geliebt.»

Meine Stimme brach, ich konnte es nicht verhindern. Ich flüsterte: «Eine Lebensspanne in der Spanne meines Lebens!»

Myrte legte ihre Schläfe an die meine; sanft warf sie mir vor: «Warum hast du es mir nie erzählt? Wie hieß sie?»

«Orêo, Tochter von Orassan, dem Häuptling des Volks der Sonne.»

Myrte streichelte meine Stirn mit ihrer freundschaftlichen Hand, versuchte, mich zum Lächeln zu bringen: «Also die Tochter eines toten Mara?»

«Ja, aber sie hatte keine Ähnlichkeit mit ihrem Vater. Kein Mara-Kind gleicht seinen Eltern.»

«Sie können sich glücklich schätzen. Hatte sie wenigstens Ähnlichkeit mit dieser hinreißenden Frau? Erinnere dich an ihre Augen. Schau dir diese Augen an. Versuch dir alles ins Gedächtnis zu rufen.»

«Selbst wenn ich meine Orêo wiedersähe, würde ich sie nicht wiedererkennen. Eine Neue Sonne wird ihr Gedächtnis inzwischen geändert haben. Wie sollte ich Augen erkennen, in denen ich mein Bild nicht mehr fände?»

Ich betrachtete die Weberin mit verzweifelter Hoffnung. Ich hörte mich mit Worten ihrer Sprache, die ich längst vergessen zu haben glaubte, den unsterblichen Gruß der Mara-Liebenden aussprechen:

«Tochter des Volks der Sonne, mögen die Pfauen dich erwecken!»

Das junge Mädchen hat mir das Gesicht zugewandt, hat mich zum erstenmal angesehen. Doch ihre Augen waren leer.

Grenzenloser Kummer überwältigte mich. Myrte zog mich an sich. Ihre Zuneigung lullte mein Herz ein, tröstete es aber nicht.

«Siehst du, mein Geliebter!» flüsterte sie. «Sogar die Mara können uns leiden lassen.»

Eine Nacht ist vergangen. Ich hatte keine Lust, schon wieder aufbrechen zu müssen.

Die Dorfbewohner haben Nicolas gezeigt, wie man Kiepen macht, die viel praktischer sind als unsere Rucksäcke. Zusammen mit ihnen hat er sich an die Arbeit gemacht. Wir haben ihn den ganzen Vormittag nicht mehr gesehen.

Laura und Myrte sind zum Fluß hinuntergegangen, um zu baden. Ich habe mich im Schatten auf die Kiesel gelegt und ihnen zugeschaut. Sie haben sich eingeseift, wie sie es bei den hiesigen Frauen gesehen hatten, ohne ihre Baumwollsarongs zu lösen. Das Wasser reichte ihnen nur bis an die Knie. Die eine war genauso schön wie die andere. Ich war glücklich, sie beide zu lieben.

In diesem Augenblick tauchte ein kleines Mädchen zwischen den Luftwurzeln eines Feigenbaums auf. Der Baum war so groß, sein Stamm so dick und so verzweigt, daß er Grotten gleich denen zu bilden schien, wo ich als kleiner Junge spielte, um mich zu verirren, um mir Angst zu machen, was mir nur zu gut gelang.

Das Gesicht der Kleinen schien keine Furcht zu kennen, war so undurchdringlich, daß es fast beschränkt wirkte. Nach dem ersten Blick war ich geneigt, ihr übermäßige Kälte vorzuwerfen: jene Kälte des Suchenden, die ich selbst eigentlich häufiger empfinden müßte.

Ohne Eile überquerte sie die steinige Fläche, die sie noch vom Wasser trennte, blieb ein paar Meter vor den beiden Frauen stehen, beobachtete sie ernst, als schwankte sie zwischen Sympathie und Ablehnung. Ich stützte mich auf einen Ellbogen, um ihre intelligenten Augen besser sehen und ihre anmutige Haltung bewundern zu können.

Ein ärmliches grünes Kleid von westlichem Schnitt umhüllte sie, und darüber hatte sie noch ein schwarzes Trikot gezogen. Lange, magere Beine, schlanke Arme kamen daraus hervor, von der Sonne gebräunt. Sie mochte zwölf oder dreizehn Jahre alt sein.

Mit einer gebieterischen Kopfbewegung warf sie die langen,

unbändigen und glänzenden Locken, die ein leichter Windhauch ihr in die Stirn geweht hatte, nach hinten. Plötzlich fiel es mir wie Schuppen von den Augen. Was mich an diese Geste, dieses Gesicht und sogar an diesen Körper erinnerte war jemand, den ich nie gekannt hatte, nie kennen würde: das kleine Mädchen, das Myrte vor siebzehn oder achtzehn Jahren gewesen sein mußte.

Myrte, meine wahre Myrte betrachtete ihr Double ebenfalls nach meiner Zeitrechnung. Ein ungläubiger, verwunderter, träumender Ausdruck lag in ihren Augen.

Der Luftzug hatte die Bahnen ihres Sarongs hochgeweht. Myrte ließ den Wind gewähren: ihr nackter Leib mit dem schwarzseidenen, von Tropfenperlen übersäten Dreieck war dem Blick des Kindes ausgesetzt, das sie einst gewesen. Ich hoffte mit aller Kraft meines Herzens, die Schönheit dieses Anblicks würde dauern und das kleine Mädchen würde meinen Wunsch teilen.

Sie teilte ihn zweifellos, denn sie wandte den Blick nicht von dem entblößten Venushügel, ohne etwas von ihrem Ernst einzubüßen. Ich war sicher, daß ich mich nicht täuschte, als ich in diesem Blick schließlich etwas anderes entdeckte, etwas, das das objektive Interesse von eben abgelöst hatte: eine gewisse Billigung mit einer Spur von Lust.

Als der Sarong wieder heruntergefallen war, ging Myrte einen Schritt vor und sagte auf englisch: «Guten Tag, Schwesterchen. Wie heißt du?»

Die Kleine musterte sie vertrauensvoll. Doch ihre Lippen bewegten sich nicht. Sie schien zu warten.

«Du hast noch immer nicht *mara* gelernt, Myrte», neckte Laura sie. «Ich hielt dich für schneller.»

Myrte lächelte und redete die Neugekommene auf siamesisch an. Da man ihn schon einmal an mich gerichtet hatte, verstand ich, daß es sich um den traditionellen Willkommensgruß ihres Landes handelte.

«Paï naï ma?»

Zu meiner Verblüffung hörte ich das Kind mit einem Mara-Satz antworten, der genau dasselbe bedeutet:

«Şaan ka galịng? Şaan ka pupunta?»

Das heißt: «Woher kommst du? Wohin gehst du?»

Fast im gleichen Moment vernahm ich hinter mir eine andere Stimme. Es war Arawa. Ich war froh, daß er wieder zu uns kam: seine Fahnenflucht am Vorabend hatte mich ein bißchen traurig gemacht. Er verkündete mit der angebrachten Feierlichkeit:

«Sie heißt Tiêo, Tochter des Erak. Sie begrüßt dich.»

Dann schritt er, ohne mich anzusehen, dicht an mir vorbei und ging zu der Gruppe, die von den drei Mädchen gebildet wurde. Laura schaute ihm tief in die Augen, schenkte ihm ein bestrickendes Lächeln, verließ das Wasser und hob das orangefarbene Frotteetuch hoch, das sie auf die Steine gelegt hatte.

Myrte reichte der Kleinen die Hand.

«Du bist hübsch, Tiêo», sagte sie.

Das Kind nahm die Hand. Trotz der Trugbilder, die mich in diesem Augenblick heimsuchten, überraschte mich die Geste. Sie ist bei den Menschen ihres Volkes nämlich nicht üblich.

«Napakagandọ mo. Ano ang iyọng pạngalạn?»

Sie hatte gesagt: «Du bist sehr hübsch. Wie heißt du?»

Ihre Gesprächspartnerin bat weder Arawa noch mich, ihr die Frage zu übersetzen. Sie sagte ganz natürlich: «Ich heiße Myrte.»

Mit leichten Spazierschritten setzte sie sich in Bewegung, ging in Begleitung ihrer Kindheit am Wasserarm entlang. In einiger Entfernung setzten sich die beiden nebeneinander auf einen großen weißen Stein und begannen, kleinere flache Steine über das Wasser hinweghüpfen zu lassen.

Tiêo lachte. Wenn sie nicht gerade die Lider senkte und die Wasseroberfläche anvisierte, die ihr als Zielscheibe diente, wandte sie den Kopf, um den Venushügel der Älteren zu betrachten, den die Bewegungen des Spiels abermals freigelegt hatten.

Dann streckte sie unvermittelt die Hand aus, um die Locken des feuchten Vlieses zu ordnen. Sie neigte den Kopf zur Seite, prüfte das Resultat, schien damit zufrieden zu sein, fragte Myrte dann mit einem Blick. Diese antwortete mit einer Geste, daß sie sich jetzt ebenfalls schöner fand.

Ich erriet, daß Myrte glücklich war.

Lauras Treiben riß mich von diesem Schauspiel los. Mit einer schmachtenden Bewegung, die mich ein wenig unnatürlich dünkte, legte sie sich das saugfähige Laken über Schultern und Arme. Ich begriff ihre Absicht, als ich den Blick bemerkte, mit dem sie Arawa die ganze Zeit ansah: ein Blick, der dieselbe Funktion hatte wie ihre Gesten.

Nach einigen Sekunden löste sie unter ihren Brüsten den Knoten ihres Sarongs und ließ das Kleidungsstück zu Boden fallen. Dann fragte sie, unwiderstehlich wie immer, wenn sie nackt ist: «Arawa, möchtest du mich abtrocknen?»

Gleichzeitig hielt sie dem Jüngling das Handtuch hin und unterstrich die Bitte mit einem schelmischen Schmollen.

Der Mara blieb jedoch vor ihr stehen, rührte sich nicht, noch ungewiß, zu begreifen suchend, was sie eigentlich von ihm wollte. Er drehte den Kopf kurz zu Myrte, als wünschte er ihren Beistand: doch sie war viel zu sehr mit Tiêo beschäftigt, um auf ihn zu achten. Ich war wirklich froh, daß es ihm nicht einfiel, mich um Hilfe zu bitten.

Er richtete den Blick wieder auf Lauras Leib. Sie ließ ganz leicht, fast unmerklich die Muskeln ihres Sportlerinnenbauchs spielen, deren Tonus die Wölbung ihrer Scham hervorhob. Unter dem Blondhaar erschien die Kerbe ihres Geschlechts, hoch, deutlich, feucht, dafür geschaffen, mühelos penetriert zu werden. In ihren Augen konnte ich lesen, daß sie in diesem Moment das gleiche dachte. Und ihre Erfahrung wurde so eingesetzt, daß der junge Mann ihre Gedanken lesen konnte:

«Ja, Arawa, schau dir diese Öffnung nur an: sie ist sehr gut für ein männliches Geschlecht. Sie ist gemacht, um Einlaß zu gewähren. Sie ist es gewohnt, sie hat Übung darin. Sie hat genau die Festigkeit und Geschmeidigkeit, Lage und Größe, die nötig sind, damit das Eindringen, das Durchdringen dem Mann eine Lust ohnegleichen schenkt; eine Lust, an die er sich alle Zeit erinnern wird; die er ständig von neuem kosten möchte.»

Er entschied sich unvermittelt. Er nahm das Handtuch und streckte den Arm nach Lauras Brüsten aus. Diese ließ ihn jedoch mit einer kaum merklichen Bewegung der Lippen einhalten und gab ihm ein Zeichen, mit den Füßen zu beginnen. Ihr zweideutiges Lächeln konnte als neue Provokation gedeutet werden.

Arawa mußte in einem außerordentlich erregten Zustand sein, denn er zeigte einen Gehorsam, den ich bei ihm noch nie erlebt hatte. Er setzte ein Knie auf den Boden, legte das Tuch fürsorglich wie ein Krankenpfleger auf einen Fuß von Laura und fing an, diesen sanft abzureiben. Er ließ sich Zeit, ehe er sich der Wade zuwandte. Ich hatte jedoch den Eindruck, daß seine Gesten an dieser Stelle wieder an Autorität gewannen, denn er drückte stärker und beziehungsreicher, als nötig gewesen wäre, und glitt immer höher, teils, weil er massieren wollte, großenteils, weil er liebkosen wollte.

Laura beugte sich etwas vor und schaute ihm zu. Ihr Gesicht verlor allmählich die sinnliche Komplicenschaft, die es eben noch hatte strahlen lassen. Es überzog sich schließlich mit einer verächtlichen und müden Gleichgültigkeit: Manierismus einer Frau der besseren Kreise, die der Meinung ist, der Service werde allmählich überall immer schlechter.

Als Arawa die Schenkel erreicht hatte, das Geschlecht, das immer zugänglicher, offener, dargebotener schien, in greifbarer Nähe, krümmte Laura sich, hob den Kopf und rief mit lauter Stimme, um Myrtes Aufmerksamkeit auf sich zu lenken. Ihr Timbre entwickelte snobistische Modulationen, die sehr gewollt wirkten und ganz und gar nicht zu ihrer sonstigen Art paßten:

«Meine liebe Myrte, ich fürchte, wir werden ein paar Probleme haben, wenn wir die *richtigen* Mara finden: wir werden kaum damit rechnen können, daß sie sich unserer kleinen, häuslichen Pflichten annehmen werden. Ich habe mir sagen lassen, daß sie sich genauso viel auf ihre Würde wie auf ihre Freiheit einbilden.»

Ich sah, wie Myrtes Gesicht sich verdüsterte, empörten Widerspruch, fast Kummer ausdrückte. Aber Arawa sah sie nicht an. Er schien sich ganz darauf zu konzentrieren, den Sinn der Worte zu übersetzen, was ihm offenbar Mühe machte.

Seine Hände fuhren mechanisch fort, ihre Aufgabe zu beenden, doch seine Bewegungen wurden immer langsamer. Noch einmal hob er mit hartnäckiger Hoffnung die Augen zu Lauras Augen, fand dort nur die distanzierte, ungeduldige Strenge einer Hausfrau, der es schwerfällt, die Toleranz einer Wohlerzogenen zu demonstrieren.

Mit einer gereizten Kinnbewegung wies sie auf ihre nackte Scham, befahl ihm stumm, diese zu reiben, legte eine solche Kühle in die Anordnung, als wäre er ein Domestik und sollte das Waschbecken im Badezimmer putzen.

Einen Augenblick lang schien Arawa wie vom Schlag getroffen. Seine Hand hatte vor Lauras Geschlecht innegehalten und bewegte sich nicht. Dann richtete er sich ruhig auf, musterte seine Expeditionsgefährtin, drehte ihr, ohne ihr auf andere Weise seine Gemütsbewegung zu zeigen, den Rücken und schritt gelassen zu dem großen Baum, aus dem Tiêo herausgekommen war und hinter dem er nun verschwand.

Abseits von den Dorfleuten hielten wir an einem Feuer Kriegsrat, in dem unzählige nächtliche Insekten Selbstmord verübten. Ihr Summen vermischte sich mit dem Grunzen der dicken schwarzen Schweine, die wir mit Stockhieben fortjagten, als sie zu zudringlich wurden.

Laura, Myrte und Nicolas streckten sich wohlig auf den heruntergefallenen Kokospalmwedeln aus. Ich hatte mich auf meinen *shooting stick* gesetzt. Der Rauch meiner Pfeife schützte mich mehr schlecht als recht vor den Mücken. Tiêo sprach, stehend, einen Fuß auf einen Baumstumpf gestellt, das eine Knie leicht angewinkelt, die flache Hand auf der Hüfte. Als sie fertig war, übersetzte ich der übrigen Versammlung den Kern ihrer Mitteilung:

«Sie möchte das Dorf verlassen. Sie kennt den Platz, wo die Neue Sonne in fünf Tagen aufgehen wird. Sie behauptet, sie könne uns noch vor der Nacht des Vergessens dorthin führen.»

Die Kleine ließ ihren Blick nacheinander auf meinen Gefährten ruhen und schätzte deren Reaktion dabei mit einer kritischen Objektivität ein, die wirklich Eindruck machte. Die anderen, das sah man, waren sich bewußt, daß sie einem Examen unterzogen wurden.

«Hat sie die Absicht, ihre Eltern mitzunehmen?» erkundigte sich Nicolas. «Oder will sie sie hierlassen?»

Ich übersetzte den Reiselustigen die Frage. Sie antwortete mit einem unvermittelt schelmischen Gesicht, das besser zu ihrem Alter paßte. Ich dolmetschte ihre Worte: «Die Neue Sonne wird ihr andere Eltern schenken.»

Nun lächelte Myrte. Tiêo schaute sie verständnisvoll, aber nicht vertraulich an. Dann fügte sie eine Erklärung hinzu, die irgendwie unfehlbar klang.

«Sie will keine Christin sein», habe ich verkündet. «Sie will eine Lebende werden. Sie schlägt uns vor, ihrem Beispiel zu folgen.»

Nun trat Schweigen ein. Laura sah Tiêo ins Gesicht und machte mit den Augen ein zustimmendes Zeichen. Die Kleine nahm es mit einer würdigen Kopfbewegung entgegen. Obgleich sie sich Mühe gab, es nicht allzu sehr zu zeigen, spürte ich sofort, daß sie mit uns zufrieden war.

Sie trat einen Schritt vor, um Holz nachzulegen, bedeutete uns damit, daß die Angelegenheit nunmehr für sie erledigt sei. Dann setzte sie sich neben Myrte. Diese legte ihr den Arm um die Schultern. Das Kind kuschelte sich an sie, schloß die Augen.

Nicolas ließ einen Augenblick verstreichen, ehe er fragte: «Und Arawa? Was wird er tun?»

«Er wird uns nicht folgen», sagte ich.

Ein Lächeln huschte um Lauras Lippen.

«Ich habe ihm von Anfang an nicht gefallen», seufzte sie.

Ich sah, wie Myrte das Gesicht verzog. Sie schien etwas sagen zu wollen, hielt sich aber zurück, entspannte sich wieder. Sie legte eine Wange an Tiêos Haare, das in der Nacht glänzte.

Ich hatte den Eindruck, daß sie plötzlich den Mut verlor, unvermittelt aufhörte, an etwas zu glauben.

Das tat mir weh. Mehr als weh: ich ahnte kommende Enttäuschungen, deren Art ich nicht sehen, deren Zeitpunkt ich nicht erraten konnte.

Ich riß mich zusammen, vertrieb diesen Zweifel, zwang mich, an den bevorstehenden Erfolg zu denken – an das unbekannte Jahr, das bald beginnen würde; an die alten Bindungen, die für immer durchtrennt wurden; an das Leben, das wir uns stets vorstellen sollen; an die Begierden, die uns nie mehr erniedrigen werden; an die Treue, die wir bald wählen können; an die Hoffnungen, die wir ändern mußten.

Unsere Einbäume kommen kaum gegen die Strömung an. Der Fluß, der in dem christlichen Tal so friedlich war, ist wieder zu einer Folge von Stromschnellen geworden. Eilande aus Baumwurzeln und Dornensträuchern, die sich vom Ufer losgerissen hatten, stellen sich uns in den Weg. Wenn sich ein Baumstamm daran fängt, wird es brenzlig.

Die beiden Athleten, die jeweils unsere Barken lenken, gehen diesen Fallen unwahrscheinlich geschickt aus dem Weg, indem sie mit beiden Füßen zugleich auf spitze und scharfe Felsen springen, die aus dem Wildwasser emporragen. Sie stoßen die Nußschalen, die sonst zerschellen würden, fort oder lenken sie mit Stöcken durch schmale Fahrrinnen. Dann hüpfen sie wieder in unsere Boote, die unter dem Stoß bedrohlich ins Schwanken kommen, was uns unweigerlich Schreckensschreie entlockt; aber wir kentern nicht. Wenigstens bis jetzt noch nicht.

Ich habe mich mit Myrte und Tiêo eingeschifft. Wir werden von Kopf bis Fuß klitschnaß, doch uns macht das Mißgeschick mehr zu schaffen als unserer neuen kleinen Führerin: unsere Hosen, unsere Blousons und unsere Kiepen trocknen lange nicht so schnell wie ihr sehr kurzer und sehr dünner Sarong und ihre bloßen Füße.

So gekleidet ist sie schon eine andere. Sie scheint ihre Kälte mit dem Christenkleid für immer im Dorf gelassen zu haben. Man entreißt sich seinem Vater und seinem Glauben leichter, wenn man noch klein ist, und man braucht dann niemandem weh zu tun, um seine Bindungen zu lösen.

Und ich, welches Bedürfnis habe ich? Ich weiß es nicht recht, aber ich finde – und das reicht für den Augenblick! – in dem Vergnügen, das es mir macht, mich zu Tiêo umzudrehen und sie zu betrachten, sie lächeln zu sehen und ihr Lächeln zu erwidern, eine Antwort auf ihre verborgene Tyrannei. Ich bin mir noch nicht ganz darüber klar (aber auch das wird kommen: ich habe Zeit genug!), was mich mehr bewegt, ihr zwischen Myrtes Brüste gebetteter Kopf oder ihre Brüste im Gras.

Sie sind mir erst vor kurzem aufgefallen: Tiêos strenges Gesicht hatte mich sicher von ihnen abgelenkt. Hier werden sie mir von ihren durchsonnten Augen, ihrer gelockerten und verzauberten Haltung mindestens ebenso gut offenbart wie von ihrem triefenden Sarong.

Sie, die Progressivste von uns, wird weder durch Kiepen noch durch Rucksäcke behindert: ihr Gepäck besteht aus einem kleinen, runden Korb mit Mangos. Wenn er leer ist, braucht sie nur die Hände nach den Bäumen auszustrecken, um ihn wieder zu füllen. Im Augenblick hält sie ihn zwischen ihren nackten Schenkeln, so daß ihm nichts passieren kann.

Daß mir dieser Korb die Sicht versperrt ist das einzige, was das Gleichgewicht des Augenblicks stört. Als Tiêo bei der Abfahrt in die Barke sprang, konnte ich zu meinem Vergnügen feststellen, daß sie zu ihren beiden Reisebegleiterinnen paßte, was die Prinzipien und Reize betraf, die sie in jenem Moment durchblicken ließ. Ein kleiner Slip wäre bei ihr nämlich noch deplacierter gewesen (die Argumentation durch das Absurde ist erlaubt) als bei Laura oder Myrte.

Eine der bemerkenswertesten Informationen, die Natalie und mir nach unserer Ankunft im Lance Institute zuteil wurde, war das Gerücht, die Tochter des Direktors trage niemals einen Slip. Wir hörten es und konnten natürlich nicht umhin, ein schelmisches Lächeln zu tauschen, das uns die Erinnerung an unser schönstes Erlebnis unweigerlich auf die Lippen zaubert – die Erinnerung an jenen Abend vor zwei Jahren, an dem wir uns kennenlernten. Wenn Natalie an jenem Tag einen Slip angehabt hätte, hätten wir uns bestimmt nicht ineinander verliebt und wären jetzt nicht verheiratet.

Eine Stunde nachdem ich Natalie zum erstenmal gesehen hatte, schlief ich mit ihr. Hatte ich mich also in dieser kurzen Zeit in sie verliebt? Ja. Eine Stunde ist nicht zu kurz, wenn man sie ausschließlich dazu benutzt, ein Geschlecht zu betrachten, nichts anderes zu sehen; es zu begehren; wenn man sich nichts Schöneres vorstellen kann, als dieses Geschlecht zu lieben.

Und Natalie liebte mich ebenfalls, als sie sah, mit welcher Liebe ich sie betrachtete.

Sie saß bei irgendwelchen Spaniern oder Irländern, die ich nicht kannte und die mich eingeladen hatten, ohne mich zu kennen, auf einem Sofa mit vielen Kissen. Sie hatte ein nacktes Bein auf die

Knie ihres Mannes gelegt, mit dem sie sehr intim, sehr aufreizend flirtete. Sie trug einen Plisseerock aus hauchdünner Seide, der die gleiche Farbe hatte wie ihre Augen: ein weiches Grau über einem zerfließenden Blau. Sie hatte den Rock absichtlich weit heraufgezogen, so daß man ihre Blöße darunter sehen konnte.

Sie schien dem Verlangen, das ihre bewußte Nacktheit bei den anderen auslöste, trotzdem gleichmütig gegenüberzustehen: man sah sofort, daß sie und ihr Mann sehr verliebt ineinander waren und an nichts anderes dachten, als bald miteinander zu schlafen.

Das nahm mich natürlich sehr für sie ein; doch um ganz offen zu sein, muß ich sagen, daß ich mich nicht so sehr für ihre gegenwärtigen oder zukünftigen Beziehungen interessierte; meine Sinne und mein Geist waren von einer viel begrenzteren Erregung gepackt worden, und diese beruhte auf der Schönheit, der Frische und der vermeintlichen Verfügbarkeit des Geschlechts, das ich sah.

Eine Stunde später war es nicht etwa ihr Mann, sondern ich, der dieses Geschlecht liebkoste, trank, zum Höhepunkt trieb, ihm Lust schenkte und sich von ihm Lust schenken ließ.

Weder sie noch ich war an jenem Abend allerdings sehr sentimental: wir waren viel zu sehr damit beschäftigt, vor Lachen Tränen zu vergießen! Keiner von uns beiden hatte jemals in einer so unbequemen Stellung geliebt. Wir konnten es in dem winzigen Badezimmer, das wir betreten hatten, nur stehend, kniend oder sitzend machen. Wahrscheinlich gab es in der Wohnung auch andere – geeignetere – Räumlichkeiten; aber wir waren noch nie zuvor bei den Leuten gewesen, wir wußten noch nicht einmal genau, wer von den Anwesenden unsere Gastgeber waren oder an wen wir uns wenden konnten, um in Erfahrung zu bringen, wo man sich ohne Gefahr für die Bandscheiben lieben könne.

Unsere Improvisation und deren Unzulänglichkeiten waren zweifellos unsere zweite Chance gewesen: wäre unsere erste Erfahrung nämlich vollkommen gewesen, hätten wir vielleicht nicht das Bedürfnis gehabt, sie zu wiederholen. Wegen dieser Wiederholungen konnten wir aber schließlich nicht mehr aufeinander verzichten.

Ich wollte Natalie ihrem Mann trotzdem nicht wegnehmen. Sie und er hatten übrigens nicht die geringste Absicht, sich zu trennen. Wir haben ganze Tage und Nächte diskutiert, was wir machen sollten.

Für Natalie gab es kein Problem.

«Liebt mich beide», sagte sie schlicht. «Küßt mich beide.»

Das haben wir auch mehrere Monate lang getan, ohne uns um etwas anderes zu kümmern.

Schließlich wollte Søren sich scheiden lassen, damit Natalie mich offiziell heiraten und zu den Mara begleiten konnte. So schrieben es die Kriterien meiner akademischen Gönner vor, und wir glaubten damals, wir müßten uns danach richten. Selbst studierte Männer und Frauen brauchen manchmal recht lange, um etwas zu lernen!

Wie es so oft geschieht kamen wir schon kurz nach der Hochzeit zu dem Schluß, es sei besser, Natalie diesem Abenteuer nicht auszusetzen. Ich gab sie also Søren zurück, und er ließ sich nicht lange bitten und nahm sie wieder in sein Bett auf. Und was sie betraf, so fand sie es ganz selbstverständlich, dort abermals viele Stunden des Tages zu verbringen.

Ich bin mir noch nicht einmal sicher, ob sie ihn bei meiner Rückkehr auch dann verlassen hätte, wenn er, nun wieder zum Geliebten geworden, nicht noch mehr Besitz- und Ausschließlichkeitsansprüche gestellt hätte als zu der Zeit, wo er noch ihr Ehemann gewesen war.

Er hatte inzwischen ein Argument gefunden, das ihn betroffen machte und das er Natalie ständig vorbetete: «Warum verleiht Gualtier dich, während er seine Pfeifen nicht verleiht?»

«Weil es seinen Pfeifen im Gegensatz zu mir keinen Spaß machen würde», versuchte Natalie ihn zu überzeugen.

Er blieb jedoch hartnäckig. So sehr, daß sie mich bat, sie zu befreien, indem ich sie wieder zu mir nahm.

Sicher, wir brauchten viel länger als beim erstenmal, um uns wieder zu verlieben. Um ein Haar hätten wir es nicht geschafft. Ich glaube, ich eroberte sie nur deshalb richtig, weil ich sie noch oft zu Søren schickte, um mit ihm zu schlafen.

Großherzig, wie sie ist, trug sie ihrem Wächter nicht lange nach, daß er sie zu eifersüchtig behütet hatte. Sie begann sogar wieder, ihr Herz zwischen ihm und mir zu teilen – jedoch ohne Reue oder Schuldgefühle, da sie jetzt dank mir wußte, daß es ihr frei stand, ihren Körper mit anderen zu teilen, wenn es sie danach gelüstete.

Manchmal kommt es vor, daß wir dicht nebeneinander sitzen, im Restaurant, im Theater oder Kino oder bei einer wissenschaftlichen Diskussion, und dann bemerke ich plötzlich, daß uns jemand gegenübersitzt, der sie genauso betrachtet, wie ich das an jenem Abend tat, der mir noch so deutlich in Erinnerung ist und an dem ich mich in sie verliebte. Es kommt vor, daß ich in solchen Fällen spüre, wie Natalie ihre Schulter noch stärker an mich schmiegt, und sehe, wie sich ihr nacktes Bein auf das meine legt. Dann weiß ich, daß sie sich diesem neuen Mann schenken möchte, und ich helfe ihr dabei.

Wird sie eines Tages von mir zu ihm gehen, wie sie von Søren zu mir gegangen ist? Möglicherweise. Aber nichts ist sicher.

Ich für mein Teil wäre glücklich, wenn ich ihr letzter Ehemann bliebe. Ich glaube, ich werde es bleiben können, da ich nicht ihre letzte Liebe sein will.

Zweifellos steht in meinen Augen das Bild Natalies, wenn ich eine andere Frau zärtlich anschaue, denn Myrte lächelte mir zu, als sie sah, wie ich Tiêo betrachtete.

Da sie aber nicht gern zu lange sentimental ist, schlug sie sofort einen scherzenden Ton an. Sie mußte sich die Lunge aus dem Hals schreien, um das rücksichtslose Wildwasser zu übertönen: «Hast du etwa eine Erektion?»

Auf überflüssige Fragen braucht man keine Antwort zu geben. Ich trug also mein wohlbekanntes Phlegma zur Schau. Sie pumpte sich abermals die Lungen voll, um mir vorzuwerfen: «Du hast mir gar nicht gesagt, daß du auch kleine Mädchen liebst.»

«Ich habe es selbst nicht gewußt. Vielleicht schärft die nahende Sonnenwende mein Bewußtsein.»

«Schreib deine Fortschritte nicht den Sternen zu.»

«Ist es denn ein Fortschritt?»

Sie nickte ernst, um zu bestätigen: «Gewiß. Ich bin froh, daß dein Geschmack besser wird.»

Ich drehe mich wieder um. Myrte tut so, als flüsterte sie Tiêo etwas ins Ohr. Diese braucht nicht zu verstehen, um laut loszuplatzen, ohne die geringste Zweideutigkeit. Sie ruft mir etwas zu, das ich nicht höre: wir haben beide gleichzeitig gesprochen.

Schließlich gelingt es mir doch, meine Botschaft zu verkünden: «Sag ihr, sie möchte den Korb woanders hinstellen.»

Nun lacht Myrte auf: «Nun bin ich es also, die dir als Dolmetscherin dienen muß?»

Sie gibt Tiêo ein Zeichen, und diese schiebt das Körbchen aus meinem Gesichtsfeld, ohne ihre Stellung zu ändern. Dann lehnt sie sich ein bißchen zurück und lächelt mich an. Ein Lächeln, das nicht im mindesten schlüpfrig ist. Ein Lächeln der Zuneigung.

Das Rauschen der Stromschnellen nimmt wieder zu, und das Wasser schüttelt uns so unbarmherzig hin und her, daß ich für den Augenblick darauf verzichte, mir den Hals zu verrenken, um nach hinten zu sehen, und meine Aufmerksamkeit den drohenden Gefahren zuwende. Aber nicht lange. Als der Alarmzustand beendet ist, kehre ich guten Gewissens zu Tiêos Geschlecht zurück.

Myrte schreit, denn der Lärm ist immer noch ohrenbetäubend: «Rühr dich, tapferer Gualtier!»

Immer noch meiner Erziehung verhaftet, suche ich nach Auswegen (obgleich mein scharfsinniges Gewissen mir sagt, daß sie als erste fliehen werden, wenn mein Schwanz ihnen genug Angst einjagt!): «Glaubst du, ich kann es vor den Ruderern wagen?»

«Warum nicht?» sagte Myrte indigniert. «Es wird sie vielleicht zum wahren Glauben bekehren.»

Der tiefere Sinn ihrer Bemerkung scheint mir zu einer so nutzbringenden Reflexion geeignet, daß er mich einen Augenblick lang fast von der kleinen, geraden und braunen Spalte ablenkt, die sich meinem Blick und meinem Herzen darbietet.

Aber die Unbeständigkeit ist nicht meine starke Seite, und schnell wende ich mich wieder Tiêo zu.

Diese Bootsleute? dachte ich nach ein paar Kilometern abermals . . .

«Myrte, wie erklärst du dir, daß Tiêo vier so gutmütig aussehende Schlingel dazu bringen konnte, mit ihr zu desertieren?»

«Ich hoffe, sie hat ihre Reize spielen lassen.»

«Es würde mich trotzdem wundern!»

Doch was hätten wir ohne sie gemacht? In der Richtung, die wir eingeschlagen hatten, gab es offensichtlich keinen anderen Weg als das Wasser. Und völlig unmöglich, am Ufer entlangzugehen! Steilwände, die so senkrecht abfielen wie bei unserer Brücke (ich wurde mir bewußt, daß ich sie schon fast vergessen hatte, die Klippen und die Brücke!), säumten die Ufer beinahe ohne Unterbrechung. Die Wiege der Neuen Sonne schien dieses Jahr besonders gut bewacht zu sein.

Am späten Vormittag näherten wir uns einem Wildwasser, das viel jäher anstieg als die bisherigen Stromschnellen. Es schien zu Fuß ebenso gefährlich zu erklimmen wie mit den Booten. Der Einbaum mit Laura und Nicolas stieß zu uns.

«Das schaffen wir nicht», meinte Nicolas.

Tiêo erteilte einige kurze Befehle, deren Tonfall mich entzückte. Dann erklärte sie mir das Manöver, jedoch mit viel größerem Wortaufwand. Ich staunte darüber, daß ich sie so gut verstand. Meine Mara-Kenntnisse sind immerhin begrenzt und hatten seit dem Morgen unter ernstlichen Zweifeln gelitten: die Kanuten und ich schienen nämlich nicht imstande, uns gegenseitig verständlich zu machen.

«Weil sie ihre Sprache nicht beherrschen», hat Myrte spöttisch gemeint.

Das Schlimmste ist, daß sie nicht ganz unrecht hat. Es gibt überall Leute ohne Sprache.

Das Gepäck wurde ausgeladen, oder genauer gesagt auf unsere Schultern geladen. Die vier Rätselhaften packten die Einbäume und begannen sich durch die Schaumkronen flußaufwärts zu arbeiten. Ihre Erfolgschancen schienen minimal zu sein, aber wir hatten keine andere Wahl.

Offenbar war es doch zu schaffen! Wir brauchten es ihnen nur gleichzutun, mit unseren Utensilien auf dem Rücken. Wegen meiner geringen akrobatischen Fähigkeiten stolperte ich von Steinen in Löcher und geriet in Strudel, sagte mir dabei, früher oder später würde sich einer von uns bestimmt den Hals brechen, hoffte, daß dann jemand da wäre, der mich herausfischt . . .

Laura glitt ab, stürzte in die Fluten, versank, tauchte wieder auf wie ein Gummiball. Nicolas und ich sprangen hinterher, gerieten sofort unter Wasser. Wir hätten sie wahrscheinlich nicht mehr erwischt, wenn sie sich nicht an einer Baumwurzel festgeklammert hätte. Wie leicht hätten deren Höcker und Kanten sie tödlich verletzen können, doch sie hielt sie sich auf Distanz.

Sie blutete und hatte Mühe, wieder zu Bewußtsein und zu Atem zu kommen. Wir auch.

An allen möglichen Stellen blessiert, halb betäubt und erschöpft, wie wir alle drei waren, fiel uns der zweite Abschnitt des Wildwassers noch viel schwerer als der erste. Trotzdem gelang es uns, den Strom zu besiegen, ohne den Wunden, die uns bereits genügend ächzen und stöhnen ließen, noch allzu viele andere hinzuzufügen.

Endlich waren die Einbäume an einem Baum an einer ruhigen Uferpartie festgemacht. Myrte schaute mißmutig drein.

«Tiêo und ich haben alles versucht, um diese vier Kerle zu bewegen, euch zu Hilfe zu kommen. Sie haben einfach nicht auf uns gehört», zürnte sie den Tränen nahe.

«Es war richtig von ihnen», beruhigte ich sie. «Wir konnten es ohne sie schaffen.»

«Und Nicolas' Kamera?» sorgte sich Laura.

«Alle Rucksäcke sind auf dem Trockenen. Aber der Inhalt der Kiepen ist futsch.»

«Wenigstens nicht mehr so viel zu schleppen!» sagte ich und rieb mir die Hände, um die Moral der Truppe zu heben.

Nicolas erkundigte sich: «Und der Verbandskasten, ist er auch fort?»

Myrtes zerknirschtes Gesicht sagte, daß sie unser Bedürfnis nach Mullbinden vergessen hatte. Sie murmelte: «Ich hoffe nicht. Er ist doch wasserdicht.»

Sie fand ihn kurz danach, unversehrt, und holte Desinfektionsmittel und Heftpflaster heraus.

Nicolas ignorierte ihre medizinischen Bemühungen ostentativ, vergewisserte sich, ob die Solidität seiner Filmkassetten dem Schlag widerstanden hatte. Er sah nicht allzu zornig aus. Ich folgerte, daß wir wenigstens von dieser Seite nichts zu befürchten hatten.

Laura lächelte als einzige von uns, obgleich sie mit Abstand am meisten abbekommen hatte. Glücklicherweise war sie im Gesicht unverletzt: nur Hautabschürfungen an Knien, Ellbogen, Schultern und vor allem an den Händen. Ich wäre untröstlich gewesen, wenn der Strom sie entstellt hätte, und sei es nur für ein paar Tage.

«Die Neue Sonne hätte es bestimmt wieder in Ordnung gebracht!» versicherte sie.

Sie schien es tatsächlich zu glauben.

«Mein Stock? O nein! Mein Stock ...»

Der Schreckensschrei hatte sich meiner Kehle entrungen, ehe mein Gehirn die Zeit gehabt hätte, den schweren, nicht wiedergutzumachenden Verlust zu realisieren.

Traurig, niedergeschmettert sagte ich nichts weiter. Meine Kameraden waren ebenso bestürzt wie ich. Sie betrachteten den Strom mit Abscheu, Haß. Tiêo war die einzige, die nicht wußte, was er mir geraubt, wovon er mich getrennt hatte. Doch sie begriff, daß ich litt, und sie kam zu mir und schmiegte sich an mich, als sei sie diejenige, die einen Halt brauchte.

Wir haben an Ort und Stelle gegessen. Ein Gericht war nasser als das andere. Dann setzten wir unsere Expedition fort. Der nun folgende Teil des Flusses war tief und so ruhig wie ein See am Abend. Die abtrünnigen Mara paddelten wie wild mit ihren Pagaien. Ich schlug einem von ihnen vor, ihn abzulösen. Er lehnte barsch ab. Der andere tat so, als hätte er mein Angebot nicht gehört. Ich sah, daß Nicolas trotz der einnehmenden Beredsamkeit seiner Gesten ebenfalls nichts ausrichtete.

«Beruhige dich», riet Myrte mir. «Blinder Eifer schadet nur.»

Sie hatte etwas gegen die Bootsleute! Einen Augenblick darauf fragte sie: «Was hätten wir bei den Lebenden gemacht, wenn Laura nun tot wäre?»

Ich fand keine Antwort.

Viel später, als wir schon eine längere Strecke schnell und schweigend zurückgelegt hatten, fiel mir doch eine ein, und ich sagte sie ihr: «In diesen Bergen sterben nur die Menschen, die nichts mehr begehren.»

Ich rechnete wirklich nicht damit, daß dieser Gedanke sie trösten würde. Deshalb überraschte es mich, als ich sah, daß ihr Gesicht sich langsam aufhellte und endlich wieder das Lächeln zeigte, ohne das es so unbekannt, fremdartig wirkt. Sie beugte sich über Tiêo, küßte sie zärtlich aufs Haar. Dann versicherte sie: «Also jetzt sind wir alle in Sicherheit!»

Gleich darauf umdüsterte ihr Blick sich wieder und sie fügte hinzu: «Bis auf Nicolas, vielleicht.» Sie wandte sich an mich: «Was meinst du?»

Ich erwiderte nach einigem Überlegen: «Ich habe das Gefühl, daß er ebenfalls darüber hinwegkommen wird.»

Ohne im mindesten zu wissen, was ich sagte und warum ich es sagte, hörte ich mich weiterreden: «Aber nicht so gut.»

Die Sonne stand jetzt senkrecht über der Schlucht und versengte uns. Die Bewegungen der Paddler hatten sich merklich verlangsamt. Wir kamen trotzdem noch voran.

Ich muß lange Zeit in eine betäubungsähnliche Erstarrung verfallen sein. Als ich wieder zu mir kam, drehte ich mich um, weil ich meine beiden Gefährtinnen sehen wollte: sie schliefen eng umschlungen. Myrte öffnete sofort die Augen, betrachtete mich lächelnd.

«Gib mir deine Kette», befahl sie mir völlig unvermittelt.

Ich löste sie von meinem Hals und reichte sie ihr. Sie steckte das daran befestigte Stahlrechteck in den Mund, wobei sie die Zähne – allerdings nur ein paar Sekunden – auf die beiden Längskerben setzte, und gab sie mir dann zurück. Als ich sie mir wieder umgehängt hatte, schaute sie mich ernst, beharrlich an und sagte: «Du wirst niemals etwas auf diese Plakette schreiben, nicht wahr, Gualtier? Keinen Namen, keinen Buchstaben, keine Zahl. Versprichst du es?»

«Ich schwöre es dir.»

«Solange die Plakette jungfräulich bleibt, ist alles gut», bekräftigte sie.

Sie beugte sich über Tiêo, die auf ihren Brüsten weiterschlief. Wir schauten zusammen ihr Geschlecht an. In demselben Ton, den sie anschlug, als sie mich bat, meine Plakette nicht gravieren zu lassen, hat Myrte mir dann gesagt: «Begehre sie! Ich möchte es.»

Ich spürte, daß sie plötzlich leidenschaftlich gespannt, eigensinnig war, nicht mehr scherzte – als ginge es um Leben und Tod . . .

Ich senkte zustimmend den Kopf und antwortete laut und deutlich: «Ja. Ich liebe dich, und ich begehre sie.»

Kurz vor Anbruch der Nacht erreichten wir eine kleine Insel, eine Art Oase, die von goldenem Sand umgeben wurde.

Die Felswand, die bisher keine einzige Spalte aufgewiesen hatte, endete plötzlich in Höhe des Eilands und gab den Blick frei auf eine unendlich wirkende Folge dunkler, runder Hügel, die immer höher in den Himmel hinaufragten, wie man es auf den Bildern der Naiven oder auf mittelalterlichen Gemälden öfter sieht als in der Natur. Das Ganze wirkte gleichwohl nicht sehr einladend.

Hinter diesem Einschnitt führte die Schlucht mit der gleichen Enge und Geradlinigkeit wie bisher nach Süden weiter. Ich betete, daß wir morgen nicht noch einmal in so mörderische Stromschnellen gerieten! Wir rappelten uns mühsam hoch, denn wir waren vom langen Sitzen ganz steif geworden. Mein Rücken tat mir weh. Und andere Körperstellen ebenfalls! Myrtes Heftpflaster schienen keine schmerzstillenden Eigenschaften zu haben.

Tiêo sprang wie ein munteres Zicklein aus dem Boot, in der einen Hand ihren kleinen Korb, an der anderen Myrte. Es war so schön, sie anzuschauen, in der Stellung, in der sie jetzt waren, die Füße im Wasser, darauf wartend, beim Entladen der Einbäume zu helfen, daß ich umgehend mein Zipperlein vergaß.

«Ein idealer Platz!» jubelte Nicolas.

«Ein Traum wird wahr!» bekräftigte Laura.

Ich gab einem unvermittelten Widerspruchsdrang nach: «Ich persönlich habe eher den Eindruck, daß ich dabei bin, den Mond zu betreten. Und ich weiß nicht, ob mich das begeistern oder kaltlassen soll.»

Laura machte ein verdutztes Gesicht. Sie sah mich an, als begänne sie auf einmal daran zu zweifeln, ob man mir noch vertrauen könne. Aber vielleicht gelangte sie zu dem Schluß, ich hätte mir den Kopf etwas zu heftig an diesen oder jenen Höcker ihrer rettenden Baumwurzel gestoßen, denn ihre besorgte Miene wich schnell einem zärtlichen und mitfühlenden Lächeln.

Der Himmel ist klar. Ich bin nicht müde.

Es ist nach Mitternacht. Die anderen schlafen.

Ich betrachte sie aus meiner hockenden Stellung vor der Glut des Holzfeuers, das wir gemacht haben, um uns etwas Stärkenderes zu kochen als zu Mittag. Ich habe den ganzen Abend damit verbracht, mich um dieses Feuer zu kümmern. Ich tue es auch jetzt noch. Ich stochere darin. Ich nähre es mit Reisern, bis es zu neuem Leben erwacht und schöne Flammen auflodern läßt.

Laura und Nicolas schlafen eng aneinandergeschmiegt, unter einem *pareo*, einem tahitischen Rock aus Baumwolle. Ich sehe nur ihre Köpfe – Gesicht an Gesicht, Stirn an Stirn: sie wirken irgendwie zerschlagen.

Myrte schläft ohne Decke, mit ihrem Hemd aus beigefarbenem Leinen. Sie hat nur ihre Hose und ihre Stiefel ausgezogen, sich Arme und Beine mit Beifußessenz eingerieben, um die durstigen Mücken abzuschrecken. Jetzt liegt sie mit angezogenen Knien auf der Seite. Ihre beiden unter der rechten Wange aufeinandergelegten Hände dienen ihr als Kopfkissen.

Tiêo ist dicht bei ihr. Sie hat sich an einen unserer Rucksäcke gelehnt und schläft in dieser Haltung, fast sitzend, gegenüber vom Feuer, frisch wie ein Melissenkräutlein.

Ich suche die Bootsleute mit den Augen. Sie liegen ein ganzes Stück von uns entfernt neben ihren Einbäumen zusammengerollt am Strand.

Nur ich habe noch keinen Platz gefunden. Ich wäre ebensogut beraten, schlafen zu gehen, da ich nichts Nützliches mache. Es bringt niemandem etwas, daß dieses Holz brennt. Denken nützt auch nichts.

Ich gehe ein paar Schritte zur schmalsten Stelle des Flusses, zu dem flachen Arm, der uns im Osten von dem offenen Einschnitt mit den dahinterliegenden Hügeln trennt. Ich sehe sie nicht mehr, denn die Nacht ist zu schwarz. Aber meine Anstrengung, die

Dunkelheit zu durchdringen, muß meine Augen ermüdet haben, denn sie lassen absurde Bilder entstehen: mir scheint, als gleite am anderen Ufer ein winziger Einbaum entlang, als springe eine menschliche Gestalt an Land und verschwinde dann zwischen den Büschen.

Sonderbar! Was könnte das sein? Ein Verfolger? Ein Spion? Aber wir flüchten vor niemandem, und wir haben nichts zu verbergen!

Ich reagiere. Habe ich geträumt? Habe ich wirklich etwas, jemanden gesehen? Jetzt ist wieder alles so dunkel und verschwommen wie vorher. Ich gehe zu meinem Rucksack, um ein Fernglas herauszuholen . . . Ah, wie konnte ich es vergessen! Es ist heute morgen ebenfalls vom Strom fortgerissen worden. Ich drehe mich wieder zum Fluß. Ich bleibe lange regungslos stehen und betrachte ihn.

Ich schrecke zusammen: eine Hand hat sich auf meine Schulter gelegt! Dann schäme ich mich über meine Nervosität. Die Hand fährt zu meinem Nacken, kämmt meine Haare. Myrtes liebkosende Wange berührt die meine. Ihre Stimme fragt mich. Ich verstehe, daß ihre Frage nicht auf die jetzige Situation abzielt, sondern auf mein ganzes Leben, auf das ganze Leben . . . Und ich spüre, daß sie sich um mich sorgt.

Sie sagt: «Wovor hast du Angst, Gualtier?»

Ja, wovor sollte ich Angst haben? Warum sollte ich Angst haben? Und um was, um wen? Ich sinne, träume halb und antworte dann: «Ich habe keine Angst. Ich möchte Wissen, das ist alles.»

Sie schweigt einige Minuten, fragt mich: «Warum möchtest du dein Leben ändern?»

Ich brauche nicht zu überlegen, um die Antwort zu finden: «Die Welt, aus der wir kommen, lohnt das Leben nicht.»

Sie küßte mich auf die Stirn, dann auf die Wangen; flüsterte in dem sanften Ton, mit dem man ein Kind oder einen Greis oder einen Sterbenden beruhigt: «Aber du gehörst zu dieser Welt, Gualtier! Ich verstehe immer noch nicht richtig, was du hier vorhast. Und ich weiß auch nicht, was Nicolas in diesen Wäldern will.»

«Er will Laura eine Freude machen. Und du, warum bist du mit mir gekommen?»

Ich sah, wie ihre Augen glänzten, ihre Lippen sich zu einem schelmischen Lächeln öffneten:

«Natalie hat mich darum gebeten. Glaubst du nicht, daß das als Motiv genügt?»

Es fiel mir bereits schwer, mich an die eigentlichen Ursachen der Angst zu erinnern, die mich einen Moment zuvor gequält hatten. Mir kam es so vor, als durchdrängten mich Myrtes Fürsorglichkeit und Zärtlichkeit, als teilten sich ihre Intelligenz und Hellsichtigkeit mir mit, als verschafften sie mir Gewißheiten, die selbstverständlich waren, nicht mehr identifiziert oder analysiert zu werden brauchten. Ich betrachtete das Gesicht meiner Freundin mit Bewunderung, mit Hochachtung.

«Du bist weise, Myrte!»

Sie lachte auf: «O nein! Ganz sicher nicht! Ich bin parteiisch. Ich interessiere mich nur für die, die ich liebe. Und ich finde, daß nur sie recht haben! Immer.»

Sie fing an, meine Augen und Lippen mit kleinen, neckischen, stärkenden Küssen zu bedecken. Ah, ich fühlte mich schon viel besser! Ich dachte voll Glück an Natalie.

Ich befreite mich, um zu sagen: «Ich liebe dich, Myrte, weil du an die Freundschaft glaubst.»

Sie biß mir in die Nasenspitze. «Und ich», sagte sie, «ich dürfte dich nicht lieben, weil du an die Mythen glaubst.»

Sie legte die Hände auf meine Schultern, drückte mich auf die Knie, ließ mich zu Boden gleiten, dicht neben der Glut, in der noch ein paar hohe Flammen züngelten und die flache Stelle beleuchteten, die wir vom Strauchwerk freimachten, um uns hinzulegen und zu schlafen. Laura und Nicolas hatten ihre Stellung nicht geändert: sie hätten tot sein können.

Myrte löste den Sarong, den ich mir um die Lenden gewickelt hatte. Ich drehte mich auf den Rücken, und sie kniete neben mir nieder; die zuckenden Flammen modellierten bewegliche Bilder, goldfarbene Reliefs auf ihren Wangen. Diese Flammenschatten machten sie noch schöner, falls das überhaupt möglich war.

Sie beugte sich über mich, nahm mein Geschlecht, behielt es lange in ihrem Mund, wo es schwelgte, anschwoll, sich wohl fühlte. Als es so hart und verlangend geworden war, daß es sich nicht mehr mit dieser unbeweglichen Versuchung zufriedengeben konnte, zog es sich zur Hälfte zurück, tauchte dann wieder behutsam ein.

Myrte verlieh ihren Lippen eine Form, die so sehr für die Erfüllung meines Verlangens geschaffen war, daß ich mich fragte, wo ich jemals woanders einen so idealen Platz finden sollte. In diesen Augenblicken, ich wußte es, ich hatte die Erfahrung gemacht – und spürte darob keine Gewissensbisse –, in diesen Augenblicken wurde ich zum Verräter an Natalies Scheide und auch an Myrtes Scheide: jetzt gab es nur noch das Wunder dieses Mundes!

Ihre Lippen rundeten sich nicht nur, wie sie es mußten, um mich vor den Zähnen zu schützen, die mir hätten weh tun können, nein, sie schenkten dem Puls meiner Adern auch noch einen neuen, begehrlichen Rhythmus. Ihr Druck änderte sich genau dann, wenn diese Änderung meine Lust verdoppeln konnte. Dahinter leckte eine unermüdliche Zunge das Gewebe meiner Eichel, stieß diese zum Gaumen hoch, dessen feste Beschaffenheit und weiche Schleimhäute mich aufnahmen, erzittern ließen.

Als sie spürte, daß es an der Zeit war, wo ich eine andere, totalere, definitivere Lust brauchte, wechselte Myrte die Stellung, legte sich parallel so zu mir auf die Erde, daß ihr Mund mit einer Geschwindigkeit, die sich progressiv steigerte, an meinem Geschlecht auf und ab fahren konnte. Gleichzeitig begann ihre Hand, die seinen Schaft umklammert hielt, schnelle, drehende Bewegungen zu machen und es zu drücken und zu reiben – zu drücken, um das hochquellende Sperma zurückzudrängen, zu reiben, um sein Kommen zu beschleunigen.

Jetzt ließ Myrte ihre Lippen mit gezielter Regelmäßigkeit auf meinem Phallus hin und her gleiten, und zwar seiner ganzen Länge nach. Bei jeder zweiten Bewegung kamen sie bis zu der Öffnung, die sie eilig, begierig, *en passant* ableckte; dann umhüllten sie mich wieder, bis sie sich am Knochen meiner Scham stießen. Ich dachte: jetzt, jetzt muß ich einfach explodieren! Mir wurde schwarz vor den geschlossenen Augen. Die Hände Myrtes eilten ihrem Mund – dem immer noch weitere, ungeahnte, unglaubliche Gesten einfielen – zu Hilfe, um den heftigen Erguß zu regulieren, der mich wie ein Sturmwind, wie ein Donnerschlag schüttelte.

Myrtes Mund, Myrtes Hände steigern meine Lust, machen sie länger und köstlicher, entlocken mir mehr Sperma, mehr Zuckungen, als irgendein anderer Teil irgendeines anderen Körpers schaffen würde. Lange nachdem ich glaubte, jede Kraft verloren zu haben, bringen mich das Fleisch dieser zarten Finger und die geschickte Spitze dieser Zunge zu einem letzten Spasmus, treiben mich zu einer zusätzlichen Ejakulation.

Und es ist ebenfalls Myrte, die, als sie endlich den Kopf auf meinen Leib sinken läßt und lüstern die letzten Tropfen schleckt, welche sie an der Öffnung meines Geschlechts empfängt und schnurrend schluckt, mit einem Seufzer des Behagens sagt: «Ah! Wie gut das tut!»

Vielleicht haben wir so geschlafen, ich weiß es nicht mehr. Als ich wieder zu Bewußtsein kam, waren wir jedenfalls noch in derselben Stellung. Ich streichelte die schwarzen Haare, die meinen Körper zur Hälfte bedeckten, legte dann, ohne aufzustehen, ein paar Holzscheite nach und schürte das Feuer. Durch die Flammen sah ich, daß Lauras Gesicht nun auf Nicolas' Brust lag und daß die beiden immer noch schliefen.

Tiêos Augen waren weit geöffnet und lächelten mich an. Ich warf ihr mit den Fingern einen kleinen Kuß zu.

Myrte hob den Kopf, forderte mich auf: «Und jetzt schenk du mir Lust.»

Ich habe ihre Vulva lange geleckt. Gleichzeitig leckte ich mit einer unsichtbaren Zunge das Geschlecht von Tiêo, an dessen gerade, geschmeidige, fleischige Lippen zwischen den gespreizten Beinen ich mich ganz genau erinnerte.

Ich hoffte, daß sie sich liebkoste, während sie uns zusah. Ich konnte sie jetzt nicht sehen; aber wir waren ihr näher als dem Glanz des Feuers, und ich war sicher, daß ihr nichts von dem entging, was wir machten: wir taten es auch für sie.

Myrte stöhnte ab und zu, stöhnte: «Ich empfinde Lust!» und empfand Lust. Ich führte sie von einem Orgasmus zum nächsten, entschlossen, sie auszuschöpfen, bereit, sie vor Lust sterben zu lassen.

Sie wußte, daß ich in diesem Augenblick, während ich ihre Frauenspalte leckte, an ihre Kinderspalte dachte. Und ich spürte, daß dieser Gedanke sie erwachsener machte, ihr mehr Lust verschaffte. Sie ließ mich abermals erigieren.

Als ich der großen Myrte keine Klagen mehr entlocken konnte und sie mir wie betäubt, vernichtet schien, küßte ich sie innig.

Ich küßte sie lange, in aller Ruhe, für meine Lust und die Lust Tiêos. Mein dicker Penis, da war ich ganz sicher, würde nicht in ihre schmale Kleinmädchenspalte passen, doch ich tauchte ihn trotzdem hinein und tat es abermals, ohne den geringsten Skrupel, und es war gut, ja, wirklich gut! Tiêos Vagina, wie ich sie in jener Nacht in Myrtes Schoß geküßt habe, ist die beste, die ich jemals erlebt habe. Die süßeste. Die liebevollste. Die am köstlichsten zu entjungfernde. Die willigste.

Myrte kam zu sich und übernahm wieder den Oberbefehl, als sie den Eindruck hatte, wenn ich mich weiter so gehen ließe, würde ich mich abermals in ihr ergießen, viel zu früh für ihren Geschmack.

Sie entschlüpfte mir, kniete sich neben mir hin, zog ihr Hemd aus, das sie bis jetzt angehabt hatte, warf es in den Schatten, richtete sich wieder auf, wobei die züngelnden Flammen ihrem nackten Leib etwas unirdisch Schönes gaben, pfählte sich mit meinem Glied, blieb ganz gerade sitzen, hielt ihre Brüste dabei in den Händen und tanzte wie eine Feder auf meinem Bauch.

Sie kam sofort zum Höhepunkt, wobei sie sich auf die Lippen biß, um nicht zu schreien, ließ dann ihre Brüste los und stützte sich mit beiden Händen auf meine Brust. Die Spannkraft ihrer Schenkel hielt sie in der Schwebe, bis mein Geschlecht sie fast verlassen hatte. Dann ließ sie sich wieder fallen, heftiger und schneller, damit es sie von neuem penetrierte und tief in ihr den empfindlichen Gebärmutterhals traf.

Der Stoß schüttelte sie vor Lust. Sie verharrte einen Augenblick, ohne sich zu bewegen, kostete die lebendige Gegenwart in ihrem Schoß aus; versuchte, den Orgasmus zu zügeln, der ihr Bewußtsein zu trüben begann; konnte aber schließlich nicht mehr dem Drang widerstehen, ihre Verzückung noch zu steigern, indem sie eine Hand von mir löste, um sie auf ihrer Klitoris vibrieren zu lassen.

Plötzlich zuckte sie konvulsivisch, keuchte, schien kurz davor, ohnmächtig zu werden – kam jedoch augenblicklich wieder zu sich, begann ein neues Duell. Sie spielte nun den Mann, der rittlings eine Frau besteigt, und diese Frau war ich. Mit männlicher Wucht penetrierte sie mich, durchbohrte mich mit ihrem geträumten Phallus, wühlte mich auf, benutzte meine Vagina, peinigte mich mit unbarmherzigen Stößen, bis ich mich ergab und schrie.

Da war sie befriedigt und beglückt, ejakulierte heftig in mich, überließ sich ihrem Rausch, konnte schließlich nur noch an sich denken, entleerte eine Ewigkeit lang Milchstraßen von Sperma.

Doch als sie wieder zu Sinnen kam, fand sie mich von neuem in sich, immer noch erigiert und stolz, sie überlebt zu haben.

Mit heiserer Stimme sagte sie: «Ich kann nicht mehr. Ich kann nicht mehr, bitte!»

Sie war es jedoch, die abermals ihr Becken bewegte, wohl wissend, daß sie mein Geschlecht jetzt nur noch in ihrem nassen

Geschlecht hin und her gleiten lassen mußte, damit ich zum Höhepunkt kam, ohne mich dagegen wehren zu können.

Aber ich hielt mich mit allen Kräften zurück! Ich widerstand mit aller Kraft meiner Begierde!

Sie hielt inne, wurde lasziv, verführerisch, aber anders: «Entjungfere Tiêo!»

«Sie ist zu klein!»

«Nein», bestritt sie. «Ich weiß es. Ich war genauso alt wie sie!»

Sie schmiegte sich an mich, wollte sich in einen Backfisch verwandeln, zog meine Hände zu ihren Brüsten, steckte die Zunge in mein Ohr, leckte es. Ihr Schoß war plötzlich verwundbar, unerfahren, rein geworden, wartete darauf, daß ich ihn unterwies. Ihre Lenden und Gesäßbacken bäumten sich nicht mehr, versuchten nicht mehr, mich zu besiegen, sondern neckten mich zutraulich, voll Wißbegier . . .

Ich ließ sie abermals unter mich rollen, um sie weiter zu öffnen, wobei ich aufpaßte, daß ich ihr nicht weh tat; trotzdem war ich entschlossen, bis zum letzten zu gehen, ihre jungfräuliche Scheide mit meinem Samen zu füllen. Als sie spürte, daß ich mich bald ergießen würde, rief sie: «Tiêo!»

Die Kleine kam sofort. Sie trug ihren Sarong noch. Ohne zu zögern zog sie ihn aus. Als sie nackt war, legte sie sich der Länge nach neben Myrte, schmiegte sich an sie, verschmolz mit ihr, als hätten ihre vorübergehend getrennten Körper sich erkannt und im Einklang des Verlangens wieder vereinigt.

Ich nahm sie in die Arme, drückte sie an Myrtes warmen Körper und an meinen. Auf den Lippen Tiêos flüsterten Myrtes Lippen: «Gib dich hin, mein kleiner Schmetterling! Gib dich richtig hin. Gib dich ganz hin.»

Tiêo antwortete mit einer Kopfbewegung, daß sie verstand, einwilligte, sich hingab.

Myrte sagte mit glücklicher Stimme: «Komm jetzt in uns!»

Da empfand ich, endlich beide in den Armen haltend, Lust, höchste Lust. Und nicht nur in einer von ihnen, auch nicht in der anderen empfand ich Lust: wie Myrte es gewünscht und gewollt hatte, war es in ihrem doppelten Herzen, in ihrem einzigen Körper.

So verharrten wir lange, alle drei. Dann befreiten meine Geliebten sich aus meiner Umschlingung. Myrte überzeugte Tiêo: «Nun müssen wir schlafen.»

Das junge Mädchen ging wieder zu der Stelle, wo es vorher gelegen hatte. Es zog sich aber nicht wieder an. Es blieb nackt, bettete den Kopf auf meinen Rucksack, breitete den Sarong so über die Beine, daß die Scham entblößt blieb, und schloß dann die Lider.

Bedauernd wandte ich die Augen von ihr, um die Sterne zu betrachten. Es gab keinen Mond.

«Was suchst du eigentlich?» fragte Myrte sehr sanft. «Hast du diese Nacht nicht alles gehabt? Alles, was du begehrtest? Alles, was du haben konntest?»

«Ja. Jetzt bleibt nur noch das, was ich nicht haben kann.»

«Warum wagst du es nicht, das Mögliche zu wollen?» flüsterte Myrte. «Es ist so schön!»

Sie hatte recht. Mein Herz schwoll, als es sich an die Schönheit des Augenblicks erinnerte. Diese ungeahnte Erregung, dieser gleichzeitig befriedigte Drang zu lachen und zu weinen, dieses unteilbare fleischliche und geistige Wetterleuchten, diese große Vision, die vergeht und die man im Gedächtnis bewahrt, ist all das vielleicht das Glück?

Ist es das?

Ich weiß es nicht, werde es nie wissen. Warum soll ich mich in einer solchen Hoffnung wiegen? Kein geheimer Ritus wird es mir je sagen. Keine fremde Weisheit. Keine Legende.

Es gibt weder im körperlichen noch im imaginären Himmel eine Neue Sonne, die über dieser Erde aufgehen und mich anders zur Welt bringen kann, als ich bin. Ich werde mein Leben nicht neu beginnen, weder am ersten Tag des nahenden Jahres noch zu irgendeinem anderen Zeitpunkt, sei es hier oder woanders. Ich habe nur eine Chance: weiterzumachen, dieses Leben, mein unwissendes Menschenleben zu leben.

Meine Kehle wird bis zum letzten Moment von der Ungewißheit zugeschnürt sein. Mein Tappen, mein Tasten, mein blinder, stummer und tauber Kummer werden deshalb nicht aufhören.

Ist es richtig, diese Chance nicht zu ergreifen? Sie ist mein einziges Schicksal: das Schicksal aller. Niemand hat eine andere Wahl, als sie zu packen oder ungenutzt zu lassen. Das heißt zu leben oder zu sterben. Aber unser bekanntes Leben und unseren bekannten Tod zu leben oder zu sterben. Es existiert kein anderes, das wir haben, keine andere Wissenschaft, die wir lernen, keine andere Kühnheit, die wir besitzen, kein anderes Risiko, das wir eingehen können. Kein anderes Mysterium als dieses betrifft uns. Kein anderes Wunder. Das Spiel mit anderen Leben, anderen Toden bringt nichts. Es erlaubt uns noch nicht einmal, die unseren zu vergessen.

Nun gut, diese Chance ist also die einzige! Niemand wird mich aber je zwingen können, sie Glück zu nennen. Man kann einfach nicht glücklich sein, ohne zu wissen.

Ich betrachtete die Sterne, doch meine Geliebte betrachtete mich. Ich fragte sie: «Träumst du denn nie, Myrte?»

Sie lächelte – jenes wache Lächeln, nicht das Lächeln des Geistes, der sich berauscht, oder des Körpers, der sich schenkt. Sie antwortete: «Doch, ich träume! Aber ich rechne nicht damit, daß meine Träume in Erfüllung gehen.»

Ihre Stimme wurde eine Weile von der nächtlichen Stille umfangen, redete dann zu Ende: «Ich habe keine Hoffnung. Ich habe keine Angst. Deshalb bin ich frei.»

Sie lehnte die Stirn an meine Schläfe, eine Geste, die sie gern macht und die ich an ihr liebe. Sie sprach mit einem dumpfen und dennoch drängenden Ton, als plädiere sie, aber nicht für sich, sondern für alle; als hinge das Wohl irgendeines Menschen von ihrer Überzeugungskraft, von dem Verständnis ab, das sie finden würde – bei mir, bei anderen.

«Ich habe dir ja schon gesagt, daß ich mein Leben selbst gewählt habe – ich habe das Leben gewählt. Ich ringe mit meinem Körper. Ich bediene mich meiner Existenz. Ich liebe diese Welt, ich liebe ihre Zeit. Ich ergebe mich nicht der Ewigkeit.»

Sie hob den Kopf, sah mir in die Augen; bekräftigte: «Auch du, mein Geliebter, auch du wirst das, was du suchst, vielleicht eines Tages finden. Du mußt nur aufhören zu hoffen.»

Sonst weckt uns immer das Morgengrauen. Heute haben wir alle weitergeschlafen. Als ich die Augen aufmachte, übrigens als erster, stand die Sonne schon hoch am Himmel. Ich dachte, meine Kameraden seien noch müde und hätten ein Recht auf Schlaf, so daß ich ihnen einen Aufschub gewährte. Ich gab mir Mühe, kein Geräusch zu machen, und ging zum Fluß, um mich zu waschen. Mein Rasierapparat war von der Strömung fortgetragen worden: ich würde also von jetzt an Nicolas' Beispiel folgen!

Ich empfand ein gewisses Unbehagen, doch ich hätte nicht sagen können warum ... Als ich wieder zum Ufer hochging, schälte es sich ein bißchen deutlicher heraus. Irgend etwas fehlte – etwas, das sich, was noch viel merkwürdiger war, nicht in meinem Geist formen wollte.

Großer Gott! Ich warf das Handtuch hin, mit dem ich mich abtrocknete, und rannte wie ein Wahnsinniger zum anderen Ende der Insel. Ich hatte endlich begriffen, woraus die Leere in meinem Kopf bestand ...

Dort, wo ich in der Nacht noch unsere beiden Kanus gesehen hatte, war nichts mehr, nicht einmal eine Rille im Sand, nicht einmal die Spuren von Kielen, die fortgezogen wurden.

Aber ich hatte sie doch nicht geträumt! Wir waren schließlich nicht hergeschwommen.

Ich suchte alles mit den Augen ab, schaute stromauf und stromab, zum Ostufer und zum Westufer. Vergebens: ich hatte es vorher gewußt. Ich versuchte noch nicht einmal, mich zu vergewissern, ob die vier Kanuten noch da waren. Das Schweigen und die Stille der winzigen Insel genügten.

«Verdammte Christen!» fluchte ich.

Ich hob einen orangefarbenen Baumwollfaden auf, der am Boden lag. Die Bewohner von Arawas Dorf tragen solche Fäden um den Hals und befestigen daran ihre Kreuze. Einer der Männer mußte das seine hier fallen gelassen haben, aber ich fand es nicht: er hatte es sicher wiedergefunden und mitgenommen. Man hat zwar das Recht, diejenigen im Stich zu lassen, die einem in der Religion vertraut haben, aber niemals seinen Talisman! Diese verdammten käuflichen Christen!

«Sollen sie sich doch zum Teufel scheren!» schrie ich ins Leere.

Ein Lachanfall vertrieb meine Wut. Trotzdem fuhr ich fort, mit mir selbst zu reden.

Meine Monologe hatten meine Freunde nicht aus ihrem Schlummer gerissen. Ich löste Myrte aus Tiêos Armen. Sie rührte sich nicht, aber daran bin ich gewöhnt: sie braucht jeden Morgen mindestens gut zehn Minuten, um zu sich zu kommen. Bei Laura und Nicolas waren die Wiederbelebungsversuche fast ebenso schwierig, und das überraschte mich. Woher kam diese allgemeine Lethargie? Bei Tiêo schien es am leichtesten zu gehen, aber diese Munterkeit war nur relativ. Ich schüttelte sie, damit sie mir beim Feuermachen half. Ich mußte meinen Kameraden unverzüglich eine traumatisierende Dosis Kaffee einflößen: das beste war, die uns gebliebenen Vorräte zu konsumieren, ehe dieser Unglücksfluß uns auch noch den Rest raubte!

Nicolas nahm das Verschwinden der Boote sehr schlecht auf: «Jetzt kommen wir weder vor noch zurück. Wir werden krepieren. Hier, an dieser Stelle!»

«Wenn du die Absicht hast, dich nicht vom Fleck zu rühren, wird es uns zweifellos so ergehen», fuhr Laura ihn an.

«Wo soll ich denn hin?»

Sie zeigte auf den Einschnitt in der Felswand: «Meinst du vielleicht, dort käme gleich das Ende der Welt?»

«Nein, aber auch nicht die Neue Sonne.»

«Weißt du denn, wo sie liegt?»

Er mußte zugeben, daß er in der Tat nicht die blasseste Ahnung hatte.

«Das kann uns nur Tiêo sagen.»

Eine sehr zutreffende Bemerkung. Tiêo erklärte, man könne den Ort der Zeremonie genausogut zu Land wie zu Wasser erreichen. Es würde zu Fuß nur mühsamer sein.

«Nichts drängt uns», gab ich zu bedenken. «Wir haben noch vier Tage Zeit.»

«Kein Grund, hier noch lange herumzulungern», schalt Laura uns.

Als wir hastig ein paar Früchte verzehrt hatten, verteilten wir die uns gebliebenen Utensilien und durchwateten den Flußarm, der uns von der fernen Hügelkette trennte. Ich versuchte erfolglos, die

Gipfel zu zählen, denn unter ihrem düsteren, vom Licht des bewölkten Himmels versilberten Mantel aus Kokospalmen verschwammen sie beinahe miteinander. Der Anblick dieser einheitlichen Masse schien uns wieder an unseren Ausgangspunkt zurückzubringen. War es eigentlich sicher, daß wir nicht begonnen hatten, uns im Kreis zu drehen – für den Rest unserer Tage? Mein Magen rebellierte. Ich hatte fraglos zuviel Kaffee getrunken!

Meine Beine waren merkwürdig weich. Selbst wenn man davon ausging, daß Tiêo wirklich imstande wäre, eine Unterscheidung zwischen diesen uniformen Hängen zu treffen – würden wir dann noch die Kraft haben, sie zu besteigen? Würden wir das Ende unseres Leidensweges rechtzeitig erreichen? Würden wir es überhaupt erreichen?

Am dritten Tag stießen wir auf gewaltige Wasserfälle. Auf eine ganze Reihe übereinanderliegender Katarakte von einer Höhe und Pracht, die uns den Atem raubten. Jeden Augenblick änderte das Wasser seine Form, nahm andere Farben an. Der Lärm hatte jedoch nichts Beängstigendes: er wiegte wie eine Barkarole. Mit ihm vermischte sich der Gesang der Vögel, deren Gezwitscher hier anders, sorgloser, unbeschwerter klang als bisher auf unserer Wanderung durch den Dschungel.

Am Fuß der untersten Kaskade lud uns ein rundes, ruhiges, tiefgrünes Becken ein, unter dem Blätterdach zu rasten, wie es sonst nur die Brunnen im Märchen tun. Wir waren alles andere als taufrisch: blaß und bespritzt vom Schmutz, den die Regengüsse aufgewühlt hatten, die seit unserem Aufbruch fast ununterbrochen – zweieinhalb Tage und zwei Nächte! – vom Himmel gestürzt waren. Die letzte Sintflut, die schlimmste und bedrohlichste, hatte uns vor einer knappen Stunde heimgesucht.

Das Wandern durch den klebrigen Schlamm hatte unsere Stiefel in unförmige Klumpen verwandelt. An einem Abgrund hatten wir noch einen Rucksack verloren. Die nun winkende Pause versprach ein bißchen Erholung von unseren Strapazen.

Unsere Erschöpfung war allerdings so groß, daß wir uns nicht sogleich in das gnädige Naß stürzten. Wir blieben zunächst eine ganze Weile am Rand sitzen, um es zu betrachten.

Wir fanden nicht mehr viel, das wir uns sagen konnten. Wir hatten die ganze Zeit, den ganzen Weg damit verbracht, uns auf unsere vier Wahrheiten hinzuweisen. Die meisten davon waren unverdient. Aber sie waren vielleicht doch zu etwas gut.

Ich wollte gerade sagen, es gäbe nichts mehr, was wir über die anderen lernen könnten, aber da wurde mir klar, daß wir uns in Wirklichkeit immer weniger kannten. Dafür zeichnete sich eine ganz andere Einsicht ab: es ist wesentlich leichter, mit Menschen, die demselben Milieu entstammen wie man selbst, in eben dieser Umgebung zurechtzukommen, als wenn man sich mit geschwollenen Füßen und schmerzenden Gelenken bergauf, bergab durch Sümpfe und Dornengebüsch fortschleppen muß.

Endlich entschlossen wir uns zum Baden. Myrte machte anschließend große Wäsche. Wir hatten noch ein bißchen Seife: sie rieb damit alle Hemden und Hosen ein, die ihr unter die Finger kamen. Dann spülte sie die Sachen in dem klaren Wasser, breitete sie zum Trocknen über einen großen, waagerechten Baumstamm und legte sich daneben auf den Rücken.

Tiêo blieb rittlings auf dem Stamm sitzen, um sie zu betrachten und auf sie achtzugeben.

Die Mittagssonne brannte wieder. Frisch gewaschen und ihren Strahlen ausgesetzt, mit einer letzten Scheibe geräucherter Ochsenzunge gelabt, wurde ich langsam ein neuer Mensch: der alte Mensch! Mir fiel ein fröhlicher Psalm ein, dessen Melodie ich vergessen zu haben glaubte, und ich pfiff ihn vor mich hin. Ich machte entschieden Fortschritte.

Laura schwamm abermals unter dem Wasserfall. Nicolas stand in der Mitte des Beckens auf einem Felsen und folgte ihr mit den Augen.

Sie stieg aus dem Wasser und hob ihren Sarong auf. Ich sah, wie sie begann, auf allen vieren die Böschung neben den Wasserfällen hochzuklettern.

«He! Vorsicht!» rief Nicolas. «Warte auf mich.»

Sie antwortete mit einer ironischen, nicht sehr liebenswürdigen Grimasse. Er wollte gerade ins Wasser springen und zu ihr schwimmen, doch sie hielt ihn mit einem Befehl zurück, der keinen Widerspruch zuließ: «Laß mich in Ruhe!»

Sie setzte ihre Besteigung fort, ohne sich noch einmal umzudrehen und ihm einen Blick zu schenken. Er war sichtlich schlechter Laune.

«Wohin willst du?» fragte er.

Sie war schon ein ganzes Stück fort und rief zurück: «Ich habe Lust, allein zu sein.»

Mehr als Lust, sie hat das Bedürfnis, habe ich gedacht. Wir hatten alle das Bedürfnis. Ich habe mich ebenfalls entfernt, einfach so, ins blaue. Ich bin einem natürlichen Pfad gefolgt, der sich um das senkrechte Massiv wand, von dem das singende Wasser herabfiel. Ich bin, immer noch vor mich hin pfeifend, durch das Unterholz gegangen, aus dem wilde Orchideen ihre fröhlichen Gesichter steckten. Sie waren unendlich viel schöner als die gezüchteten, verfeinerten, gehätschelten, verfälschten, gefangenen, verwöhnten Triebe, denen die Verrückten in der Welt da draußen ihre überflüssige Gesellschaft aufdrängen.

Mein Spaziergang führte mich zu einem anderen Wasserfall, der den ersten überlagerte und durch ein gefährliches Felsengewirr von ihm getrennt wurde. Ein Loch im Blätterwerk erlaubte mir, die verkleinerten Gestalten von Myrte und Tiêo zu erblicken, die sich nicht bewegten.

In diesem Moment sah ich aus der Ferne, daß Laura bereits den Platz erreicht hatte, der mein Ziel war. Ich wollte sie nicht stören. Ich setzte mich in den Schatten eines großen Kapokbaums, auf ein weiches Pflanzenpolster, wo ich ausgiebig träumen und wo sie mich nicht sehen konnte. Sie kam mir trotzdem näher, als ich gedacht hatte. Also fand ich mich damit ab, von ihr entdeckt zu werden, wann es ihr paßte, und bewunderte sie – die so unglaublich schön war!

Schon eine Woche! Eine Woche ist vergangen, seitdem ich mit ihr geschlafen habe – jene Nacht in Bulan, die keine Fortsetzung gehabt hat ...

Warum hat dieser Anfang zu nichts geführt?

Aus Mangel an Phantasie, Unerschrockenheit, Treue; aus Trägheit; weil wir zu beschäftigt, zu sehr von unseren bedeutsamen Vorhaben und frivolen Gedanken eingenommen waren; weil uns die Entdeckung unmöglicher Wirklichkeiten dringender zu sein schien als die Erkundung dessen, was wir wirklich erreichen konnten; weil wir mehr an die Expedition dachten als an die Liebe.

Da haben wir, wie unbeabsichtigt, ohne uns darüber klarzuwerden, in unserer Gleichgültigkeit wieder die Paarkonstellationen hergestellt, unter denen wir aufgebrochen waren. Wir sind nicht vier geworden, sondern wir sind zu zweit weitergehumpelt. Ich allein – das stimmt – habe das Glück gehabt, meine Schritte zu festigen: indem ich mich auf eine doppelte Myrte stützte ...

Mit einem Schlag werden mir die unwiderlegbare Notwendigkeit, das logische Bedürfnis, das gerechtfertigte Verlangen bewußt, meine beiden Myrten mit Laura zu verbinden. Ich kann es, wenn ich sie so in den Armen halte, wie ich die beiden gehalten habe; wenn ich ihren Mund lange in meinem lasse; wenn ich endlich akzeptiere, daß ich keine dringendere Pflicht habe, als sie kennenzulernen, daß es keine andere Bedingung für die Liebe gibt, als sie besser zu lieben. Ich werde nie jemanden kennen, den ich bereits zu lieben glaube, es wird mir niemals gelingen, die Männer und Frauen, die ich zu kennen glaube, gut zu lieben, wenn ich nicht auch imstande bin, aus Laura und mir Unzertrennliche zu machen, mich fest an sie zu binden und sie fest an mich zu binden. Jede Liebe ist die notwendige und ausreichende Voraussetzung für alle anderen.

Also nahm ich mein Geschlecht in die Hand, um es dieser Geliebten in spe darzubieten. Sie ging zwei Schritte entfernt an mir vorbei. Sie bemerkte mich nicht.

Was soll's! Ich werde auf sie warten können. Das Warten ist eine einwandfreie Art der Liebe.

Mein Geschlecht wird so lange aufgerichtet bleiben, wie es der Erwarteten beliebt, meine Anwesenheit zu ignorieren. Meine eigenen Liebkosungen werden mich davon abbringen, sie zu vergessen. Und sie mag noch so lange brauchen, um mich zu gewahren, es wird nie zu spät für sie sein.

Doch sie sprang in Reichweite meiner Stimme, meiner Gesellschaft, meiner Augen von Stein zu Stein, erfreute sich so sehr ihrer Unbekümmertheit, daß sie keine Worte, keine Kameraden oder Zeugen nötig hatte. Sie ging bis zum äußersten Ende des Wasserfalls, wobei sie ihren grünen Sarong mit dem Arm herumwirbelte, sicher um das Gleichgewicht nicht zu verlieren. Sie schwankte etwas, hielt sich an einem Zweig fest: das Gewebe entglitt ihren Händen, fiel in einen wirbelnden Strudel, wurde vom stürzenden Wasser mitgerissen, verschwand.

Lauras entzücktes Lachen beruhigte mich nicht. Auf den Zehenspitzen stehend beugte sie sich jetzt mit nachtwandlerischer Sicherheit über die Kaskade. Ich unterdrückte eine impulsive Geste: ich würde nicht so ängstlich und besorgt erscheinen wie Nicolas! Sie wollte frei sein, sie hatte das Recht dazu. Sie hatte sogar das Recht, sich umzubringen.

Dann setzte sie sich der Gefahr noch mehr aus, drehte sich und tanzte am Rand des Abgrunds. Sie ging in die Hocke, griff in das Wasser, richtete sich wieder auf. Sie hielt in jeder Hand eine grüne Pflanze, deren Wurzeln sie zusammen mit dem langen Stengel ausgerissen hatte. Sie hob die Arme, setzte ihre Pavane fort, wobei sie das Grün über dem Kopf gegeneinander schlug – wie es, ich erinnere mich, die Mara (die richtigen, nicht die von Olsons Dias) bei ihren rituellen Tänzen machen. Selbst der Rhythmus ihrer

Schritte, ihrer Hüftbewegungen, ihrer Windungen war dem der Mara zum Verwechseln ähnlich.

Alles ist möglich. Die Möglichkeit, die ich dort wahrnehme, widerlegt nichts. Sogar die beunruhigenden Parallelen, selbst die unbegreiflichen Entsprechungen, die schrecklichen oder glücklichen Zufälle sind Gegebenheiten und keine magischen Zeichen.

Ich schaute noch eine unbestimmbare Zeit zu, wie Laura vor kindlichem Glück jubelte, eine Freude ausstrahlte, die durch keine Angst und keine bewußte Überlegung getrübt wurde.

Wirklich unbewußt? Oder hatte sie das schlimmste aller Risiken im Gegenteil bewußt gewählt?

Sie tollte absichtlich in nächster Nähe des Schlundes hin und her. Sie brauchte die Nachbarschaft des Todes, bediente sich ihrer, um das Leben besser zu würdigen.

Was mich betraf, so riskierte ich nichts als das Ende eines Traums.

Aber ist das Ende eines Traums denn ein kleineres Unglück als der Tod? Was wird von mir fortbestehen, wenn ich meinen Traum verliere? Was wird von Laura bleiben? Wird sie, wenn mein Traum gestorben ist, eine größere Realität bewahren als die anderen Wunder, die ich geträumt habe?

Ist Laura nicht genauso das, was ich träume, wie das, was ihre eigenen Sinne projizieren? Wie das, was ihr eigener Körper schafft? Lebt sie von meinen Gedanken und von der Vision, die ich von ihr habe, etwa weniger als von ihrem eigenen Leben?

Lauras Existenz hängt genauso von mir ab wie vom Tod. Aber wie? Von dem Sperma, mit dem ich sie befruchten könnte, oder von dem, mit dem ich sie neu erschaffen könnte?

Ich betrachte sie und versuche mich zu finden. Ich betrachte mich und finde sie!

Die Bilder, die ich in dem Spiegel, den ich poliert habe, von ihr forme, werden sie länger wirklich sein lassen als der Schatten, den die Sonne mit ihrer Nacktheit malt. Meine Phantasie und mein Wille verbinden mich fester mit ihr, als es eine vorübergehende Illusion des Einverständnisses geschafft hat oder schaffen würde.

Ich weiß es plötzlich: ob sie nun Lust empfindet oder stirbt, nichts wird mich von ihr trennen, nichts wird mich ihrer berauben, es sei denn meine eigene Gleichgültigkeit, mein Verzicht, mein Vergessen. Und nichts wird mich unauflöslicher mit ihr verbinden als die von meinen Begierden entwickelten, von meiner Liebe geknüpften imaginären Freuden und Gemeinsamkeiten.

Keine fleischliche Chirurgie wird jetzt oder in einer legendären Zukunft meine Adern an ihre Adern nähen, meine Nerven mit ihren Nerven verschweißen, meine Sehnsucht mit ihrer Sehnsucht vereinigen. Nirgends wird mein körperliches Leben das ihre beherrschen, ändern oder seinen Platz einnehmen. Auf ewig werden mir ihre Wahrnehmungen unbekannt bleiben, selbst wenn sie beschließt, sie mir vorzusingen. Ich werde nicht ahnen, was sie spürt, selbst wenn meine Finger den Spuren des Zitterns auf ihrer nackten Haut folgen. Ich werde nicht begreifen, was sie denkt, selbst wenn ich mich bemühe, ihre Argumente in ihren Augen zu lesen, von ihrer Zunge zu trinken, aus ihren Brüsten zu saugen, in den Tiefen ihres Hirns oder ihres Geschlechts zu suchen. Und ich werde niemals ein Teil ihres Körpers sein, selbst wenn ich ihn mit so viel Sperma fülle, daß er mehr Zellen von mir enthielte als der meine. Ich werde sie in keinem gemeinsamen Paradies erreichen, auch dann nicht, wenn ich für sie das Land meiner Geburt, das Land meiner Intelligenz verlasse, das meine Sprache spricht und dessen Feste ich kenne. Nie werde ich mit ihr kommunizieren, weder mit der Vernunft noch mit dem Weitblick, weder mit der Leidenschaft noch mit dem Opfer, weder mit der Weisheit noch mit der Tollheit, weder mit dem Vertrauen noch mit der Besorgnis, und es gibt auch kein anderes materielles Band, das uns jemals aneinander fesseln wird.

Und doch kann ich sie, wenn ich nur will, daran hindern, mich zu verlieren! Ich kann verbieten, daß sie für mich verloren ist. Um sie so lange festzuhalten, wie mein Leben dauert, um sie mit einer Liebe zu lieben, die sie besser mit mir vereinigt und verbindet als das Leben, brauche ich nur an sie zu glauben und von ihr zu sprechen.

Mit aller Zärtlichkeit wünsche ich ihr etwas, das ebenfalls möglich ist: ich kann sie länger als mein Leben existieren und lieben lassen, wenn ich die anderen dazu bringe, mir zu glauben und sich zu erinnern.

So lange, wie ich sie in der Vorstellung leben lasse, die ich mir von ihr mache, so lange, wie ich ihr Lust an der Neigung schenke, die ich für sie hege, so lange, wie das überleben wird, was ich von ihr sage, so lange wird sie auch die einzige Begegnung und unersetzliche Gefährtin all derer sein, die mich kennen werden. Sie wird ihnen und mir nahe bleiben, in ihnen und in mir verweilen. Sie wird ich sein und auf unbestimmte Zeit zu ihnen werden können, vorausgesetzt, meine und der anderen verliebte Phantasie werden niemals müde, sie mit unseren harten Phalli zu penetrieren.

Und wenn das Unglück will, daß ich sie eines Tages nicht mehr sehe, und sei es nur im Traum, oder wenn ich spüren werde, daß die Zeit kommt, da ich nicht mehr von ihr sprechen kann, dann werde ich vor meinem Tod dafür Sorge tragen, daß ihr Name meine Stimme überlebt.

Aus Treue werde ich im letzten Augenblick meinen Eid brechen: ich werde ihren Namen in meine Plakette gravieren lassen. Um ihn am Leben zu halten, werde ich die Identität unterschlagen, die ich dem Tod schuldig bin.

Ich hörte Laura singen, die Arme immer noch erhoben, ihre Worte mit einem rhythmischen Tanz ihrer Brüste untermalend:

Wer möchte ein nacktes Mädchen,
Das gern splitternackt ist,
Ein sehr schönes nacktes Mädchen,
Ein Mädchen, das nur aus Freude nackt ist,
Ein Mädchen, das sein Leben lang nackt ist,
Das keinen Glauben, kein Gesetz und keine Heimat kennt,
Das keine Eltern und keine Liebhaber hat,
Ein Mädchen, das man auf der Stelle nehmen kann,
Ein Mädchen, das man nicht zu behalten braucht,
Ein Mädchen, das man ausprobiert haben muß,
Wer wird es bespringen,
Wer wird das nackte Mädchen bespringen?

Abermals lachte sie ihr glückliches Lachen, unterbrach ihre Luftsprünge einen Augenblick, um den menschenleeren Dschungel zu tadeln: «Niemand? Dann eben nicht! Ich kann mich sehr gut selbst bespringen!»

Sie warf ihre pflanzlichen Accessoires ins Leere und setzte ihren närrischen Tanz fort. Doch sie begnügte sich nun nicht mehr mit symbolischen Gesten. Ihre Finger erregten ihre Brustwarzen mit einer atemberaubenden Virtuosität, reizten dann ihre Klitoris, ohne daß ihre Füße aufhörten, mit dem Todessturz zu flirten.

Die Improvisation von eben war durch eine unzählige Male wiederholte Beschwörung abgelöst worden: *«Ich möchte Lust empfinden! Ich möchte Lust empfinden! Ich möchte Lust empfinden!»*

Das war schon kein Gelübde mehr: sie würde wirklich Lust empfinden. Ich hörte, wie sie den Atem anhielt, um schreien zu können. Sie strauchelte – oder schwankte – vor Verlangen . . .

Ich richtete mich entsetzt auf. Im gleichen Moment drückte

mich irgend etwas zu Boden, erfüllte mich mit einem ungläubigen Schrecken, der mich lähmte.

Ein Mann war von einem hohen Ast gesprungen, auf dem er, bis jetzt unsichtbar, gekauert hatte. Sein Oberkörper war nackt, er trug nur einen Lendenschurz aus Bast. Laura, die ihm den Rücken zuwandte, sah ihn nicht. Er richtete sich zu seiner vollen Größe auf und spannte seine Muskeln, um mit einem zweiten Satz den Raum zu überspringen, der ihn noch von ihr trennte. Er streckte die Hände vor, aber nicht um sie zu retten, und auch nicht um sie zu fangen, zu vergewaltigen: ich sah und begriff im selben Moment, daß er sie in den Abgrund stürzen wollte und daß es Arawa war.

Ohrenbetäubende, gellende Schreie, eine Lawine scharfer Krallen, riesige, grün und schwarz getupfte Flügel begruben ihn in dem Sekundenbruchteil unter sich, in dem seine Beine abfedern wollten. Er hob die Arme, um sich zu schützen, krümmte den Rücken, verlor den Halt, taumelte zur Seite. Ich sah, wie sein Körper in das senkrechte Wasser stürzte, an den Felsvorsprüngen abprallte, an den Baumwurzeln entlangschrammte, die aus der Steilwand ragten, vom tosenden Gischt am Fuß des Wasserfalls verschlungen wurde.

Laura hatte mit einem letzten Ruck ihrer Lenden das Gleichgewicht wiedergefunden. Erschreckt von den grauenvollen Lauten, die die wilden Pfauen ausstießen, drehte sie sich um. Die Vögel waren ihr so nahe, daß sie sie hätte berühren können. Sie stand ihnen gegenüber und starrte sie mit herunterhängenden Armen an, als traute sie ihren Augen nicht.

Die Pfauen verstummten sogleich, glätteten stolz ihre Federn, schlugen befriedigt, wohlwollend und souverän das Rad.

Sie schenkte ihnen ein bestrickendes Lächeln; legte dann, sicher mehr zum Spaß, die Hände zusammen und verneigte sich nach der Art der Inder und Thais vor ihnen.

Die Pfauen wandten sich langsam ab, machten ein paar Schritte, wurden wieder langsamer, als wollten sie ihr einen Weg weisen, sie irgendwohin führen. Abermals lächelte sie ihnen zu. Nun begaben sie sich zum undurchdringlichen Dschungel.

Sie folgte ihnen. Ich verlor sie aus den Augen.

Ich bin noch lange in meinem Schattenloch geblieben, niedergeschlagen, meine Wünsche und Hoffnungen vergessend, ohnmächtig, was Intelligenz und Glauben betrifft.

Die Rache Arawas und sein Scheitern, die Monstrosität des

Vorhabens und die bittere Niederlage, jene trostlosen Irrtümer, die man sowohl ihm als auch Laura anlasten mußte, dieses Ende und diese Entmutigung, konnte ich mir überhaupt etwas vorstellen, das meinem Warten, dem Projekt, das ich zu Beginn unserer Expedition entwickelt hatte, mehr widersprach?

Ich erinnerte mich, wie Arawa vor einem Ausleger der *busnig* in der Sonne stand und eine Leine warf, umsprüht von glänzenden Wassertröpfchen, die ihn wie Strahlen umgaben, die schwarzen Augen vor Stolz und Kraft blitzend, schön, glücklich, frei, jung, voller Phantasie.

Ich werde ihn nicht wiedersehen.

Hat wirklich ein jegliches seine Zeit und hat alles Vorhaben unter dem Himmel seine Stunde, hat das Leben seine Zeit und hat das Sterben seine Zeit?

Arawa war einer der unseren gewesen. Er kann bei uns bleiben, wenn ich mich an ihn erinnere und schweige. Die anderen müssen ihn weiterhin am Leben glauben. Weder Laura noch Myrte oder Nicolas oder Tiêo werden erfahren, was ich gesehen habe. Ihre Trauer, ihre Gewissensbisse, ihr Groll würden das Böse nur noch böser machen. Sie würden nichts rückgängig machen, nichts neu schaffen, nichts wiedergutmachen können. Es ist schon zuviel, daß einer von uns – ich – dieses Böse kenne, es nie vergessen werde.

Myrte und Tiêo saßen bei den Rucksäcken, doch niemand schien es eilig zu haben, die Reise fortzusetzen. Myrte hatte ihre leinenen Kleidungsstücke noch nicht wieder angezogen: zugegeben, sie sahen auch noch nicht sehr trocken aus. Sie hatte ihre Brüste mit ihrem *pareo* verhüllt, der bis auf ihre Hüften hing. Ich bewunderte ihren Körper. Ich hatte den Eindruck, ich würde Laura nie wieder nackt sehen wollen.

Nicolas ging an uns vorbei, ohne uns zu beachten, mit einer so düsteren Miene, daß ich beunruhigt war. Meine Freundin rief ihn an: «He, Nicolas, warum machst du so ein Gesicht? Hast du Angst davor, daß irgendein Mara auf dem Pfad des Vergessens deine Geliebte mit Gewalt oder Zärtlichkeit beglückt?»

Mein Herz krampfte sich zusammen. Nicolas wandte sich brüsk um: «Du fällst mir auf den Wecker mit deinen Mara, Myrte! Ich pfeife auf die Mara, hörst du? Ich habe nichts mit ihnen und ihren idiotischen Ideen zu schaffen. Ich möchte nur, daß Laura ein bißchen mehr an ihre Sicherheit denkt. Wohin ist sie gegangen? Warum kommt sie nicht zurück? Was macht sie? Kannst du es mir sagen?»

Myrte ließ sich nicht rühren: «Und wenn sie auf ihre Sicherheit pfeift? Wenn es ihr auf den Wecker fällt, daß du sie mit deiner ewigen Fürsorge erstickst? Wenn sie es leid ist, daß du dauernd wissen willst, wo sie ist? Wenn sie die Freiheit vorzieht?»

«Das war ein Schlag unter die Gürtellinie», stöhnte der junge Mann.

Doch er setzte sich vor ihr hin, fast zu ihren Füßen. Er richtete einen blinden Blick zu ihren Brüsten. Er sah weder diese noch Myrte: er versuchte, etwas anderes zu sehen, das er dunkel ahnte, das er sich verzweifelt zu leugnen bemühte.

«Frei?» wiederholte er. «Ist sie es denn nicht schon? Ich setze ihr keine Grenzen. Ich wähle nicht für sie.»

«Das ist gut», sagte Myrte. «Aber es genügt nicht. Wenn du ihr deine Liebe wirklich beweisen willst, dann laß sie im richtigen

Augenblick allein. Zeig, daß du imstande bist, dich ihrer zu berauben. Lehre sie, auf dich zu verzichten.»

Er fährt fort, sie entgeistert anzustarren. Sie läßt ihm keinen Rettungsanker:

«Laura wird nicht frei sein, solange du auf sie achtgibst. Die Freiheit erträgt keinen Schutz. Das einzige, was die Freiheit braucht, ist mehr Freiheit. Das Leben ist keine Sicherheit, sondern ein Risiko, das man eingehen muß.»

Nicolas hat bestimmt zugehört, denn er fragt: «Eingehen ja, aber bis zu welchem Punkt? Muß ich zulassen, daß Laura sich sogar dem Tod aussetzt?»

«Dem Tod?» antwortet Myrte. «Warum hast du Angst vor ihm? Er ist eine Gegebenheit. Wie das Leben. Wir werden beiden in zwei Tagen begegnen, dem Tod wie dem Leben. Es lohnt nicht, Prioritäten zu setzen.»

Sie lacht plötzlich spöttisch auf: «Ach ja, fast hätte ich es vergessen: du pfeifst ja auf den ganzen Unsinn. Dann geh doch wieder nach Hause!»

Sie wendet sich an das Kind, das neben ihr sitzt und ihr durch den Vorhang der Zeit lauscht, ernst, gespannt, aufmerksam. Sie sagt ihm mit gespielter Ironie, als sei sie sicher, daß es sie besser verstehen wird als Nicolas: «Tiêo, glaub meiner Erfahrung. Heirate niemals einen Mann, der nur eine einzige Frau lieben kann. Er kennt die Liebe nicht. Er ist egoistisch und blind. Und er hat keine Phantasie: bei ihm wirst du vor Langeweile sterben!»

Ich hörte Tiêo rufen, war aber mit den Gedanken woanders und verstand nichts.

Wir mühten uns im Gänsemarsch einen so steilen Hang hoch, daß wir bei jedem zweiten Schritt einen zurückrutschten. Der Sprühregen durchnäßte mich bis auf die Haut. Laura, die vor mir war, blieb stehen, zog den Riemen ihres Rucksacks so kokett zurecht, als lastete ihr dieser nicht wie Blei auf den Schultern, und rief erstaunt aus: «Was hat sie denn?»

Tiêo vollführte Freudensprünge, klatschte in die Hände. Dann beruhigte sie sich, wurde unvermittelt emphatisch und feierlich, verkündete: *«Mga ạnak ng Tạong Ạraw!»*

Ich wiederholte dümmlich: «Söhne des Volkes der Sonne!»

Wir schauten alle in die Richtung, in die sie zeigte. Ich sah zunächst nichts. Dann kam plötzlich eine lange Reihe von Gestalten aus dem Dickicht hervor und näherte sich unserer Marschroute im rechten Winkel.

Ihre Silhouetten zeichneten sich im Gegenlicht schwarz und ockerfarben vor dem bergigen Horizont ab. Es waren ungefähr zehn. Entweder waren ihre Haare sehr lang oder sie hatten sie mit Tiermähnen verlängert. Ihre Kleidung bestand lediglich aus einem Bastriemen um die Hüften, an dem ein langes, steinernes Messer hing. Ihre Hände waren leer. Jeder von ihnen trug ein schwarzes Ferkel auf der Schulter mit glänzenden Borsten und rosa Rüssel, wie man es hier in der Gegend häufig sieht. Die Vorderpfoten der Tiere waren auf der Brust der Träger gefesselt, und die Ferkel stießen hin und wieder heftige Grunztöne aus.

Es fiel mir erst allmählich auf, daß ein Teil dieser Personen Frauen waren. Sie schienen den anderen übrigens in Zahl und Alter zu entsprechen und unterschieden sich für uns nur insofern von diesen, als man bei ihnen – das heißt den Männern – dann und wann einen Penis erblickte, der beim Gehen vorschwang. Die Frauen hatten alle sehr kleine Brüste.

Die Gruppe schritt mit einwandfreier Haltung und erhobenen

Hauptes weiter. Niemand wandte sich um, um uns zu betrachten. Sie verschwanden am anderen Ende der Lichtung aus unserem Gesichtsfeld.

«Meine lieben Kinder», erklärte ich in ganz sachlichem Ton, «ihr habt soeben eure ersten realen Mara gesehen.»

Myrte blieb unter einem Baum stehen, dessen Krone Schutz vor dem Regen bot. Sie ließ ihre Bürde fallen, lockerte ihre Rücken- und Schultermuskeln, setzte sich auf einen Rucksack, hob die Nase und schaute mir in die Augen.

«Seit wann marschieren die Mara und die Realität gemeinsam?» fragte sie.

«Was willst du damit sagen?» interessierte Laura sich.

«Daß wir viel zu gläubig sind.»

Ich gab leidenschaftslos zu bedenken: «Die Mara brauchen keinen Akt des Glaubens. Ihr Königreich ist von dieser Welt.»

Myrte schien die Bemerkung zum Anlaß nehmen zu wollen, um einen Streit vom Zaun zu brechen.

«Es gibt kein glückliches Königreich», machte sie sich lustig. «Aber es gibt Gesellschaften, in denen Veränderungen möglich sind. Die Mara gehören leider nicht dazu.»

«Warum redest du von ihnen, ehe wir sie erreicht haben?» staunte Laura. «Das ist nicht gerecht: du kennst sie nicht, und du magst sie nicht.»

«Doch, ich kenne sie», sagte Myrte. «Die Straßen unserer Städte sind voll von ihnen. Unsere Diskotheken wimmeln von tanzenden Mara, die gekommen sind, um ihr Leben zu vergessen und darauf zu warten, daß die Sonne des nächsten Tages aufgeht. Viele von unseren besten Freunden sind Mara. Und zu viele von unseren Geliebten sind es auch. Wir haben mit ihnen gelebt, ohne daß sie es uns sagten, und unsere Augen waren nicht scharf genug, um es rechtzeitig zu erkennen. So haben wir eine gute Gelegenheit verpaßt, unsere Kräfte zu schonen: statt die Eroberer des Dschungels zu spielen und uns dabei fast zu Tode zu schinden, hätten wir bequem zu Hause bleiben und die Mara beobachten können.»

Ich hatte nicht erwartet, daß Nicolas Wasser auf diese Mühle gießen würde.

«Wenn die Neue Sonne uns einer Gehirnwäsche unterzogen hat, werden wir nicht mehr wissen, woher wir gekommen sind», spottete er grämlich.

Die Chance war so gut, daß Myrte sie nutzen mußte.

«Hast du übrigens schon daran gedacht, daß du vielleicht deine Liebe vergessen wirst, Nicolas?» neckte sie ihn.

Mit einer Verwegenheit, deren Zeitpunkt mir schlecht gewählt schien, setzte sich auch Laura mit in das Boot.

«Daß man lernt, seine Gewohnheiten, Ideen, Illusionen, seine Liebe zu ändern, ist immer nützlich», sagte sie. «Dafür braucht man aber nicht unbedingt auf den nächsten Sommer zu warten! Wenn die Mara ein praktikables Mittel gefunden haben, mit dem sie es besser schaffen als wir, ohne sich oder anderen weh zu tun, dann wären wir schön dumm, es nicht ebenfalls zu benutzen.»

Myrte zuckte die Achseln.

«Vorausgesetzt, sie existieren», gab sie zu bedenken. «Willst du wissen, welchen Eindruck ich habe, Laura? Wir können uns nicht darauf verlassen, was unser Professor uns gelehrt hat. Vielleicht hat er seine Wünsche einfach für die der Mara gehalten. Es würde mich nicht einmal überraschen, wenn er diese Leute von A bis Z erfunden hätte, um seine Zeitgenossen zu vergessen.»

«Du widersprichst dir», wandte ich ein. «Eben hast du noch behauptet, die Mara seien überall.»

«Überall, das stimmt, aber es sind die falschen. Alle Mara, die ich kenne, sind Simulanten: sie glauben nicht, sie hoffen, daß man ihnen glaubt. Wie die hiesigen, das steht für mich fest!»

Unvermittelt nahm sie ihren Rucksack und brach wieder auf.

«Wir wollen sehen!» schloß Laura verbindlich.

«Makararạting tạyo!» versicherte Tiêo.

«Ja, *chérie?»* erkundigte Laura sich.

Ich übersetzte: «Sie hat gesagt: ‹Wir werden es schaffen.›»

«Bestimmt», sagte Laura.

«Natiki yạk kọ!» bekräftigte Tiêo gleichzeitig.

«Paruparong bạto!»

Mir reichten die Aufregungen dieses Tages. Die Ursache für diese neuerliche schien mir erst recht einigermaßen zweifelhaft zu sein.

«Ein Steinschmetterling, mein Schatz? Du hast vielleicht ein bißchen zuviel Phantasie.»

Laura wurde informiert und meinte, Tiêos Augen seien unter Umständen besser als die unseren. Wir setzten uns in Marsch und durchquerten das Tal, um uns von der Realität des Objekts zu überzeugen.

«Zeig deinen!» forderte Laura noch.

Ich hielt ihr das Handgelenk hin, an dem mein Schlüsselring befestigt war. Der kleine Schmetterling aus Malvenholz, den die Mara für mich geschnitzt und bemalt hatten, damit er mich zu ihnen zurückbrächte, hatte in diesem Dschungel noch seinen Sinn. Aber die Schlüssel?

Als wir näher herangekommen waren, bestätigte Laura: «Es stimmt, Tiêo hat recht. Das ist das Zeichen.»

«Und das scheußliche Ding da?» fragte Nicolas. «Hat es auch einen tieferen Sinn?»

Er zeigte mit dem Finger auf ein Gebilde, wie ich es weder vom Sehen noch vom Hörensagen kannte. Es ähnelte einem Spinnennetz von gewaltigen Ausmaßen. Es überzog einen jener rotbraunen Kolosse von der Gattung der *Malvales*, deren Stamm einen Umfang von weit über zehn Metern erreichen kann und die in dieser Hinsicht den Affenbrotbäumen ähneln. In manchen Ländern nennt man sie Himmelskrabben; in diesem hier bezeichnet man sie einfach als Regenbäume, wie man den Wald als Regenwald bezeichnet.

Seine riesigen Wurzeln mit den vibrierenden und beinahe fleischlichen, emporstrebenden, nervösen, dicken und handförmigen, von Bändern und Adern durchzogenen und mit Warzen übersäten Fortsätzen springen aus der Erde hervor und lecken gleich spitzen Zungen, die an seiner Haut kleben, den Stamm manchmal bis zu einer Höhe von fünf oder sechs Metern.

Das durchsichtige, feine, amorphe Netz, das über diesen Baum gewebt worden oder gewachsen oder von weiß Gott woher gefallen war und außerordentlich widerstandsfähig, unzerreißbar, nicht abnehmbar zu sein schien, haftete an seinen Zweigen, umschlang seinen Stamm und seine Luftwurzeln, umkapselte seine Früchte und Blätter, die offenbar trotz dieses Kerkers überlebten und denen es nicht einmal schlecht zu gehen schien. An manchen Stellen nahm seine metallisch-graue, fast weißliche Farbe eine aschfahle Tönung an.

Je genauer man den Schleier betrachtete, desto mehr ahnte man seine fremdartige Substanz und desto weniger wußte man, ob man deren Ursprung in einer Perversion der Pflanzenwelt oder in einer Invasion bisher unbekannter Parasiten suchen sollte, oder ob man sie vielmehr einer bewußten Technologie zuschreiben mußte, deren Urheber, Mittel, Ziele man, zugegeben, noch viel schwerer identifizieren konnte.

«Wie erklärt Tiêo das?» fragte Nicolas.

Mir war nicht sehr wohl in meiner Haut, doch ich fragte: *«Ano ang ibịg sạbitin nito?»*

Aber die Kleine gab mimisch, mit universell deutbaren Bewegungen der Augenbrauen, Lippen und Schultern zu verstehen, daß ihr das Warum und Wie dieses Phänomens völlig unbekannt war.

«Unbegreiflich», murmelte ich vor mich hin.

«Gibt es da wirklich etwas, das man begreifen muß?» wandte Myrte ein.

«Dieses Ding sieht nicht natürlich aus.»

Laura lachte auf.

«Was sollte es sonst sein?» rief sie. «Ein Akt gegen die Natur? Ein überirdischer Eingriff? Eine surrealistische Farce? In diesem Fall können wir beruhigt sein, denn in der Kunst ist alles erlaubt.»

«Ob es nun von Menschen oder von Tieren geschaffen worden ist», griff Myrte ermüdet ein. «Habt ihr vier die Absicht, dem Schauspiel stehend beizuwohnen, oder darf man sich setzen?»

Ohne auf eine Antwort zu warten, legte sie ihre Sachen an den Stamm des verpackten Baumes und bereitete einen Imbiß vor.

«Wir werden unser Lager hier aufschlagen», entschied Laura. «Es ist die letzte Nacht, die wir allein verbringen. Morgen werden wir bei unseren neuen Bekannten sein.»

Diese Aussicht, die mir eigentlich neuen Auftrieb hätte geben müssen, schien mir plötzlich lästig, beinahe unangenehm zu sein, ohne daß ich den Grund nennen könnte.

«Diese Schweinerei nimmt mir den Appetit», murrte Nicolas, der offenbar nicht imstande war, die Augen von dem gräulichen Neoplasma zu wenden.

«Niemand hat dich aufgefordert, davon zu essen!» zog Myrte ihn auf. «Du solltest mir lieber sagen, was du von diesen Mangostangen-Sandwiches hältst: meine Spezialität am Vorabend großer Festtage! Im Ernst, ich an deiner Stelle würde die letzte Gelegenheit nutzen, meinen Hunger zu stillen. Morgen abend werden die Köche vielleicht ihre Rezepte vergessen!»

«Das stimmt», bekräftigte ich. «Man muß vernünftig sein können.»

Wir hatten das Mahl kaum beendet, als Myrte und Tiêo auch schon einschliefen, und zwar nackt unter einer Decke aneinandergeschmiegt, wie sie es immer machten. Ich habe festgestellt, daß Myrte das kleine Mädchen heute abend eher ängstlich als sinnlich an sich zog. Offenbar fürchtete sie plötzlich, es zu verlieren. Aber meine Phantasie führte mich zweifellos auf Irrwege! Zu ihrer Entlastung muß man nämlich sagen, daß die vorausgegangenen Ereignisse sie sehr, fast zu sehr mitgenommen hatten.

Laura und Nicolas gingen nicht weit, um ihre Intimität wiederaufzunehmen: sie schritten einfach zur anderen Seite des Baums. Ich hörte den jungen Mann vorschlagen: «Möchtest du, daß ich unsere Initialen hineinritze?»

Lauras Stimme bewahrte den gewohnten fröhlichen Klang: «Das würde sich nicht mit den Umständen vereinbaren lassen. Bedenke, ein Denkmal im Land des Vergessens!»

«Eben!» sagte er.

«Nicolas, schau nicht so mißmutig drein», schalt sie ihn. «Hast du wirklich Angst davor, dich nicht mehr an deine Laura erinnern zu können?»

«Wenn ich glaubte, daß an dieser Geschichte auch nur ein einziges Wort wahr wäre, würde ich dich sofort wegbringen.»

«Wohin?» forderte sie ihn heraus.

Er brauste auf: «Wenn man dich hört könnte man tatsächlich glauben, daß es nur einen einzigen Ort auf der Welt gibt, wohin man gehen kann – die nymphomanischen Hügel dieser schizophrenen Mara!»

«Du läßt dich von Worten beeindrucken, Nicolas. Du hast übrigens ganz recht: Worte haben etwas Erschreckendes. Vor allem die alten, abgegriffenen Worte. Wir täten besser daran, sie zu vergessen.»

«Manchmal», beschwerte er sich, «manchmal glaube ich, daß das Wort ‹Liebe› für dich schon obsolet ist.»

Ich hörte Lauras Antwort nicht. Daraus zog ich den Schluß, daß die beiden Verliebten sich küßten.

Doch bald erhob sich die Stimme des jungen Mädchens erneut. Laura sang, was mich schmerzlich an die Tragödie erinnerte, deren einziger Zeuge ich heute nachmittag geworden war. Diesmal hatte ich ebenfalls den Eindruck, daß sie improvisierte, während sie die Worte ihres sonderbaren Poems aussprach; daß sie aber vor allem selbst über das zu staunen schien, was sie sagte. Zwischen ihrer schlüpfrigen Ausdrucksweise von vorhin und der Sprache, die sie jetzt gebrauchte, lag tatsächlich ein langer Weg.

Sie mußte auch die Noten erfinden, nach denen sie sang: eine trotzige und zugleich schelmische Weise, die mich schließlich auf den Gedanken brachte, sie habe in erster Linie die Absicht, Nicolas wütend zu machen . . .

Mann aus der anderen Welt, erwache!
Weißt du, wer ich bin?
Sprichst du meine Zunge?
Kennst du meinen neuen Namen?
Der Dschungel hat den alten verschlungen,
Die Pfauen haben ihn mit meiner Milch getrunken,
Als ich ihnen meine Brüste gab
Und dafür ihr Gedächtnis bekam.

Mann aus der anderen Welt, willst du das Leben?
Ich kenne seinen Namen,
Ich spreche seine Zunge,
Es liebt meine Zunge,
Es liebt meine Brüste,
Es empfindet Lust in meinem Schoß,
Es empfindet Lust in meinem Blut,
Es ist mein Geliebter.

Mann aus der anderen Welt, die Zeit weckt mich,
Gib mir die Zeit!
Und jetzt wisse meinen Namen:
Es ist der Name der Zeit.
Du wirst ihn behalten
Bis an dein Lebensende,
Du wirst ihn lieben und ihm treu sein,
Dann wirst du ihn vergessen.

Von neuem trat Schweigen ein. Anschließend sprach Laura abermals, doch nun so leise, daß ihre Stimme mit dem Blätterrauschen verschmolz, wie verzaubert wirkte. Ich hörte, wie sie offenbarte:

«Mein neuer Name ist Laura!»

Sie wiederholte es noch einige Male. Doch ihre Stimme änderte sich dabei allmählich, von reiner Freude zum Staunen, dann zur Unruhe, zum Flehen, als versuchte sie vergebens, die Skepsis ihres Zuhörers zu besiegen, als verzweifelte sie, weil sie ihn nicht überzeugen, sich nicht verständlich machen konnte, keinen Glauben fand:

«Ich heiße Laura!»

Dann immer wieder: «Ich heiße Laura . . .»

Immer noch in der Hoffnung, verstanden zu werden, erklärte sie:

«Mein Name existiert noch nicht. Es ist ein künftiger Name.»

Sie fuhr strahlend, glücklich fort:

«Ein neuer Name kann jeden Sinn haben, den wir für ihn wählen.»

Sie untermalte die folgenden Sätze mit einem flötenden Ton, als begleitete sie sich mit einer Rohrpfeife, wie man sie hier kennt:

Dieser Name kann heißen: Das Leben möge zu dir kommen!
Er kann vom Wandel sprechen . . .
Er kann die Jugend ankündigen . . .
Er kann die Wahrheit nennen . . .
Er kann die Freiheit rufen . . .
Er kann das Glück definieren . . .
Er kann die Schönheit feiern . . .

Dann verstummte sie. Ich schreckte auf, als ich Nicolas' Stimme hörte. Ich hatte gar nicht mehr an ihn gedacht. Er sagte: «Ich kenne dich. Du bist meine Laura. Du hast dich nicht geändert: du bist immer noch die, die alles will, die alles kann, die alles ist.»

Der Protest des jungen Mädchens enthielt einen Ton des Kummers, des Bedauerns, beinahe der Trostlosigkeit, der mich zerriß.

«Nein, ich bin nicht alles», erwiderte sie. «Ich werde es niemals sein, selbst wenn ich es möchte. Niemals werde ich alles wünschen, alles suchen, alles ausprobieren, überallhin gehen, alles machen, alles empfinden, mich an alles erinnern, alles verstehen, alles lieben, alles kennen.»

«Auch das Mögliche hat seine Grenzen», redete Nicolas ihr zu.

Als Laura antwortete, hatte sie wieder die Stimme von vorhin: «Vielleicht, aber wir wissen leider nicht, wo sie sind.»

Das Schweigen, das darauf folgte, dauerte an. Sicher hatten sie sich auf der Suche nach einer anderen Stelle, wo sie sich lieben konnten, entfernt.

Doch plötzlich hörte ich leise meinen Namen rufen: «Gualtier! Schläfst du?»

Es war Laura. Sie schien am selben Platz geblieben zu sein.

«Ja. Warum?» erkundigte ich mich.

«Komm! Du mußt dir etwas anschauen!»

Neugierig bin ich um den Baum herumgegangen. Das Paar war anscheinend in die Untersuchung einer der gigantischen, schrägen Wülste vertieft, die um den Stamm herumliefen.

«Sieh dir das an!» befahl Laura abermals, und sie wirkte viel aufgeregter, als es sonst ihre Art ist.

Als meine Pupillen sich auf das relative Dunkel eingestellt hatten, sah ich, daß sie in Höhe ihrer Brust auf einen gewölbten und leicht ausgebuchteten Auswuchs zeigte, der einen Winkel von 45 Grad zu der aufsteigenden Linie der großen, faserigen Struktur bildete und verblüffende Ähnlichkeit mit einem Phallus hatte.

«Es fehlt nichts», erklärte sie. «Alles stimmt: die Krümmung, die Dicke, die Länge, die Kraft. Die Adern, die Nerven, die Eichel, die Härte! Er ist weder zu glatt noch zu rauh. Was ihn bedeckt ist keine Baumrinde, sondern etwas, das so aussieht wie lebendes Fleisch.»

Sie setzte die Prüfung mit vorsichtiger, gerührter Aufmerksamkeit fort. Sie rief noch aus:

«Oh! Er hat sogar ein kleines Loch an der Spitze: eine Harnöffnung! Kein Zweifel, er kann ejakulieren.»

«Ein hübsches Okulierreis», gab ich zu. «Gut geformt!»

«Aber nein», sagte sie empört. «Niemand hat es dort aufgepfropft. Es ist ein Teil des Baums, ein Organ der Wurzel. Es ist von selbst so gewachsen, niemand hat es geformt.»

Ich nickte amüsiert. Sie war so sicher, daß sie nur deshalb mit mir scherzte, weil die Natur ebenfalls imstande ist, einen Schabernack zu spielen: «Faß ihn an! Sei aber vorsichtig! Siehst du, wie er erigiert? Er wartet vielleicht schon lange. Wir dürfen ihn nicht zu schnell kommen lassen: es könnte ihm weh tun.»

Diese Möglichkeit beunruhigte mich nicht über die Maßen. Mit Recht, denn der Auswuchs ignorierte mein Tasten souverän. Laura hatte recht: es war kein zurechtgeschnitztes Stück Holz und auch kein aufgepfropfter Teil. Eher so etwas wie ein Trieb oder ein Ableger.

Wenn man mit der Hand darüberglitt, hatte man tatsächlich das Gefühl, Haut zu berühren, doch es war offensichtlich nur eine Weißholzepidermis, angefeuchtet durch die Abendluft oder durch einen inneren Saft, der langsam austrat.

Plötzlich kam ich darauf, daß diese zugleich vertraute und verwirrende Weichheit mehr einem graphithaltigen Schmiermittel als einer ölhaltigen Substanz glich. War es vielleicht das Spinnennetz, das uns auf allen Seiten mit seiner geheimnisvollen Materie umschloß, uns selbst dann von Himmel und Erde trennte, wenn wir nicht mehr daran dachten?

Ich holte meine Miniaturlampe aus der Tasche und beleuchtete den Pflanzen-Penis, dessen Schaft sogleich einen silbernen Schimmer annahm, der ihn noch schöner machte – vor allem aber ohne jeden Zweifel noch beunruhigender.

«Was ist mit dir los?» fragte Laura ungehalten. «Sei nicht so grob! Und behandle ihn bitte nicht wie ein lebloses Ding oder als begriffe er nicht, was du von ihm willst!»

Ob diese Wurzel kitzlig war oder nicht, war nicht mein Problem: selbst auf die Gefahr hin, die Gefühle seiner Anbeterin zu verletzen, bemühte ich mich, das graue Harz, das seine gesamte Oberfläche bedeckte, zunächst mit dem Fingernagel und dann mit meinem Messer abzukratzen. Es gab jedoch nicht nach, löste sich nicht und ließ sich auch nicht schälen, durchbohren, einritzen oder abschaben. Fingernagel und Messerklinge glitten darüber, als bestünde es aus einer unendlich feinen, widerstandsfähigen und flexiblen, offenbar unveränderlichen, unzerstörbaren Substanz, besser als Plastik oder Stahl.

«Merkwürdig», räumte ich ein, wobei ich meine Lampe ausmachte und mich wieder aufrichtete.

«Phantastisch!» berichtigte Laura.

Nicolas rief voll Entdeckerstolz: «Hier ist noch einer!»

«Wo?»

«Da.»

Der zweite Ithyphallus saß etwa 70 oder 80 Zentimeter tiefer als der erste und genau darunter. Er ähnelte ihm wie ein Bruder: besser gesagt wie ein großer Bruder!

«Er ist so groß wie deiner», schmeichelte Laura mir.

Dankbar konstatierte ich, daß sie sich wenigstens diese Erinnerung bewahrt hatte.

«Fällt dir nichts auf?» fragte sie mich.

Ich untersuchte die Morphologie, ertastete den Grad der Schwellung und den Angriffswinkel des Zwillings. Er schien mir etwas mehr erigiert als der erste, noch straffer gespannt, wenn ich ihm diese dynamische Eigenschaft zuschreiben konnte. Seine Rigidität wirkte jedoch ebenso geschmeidig. Seine Hülle bestand aus einem genauso unbekannten und schleimigen, seidigen Material, vereinigte auf ebenso unverständliche Weise eine erschreckende Widerstandskraft mit einem fragilen und sensiblen Äußeren. Er schien noch heißer zu sein. Das war alles.

Laura lächelte das nachsichtige Lächeln, das man besonders Begriffsstutzigen schenkt, und erklärte: «Sie haben genau die Entfernung, die nötig ist.»

«Nötig wofür?»

«Das wirst du gleich sehen.»

Mit einer schnellen Bewegung zog sie die Hose aus.

«Willst du es etwa mit diesem Baum treiben?» entsetzte sich Nicolas.

«Genau.»

Sie behielt ihr Hemd an, das ziemlich lang war und ihre Gesäßbacken bedeckte. Sie ging in die Hocke und machte die Knie so weit auseinander, wie es ging.

Sie nahm ihn in die Hände, streichelte ihn mit aller Geschicklichkeit, Zärtlichkeit, Intuition, Schamlosigkeit und Erfahrung, über die sie verfügt. Doch wozu dieses Vorspiel? Er brauchte nicht gehärtet zu werden. Oder versuchte sie etwa, ihn im Gegenteil etwas schlaffer zu machen? Oder wollte sie ihn noch weiter aufrichten? Nein. Ich begriff, daß sie ihn einfach beglücken wollte.

Sie zog die Liebkosung so sehr in die Länge, daß ich glaubte, sie würde sich damit zufriedengeben – was nicht schlecht war und mich persönlich genug dünkte.

Doch sie verkündete: «Jetzt ist es soweit. Er möchte mich penetrieren.»

Nicolas zuckte die Achseln. Was nun kam, mißfiel ihm sicher noch mehr.

«Ich werde die Pille absetzen», bemerkte Laura. «Ich habe beschlossen, ein Kind von ihm zu bekommen.»

Um Nicolas aufzuheitern, ging ich auf das Spiel ein: «Glaubst du, daß es beim erstenmal klappt?»

«Wir werden uns oft lieben», stellte sie richtig.

«Hast du denn schon vergessen, daß ihr euch morgen trennen müßt?» zog ich sie auf.

«Oh, das macht nichts? Ich werde wiederkommen. Oder er wird mich woanders treffen.»

Sie schien nicht die geringste Schwierigkeit zu haben, das abgerundete Wurzelende in ihre Vagina einzuführen: ich sah die Eichel bereits nicht mehr. Sie bewegte den Unterleib ein paarmal lasziv vor und zurück, damit der Phallus gut eindringen konnte. Sie frohlockte: «Geschafft! Er ist ganz drin. Wie lang er ist!»

«Gefällt es dir?» habe ich mich erkundigt, um absolute Sicherheit zu haben.

Zu meiner Verblüffung legte sie dar: «Es geht hier nicht um mich. Ich möchte mich mit ihm befassen. Ich habe den Wunsch, daß mein Geschlecht ihm guttut. Ich möchte, daß es das beste ist, das er je gehabt hat. Und ich versichere dir, er hat schon viele gehabt! Ich merke es daran, wie er mich liebt.» Sie, die sonst so rasch zum Orgasmus kam – ich erinnerte mich sehr gut –, beherrschte sich nun, wie ich erstaunt feststellte, über die Maßen.

Aber nicht sehr lange! Ich bemerkte bald fast unmerkliche Zukkungen: Minihöhepunkte, die sie in ihrem Altruismus eindämmte und von denen sie sich schnell wieder erholte, ehe sie ganz besiegt wurde.

Dieses Opfer, das ich völlig unnütz und sogar unlogisch fand (denn ich fragte mich, inwiefern Lauras Orgasmus ihrem Geliebten etwas rauben könnte), konnte nicht ewig dauern. Als sie das Baumgeschlecht zehn- bis zwanzigmal in ihre Vagina getaucht hatte, wurde sie von einer Woge der Lust erschüttert, die sie nicht mehr so leicht zurückhalten konnte wie die anderen. Sie biß sich auf die Lippen, versuchte wie närrisch gegen die Versuchung anzukämpfen, spürte, wie ihr Widerstand erlahmte, flehte: «Gualtier!»

Mein erster Impuls war, sie in die Arme zu nehmen und zu streicheln, doch ich gab ihm nicht nach. Sie machte wieder ihr eigensinniges Gesicht, sagte mir im Vertrauen: «Er ist wirklich gut!»

«Dann gib dich ihm endlich hin! Du siehst doch, daß er sich

ebenfalls zurückhält: er wartet, er möchte zusammen mit dir kommen.»

«Ich will, daß es für ihn genauso schön ist wie für mich.»

«Du kannst sicher sein! Ihr seid von derselben Gattung, er und du – ihr seid dafür geschaffen, Lust zu empfinden.»

«Ständig Lust zu empfinden», präzisierte sie mit versagender Stimme. «Ich wußte sofort, daß wir auf die Welt gekommen sind, um uns zu mögen.»

Der Orgasmus ließ sie verstummen. Die Kontraktionen ihrer Gesäßbacken, die inneren Erschütterungen ihres Schoßes, die langanhaltenden Entladungen, die sie durchzuckten, waren so schön und so deutlich wahrnehmbar, daß es leicht schien, die einzelnen Phasen ihrer Empfindungen zu bestimmen, ihre Lust zu teilen.

Als ihre Kräfte erschöpft waren, was einige Zeit dauerte, erläuterte sie: «Er hat geliebt! Er hat auch geliebt! Heftig!»

Ich bin nicht sicher, ob ich sie wirklich nur zum Scherz fragte: «Ist er in dir gekommen?» Sie nickte so bestimmt und feierlich, daß ich ihr trotz meiner inneren Gegenwehr beinahe glaubte.

Sie wirkte überhaupt nicht mehr lustig; noch weniger kindlich. Und ganz gewiß nicht erleuchtet. Ihre neckische Sinnlichkeit von vorhin war allmählich einem Ausdruck gewichen, den bisher nichts und niemand diesem Gesicht entlockt hatten: einem vielschichtigen Ausdruck, in dem ich mit einiger Mühe Stolz oder Triumph und totale Befriedigung, aber auch inneren Frieden, Gefügigkeit diagnostizierte – aber in erster Linie, ohne daß ich die tiefere Bedeutung erkannte, Offenheit, Aufrichtigkeit, stillschweigendes Einverständnis.

Zwischen diesem Baum und Laura entwickelte sich eine Beziehung, die mein Begriffs- und sogar Erkenntnisvermögen entschieden überstieg. Das Spiel führte bei ihr zu einer Entdeckung, die sich bestimmt nicht auf ein einfaches körperliches Lustgefühl beschränkte: was war es also? Ich wußte es nicht und war mir schon in jenem Augenblick darüber klar, daß ich es niemals erfahren würde. Es war sinnlos und sogar lächerlich, daß ich mich bemühte, es herauszufinden. Ich habe mir sofort vor Augen geführt, daß ich keine Antenne für Psychologien habe, die aus anderen Bereichen kommen – oder in andere führen . . .

Sie lächelte jedoch wieder und sagte mir: «Du hast richtig geraten: Er ist für die Liebe geboren. Er möchte schon wieder. Und er möchte, daß ich ihn trinke.»

Sie hatte es kaum ausgesprochen, als sie ihn auch schon verliebt von oben küßte. Bis jetzt hatte sie nur die Stirn an ihn gepreßt, ihn mit ihren Wangen, Augen, Lippen gestreichelt. Diesmal nahm sie ihn so unwiderruflich in den Mund, wie Myrte es immer bei mir macht.

Sie behandelte ihn ebenso fürsorglich wie wissend, ebenso ahnungsvoll wie verführerisch. Die zärtliche Leidenschaft, die sie in ihre Liebkosung legte, beruhte, wie man sehen konnte, allerdings nicht auf irgendeinem würzigen Geschmack, der dem Trieb gegeben war, sondern wurde einzig und allein von der Lust inspiriert, die Laura der Wurzel schenken wollte, einer rein sexuellen Lust, der reinen Lust, die ein männliches Geschlecht in einer Frau empfinden kann.

Lauras Zunge wiederholte unermüdlich eine Reihe von Liebkosungen, die sie beherrschte. Sie umgab das Glied mit Speichel, leckte es seitlich, oben, unten, der Länge nach, bemächtigte sich dann der kräftigen und glänzenden Eichel, leitete diese bis zur Kehle, wobei Laura den Mund weit öffnen mußte, und dort bohrte sich der Penis so tief ein, daß ihre Lippen gegen den Baum gepreßt wurden.

Dann beglückte sie das Geschlecht selbstverständlich mit all jenen köstlichen Küssen, saugenden und tauchenden Gesten, Bissen, Drehungen, würgenden Neckereien, die das unvergleichliche Genie der Fellatricen immer wieder neu zu erfinden weiß. Aber sie machte es, glaube ich, geduldiger, geschickter, vollständiger, verliebter, als sie es jemals für ein menschliches Glied gemacht hatte. Das war wenigstens mein Eindruck; doch man muß wohl einräumen, daß man das bei diesem Anblick unwillkürlich denken mußte, denn warum hätte ich sonst so gedacht?

Anschließend ließ Laura sich, wie ich es in jener Nacht noch einmal erleben sollte, von ihrem neuen Freund nach Belieben benutzen. Sie folgte seinen Bewegungen, seinem Rhythmus, seinen Einfällen. Sie allein nahm seine Forderungen, seine geheimen Neigungen wahr. Wenn ich nicht gegen diese Illusion meiner Pupillen angekämpft hätte, hätte ich geschworen, daß sie unbeweglich geworden war und daß der Stamm sich bewegte.

Einmal penetrierte er sie mit seinen beiden Phalli gleichzeitig. Kurz darauf tauchte das eine Glied in Lauras Kehle, während das andere ihre Scheide verließ; dann umgekehrt – nun schien Laura an einer unsichtbaren Achse zu beben, die sie in Höhe ihres Zwerchfells seitlich durchbohrte.

Es war jedenfalls nicht daran zu zweifeln, daß der Baum seine beiden Geschlechter mit wachsender Sicherheit in einen Körper senkte, dessen Potential er gut genug kannte, um zu wissen, wie er ihn behandeln mußte, wenn er ihm die größtmögliche Lust entlokken wollte. Doch so ungestüm und egoistisch und rücksichtslos ihr gegenüber der brünstige Begatter auch scheinen mochte (konnte ich das aber wirklich beurteilen?), die Verdoppelung seiner Ressourcen, die Hartnäckigkeit und Gewandtheit seines zweifachen Werkzeugs, sein übermenschlicher Rhythmus, die Vielfalt der Kombinationen, die ihm die synchrone Oral- und Vaginalbefriedigung ermöglichte, mußten Laura unglaubliche Empfindungen schenken.

Ihr seliges Gesicht, die Harmonie, Schönheit und Wonne der Gesten, mit denen sie sich der vollkommenen Passion ihres Partners hingab, zeugten vom Erfolg der Umarmung.

Während ich die gelungene Paarung bewunderte, konnte ich nicht umhin zu denken, daß ein gewöhnlicher Mann nach diesem Ereignis schon sehr viel Unverfrorenheit besitzen mußte, um Laura die bescheidenen Freuden seines kleinen, schlichten Einzel-Glieds anzubieten.

Der Baum kam oft zum Höhepunkt, ermüdete aber nicht. In Abständen, um deren Regelmäßigkeit und Häufigkeit ich ihn beneidete, ejakulierte der Phallus, den Laura saugte, den Samen seiner holzigen Testikel in ihren Mund. Ich sah, wie die Wangen seiner Geliebten über der dickflüssigen Substanz schwollen, die er ihrer Kehle schenkte, und wie der Saft dann mit langen Zügen getrunken wurde. Die ganze Zeit hörte Lauras Vagina nicht auf, von dem anderen Phallus genauso wirkungsvoll gepfählt und penetriert zu werden wie der Mund und ihm, nach den wiederholten Spasmen zu urteilen, die Lauras Lenden periodisch erbeben ließen, genausoviel Sperma zu entlocken.

Manchmal, wenn das junge Mädchen von einem besonders großen Orgasmus durchflutet wurde, schloß es die Augen. Dann empfand Laura Lust, ohne etwas zu sagen, ohne zu schreien – sie, die sonst so gern schreit, wenn sie geliebt wird. Sie war jetzt nur noch Hingabe, und die beiden pflanzlichen Phalli gönnten sich in diesen Augenblicken eine kurze Ruhepause in den Tiefen ihres Schoßes und Mundes. Sie verließen sie aber nicht.

Sobald Laura wieder zu Kräften kam, begann sie abermals voll Freude ihren Geliebten zu kosen – mit neu erwachter Leidenschaft, die noch verzehrender war als vorher. Sie versuchte erneut, ihm zu gefallen, ihm mehr zu gefallen, seine nimmermüden Begierden, denen sie ebensowenig entsagen wollte wie er, noch besser zu befriedigen.

Nicolas und ich schauten dem Akt lange zu, ohne einen Blick oder ein Wort zu wechseln. Wir spürten, daß er noch lange, sehr lange dauern würde.

Laura hatte uns vergessen. Wir begriffen beide, daß wir sie ihrer neuen Liebe überlassen mußten, sie nicht stören durften.

In dem Halbbewußtsein, das dem eigentlichen Schlummer vorausgeht, träumte ich, daß Laura von uns ging, diejenigen verließ, die sie liebten und die sie noch liebte, weil sie zum erstenmal jemanden oder etwas gefunden hatte, der oder das sie nicht enttäuschte.

Völlig unvermutet erreichten wir am Ende des strahlenden Nachmittags, des letzten vor Beginn des Sommers, nach einem mühseligen Anstieg den Kamm einer hohen Bergkette. Hier endete der Urwald. Unter uns erblickten wir einen riesigen Talkessel, der auf allen Seiten von schwindelerregenden Terrassenkaskaden begrenzt wurde. Diese pflügbaren Flächen waren breiter als Stufen, aber schmaler, als es solche Felder gewöhnlich sind. Sie lagen in verschiedener Höhe übereinander, wurden jedoch alle durch eine jäh abfallende Steilwand voneinander getrennt.

Die Felder waren wassergetränkt und wurden von einem mit Schlamm beworfenen Steinwall eingefaßt. Sie waren nackt und leer. Außer einem zarten, bläulich-grünen Gras mit bronzefarbenen Adern, das sich leicht im lauen Wind bewegte, wuchs dort nichts.

Unten, am Boden des letzten Trichters konnte man deutlich einen kleinen Hügel erkennen – eine schwarzgrüne, silbrig schimmernde Halbkugel, so exakt geformt wie eine Kuppel.

Tiêo zeigte mit einem Finger darauf, der mich an den erinnerte, mit dem der Künstler die Geste des Schöpfers auf einen von Menschenhand gezeichneten Himmel malte: «*Nakaraṭing nạ tayo sa pook nạ sisikataṇ ng Bạgoṇg Aṛaw.*»

Ich teilte den anderen mit, was sie bereits wußten: «Wir sind da. Hier ist der Ort, wo die Neue Sonne geboren werden wird.»

Ich spitzte die Ohren. Mir war, als hörte ich ein sehr leises, vibrierendes Geräusch, das sich allmählich steigerte, meinen Kopf ausfüllte, mich für die näheren Töne taub machte. Aus dieser Kakophonie konnte ich nach einiger Zeit Gongs heraushören, die von zunächst zögernden, dann aber entschlosseneren Hämmern geschlagen wurden. Damit vereinigten sich Klänge, die ich nicht sogleich identifizieren konnte, die, wie ich langsam konstatierte, aber wohl aus getrommelten Tierfellen, mit Kugeln gefüllten und geschüttelten Holzzylindern, fremdartigen Steinrasseln, einem

Xylophon mit hölzernen Leisten, kurz und heftig angeschlagenen Kokosnüssen und rhythmisch bewegten Muschel- und Schnekkengehäusen drangen. Ergänzt wurden sie von der Musik kurzer und langer, sehr hoch zirpender Rohrflöten, schriller Pfeifen und schnarchender Hörner, skandiert von arhythmischen Bambusstäben und einem Getrampel, das mich bald an eine Herde wildgewordener Büffel und bald eine Horde kampflustiger Zulukrieger erinnerte.

Unerklärlicherweise hatte ich bei dem Getöse nicht etwa die Vorstellung, es handle sich um ein Fest. Es weckte in meinem Herzen nicht die Euphorie, die ich so sehr ersehnt hatte, und auch nicht die überwältigende und glückliche Empfindung, auf die ich so gut vorbereitet war und die ich in der Stille und Einsamkeit meiner Träume hundertmal geprobt hatte. Im Gegenteil, es erfüllte mich mit einer beunruhigenden Furcht. Die Töne, die ich wahrnahm, hatten trotzdem nichts Unheimliches, sondern eher etwas Disharmonisches, Zersetzendes, Realitätsfernes, Entfremdendes; sie schienen sich aufzulösen, zu verschwinden – in irgendeinem Nichts.

Dieses Gefühl war unsäglich schmerzhaft, quälend, und das um so mehr, als ich seine Subjektivität und seinen Reiz durchaus begriff. Die Musik klang zwar vergänglich, doch ich wußte genau, daß sie nicht vergehen würde, daß ich sie immer hören würde, daß ihr Ruf nie enden, niemals verstummen würde.

Warum also meine Traurigkeit?

«Vorwärts!» rief Laura.

Sie ließ sich fast den Hang hinunterrollen, der uns von der obersten Terrasse trennte. Die anderen folgten ihr vorsichtiger, bis auf Tiêo, deren Jugend zu allem fähig war.

Ich erreichte das Feld als letzter. Ich musterte die zahlreichen steilen Hänge, die noch zu überwinden waren, versuchte die Augen vor den unkalkulierbaren Risiken dieses Unternehmens zu schließen.

«Wir werden mindestens zwei Tage brauchen, bis wir unten sind», prophezeite Nicolas.

«Zwei Stunden!» verbesserte Laura, keinen Widerspruch duldend. «Nicht wahr, Tiêo?»

Die Kleine antwortete mit einem triumphierend-hoffenden Lächeln, das alle rationalen Schätzungen aufwog.

«In diesem Fall haben wir noch genug Zeit, uns hinzusetzen und zu überlegen», meinte Myrte und tat, was sie gesagt hatte. Ich folgte ihrem Beispiel und wandte dem Abgrund ebenfalls den Rücken zu.

Nicolas kniete sich vor seinem letzten Beutel hin und holte seine Kamera heraus, die er seit unserer Abreise nach Emmelle nicht mehr angerührt hatte. Er betrachtete sie mit einem Blick, in dem sich, wie mir schien, Treue und ein unbestimmtes Schuldgefühl mischten. Mit einer besorgten Bewegung streichelte er das Objekt, das er liebte. Er spielte an den Ringen, die das Objektiv umgaben, betrachtete das vergoldete Auge der Linsen. Er wog den schweren Apparat in seiner Hand. Dann stand er wieder auf und richtete das Gerät auf den Grund des großen, konischen Schlundes, an dessen Rand wir uns befanden. Er justierte den Zoom. Ich glaubte, er würde den Motor einschalten, aber nein: er benutzte das Teleobjektiv nur als Vergrößerungsglas.

«Ja tatsächlich», erklärte er. «Sie sind da unten.»

«Die Mara?» rief Laura und klatschte in die Hände.

«Nein, die Spinnenbäume.»

Sie entriß ihm die Kamera, blickte durch den Sucher zu der Kuppel, die auf dem Talboden stand.

«Wunderbar», begeisterte sie sich.

Nicolas' Gesicht wurde noch düsterer. «Schrecklich», murmelte er.

Laura sah ihn verblüfft an: «Was sagst du da?»

«Ich würde wegen dieser Spinnweben am liebsten abhauen.»

«Was? Bist du verrückt geworden? Es sind keine Spinnweben, es sind Lianen. Sie tun nichts Böses, im Gegenteil. Hast du es denn schon vergessen? Ich habe sie gestern geliebt.»

Nicolas ließ sich nicht von den Tatsachen beeindrucken. Es fiel ihm sichtlich schwer, sie zu fragen: «Findest du das etwa logisch?»

«Was?»

«Daß die Mara eine solche Stelle wählen, um die Freiheit zu suchen? Die Mitte eines Spinnennetzes?»

Ich fügte verdrossen hinzu: «Und dort einen derartigen Radau machen?»

«Was für einen Radau?» fragte Laura besorgt.

«Diese Musik. Hörst du sie nicht?»

Sie betrachtete mich mit einem Entsetzen, das echt wirkte. «Welche Musik, Gualtier?»

Sie kam mir ganz nahe. Ich dachte, sie würde mich anfassen, sich meiner Realität versichern, und war fast versucht, selbst daran zu zweifeln. Doch sie redete nur mit mir – wie sie mit einem Kranken geredet hätte.

«Jetzt fängst du auch noch an! Was ist denn plötzlich mit dir los? Hast du Halluzinationen? Ist es vielleicht ein Sonnenstich? Hier ist kein Mucks zu hören in diesen Bergen. Werde nicht nervös, hör aufmerksam hin. Nun sag mir: vernimmst du einen Laut, ein Vogelzwitschern, ein Insektensummen? Nichts! Und vor allem keine Musik.»

Ich wende mich an Myrte. Sie seufzt: «Ich muß gestehen, die Stille in diesem unendlichen Raum könnte auch den Mutigsten erschrecken.»

Stimmt es also? Habe ich Wahnvorstellungen? Ist es möglich, daß ich mir diesen Lärm einbilde?

Ich höre ihn schon undeutlicher ... Ich erkenne die Instrumente nicht mehr, die ich vorhin im Geiste aufgezählt habe. An meine Trommelfelle dringt nur noch ein dumpfes Sausen, das immer ferner, immer unzugänglicher, immer unwahrscheinlicher wird – immer schwermütiger, immer trauriger ...

«Habe ich das denn auch geträumt?» fragte ich.

Ich weiß nicht mehr, wie lange es her ist, daß ich nicht mehr weiß, wer noch bei mir war und wer nicht mehr – und wer noch in mir war und wer mich bereits verlassen hatte.

Endlich wurde die Musik auch für mich unhörbar.

Ich sagte: «Du hast recht, Laura. Jetzt weiß ich es: in diesem Tal ertönt keine Trommel, nicht der geringste Laut. Kein Atemzug dringt daraus empor. Keine Luft weht. Es gibt kein Lebenszeichen von sich. Niemand erwartet uns hier. Wir werden hier nichts als tote Steine und die Leere finden.»

Laura musterte mich: «Fürchtest du dich davor, den Mond zu betreten, Gualtier?»

Ich fuhr zusammen. Wo habe ich das schon einmal gehört? Wann? Worum handelt es sich?

Laura setzte sich vor Myrte, schaut sie anerkennend an.

«Aber du, Myrte, du fürchtest dich doch nicht? Sprich mit ihnen!»

Myrte streckte die Hand nach ihr aus, legte sie mit einer Freundlichkeit, einer Sanftheit auf ihre Wange, die sie Laura meines Wissens bis zu diesem Augenblick noch nie entgegengebracht hatte.

«Ich fürchte mich nicht, das stimmt», flüsterte sie. «Aber ich bin nicht interessiert.»

Lauras hartnäckige Hoffnung kam mir beinahe rührend vor.

«Interessiert dich denn *alles* nicht?» flehte sie.

«Die Mara sind doch nicht alles», antwortete Myrte.

Laura gab noch zu bedenken: «Vielleicht sind sie unsere Zukunft. Vielleicht sind sie ein Leben weiter als wir?»

Myrte sagte mehr für sich, als um jemanden zu überzeugen: «Ich kann nicht ewig auf morgen warten, um zu leben. Das Leben dürfte nicht unsere Zukunft sein. Unsere Vergangenheit auch nicht. Es müßte unsere Gegenwart sein.»

Ich hatte den Eindruck, daß Laura sich in diesem Moment geschlagen gab, aber nicht aus Resignation oder Bitterkeit und auch nicht wie jemand, der eine Niederlage zugibt. Sie wirkte plötzlich einsamer, das ist alles.

Sie so, allein, isoliert von uns zu sehen, tat mir weh. Ich suchte einen Weg, um zu ihr zu kommen, fand aber keinen.

Myrte sprach wieder – offenbar um ihr Gewissen zu beruhigen. Die Hypothese, die sie formulierte, schien ihr aber nicht interessanter zu sein als die bisherigen, das spürte man: «Wer weiß, ob Arawas Mara nicht die richtigen waren?»

Laura hakte ein: «Und wer sollen die Männer und die kleinbrüstigen Mädchen mit den schwarzen Ferkeln und den Steinmessern gewesen sein, die wir gestern sahen?»

Myrte fand ihr Lächeln wieder, das ich so sehr vermißt hatte, seit wir hier angekommen waren. Sicher wollte sie Laura aufziehen, als sie antwortete: «Bist du ganz sicher, daß sie anders waren? Es wäre doch zu einfach, wenn man nur nackt sein müßte, um jemand anders zu sein!»

Tiêo schien unser seelisches Gleichgewicht unendlich schnuppe zu sein. Sie war voll und ganz damit beschäftigt, eine Pampelmuse, größer als ihre Brüste, mit den Zähnen abzuschälen, doch die Schale widerstand ihrem Bemühen. Sie sah keinen von uns an, nicht einmal Myrte.

Zu meiner Überraschung stellte ich fest, daß Nicolas zu der zwei oder drei Meter tiefer gelegenen Terrasse hinabgeklettert war. Er rief uns eine Bemerkung zu, die in keinem sehr logischen Zusammenhang mit diesem zielbewußten Abstieg zu stehen schien: «Jedenfalls werden wir die Mara schon vergessen, wenn wir sie gerade erst kennengelernt haben!»

Myrtes gute Laune hatte mir die meine wiedergegeben. Ich

scherzte, zu Laura gewandt: «Stell dir vor! Wie werden wir morgen dastehen? Wir werden uns nicht einmal mehr daran erinnern, weshalb wir hierher gekommen sind! Wir werden nicht mehr wissen, was wir untersuchen und berichten sollen.»

«Wem berichten?» wandte Laura ein. «Der Zivilisation?»

«Mein Gott! Warum nicht? Oder den Wissenden, wenn dir das lieber ist.»

Lauras bekümmerter Gesichtsausdruck machte einer verächtlichen Grimasse Platz. Ich wehrte mich: «Kein Gedächtnis mehr zu haben bedeutet letzten Endes, keine Sprache, keine Kultur und keine Wissenschaft mehr zu haben. Das heißt Verlust der Intelligenz.»

Lauras spitzer Mund wurde noch spöttischer.

«Mein armer Gualtier!» mokierte sie sich. «Was würde dann noch von dir bleiben?»

Mit einemmal wirklich verärgert erhob ich mich. Ich war der Meinung, meine Ideen deutlich gemacht zu haben, die Dinge nun in einem konkreteren Licht zu sehen. Und mit größerer Gewißheit an das zu glauben, was ich jetzt sagte.

«Selbst wenn der Geist der Mara nur eine Minute lang tot ist, bevor die Neue Sonne ihn wiederbelebt, ist es schon eine Minute zuviel», bekräftigte ich. «Wir haben also keine Zeit zu verlieren.»

Myrtes Stimme wurde wieder ernst.

«Bestimmte Dinge können aufhören und wieder anfangen», sagte sie, «andere aber nicht. Wir gehören zu einer Welt, in der das Leben nicht wieder anfängt. Es hat nur eine Chance: weitermachen.»

Laura schien einen Moment den Mut zu verlieren. Sie hatte aber nur einen Irrtum eingesehen.

«Ich dachte, Gualtier wolle die Welt ändern», rief sie sich ironisch ins Gedächtnis zurück.

«Ja», räumte Myrte mit zärtlicher Nachsicht ein. «Aber er war schon immer ein Utopist.»

«Das Leben eignet sich nicht gut für Utopien», sann ich laut. «Wir sollten unsere Phantasie lieber für etwas anderes aufheben.»

Laura erkundigte sich: «Und du, Myrte?»

Diese lächelte erneut: «Ich fühle mich in meiner Haut geborgen», antwortete sie.

Laura stieg zu ihrem Mann auf die untere Terrasse. Sie setzten sich nebeneinander auf einen kleinen Erdwall, stellten die Füße ins Wasser. Sie redete zuerst: «Wie geht es deinen Augen jetzt, Nicolas? Sind sie immer noch imstande, die Liebe zu sehen?»

«Laura», antwortete Nicolas bedeutungsschwer. «Ich habe nachgedacht, ich meine, über die Mara. Sie haben gar kein neues Leben erfunden. Sie haben einfach Angst vor dem Tod, genau wie wir. Und um sich mit ihm abzufinden, um sich daran zu gewöhnen, haben sie ihn einfach in kleine Stücke geschnitten, in jährlichen Scheiben auf ihr ganzes Leben verteilt. Sie sterben lieber partiell, als mit einem Schlag ausgelöscht zu werden. Der Tod scheint ihnen nur dann erträglich, wenn sie ihn allmählich verwirklichen. Das ist ihre ganze Philosophie: der Traum, auf Raten zu sterben.»

«Und was ist daran so schlimm?»

«Sie leben auf Raten.»

«Nicht unbedingt!» rief Laura, plötzlich sehr ungestüm, aus. «Ein Jahr ohne Angst, das ist doch schon das ewige Leben!»

Myrte sagte so leise, daß Laura es nicht hören konnte: «In jedem Glauben gibt es irgendeinen Trug. Sogar in dem Glauben, der dem Traum entspringt.»

Nicolas hat sich erhoben, hat beschlossen: «Laßt uns gehen!»

Laura sprang glücklich hoch. Sie rief aus: «Ah, endlich! Wir haben schon zuviel Zeit verloren. Wir werden das Ziel nicht mehr vor Anbruch der Nacht erreichen.»

Sie wollte Nicolas um den Hals fallen. Dieser klärte sie verlegen auf: «Ich habe gemeint: laßt uns umkehren. Wir haben nichts von der anderen Welt zu erwarten.»

Laura stand wie versteinert. Sie schien nicht glauben zu wollen, daß es Nicolas mit dem, was er gesagt hatte, wirklich ernst war. Er war sich des Schmerzes, den er ihr zufügte, durchaus bewußt. Er streckte die Hand nach den blonden Haaren seiner Frau aus. Er wirkte plötzlich so schüchtern wie ein Seminarist.

Doch sicher las er in Lauras Augen etwas, das ihn innehalten ließ: er berührte sie nicht. Er wandte sich der Böschung zu, die ihn von uns trennte, begann sie hochzuklettern. Laura folgte ihm mit einer – wie mir schien – mechanischen Fügsamkeit, als sei ihr nun alles gleichgültig geworden.

Während sie zu uns heraufkletterten, flüsterte Myrte maliziös und zärtlich: «Du weißt, an wen ich gerade denke, nicht wahr?»

«Selbstverständlich», antwortete ich. «Glaubst du etwa, sie hätte mir nicht gefehlt?»

Ich spürte, wie sich ihre freundschaftliche Hand auf mein Knie legte, jene Hand, die mich niemals im Stich lassen wird.

Myrte fügte hinzu: «Siehst du, mein Geliebter: selbst in unserer Welt kann noch etwas Neues geboren werden.»

Ich bin aufgestanden, unseren beiden Kameraden entgegengegangen. «Laura, Nicolas», habe ich gesagt. «Hört zu. Wir lieben die Mara, und deshalb werden wir sie in Ruhe lassen. Wir sind nicht gekommen, um ihnen als Neujahrsgeschenk unsere Obsessionen zu bringen. Sie haben selbst genug davon. Die Mara wollen nicht nur vergessen: sie wollen auch vergessen werden. Sie wollen allein bleiben. Respektieren wir ihre Träume!»

Ich schämte mich, als ich merkte, daß ich einen Kloß im Hals hatte, und konnte nur mit Mühe weiterreden. Ich habe die Augen zur Sonne gerichtet, damit niemand die Tränen sah, die darin brannten – unbegreifliche Tränen.

Ich glaubte zu hören, war dessen aber nicht hundertprozentig sicher, wie Nicolas in scherzhaftem Ton, zweifellos um sie wieder aufzuheitern, zu Laura sagte: «Bevor wir die Mara ihrem Leben überlassen, sollten wir uns hier wenigstens noch einmal lieben! Dann werden sie sich nicht so allein fühlen, und auf diese Weise sind wir sogar von fern bei ihnen.»

Ich meinte auch zu sehen, wie er die Arme nach Laura ausstreckte, um sie an sich zu ziehen. Doch sie wich ihm aus, ging an ihm und mir vorbei, näherte sich Tiêo.

Diese warf ihre halb verzehrte Frucht fort und sprang auf, wobei ihr Körbchen ins Wasser rollte. Sie lief Laura entgegen, ergriff ihre Hand.

«Komm, Tiêo!» sagte Laura. «Gehen wir zu unserem Volk, um mit ihm zu spielen. Seien wir mutig: tanzen wir unser Leben!»

Sie kamen zu mir. Beide betrachteten mich mit dem gleichen bedauernden Gesichtsausdruck. Die Stimme Lauras war kalt, aber sie verbrannte mich ebenso wie vorher meine Tränen: «Schade, Professor Morgan! Wenn das Gedächtnis eines Menschen altert, vergißt es die Freiheit.»

Sie drehte sich um und sah Myrte in die Augen.

«Auf Wiedersehen, Myrte», sagte sie. «Bis zum nächsten Mal . . . In der Zukunft des Lebens, wer weiß?»

Myrte kämpfte gegen die Rührung, den Schmerz. Sie zwang sich zu einem Lächeln, schenkte Laura ein Blinzeln.

«Alles Gute, Laura!» sagte sie. «Du wirst bald erfahren, welche Wahrheit hinter einer unserer Ängste liegt. Aber es wird immer noch andere geben, die wir erforschen müssen. Deshalb lockt mich die Ewigkeit nicht.»

Ihre Stimme bebte kaum merklich. Ich dachte, sie würde nicht zu Ende reden können. Sie riß sich aber zusammen, fügte hinzu: «Ein Teil von mir wird dich trotzdem begleiten: der jüngste.»

Laura gab mit einem Kopfnicken zu verstehen, daß sie einverstanden war.

Hand in Hand haben sie sich entfernt, Tiêo und sie, sind zu der brustförmigen Kuppel gegangen, die schon im Zwielicht verschwamm. Sie haben nichts mitgenommen.

Sie stiegen schnell von einer Terrasse zur nächsten hinunter, ohne sich umzudrehen. Wir blieben am Rand der Leere stehen, schauten ihnen nach, ohne uns zu bewegen oder etwas zu sagen, bis sie aus unserem Gesichtsfeld verschwunden waren.

Laura hatte Nicolas nicht mehr angeblickt, bevor sie ging. Und Tiêo hatte die Augen nicht mehr auf Myrte gerichtet. Ich schaute Myrte auch nicht an, denn ich wollte sie nicht weinen sehen. Ich hörte jedoch, wie sie sagte – zu uns, zu sich selbst, zu den beiden, die uns allein ließen?

«Wir werden alle mit Bindungen geboren. Leben heißt ein Band nach dem andern zu durchtrennen. Müssen wir uns aber immer wieder sagen: Was werde ich jetzt mit meiner Freiheit machen?»

Am Morgen der Sonnenwende wurden die Eintagsfliegen, die ihr Dasein der ersten Sommernacht verdankten, in ihrer Wiege aus Manglebäumen bei lebendigem Leib von der Glut versengt. Die Sonne legte unsere großen, ungleichen Schatten links von uns auf die Erde: wir würden einen langen, hellen Tag haben, um die Bergkette zu überwinden, nach Norden zu ziehen.

Myrte marschierte vor uns. Als wir den Spinnenbaum wiedersahen, der uns vor zwei Nächten als Zuflucht gedient hatte, riß ich das Amulett ab, das mein Handgelenk umschloß. Ich zerbrach den pflanzlichen Verschluß und warf meinen Holzschmetterling, ohne ihn noch einmal zu betrachten, zu dem Steinschmetterling in den grauen Gräsern. Ich steckte die Schlüssel, die mir nun noch blieben, in meine Hemdentasche.

Das schwarze Meer der Kokospalmen reichte bis zu uns herauf. Wir mußten es durchqueren, um zum Ozean zu gelangen. Myrte blieb stehen. Nicolas hielt ebenfalls inne, als er sich auf gleicher Höhe mit ihr befand.

Sie schaute ihm zweifelnd, kummervoll in die Augen. Sie richtete den Blick zurück auf die Höhen, von denen wir herabgestiegen waren, sagte dann ganz leise: «Laura?»

Er stand lange vor ihr, ohne sich zu rühren. Dann drehte er sich um und ging vor uns weiter. Wir folgten ihm, bis unsere drei Schatten zu einem verschmolzen. Unsere Zahl hatte sich nicht geändert. Laura gehörte zu uns. Eine tote Erinnerung, eine lebende Liebe.

Anhang

1. Linguistische Anmerkung

In der Mara-Sprache ist *Ra* die gemeinsame Wurzel der Worte Sonne und Mensch.

Zum Beispiel:

Araw bezeichnet die Sonne selbst;

Arawa heißt «Kind der Sonne»;

Orassan bedeutet «derjenige, der die Änderung voraussieht» (es heißt aber nicht «geändert»);

Erak kann man mit «derjenige, der zu lieben versteht» übersetzen.

Mara ist der Gattungsbegriff für «Volk der Sonne». Man benutzt das Wort für Individuen und als Sammelname, drückt sich in diesem Fall aber auch expliziter aus, und zwar mit *Taong Araw* (von *Tao*, «die bewußte Gattung»).

Wenn man sich an jemanden wendet, dessen Name man nicht kennt oder der seinen Namen vergessen hat, sagt man, je nach dem Status des oder der Betreffenden: *Mara Isé*, das heißt «lebender Mara», oder *Mara Erre*, das heißt «toter Mara».

Ma postuliert die Zukunft. Es wird in den Redewendungen des Landes bekanntlich sehr oft gebraucht. «Künftiger Mensch», «verheißene Sonne» oder «Wesen (Mann, Frau der Sonne), das sicher sein wird» sind also zulässige Interpretationen des Gattungsbegriffs *Mara*.

Or kommt in den meisten Substantiven vor, die das Licht, den Blick, die Schönheit evozieren.

Beispiele:

Ormêsena oder «die Liebe, der/die Geliebte»;

Ormêolor oder «die Pfauen».

Emmelle (das man heute ml spricht) bedeutet «Wecken».

Elji ist ein obsoletes Wort, das man immer seltener hört. Es wird nur in der Sprache der Liebe benutzt. Diese einigermaßen vage Interjektion dient vor allem dazu, das Vertrauen, die Bewunderung, das Verlangen, die Zärtlichkeit, die hartnäckige Hoffnung, den Traum auszudrücken. In Verbindung mit einem weiblichen Namen hat sie etwa die gleiche Aussagekraft wie der anredende Ausruf «oh».

Der Gruß der Liebenden – «Tochter des Volks der Sonne, mögen die Pfauen dich erwecken» – heißt also: *Marayat elji ng Taong Araw, emme Ormêolor nit!*

Die Endung *êo*, die weibliche Vornamen charakterisiert bedeutet soviel wie Verbindung, Begriffsvermögen, Einverständnis. Sie impliziert die Vorstellung von vorherbestimmter Begegnung, außergewöhnlicher Bindung, Verbindung – ob dauerhaft oder nicht – im Raum oder in der Zeit. In anderem Zusammenhang läßt sie manchmal auch Begriffe wie unvermeidliches Zusammentreffen, Fatalität und sogar, als implizites Postulat von Verbindung, Trennung anklingen.

Also:

Nêo heißt Versprechen. Es kann sogar ein Versprechen sein, das man unter Zwang gegeben hat, doch es ist gleichzeitig immer eine Verpflichtung, die eingehalten wird.

Orêo bedeutet wörtlich «verbunden durch die Art, wie man betrachtet». Dieses Wort wird oft im Sinn von «selbst» oder «identisch» gebraucht, wenn man die Beziehung als schön, strahlend, liebevoll (was schon per definitionem vorübergehend oder zeitweilig sein kann) auffaßt, wie beispielsweise in dem Sprichwort *Orama orêa maror!*

Tiêo ist die Bezeichnung eines duftenden, zarten und zugleich widerstandsfähigen braun-goldenen Krauts, das auch unter dem Namen *mrt* bekannt ist und von Februar bis August blüht. Man flicht daraus Armbänder, die von verliebten ausgetauscht werden.

2. Auszug aus einem Brief Natalies an Søren

Die Augen der Pfauen gewähren dem, der das Glück – oder Pech – hat, ihnen zu begegnen, nur einmal im Leben, ohne daß er sie darum bitten müßte, eine Antwort auf die Frage, die ihm am wichtigsten ist.

Wo und wann erhielt Laura diese Botschaft? Hoch oben über dem Wasserfall? Ich persönlich glaube, es war damals, als sie sich Aug' in Aug' den Pfauen gegenübersah. An jenem Tag hörte sie zum erstenmal auf, sich mit ihrer Familie und Oleg verbunden zu fühlen. Sie beschloß, sie zu vergessen. Doch es wäre ein Irrtum, wenn Du dächtest, sie habe Nicolas gewählt: sie wählte vielmehr die Mara.

Hat es ihm der kupferne Pfau erzählt, oder hat er es von selbst begriffen? Nicolas wußte jedenfalls von Anfang an, daß er Laura nicht für sich behalten würde. Hatte er sich schon damals damit abgefunden, daß er für sie eine «nicht kovalente Beziehung» war? Er wird es niemandem sagen.

Du weißt sicher, daß Myrte nie so töricht sein wird, Pfauen in die Augen zu sehen!

Und Gualtier? Wenn die Mara ihm einen Schmetterling mit Augen (Schmetterlinge sind die Verkörperungen der Pfauen) geschenkt hätten, würde er gewußt haben, daß er nichts zu hoffen hatte.

Sie liebten ihn zu sehr, um ihm die Wahrheit zu sagen.